U0904882

〔清〕袁枚著
周本淳標校

小倉山房詩文集

三

上海古籍出版社

小倉山房文集

序

文莫古於經，而經之註疏家非古文也，不聞鄭箋孔疏與崔、蔡並稱。文莫古於史，而史之考據家非古文也，不聞如淳、師古與韓、柳並稱。其他藻語、俚語、理障語皆非古文，則本朝望溪先生言之也詳。鹿門八家之說，襲眞西山讀書記中語，雖非定論，要爲不失文章正宗。後世遵之者弱，悖之者妄。惟吾友子才太史掃羣弊而空之，記敍用斂筆，論辨用縱筆，敍事或斂或縱，相題爲之，而大概超超空行，總不落一凡字，此其志也。千載而下，當有定論。

同徵老友杭世駿序。

讀隨園文題辭

我讀隨園文，太史之官徒紛紛。四百年來作者存，屈指中郎多虎賁。依傍門戶襲笑顰，豈不皮傅但失眞。先生棄官抱典墳，胎息元氣藏精神。靜觀萬物求其根，嶽峙瀆流手挹捫，天結地構心吐吞。我文之法如是云，庶幾成吾一家言。百年數事代數人，特筆傳志臣見聞。達者貴者功德尊，卑者賤者志業勤。孝義節烈困阨羣，正氣鬱律生苦辛。端嚴疏密氣象陳，旁見側出鬚眉新。石渠金匱遺佚頻，公爲存之待討論。丞相卿尹大將軍，削牘論事開螺紋；明體達用言可循，利弊得失眉毛分。規抑上官直氣伸，亦嚴亦婉理道醇。君子受之迴怒瞋，取而施行何其仁！循吏指畫皆宜民，用之廟堂風益淳，文人之文斯可焚。讀書論世平反申，一洗俗眼千年塵。自言序記別有遵，緊嚴峭潔荆公論。辨才豪氣至此馴，玩之信然無跡痕。天授此筆回千鈞，輔以學識成彬彬。染羽屢入緇緅纁，練絲沃盎塗宿因。角斡三液膠必均，鮑人治革緩急勻。篇成讀之覺恂恂，數易稿本誰策勳！我望海洋雖退奔，字字暖我陽和溫。我翁志節埋九原，言行完美憂終淪，叩頭陳狀淚沄沄，倘賜表著公之恩。傷哉賤子亦史臣，乞因其子憐其親。

館後學蔣士銓題。

古文凡例

一、古文本無例也，自杜征南有發凡起例之說，後人因之。例愈繁，文愈敝。德州盧氏刊金石三例，蒼崖、止仲諸君所考甚詳，亦不過引韓比歐，依樣標的而已，並無獨見。然既已有之，不可廢也，否則口實者多，故作凡例。

一、古人編集都無一定，韓先雜著，柳先論，歐分四集是也。倉山文稾編者悞以碑板居先，後見顏魯公集亦然，遂仍而不改。

一、碑傳標題，應書本朝官爵，昔人論之詳矣。至行文處不可泥論，或依古稱太守、觀察、牧令、刺史等名，或依俗稱制府、藩司、臬使等名。考古大家皆有此例。其從古稱者，如渾瑊以金吾衛大將軍護駕，而權文公碑稱公以大司馬翼從。奚陟薨，贈禮部尙書，而劉禹錫碑稱追贈大宗伯。宋子京馮侍講行狀稱大理寺爲廷尉平。歐公許平墓志稱經略爲大帥。皆從古稱也。以故歸震川張元忠傳稱某知縣爲錢塘令，洧南居士傳稱某知府爲某太守。其從俗稱者，如李珏牛僧孺碑稱宋申錫貶郡佐，郡佐者唐時之司馬也。韓文公鹽法條議稱院監巡院，院監巡院者唐時之度支使鹽池監也。歐公桑懌傳稱閤職，閤職者宋時之六部架閣也。伊川伯淳行狀稱漕司，漕司者，宋時之發運使、轉運使也。皆從俗稱也。以故朱竹垞楊雍建傳稱總督爲制府，施愚山袁業泗傳稱按察使、布政使爲藩、臬兩司。凡此在行文中不一而足。至于權文公唐相也，唐人宰相官名應書平章事同中書門下，而韓公神道碑竟以「故相」二字標題。沈壁建安知縣也，而震川墓志竟以建安尹三字標題。宋知某縣事與知縣有京朝官之分，非今之知縣也，而竹垞蔣君墓志竟以「知伏羌事」標題。是則古人率意處，猶之史記標題忽稱「魏公子」忽稱「平原君」也。未敢援以爲例。

一、碑傳標題必書本朝地名，亦昔人所論也。然行文中亦難泥論。歐公李公濟碑稱南昌曰豫章，若以宋論，當稱隆興。震川王震傳稱震爲京兆尹，若以明論，當稱應天府尹。湯文正施愚山墓志曰典試中州，若以本朝論，當稱河南。

一、官名地名行文處隨俗用省字法，考古大家俱有此例。其序官用省字法者，如昌黎劉昌裔碑，應書檢校尚書左僕射云云，而標題單摘統軍二字。韓紳卿墓志稱容、桂二管，一容州總管，一桂州總管，省却兩州字、兩總管字。又稱桂將裴行立，容將楊旻，亦省却州字、總管、都督字樣。宋人文集中所稱三司、三班、一府、二府者，俱包括無數官名。歐公劉先之墓志稱與州將爭公事及後將范公至云云，亦猶今之稱前督、稱後撫也。以故施愚山李東園墓志稱督撫，汪鈍翁郝公墓志稱司道，稱參遊，稱撫提，稱副左，歸震川章永州墓志稱院司，皆不稱全官。

一、其序地名用省字法者，如歐公伊仲宣銘稱歷知汝州之葉，不稱葉縣，鄭州之滎陽，不稱滎陽縣。東坡趙康靖公碑稱呂溱守徐，蔡襄守泉，趙小二寇盧、壽。王荆公王比部墓志稱願得蘇、常間一官。曾南豐錢純老墓志稱爲尉于秀、婺、鄧云云，皆省却一州字。以故歸震川李按察碑稱滇民乞留，葉文莊公碑稱公在廣。湯文正張尙書墓志稱楚撫，先府君碑稱斌在虔聞之，官名地名皆省却數字。

一、本朝官行文書有不得不從俗者。汪鈍翁乙邦才傳取太守結狀以報，人嫌結狀二字不典。案昌黎鹽法議有脚價、脚錢之稱，歐公曾致堯墓銘有支差、添解之號，陳琳檄吳將部曲文稱如詔律令，任昉彈劉整文稱充衆準雇：皆結狀類也。正宜從俗，以存一朝文案。

一、非史臣不應爲人立傳，昔人曾有此論。然柳子厚引箋奏隸尙書以自解，歸震川則直言古作楚國先賢傳、襄陽耆舊傳者，皆非蘭臺館閣之臣，公羊、穀梁亦未聞與左丘明同爲某國之史臣也。此論出而紀事之例始寬。

一、黃梨洲言行狀爲請謚而作者，不書子女及謚法；爲請墓志而作者書之。今請謚之狀久不行矣。唐、宋諸大家行狀無不書婚娶及謚法者，合從之。

一、滿洲姓氏與唐、虞、三代相同，其冠首一字，非其姓也。元許有壬作鎭海碑，題曰右丞相怯烈公。姚燧作博羅驩碑，題曰平章忙兀公。集中亦倣此例。閣峯尚書、師健中丞本富察氏，均書富察公。雪村中丞本姓白，故書白公。至若鄂、尹兩文端公，其冠首一字，父子相承，有類于姓，宜因其俗稱。若溯所由來，尹祖居關外章佳地方，因以爲氏，當稱章佳公。然以標題猶可也，若行文處稱尹爲章佳公，將舉世不知爲何人矣。要之周公、孔子亦非本姓，秦始皇本姓嬴，生于趙，遂姓趙。以故方望溪佟法海墓志稱法公，未爲過也。

一、編古人已定之集，碑傳中貴賤男女，可以以類相從。若自編其未竟之文，則先後撰成，有不得不參錯互見者。

一、古人文無圈點，方望溪先生以爲有之則筋節處易于省覽。按唐人劉守愚文冢銘云有朱墨圍者，疑即圈點之濫觴。姑從之。

一、古人無自梓其文者。梓集百卷，始于和凝，爲人所嗤。然唐以前文多傳鈔，非板而行之，可見古人文之不梓亦由風氣未開，非盡從謙也。慮門人弟子有所竄改，不得不自蹈詅癡符之誚。第古書有卷無頁，故每篇皆連屬成文。今既付之攻木之工矣，倘仍用古人編卷法，則改一篇全篇皆動，故各自爲篇，亦用今法。

一、文章有餘意未盡者書之于後，始于韓文公。宋、元人有自記之例，蓋示人以行文繁簡之法也。集中倣之，凡未竟之意，不入本文者，別署紙尾。

一、集中議論文字，有偶異先儒獨抒己見者。拘士頗以爲驚。恭讀皇上御批顏魯公祠堂記云：「今之學者，一字一句與程、朱不相似，則引繩批根曰此異端也。及考其行，乃與流俗無異。」又曰：「今上智之士，謦咳偶異于聖人，卽擯之不得爲吾徒，而中才以下反可以口說得之，則學問之道將淪胥以亡，較不講學之時，晦冥尤甚。」大哉王言，洵萬古讀書之準則也。

小倉山房文集卷一

長沙弔賈誼賦

歲在丙辰，予春秋二十有一，於役粵西，路出長沙，感賈生之弔屈平也，亦爲文以弔賈生。其詞曰：

何蒼蒼者之不自珍其靈氣兮，代紛紛而俊英；前者旣不用而流亡兮，後者又不用而挺生？惟吾夫子之於君臣兮，淚如秋霖而不可止；前旣哭其治安兮，後又哭其愛子。爲人臣而竭其忠兮，爲人師而殉之以死。

君固黄、農、虞、夏之故人兮，行宛曼于先王。不知漢家之自有制度兮，乃嘐嘐然一則曰禮樂，一則曰明堂。夫固要君以堯、舜兮，豈知其謙讓而猶未遑！彼絳、灌之歎歎兮，召儒生而恆東向。見夫子而吠所怪兮，以弱冠而氣淩其上。曰丁我躬而未諳夫人世兮，未免負孤衾而抱絕狀。

當七國之妖氛將發兮，彼社稷臣無一語。徒申申其排余兮，余又見木索箠笞而憐汝。蹀兩愛而莫知所爲兮，終不知千古之孰爲龍而孰爲鼠！彼俗儒之寡識兮，謂宜交驩夫要津。使詭遇而獲獸兮，吾又恐孟軻之笑人。

聖賢每汶汶而蹇屯兮，歷萬祀而不知其故也；吾獨悲吾夫子兮，爲其知而不遇也。明珠耀於懷袖兮，忽中道而置之；淑女歡於衾席兮，媵妐譖而棄之。夫旣干將之出匣兮，胡不淬清水而試之？蒙召見於宣室兮，泣鬼神於前席。蓀拳拳而託長沙王兮，終不忍使先生之獨受此卑濕。欲嘉遯乎山椒兮，感君王之恩重；圖効忠於晚節兮，鵩鳥又知而來送。已之薄命固甘心兮，又累梁王而使之翻鞚。傷爲傅之無狀兮，自賢人之忠愛也；三十三而化去兮，恐終非哭泣之爲害也。

彼顏淵之樂道兮，亦時命之不長。賢者不忍其言之驗兮，宜其身先七國而亡。悞鳳凰爲鷦鵶兮，覽德輝而竟去；駟玉虬以上升兮，知九州之不可以久駐。逝者旣蕭曼以雲征兮，名獨留乎此處。

亂曰：瀟湘之春，水浩浩兮；有美一人，涉遠道兮。忽見芳草，生君之廟兮；咨嗟涕洟，感年少兮。

不繫舟賦 有序

望山尙書再莅兩江之四年，政行化和，風物恬美。署之西，小園夾池，屋形如舟，公葺其舊而顏之曰「不繫」。夫舟之義取乎濟川，其繫與否，非舟之所能自爲也。昔人稱謝太傅功高百辟，心在一丘。公之謂矣。枚宰江寧，從公遊而賦焉。其辭曰：

渺三山之在望，登一室之如舟。水搖光于搏壁，月照影于承霤。窗影影兮簾卷，庭冉冉兮雲留。偶摳衣于綠野，恍遺世于丹丘。步乍入而雙鳧欲化，首欲回而四顧難休。爾乃八達崇期，三楹藻棁。半榻中賓，一琴旁列。但栽薄媚之花，略綴飛來之石。雖不泊於江湖，儼橫陳而待涉。體靜而櫓槳無聲，心虛而波濤不入。右則斷橋鵠峙，小渚霜清。望舒涼室，錦淙烟庭。靈瑣槃停而霧掩，重橑屈笮以天成。左則牟首斜臨，康圭遙踞。宜啓背以納涼，可倚襟而拾絮。高軒象君子之懷，疏落得野人之趣。墻低則遠景皆收，樹老則斜陽不去。

當夫夏始春餘，井欄石畔，竹密晝陰，草多蛙亂。鳥應節以聲移，葉辭條而律換。唯茲舟之隆然，偃長虹于天半。不因急雨以回帆，不逐浮萍而傍岸。篙工欲撼以難搖，錦纜將牽而未斷。洵足以解巾遐矚，退食澄懷，意行緩帶，小憩流杯。坐繞芝蘭之契，手栽桃李之材。覩籬落而心殷稼穡，聽波聲而夢繞黃、淮。晝戟香而空堦花墮，牙旗颭而水面風來。

然而事本無常，舟原不繫。星且移宮，泉非擇地。攬物化之推遷，歎人生之如寄。朝雖拕乎中流，夕不知其所至。當前之峯影常青，此後之挐音孰繼？鼓沙棠之楫，豈料重登；賦苦葉之匏，還期共濟。舟之泊也，共萬物以安恬；舟之行也，聽江風之位置。何況傍舟之草，附舟之蟲，本乘泭之賤質，涉宦海之飄蓬。攀慈航而難再，空揭厲於波中。其能無挽紼纚而咏志，託雲物以歌風也哉？

青山招主人賦 有序

余去隨園一載，辛未閏五，復來棲遲。見石留蕪穢，屋宇黯剝，書史十蠹七八，嘆人可離園而園不可離人，憮然久之。時家居四紀，餘祿蕩然。故人戚里有以仕易農之勸，余又懼茲園之不能久居也，乃托爲青山招主人之賦以自訟而自尤焉。其辭曰：

主人去兮胡不歸？寧不見山中之突夏，蒙宗廇以蚰蜮！主人歸兮胡欲行？寧不聞山中之猿鶴，將馳檄於烟庭？愾峩峩兮空谷，跨兩龍兮坻伏。河雖鬢兮無梁，茅誰髯兮無屋。忽婉僤兮馳象輪，馬沛艾兮來夫君。召鯢俞兮測風，呼謳癸兮執矩。藻兼爲之運斤兮，獿人爲之削楮。極承塵摶壓之詭文回波兮，復單極落時之庌風而攩雨。君欲探兮果在林，君欲釣兮魚在渚。君欲觀大江之波濤兮，吾則聳巑峯而高舉；君欲吸九霄之沆瀣兮，吾則吐朝霞而待取。此豈不足于君所兮，胡長行而踽踽？

自客秋之騰裝兮，車哼哼而東去。山鬼喜而聱耴兮，白鹿愁而局顧。予能忍而終古兮，恐美人之遲暮也。世翻覆而興雲雨兮，余青青其如故也。百花兮春陽，滿山兮嚴粧。盼夫君兮不見，極思心兮倀倀。書廞陳兮千束，待君兮悅目。君繙帙兮無時，走白蟫兮彳亍。遻然兮稅駕，山之靈兮如雲。老槐起而守宮兮，薇蘅搖而掃塵。危石犖确以挺其去路兮，山膏中申而詈君。曰宣聖之皇皇兮，年七十而返尼山。使哲人而無此年兮，何六經之能删？陶潛之掛冠兮，知食祿之不如飲酒；使五柳之早植兮，寧不多飲乎一斗？彼歸妹之翩翩兮，可筮於有黃。將推車之蟬攫兮，保無厭迮于康莊。

誰軥厰以相召兮，忽許由之瓢動；寧陜輸其營魂兮，乃尹氏之多夢。使果伊優與世利兮，余胡偈偈以強留？恐素襟清尚之倓然兮，何能夸吡以體柔？欲蘇世而居正兮，韜沂竟一發而難收；忍所惡而甘就兮，舍所愛而他求。謝元祺之初志兮，睇頹光之西流。及少壯之不登臨兮，老敎窣而何以上高丘？君欲知余之不忍別兮，請聽此鳴鳥之啁啾。

秋蘭賦

秋林空兮百草逝，若有香兮林中至。既蕭曼以襲裾，復氤氳而繞鼻。雖脉脉兮遙聞，覺熏熏然獨異。予心訝焉，是乃芳蘭。開非其時，寧不知寒？

於焉步蘭陔，循蘭池，披條數蓴，凝目尋之。果然蘭言：稱某在斯。業經半謝，尚挺全枝。啼露眼以有待，喜采者之來遲。苟不因風而棖觸，雖幽人其猶未知。于是舁之蕭齋，置之明窗。朝焉與對，夕焉與雙。慮其霜厚葉薄，黨孤香瘦。風影外逼，寒心內疚。乃復玉几安置，金屏掩覆。雖出入之餘閑，必褰簾而三嗅。誰知朵止七花，開竟百日。晚景後凋，含章貞吉。露以冷而未晞，莖以勁而難折。瓣以斂而壽永，香以淡而味逸。商飇爲之損威，涼月爲之增色。留一穗之靈長，慰半生之蕭瑟。予不覺神心怖覆，深情容與。析佩表潔，浴湯孤處。倚空谷以流思，靜風琴而不語。歌曰：「秋雁回空，秋江停波。蘭獨不然，芬芳彌多。秋兮秋兮，將如蘭何？」

老而無子賦 有序

余與魚門舍人齊年交好，俱五十無兒。聞其小妻獲雄，爲之心開。乃今秋書來，又已鳧殁。揆其心志，愴怳可知。乃託爲元、白相慰之言，作賦寄之，用廣其意，亦聊以自解云爾。

白太傅龜兒不存，楊枝遺嫁，病染風痹，不怡中夜。廬山之佛殿藏詩，海上之仙龕待駕。乃喟然而嘆曰：謂地至厚，謂天至仁。惟混元之不處，運萬物而相因。是故青曾黃頊，綿綿無垠；元蟲剛須，息息洪鈞。蛾猶術子，竹且生孫。何況至咳者姓，至貴者人。竇兮遺種，莊說傳薪。小者肯播肯構，大者爲鳳爲麟。且莫言恩澤之侯百世，箕裘之學千春。但使仳倠主器，童昏應門，亦足逐主喪之里尹，而安登屋之游魂。

翳我何人，倮然孤獨。免乳者殤，將婣者殰。雞林則萬首流傳，犬子則一雄未卜。有九服之英名，無半行之骨肉。爾乃石樽客散，琴臺雨濛。半欄斜照；一個衰翁。意斟愖其若失，魂充充如有窮。齊國乏負床之穎，趙家斷炊火之宗。一髮之懸崖太險，千年之得姓將終。耳羨梁間乳燕慈烏之語，心驚身後梨花寒食之風。未病而嚴牆生乎四體，非雲而孤影蕩于空中。況復池北樓臺，池西書庫，彝鼎鱗列，牙籤雲布。白樸百篇，青箱十部。莫不物物心裁，絲絲手護。甲乙丹黃，研朱滴露。董安于之牆壁，半煉蒿銅；晏平仲之房楹，深藏竹素。問交替與何人，儼橫陳于道路。

于是愛先生者，代爲禖祝，而望商瞿之得晚息焉。憎先生者，嘲怪荒侯，而疑展氏之有隱慝焉。元相公聞而笑曰：是何以造物爲拘拘，而不證之詩書耶？夫侯龜四兆，神理萬殊。箕疇五福，子嗣本無。宣尼大聖，早喪伯魚。齊桓公有子六人，而幹掩揚門之扇；田成子有子七十，而身爲寄猳之徒。愍隸轉尸，功臣隱痛；練裙葛帔，名士嗟吁。是故賢夸嬴博之札，達稱東門之吳。曾怒西河之泣，孔辭顔路之車。彼夸語兒之鄉而登望子之臺者，盍亦鑒于斯乎？且莫言子不孝，則如龍欄氏之忘情；子不祭，則如公索氏之亡牲。就使惠種非狂，胞衣盡紫。高陽八才，姜支三趾。亦勢必暮授經書，朝布筵几。女聘姬、姜，師延崔、李。飴含不足，犢舐無已。振振殷殷，孳孳妮妮。猶恐縱婦勃谿，誚翁歎抵。責善不祥，冠笞非禮。教諂則頭觸屏風，視病則竟夕十起。俟婚嫁之將畢，亦人生之已矣。故曰：爲人作父，非易居之名；買奴得翁，亦偶然之理。又安得如此日之從容暮景，孤吟青霞，攘羊不懼，尻背無譁，帶益三副，禾呼百車？雖在世而出世，視有家如無家。投懷者明月，趨庭者落花。承懽者猿鳥，繞膝者桑麻。爲樂不憂兒輩覺，放言不驚長者差。施半菽則戚里拜德，捨一宅則佛子矜夸。無後爲名，二婢夾我而非罪；有官不仕，一月不醒而何嗟？靜言思之，老而無子，福耶，非耶？而況心靜思精，身閒學廣，述作非凡，知音必賞。安知後世不鑄范蠡之金，他邦不畫朱穆之像？宗我學者卽兒孫，傳我文者皆族黨。又何必爲孺子牛，負阿侯襁；瘫樹嫛婗，懸弧擾攘；盜委順于兩儀，奪眞珠而在掌：夫然後謂之有子哉？

太傅聽猶未畢，心曠神全。如逃禪而悟徹，如御風而登仙。重開玉甕，再理冰絃。子來不拒，子去不憐。終日陶然，改字樂天。

山問

隨園先生倉山結隣，住一十有一載，年方四旬，山神怪之，不能無言。乃面先生而問曰：「余託體爲山，與混沌俱。所見隱士，百千萬餘。如先生者，與人人殊。山實惑焉，願布區區。昔巢、由之號稱首隱也，吾見其蓬累而行，耦俱無猜，心忘顙頯，與天往來。先生則早登金門，身踐玉堂，臨歧矩步，指會規翔。撤金蓮爲婚燭，含鷄舌作星郎。夫豈蒲衣石戶之徜徉者乎？其次鴟夷泛舟，赤松辟穀，蜀市青盲，東海黃鵠，是有所託而龍蟠，非無所爲而雌伏。先生又治比吳公，表薦葛龔，吏澤如春，民望如風。聽琴者願展伯牙之指，觀射者思彎飛衞之弓。譬如四時之序，方春方夏，而並非秋冬之成功。再其次，原憲以甕牖語人，於陵則谿刻自處。瞿鉶披裘，東郭織屨，爲韡嗺筋，因瘖守圉。避菀就枯，索居孤露。或能薄而閉關，或足躄而却步。先生又輈錄其躬，斧藻其德，髮若植竿，瞳如點漆。音響遏雲，眉間容尺。山立時行，揚休玉色。誦東方之四十萬言，奪戴憑之五十餘席。可以坐而謀，起而決。備君子之九能，傲明廷之三揖。是又非熒魂曠枯冥行坎窞者之所能髣髴。是以後乎先生者，方且縹緲天闕，持衡要津，觝項交跖，魁壘冠倫。竊杜銓之文，資其解褐；疑蘇秦之名，原是古人。前乎先生者，方且豨膏棘軸，赴選里鄉；魋顏曷鼻，傴仆巖廊。希飛蟲之弋獲，忘日暮而途長。先生胡爲乎有冠不彈，無雪早臥；髮長心短，退勇進惰；雉膏不食，匏瓜空大。袖巧手而看拙匠之傷，沉慈航而閱千帆之過。秋蛇赴穴，竟失其節；雄雞司晨，不鳴何闘？曷不就明夷之占吉，而答玉女之洪鈞乎？」

先生曰：「若山神所言，可以語下，未可以語上也。徒論其理，未曉其象也。則獨不見夫麋鹿乎？厥角嶷嶷，野心濯濯。騎之者身顛，牽之者足躅。此石隱之流，非我也。又不見夫舞象乎？黄帔而蹲，載寶而朝，一浴之外，無時逍遥。此朱紱之困，非我也。惟夫駃騠蒲捎，騄耳駼騊，對天長嘶，顧影自豪。非不知近轡策，和鑾鑣，非不能登天閑，舞簫韶。然其所愛者，則在乎渥洼之水，黄池之沙；崑崙洗鬣，瑶臺銜花。固不能久齕乎芻豆，而羈絭夫王家。余實慕之，是耶非耶？且夫君子之立身也，才欲其大，志欲其小；能欲其多，事欲其少。故名成而身樂，心安而境好。其處世也，居前必令人輊，居後必令人軒。故湖上不賣魚，山中不鬻薪。當今堯醲舜醺，夔拊龍言，禮明樂備，雲動雷屯。家家鶴膝，處處瑶琨。來未必有我，去未必無人。不少北山南仲，戴星鞅掌；只少康衢華封，鼓琴擊壤。不少槧人伎曲，霑項漸襟；只少執鋮司草，治粟縫袵。與其搏幣扶翼，知尋布肘；曷若勇夫重閉，聖人不手？與其王孫自厲，執鐸將振；曷若中年病忘，養空而游？我是以立身乎黠癡之半，食飲乎清濁之間。神劍小割，慶雲偶鮮。堇父一蘇而不上，卞彬十擲而仍韉。周鼎著倕而齕其指，楚焞改卜而全其天。竹素供奉，烟雲周旋。逢衣淺帶，糟丘老焉。是既不愧夫鵷鶵之宿智，而亦何愁乎胡老之華顚？至於沒世無稱，君子所恥。是有命焉，何病乎已？且夏四百年，商六百年，豈無其人，自健自賢。卒皆爲而無考，事而無傳。我獨何人，而獨憔然？」

山神聞之，冰襟而出，踞觚而歌曰：「山之高，不如子之超；山之靈，不如子之明。將子毋悶，吾失吾問。收雲反風，請與子終。」

原士

士少則天下治。何也？天下先有農工商，後有士。農登穀，工製器，商通有無此：三民者，皆養士者也。所謂士者，不能養三民，兼不能自養者也。然則士何事？曰：尙志。志之所存，及物甚緩，而其果志仁義與否，又不比穀也，器也，貨之有無也，可考而知也。然則何以重士？曰：此三民者，非公卿大夫不治；公卿大夫，非士莫爲。惟其將爲公卿大夫以治此三民也，則一人可以治千萬人。而士不可少，正不可多。舜有五臣，武王有亂臣十人，豈多乎哉？雖然，其所以教之者，則甚多矣。

古者黨有庠，家有塾，國有學。春夏學詩書，秋冬學羽籥。又有三物、六行、六藝之名，又有移郊、移遂、東棘、西寄之法。天下人知士如此其難爲也，爲士者如此其不苟也，于是農者安農，工商者安工商，相與登穀、製器、通化，居以事其上，而僥倖與逸游者無有焉。士旣少，故敎之易成，祿之易厚，而用之亦易當也。

後世不然，凡古所以教士者，一切皆廢；而所以取士者，又寬而易售。讀四子書，習一經，皆曰士。其四子書與一經，又不必甚通也，稍涉焉，亦皆曰士。既曰士，皆可以爲公卿大夫。十室之邑，儒衣冠者數千，在學者亦數百。天下人見士如此其易爲也，爲公卿大夫又如此其不難也，于是才僅任農工商者，爲士矣；或且不堪農工商者，亦爲士矣。既爲士，則皆四體不勤，五穀不分，而妄冀公卿大夫。冀而得，居之不疑；冀而不得，轉生嫉妒，造謗誹，而怨上之不我知。上之人見其然也，又以爲天下本無士，而視士愈輕，士乃益困。嗟乎！天下非無士也，似士非士者雜之，而有士如無士也。

然則士何自而少？曰廣索之而嚴取之。天之生才，不必一類，而其眞者，皆不甚多。如五金然，皆適于用，合沙礫而渾之，金銀猶多；汰沙礫而擇之，銅鐵且少。然則慮其遺賢奈何？曰與其倖進，毋寧遺賢。賢者今歲遺之，明歲未必遺也。惟有倖而進者，既進之以爲公卿大夫矣，公卿大夫皆任取士之責者也。以彼其才，取彼其類，夫然後倖倖相承，而賢乃愈遺。

然則詩歌「濟濟多士」何歟？曰惟其少也，故夸多而豔稱之，以見周室人才之盛。如祝堯之「多福多壽多男子」，以福壽男子皆不易得故也。使盡人而可得，亦奚以祝爲？

予閔士之太多，而失先王所以治世之意，作原士。

周末士多，故秦散三千金而天下之士相與鬭。漢末士多，故頌王莽功德者四十二萬人。宋末士多，故淳熙、景德間三學之權與宰相抗，史嵩之、丁大全等皆畏之；及賈似道作相，加以餐錢，而上書者卽稱賈爲周公、召公。士習之陋，一至于此，皆多之故也。不知漢盛時，每郡戶口十萬，裁舉孝廉一人。吳公所薦，止賈生一人；文翁所遣張叔等亦不過十餘人。善養士者，不在多也。唐設八十一科，未免過雜。鄙意法溫公十科取士，而參以舒元輿一議，其庶乎！自記。

子產不毀游廟頌

奕奕游廟，南道而居。將葬簡公，黼荒難驅。繼爲火社，馬更契需。葬除蒐除，豈子產私歟？當官而行，毀之毅如。乃有太叔，操具而立。似毀不毀，探刺顏色。冀危得之，毋乃用術！子產過時，有睟其容。問不毀故，感動于中。顧曰「舍之，以妥其宗」。一之已甚，太叔乃再。恃巧干仁，愚者亦怪。子產不然，稱心而待。寧墮彼術，以行吾愛。

嗚呼子產，隆赫嚴明。凶人必殺，刑書必成。火焚不動，龍鬬不驚。乃至毀廟，肫肫其情。爲國教孝，匪己求名。展如之人，孔子所敬。執國之法，順人之性。其死也哀，其生也慶。借頌爲箴，今之從政。

曹黃門先生像贊

倓然之容，義然之狀。想見峩冠，立金階上。惟聖人建極，四門首闢。公逢其時，爲邦司直。奮筆奮舌，仡仡矜矜。吾以吾鳴，匪詭隨是爭，惟大猷是經。帝爲傾耳，略見施行。未竟其用，左遷奪俸。如華堂橈棟，如朝陽喪鳳。人皆爲惘，枚曰不然。苟于世有補，徐樂一書，已足千古。而況公文，有集如許。

朱栩贊

漢有朱栩，爲董賢吏。賢既倮尸，栩獨收視。犯莽有禍，葬董無名。栩豈不知，而捐其生？栩曰不然，吾行吾情。聖卿雖佞，媞媞可矜。巨君作賊，篡漢有形。哀賢毒莽，識所重輕。借曰私恩，愈見至誠。

嗚呼世人，惟勢是附。竇其、翟公，客所景慕。勢盛勢衰，客來客去。來時何恩，從從馳騖；去時何仇，悠悠陌路。但有避趨，而無好惡。奚況于賢，伊誰肯赴？栩之所爲，義同欒布。班史大書，子浮隆隆。當建武時，爲大司空。惟人至庸，惟天至公。嗚呼世人，鑒此高風。

卜式司馬相如贊

易曰：「知幾其神乎！」幾者，一人知之，衆人不知也。衆人不知，則雖千百世後亦不知，當日之能知之者，爲何人也！而其人既已知之矣，見幾而作矣，則所存乎史册間者，不過其迹而已。推其迹以得其心，吾于卜式、司馬相如有獨契焉。

當武帝時，中國耗矣，帝之雄心未已，此楊可告緡之事所必有者也。法網密矣，帝之猜心未已，此淮南賓客之誅所必有者也。卜式知家財之難保而先輸之于官，卽陳平之裸而刺船也；相如知仕宦之難爲而愛閑多病，卽子房之善藏其用也。帝知其無可告之緡，則轉以黃金賜之；知其有未盡之才，則且于遺稿求之。似要福也，而不知其避禍；似避禍也，而不知其要福。以武帝之雄猜，落兩人度內而不悟。而其忠愛之心，持正之氣，則未嘗不一白于朝廷；又能各因其分以立言，而仍不蹈批鱗之忌。式官已尊，寵已固，故有「烹弘羊，天乃雨」之言，何其犯也！相如官尚卑，資尚淺，故僅有諫獵之章，奏雅之賦，何其婉也！

嗟乎！使式戀其財而不獻，必爲郭解之徒；而相如仕宦不止，又安知不爲壽王、主父之續乎？讀史至此，爲發其覆；而又笑世之鄙卜式而薄相如者，眞淺士矣。故爲之贊，其詞曰：

天之生才，代不絕賢。何建元五十四年，而竟寂然？此如驕陽當天，百草萎焉；或陷于法，或遯乎田。陷法遯田，名皆不宜。一式一長卿，獨察機先。毀家家存，病身身全。一信乎君，而以危言讜論著；一忘乎世，而以高文典册傳。較之汲生之戇，曼倩之仙，竟別開一徑，而無愧色于其間。嗚呼！欲知人，先論世。如二公，如其智！如其智！

東閣大學士張文和公像贊 公名允隨，原任雲南總督。

昔有義叔，分宅南交。平訛敬致，克襄帝堯。穆穆張公，繼義而作。秉圭卅年，不離南服。

維彼滇南，實開新疆。歷漢晉唐，高山始荒。驅鷹作鳩，牧狼爲羊。疇是羯羠，而不叛亢！急之挺矣，緩之梗矣。萬洞髒騷，兵在頸矣。

公來至止，勿弛勿震。勗帥以威，參和以仁。如古黔羸，手爹混敦；如古夷隸，與鳥獸言。鉥昭通路，五百餘里；俾彼鋒車，周道如砥。鏾金沙灘，百有三十；俾彼方舟，安行枕席。蚖蕃杜松，九施土平。既艾奥草，靡轂不登。張立駢牢，胥疏墦粥。商旅僐然，駢肩疊轂。侁侁有苗，金環花衣。夷歌僸佅，媚於侯鼈。狉狉荒服，罔敢寇災。嬰壤盪琫，于于其來。地不愛寶，五金坌湧。鈎考褢踬，鞭笞桑、孔。赤側既鑄，如泉環流。八省輪銅，歲省萬牛。經算姟極，不可計籌。

天子曰咨，卿實元功。可坐論道，以相朕躬。六十邶殿，二肆歌鏞。與卿樂之，其風雍雍。公拜殿上，民泣滇中。朝有聖相，滇無神公。五期三名，未竟其施。遽殞旗翼，而乘雲螭。于人未慊，于公無惱。如此哀榮，得歸亦好。

巍巍遺像，琛版星冠。盱衡振色，泰表戴干。華嶽立隼，高梧翔鸑。望而氣肅，對之神寒。

公第五子，與枚通書。命作贊語，以永終譽。枚無金管，敢寫凌烟？再拜稽首，倣班孟堅。寸莛鐘撞，撮土河塡。匪賀時賢，賀公在天。

儉戒

某尚書撫浙，以儉率下。過三元坊，見圬者妻紅裲襶，簪花立而目公。公命將某婦詣轅前，騶擁之去。圬者故新娶也，號泣從之。伺轅三日，探刺不得信，乃棄其屋，并其妻之屋，得二十金，賄中軍。中軍爲之請，公笑曰：「吾幾忘。」引婦之中庭，而高呼夫人。婦瞠視，俄而有蓬首持畚，衣七緵之布，從竈觚來者，曰：「此夫人也。」已，公立婦而訓之曰：「夫人封一品，服飾如是。汝家圬者，而若是華粧，行見飢寒之將至矣。吾召汝者，以身立教，俾語而夫知也。」飯脫粟而遺之。婦歸已無家矣，乃雉經死。

袁子曰：儉，美德也。自矜其儉，便爲凶德。蓼蟲食苦而甘，彼自甘之，與人無與也。必欲率天下人而爲蓼蟲，悖矣。尙書亟表己之儉，故幷戟轅之尊且嚴，而亦忘之；有所矜乎此者，必有所蔽乎彼也。故曰：「克己之謂仁。」

嚴蔽

某大府御下嚴，巡鳳陽，奚奴召謳者侑飲，事發，毃其頭鬌，意以警衆也。嗣後，每巡，羣奴挾妓而博，強索州縣錢，箕坐大呶，大府竟不聞。

袁子曰：是嚴之蔽也。漁者謹提其綱，而網疏焉，故常得巨魚。或捉搦于鰍蝦間，則呑舟者逃。天下人善不善而已。其善者，見一罪發卽一人死，有所不忍，則專務爲隱匿縱捨。其不善者，知罪小死，大亦死；均死也，則寧爲其大，以自溢于法之外，而姑快吾意，故橫益甚。然則上之嚴將禁惡也，而乃生惡；慮失入也，而反失出；豈非有所蔽歟？旣蔽之，將幷其嚴而失之。然則宜如何？曰：多其察，少其發，此御下者之法也；匪重匪輕，適協其平，此用刑者之經也。

釋名

名，非聖人意也。聖人者，乘其時之得爲，行其心之所安，歿齒而已矣。伏羲畫卦，使民知陰陽；蒼頡造字，使民備遺忘：非爲名也。

然則名何始？曰：自尙書、毛詩始。其人皆慕聖人，情不能已，然後咏歌而紀載之，蓋以傳聖人之名，而非自爲其名也。故堯典、禹貢、關雎、葛覃皆不著作者姓氏。即論語一書，亦是孔子亡後弟子之弟子記之，孔子所不知也。使孔子若存，若知之，必不教作也。何也？孔子望其道行則有之矣，爲萬世師，非孔子意也。故作論語者亦卒無姓氏。下此，孟、荀、老、莊皆著書，皆列姓名，然而非聖人矣。

余每讀史書，若三國，若南北朝，僅數十年，而其間之英傑才俊可喜可愕之事，繁富若此。然則夏四百年，商六百年，周之未有世本、左氏以前，其時事迹，俱付之冥冥，可嘆也。今儒生握管，動求傳後，豈以爲夏、商、周千餘年之人，皆不己若乎？嘻，愚矣！

然則余之好有所著也如何？曰：蔡士無思慮之事則不樂。蠶之爲絲也，終日綿轉不絕，死而後已。彼豈望人之朱綠之，玄黃之，袞冕而被服之哉？亦不自知其何所爲而爲之耳！余欲明余之無所爲而爲之之意，作釋名。

釋官一篇送李晴江

心，天官也。耳、目、口、鼻，五官也。公、卿、大夫，百官也。天官、五官，豈我有哉？天與之。百官豈我有哉？人與之。以偶然之有，逢不可必與之數，而又未有而求之，既有而昵之，業已無有而思之，是制于與不與也。夫與不與，彼又有所制也。天制于氣數，而不敢與，不敢不與；人制于天，而不能與，不能不與；吾又受制于所受制之天與人，而望其與，震其不與。吁，其惑哉！

雖然，有天官而後有五官，有五官而後有百官。以公、卿、大夫，易耳、目、口、鼻，愚者不爲也。以耳、目、口、鼻，易其心，愚者亦不爲也。乃以公、卿、大夫之故，而累其身，并累其心，是以千金之珠易土苴也。

李先生搖組鳴轂，之乎中州，不逾年，解果其冠，倮然氓矣。則又搖組鳴轂，之乎江南，不逾年，解果其冠，倮然氓矣。邦之人甚怪之，甚避之。子才子曳先生之背，披先生之胸，暴之乎項氏之園，大暑日中而晒之曰：「嘻，先生其有道者歟？始吾見先生之頭，棄其蟬冕，以爲頭無官也；先生之身，解其印綬，以爲身無官也；今日光耀先生之方寸，蕩蕩然，榮華之不知，奧濼之不分，然則先生之臟腑百竅俱無官也。以無官之先生，而人必與之官，先生不辭；以有官之先生，而人不與之官，先生不惋。吾知之矣，我之生也，是天之有求于我也。畀之耳、目、口、鼻以粉飾太虛，而非我有所求于天也。我之仕也，是人之有求于我也，畀之爵、祿、車、馬以受其利濟，而非我有所求于人也。赤子之哭，不願生也；初生之哭是，則將死之哭非矣。丹穴之逃，懼爲君也；人君之逃是，則人臣之不逃非矣。今之人已無求于先生，今之天猶有求于先生。于是，有鼻而且甘乎椒桂，有目而且玩乎白雲，有耳而且耽乎松泉，有口而且論乎是非。而且耳不隨人聽，目不隨人視，四支不隨人約束。臥，可也；坐，可也；居，可也；行，可也。一日，可也；百年，可也。不以百官病其五官，而五官全；不以五官病其天官，而先生全。」

言未畢，先生蹶然興曰：「吾聞中民之士榮官。吾非中民也，而子又奚稱？」

小倉山房文集卷二一

文華殿大學士太傅朱文端公神道碑

乾隆元年秋九月十四日，今天子命車駕親臨大學士朱公第視疾。又四日，公薨，天子再奠于其第，加贈太傅，謚文端。冬十月，公長子通政司右通政必堦、次子翰林庶吉士瑾輿機歸葬。剛日已卜，求文其貞珉以光揚休命。

枚伏考史册，堯學于子州父，舜學于務成昭。古之聖人，皆有所從遊以增崇其欽明。二臣者，雖訏謨無聞，而要其能爲堯、舜之師，其人必邁皋、夔而上。公奉世宗詔，侍皇上青宫最久。皇上登極未一載，仁言聖政，重累而下。九州八陔，靡不異音同歎，慶堯、舜復生。然則公啓沃之功，可以想見；而公之風概，又豈可求諸唐、虞下哉？

公諱軾，字若瞻，號可亭，世居江西高安縣。公宣髮廣顙，音中黄鐘，鬚數十莖，羅羅可數。康熙癸酉舉人，甲戌進士，入翰林，改知湖廣潛江縣事。治獄忤總督某，巡撫劉公殿衡至曰：「吾久聞朱令賢，今觀所爭獄，益信。」爲解于督臣而薦之，遷刑部主事，轉郎中。督學陝西，尹奉天，再遷左都御史，巡撫浙江。世宗登極，累遷吏部尚書、文華殿大學士。故事，宰相涖任，必詣翰林衙門，公去而復至，海內榮之。

其撫浙也，浙西瀕海，衝洋石墩，多風魚之災。公楗老鹽倉淤中小亹渚夏蓋山，功成，氓廬大安。其任風憲也，大將軍年羹堯以大逆誅，父遐齡年八十餘，法當從坐。九卿俱畫諾矣，公不署名。世宗責問，公奏：「以子刑父，非法也。臣簿錄年氏家書，遐齡訓其子甚嚴，子不能從，以陷于罪，罪在子，不在父。」世宗頷之。遐齡竟免。其辦治直隸營田也，以漳、衛諸河爲經，以趙北口兩淀爲咽喉，穹壤引泉，凹坻衛隄，溉田六千頃。其督賑陝西也，安流庸，禁遏糴，勸糶粟，請留漕，立醫廠，增驛夫，雨隨禱降，民與災忘。

公潛躬味道，神識凝然。而于孜贊軍國，靜密詳審，朝廷倚如金城。故爲都御史時，請終父喪，聖祖勿許。在營田所，請終母喪，世宗勿許。公雞斯徒跣，洵涕力請，至於批鱗叩閣。章三四上，黃門近御皆咋舌懸縮，奪毀奏稿。九卿大臣慰勸者相環，而公陳之愈力。萬不得已，則引古墨經禮，請從征西戎。兩聖人愛其忠，難須臾離；閔其孝，重違其意，乃詔如怡賢親王居母喪故事。勿朝會，勿吉服，勿補原官，國家有大事，公卿詣廬中咨謀。

性介而和，病，門生某餽蔘，公呼謝者再。開封稱量畢，仍還之，曰：「以束脩問先生，於誼甚古，受之無所爲非。第書不云乎：『享多儀，儀不及物。』吾體未羸，無藉於蔘；故稱量之，則已受汝儀矣，奚必及物耶？」

今上在藩邸時，聞公講生民休戚、歷朝治亂尤悉。既即位，凡所陳奏，無不張施。公自知道可大行，輔志弊謀，如恐不及。乾隆元年，首陳除開墾、省刑罰兩疏，其他語秘，外不盡知。然公已七十二歲，鬢顏禿且盡，天子恐用公晚，一切大事，虛己咨詢，公亦忘身殉國，竭毣毣之思，卒以成疾，輔新君九閱月而薨。其遺表曰：「臣遭盛世，入綸扉，既老且疾，口垂閉矣。伏念國家萬事根本，君心所重者，理財用人而已。臣核國儲，經費綽然，後有言利之臣，倡爲加增者，幸勿聽之。至于君子小人之辨，尤易混淆。尚書逆于汝心，遜于汝志二語，願皇上時以爲念，則臣魂魄長逝，永無遺憾。」章上，海內傳誦之。

所著有春秋辯解、三禮纂、名臣、循吏等傳。夫人陳氏，先公亡，合葬某。

銘曰：惟天以聖清有德，篤生良弼；惟帝以聖相有庸，恩始榮終。奕奕太傅，學爲儒宗。禔躬何約，艾物何豐！孤終既協，陰陽就宮。變醎養瘠，休我王風。凡彼百工，倖倖衝衝。或才之忌，或盛名之攻。至于太傅，而曰君子，竟罔不僉同。梁木壞矣，心支明堂；舟楫朽矣，慮海波之或揚。讀公遺表，惓惓君王。身墜泉底，心立殿旁。皐謨、說命，餘音琅琅。配于太廟，祀于太學。書于旗常，葬于磽确。松柏丸丸，羊虎躍躍。永峙一碑，以亢五嶽。

戶部尙書兩江總督高文良公神道碑

公諱其倬，字章之，先世自高密遷鐵嶺。父濬菴，累官口北道。生五子，公其仲也。十八歲舉于鄉，十九歲登進士，入詞林。聖祖奇公狀貌，欲試以外事。會四川有獄未決，命公往訊。歸，上問打箭爐形勢，公口陳手畫，沉詳不煩。上器之。命典試蜀中，督學山西，累遷內閣學士。

巡撫粤西，鄧横苗叛，公單騎入寨，曉以威德，萬衆投刀乞降。世宗登極，遷雲貴總督。公奏："西藏用兵，中甸乃進藏咽喉，請調鶴麗、劍川兵鎭撫之，開墾陸涼州，屯穀儲偫，改哀牢山土司爲流。與苗大小戰三十有二，所平魯魁、茅洞諸寨；所擒呼呼腦兒、刀光煥等。以功襲拜他拉布哈番。

福建饑，民變，調公督浙閩。公道浙，卽奏："姦民不可不誅，饑民不可不養，請撥温、台倉穀七萬石運閩；寬臺灣米禁，濟漳、泉二府。"上從之。閩人大和。閩自朱一貴反後，番不納餉，小不順輒攻刼焚殺。公立民夷界址碑，移興泉道駐廈門，設哨船巡之。苗夷讋服。生番阿密氏反，公遣臺灣道吳昌祚、參將何勉從竹脚寮、南投峙兩路進兵禽之。上聞，喜曰："卿在閩，朕無南顧憂矣。"會福建巡撫某不識字，見人倨，忌者欲傾之，密奏福建倉穀全虧。而公又與所親山東按察使白映棠私言江浙清查無益，恐累民。白奏之，上以公祖同官，沽名，罔上不道，遣內大臣史貽直等馳驛料簡閩穀，而調公督兩江。會雲南普思苗叛，貴州廣西猺、倮應之，乃命公總督三省。公到滇，即率提督蔡成貴等討平之。仍回兩江權巡撫事。今上登極，公首劾淮關榷使年希堯，人以爲仁者之勇。尋遷戶部尚書，入都，過寶應薨。謚文良，年六十三。

公揚休玉色，進止凝重。目瞻焉不能遠視，然長寸餘，無事輒睞，開則精光射人。性端靜，包涵蘊含，一本於自然。人相對如臨山海光明之中，廣大無所極。每奏事，天語褒寵。或忤旨，旦夕禍不測，而公施施如平時。雖家孥賓僚，欲窺公顏卜主眷盛衰，不可得也。世宗深知公性寬，不能掖之使奮。代人匿瑕藏疾，至累及，終不悔。然於國憲民瘼，大綱必舉。且望重，治行終長者，故雖詔書迫責，而封疆重任，十三年如一日。西師大事，必密與謀。阿喇蒲坦降，上問公，公奏：宜減兵，不宜撤兵，宜加戍糧以彈壓。兀魯特喀爾喀兩部落降人和羅爾邁逃。上又問公，公奏：有之不爲多，無之不爲少。宜撫其不逃者，愧其逃者。上嘉納之。

孫文定公嘉淦少時殺人報仇，公督學時爲脫其罪，故終身執弟子禮惟敬。李敏達公衛爲滇南布政使，與安南爭鉛廠河，上切責，公引咎，絕不言李。李慚感折骨。後李眷日隆，上疑公羲胜，問李，李奏：「高其倬勤過臣，太愼，故少遲緩耳。又短視，終日胸摩文案，生肉胼起，可驗也。」逾年，公入覲，奏事畢，上命褫公衣，公驚，以爲將刑。侍衞摩公胸，奏曰：「李衞不欺。」上大笑。

補熙提督松江，上猶慮公在江久，不無稗政，命補察劾，旨甚嚴。以上十八字文集二十四卷單刻本作：「上謂曰：『高其倬老物可憎，汝往可廉彼一罪來。』」疑爲初稿，本篇爲修訂者。補唯唯。到江南，聞人人稱公賢，乃以實奏。上喜曰：「熙不迎合朕，樸誠可嘉。」即遷總漕。嗚呼！公與補俱不可及，而世宗之神聖，誠何如也！

公於學靡不窺，天文、地理皆洞悉，而詩尤工。所著奏疏十卷、堪輿家言四卷、味和堂詩集八卷行世。繼配蔡夫人亦能詩。公以定萬年吉地功賜男爵。葬大興縣秀才營之原。子某。

銘曰：泰山之雲，崇朝而亙。何即之不高，而探之莫竟？扶桑之枝，浴日而行，何風吹似柔，而雷焚不驚？惟公秉夷姤之性，行恢合之政；抒端右之才，慰閫左之懷。始任戴冠，來扶王風。赤霄冒頂，素手捫空。導帝九阬，罔弗棣通。悅尼來遠，有睟其容。歸邪星出，白澤神通。蛇矛丈八，鼉鼓一中。使猓村狗國，區人鼈封，靡不書雲奉曆，橫草成功。徵衣旁旅，其聲喁喁。帝曰：「汝太將牢，而弗操刺，宜淬其鋒，以持劍膱。」公拜稽首，黎收而答：「臣持者心，臣亭者法。」七年敎民，三日先甲。百辟欽之，高山仰兮。九乾竺之，終德賞兮。冢象所連，高一丈兮。所謂大臣，盍置以爲像兮。

禮部尚書太子太傅楊公神道碑

乾隆元年九月，禮部尚書楊公薨於位。天子震悼，加贈太子太傅，崇祀賢良。公諱名時，字賓實，一字凝齋。其先出關西，明初以軍功襲鳳陽勳衛，家懷遠，徙江陰，世無顯者。及公貴，三代俱贈如公官。

公湛深聖學，自布衣至爲尚書，言動措施敷奏，一不外于孔、孟。以事被譴，人懼且不測，而公搆殘火治詩、禮如平時。聖祖時，宰相李文貞公嘗薦公爲第一流。康熙庚午舉人，辛未進士，入翰林，督學直隸，典試陝西，歸授直隸巡道。當是時，直隸無兩司官，巡道司刑名，所屬見憚。迎奉者相夸以多金幣，出巡則餽夫錢驛費者，重足錯轂而至。公壹切禁絕，牢籍書吏，僅通食飲，姦不得發。每讞決，多所平反。居月餘，天下稱其廉。上聞，喜曰：「楊名時不特官清，且好也。」

遷貴州布政使，尋巡撫雲南。時征西藏，滿洲兵集省城，公慮擾民，爲翦茅葺屋，撤牙門西廊使居，而中隔以垣，遣官巡之，庌其馬，夏不宛暍。順時覸士，敎民農桑轂畜，饑寒者收殺之。所劾官，雖有罪，必助其歸。較巡道時尤多仁惠。曰：「昔專乎巡，今兼乎撫故也。」在滇二年，而聖祖崩，世宗憲皇帝即位。雍正三年，遷雲貴總督。五年，題豁鹽課獲譴。六年受代。

公既以道自任，不與時合。或以危事中公，新撫朱綱來鞫，不得毫毛罪，坐他事修城。雍正十三年冬，今天子受世宗遺詔即位，召用向所廢置故老大臣，公首被召。天下想望丰采。滇、黔人狂走懽告，老幼相率觀公，或張酒宴羅拜，繼以泣，至環馬首不得前。既入覲，天子召對良久，命以課皇子、造人才、秩典禮數大事。既出，尋賜馬賜第，時公年七十六矣。以禮部尚書兼管國子監祭酒事。

初，康熙時，江南翰林非二甲前勿與，公獨以三甲得；故事，直隸學政非宮坊不與，公獨以檢討往。至是，天子命公教習庶吉士，時未館選，而詔先下。公受恩三朝，異數皆此類也。

公既用，益陳利害。諸朝臣言可採者，爲代奏聞。所定滇省事，有弊即請報罷。時天子銳意太平，於藩邸時，深知公，公亦感上責望重，欲盡所學以報。諸仁政將次施行，而公遘病。閱庶常卷勞，患手足痛，上醫問不絕。公具冠帶草遺表，薨。壽七十七。

娶劉夫人，無子，以弟子應詢爲子。葬某。

銘曰：何聖非儒，何事非書？學之不至，或拘或迂。道果能宏，沛然有餘。穆穆楊公，其學粹如。禮士敬咨，仁人貴際。大賁無色，大羹無味。薰薰熙熙，口嘘元氣。用之則行，投之無戾。天子曰咨，汝弼三朝。如彼卿雲，久爛丹霄。惟汝余輔，以帥百僚。伯夷彤伯，班序顛毛。公拜於殿，民賀於郊。惜哉冬日，雖和晷短；逝矣春風，雖歸澤遠。蒼蒼九乾，茫茫五施。兩楹兩廡，魂無不之。古書黑石，罔或磨治。路過者勿馳，大賢在茲。

刑部尚書富察公神道碑

公諱傅鼐，字閣峯。先世居長白山，號富察氏。祖額色泰，從太宗文皇帝用兵，有大功。子四人，次子驃騎將軍噶爾漢輔聖祖致太平，生公。

公眉目英朗，倨身而揚聲，精騎射，讀書目數行下。年十六，選入右衛，侍世宗于雍邸。驂乘持蓋，不頃刻離。雍正元年，補兵部右侍郎。年羹堯以大逆誅，窮其黨，公謂廷臣曰：「元惡已誅，脅從罔治。鼐事上久，能知上之用心。倘諸公心知某冤而不言，非上意也。」諸王大臣以公語，平反無算。岳興阿者，九門提督隆科多子也。隆柄用時，禮下于公，公不往。及隆敗，公爲上言岳無罪。上疑公與隆有交，故爲岳地，謫戍黑龍江。公聞命，負書一篋步往，率家僮斧薪自炊。

先是，公在上前嘗論準噶爾情形，上不以爲然。用兵數年，所言驗，乃召公還，予侍郎銜，命往軍前參贊。未行，仍命入宫侍起居。上違和，醫藥事皆公掌之。十二年春，命公觀兵鄂爾多斯部落。中途，偵賊數萬，掠地西走。公卽赴拜達理，請于大將軍馬爾賽曰：「賊送死，可唾手取也。彌遠來，雖兵疲，猶能一戰。惟馬力稍竭，願大將軍給輕騎數千助彌。事成，歸功將軍；事敗，彌受其罪。」馬嘿然，再三云，不應。公憤激，自率所部出，與賊戰，大敗之，獲輜重牛畜萬計。卒以馬病，不能窮追。事聞，天子大悅，賜孔雀翎，移佐平郡王軍謀，斬大將軍馬爾賽狥於軍。會賊有求降意，而盈廷諸臣皆欲遣使議和罷兵。上問公，公叩頭曰：「此社稷之福也。」上意遂定。卽命公同都統羅密、學士阿克敦往。

時戰爭連年，虜氛甚惡，窮沙萬里，雪沒馬鼻，行者迷向，認人畜白骨而行。公聞命，不辦嚴，徑上馬，馳抵策凌部落。策凌坐穹廬，紅氍毹爲褥，金龍蟠疊五尺高，侍者貂蟬持兵，女樂數行，彈琵琶獻酒。公從容宣詔，音響如鐘。酋蠻伏地，觀者以萬計，皆膜手指，夷酋曰：「果然中國大皇帝使臣，好狀貌也。」詔劃阿爾泰山爲界。策凌曰：「阿爾泰不毛之地，中國奚用？且我先人披荊棘，厲血刃，與喀爾喀爭來之地，寧忍棄之？」公曰：「以爲若不念先人耶，若肯念先人，更善。昔我聖祖征噶爾旦，通好於若國。若國主伐叛助順，縛噶爾旦送來，在途病死。若國震于天誅，卽獻阿爾泰地方，中國受之，置驛設守，已有年矣。今猶以爲言，是非背大皇帝，乃是背其先人，豈非大不祥乎？」策凌語塞，思以利害動公，乃集十四鄂托、十四宰桑，合而見公，曰：「議不成，公不歸矣。」鄂托、宰桑者，華言十四路頭目也。公叱曰：「出嘉峪關而思歸者，庸奴也。某思歸，某不來矣。今日之議，事集，萬世和好；不集，三軍暴骨。一言可決，而譏譏如兒女子，吾爲而王羞也。」諸酋相目以退。翼日，策凌如約繕表，求公轉奏，并遣宰桑同來，獻橐駝、明珠等物。世宗大悅，赦天下，加公三級，晉秩都統。

世宗崩，今上登極，遷刑部尚書。以誤舉參領明山、失察家人兩事落職。入獄，病，刑部尚書孫公嘉淦奏請就醫私第，許之，薨于家。年六十二。葬西山獨樹里。子三人，長昌齡，官編修；次科占，次查訥，俱有父風。

公寬于接下，太雜；剛于事上，太戇。伉爽自喜，好聲矜賢，簡節而疏目。以故無平不陂，福與禍俱。丙辰會試榜發，公奏請搜落卷，上允之，復取中三十餘人。有廣東劉起振者，年八十八，以公薦入翰林，爲一時盛事。所居稻香草堂，有白雁峯、鷲峯、東皋、南莊諸勝。積書萬卷，招四方人與遊。性理、經史、詩文、醫人、日者悉萃集焉。果親王任事時，聲勢所及，九卿唯唯。公在坐，伺王發聲，聽未畢，輒迎拒曰：「王誤矣。」王不能堪。世宗責公曰：「汝知果親王何語而又誤耶？」公亦不能答也。

銘曰：公如劍，其干將乎？誰不欽，以其光乎！卒以折，毋乃剛乎？迷陽迷陽，傷吾良乎！固不如赤堇之錮，而南山之藏乎？

光祿大夫禮部尙書王公神道碑

禮部尙書王公葬黃岡陽羅六十年，墓無碑。其孫廷泰來言曰：「先祖遺命弗爲碑，碑缺至今。廷泰出先生門下，讀先生金石文字，于古無讓。然則安知非先人之靈不欲以姓名爵里草草託人，必待後世之能與夫班、馬爭者然後紀傳之耶？銘我先人，補子孫之憾，先生其奚辭！」

余謹按其狀而書之曰：

公諱澤宏，字涓來，一字昊廬。家本瑯琊，十世祖東平侯遷于黃岡。公父用予，崇禎進士，任淮安推官，內擢檢討，以公故封光祿大夫禮部尙書。有子五人，公其長也。玉色揚聲，風采雋異。八歲，侍封公于淮，封公指簿案戲曰：「兒他日亦掌是乎？」公搖首，別手一書曰：「兒讀此，願掌此。」擷之，禮經一部也。翁乃大奇之。

年十四，補博士弟子，中崇禎壬午副榜。當是時，流賊四起，黃岡氛甚惡。公避亂九江，路遇賊，刼其家屬，公逃深箐中，三日不食。譚爾恆者，九江豪也，夜夢采鳳翔竹間，旦伺得公，餓色焦然，憐而衣食之。公說譚曰：「某祖父母、父母俱陷賊中，某義不獨生。公仁八，能活某一家乎？」譚問計，公曰：「賊衆烏合，無遠志，又無刁斗之設。每夕猪啼而囂，必置酒高會。乘其醉襲之，克矣。」譚許諾，糾鄉勇百餘，雜持鋤盾，公操戈而先，衆從之，直斫賊營。賊大驚，手不及格，皆逃。公殺數十人，扶祖父母、父母出。其他子女得脫者，泣謝環拜，求見主帥。就視，乃書生儒冠，美而文者也。時公年二十一矣。

甲申，世祖章皇帝登極，天下大定，公歸里讀書。辛卯，舉于鄉。乙未，成進士，入翰林，督學京畿，再遷吏部侍郎、左都御史、禮部尚書。既貴，爲譚爾恆納粟，得官同知，所以報也。

立朝專持大體，御史某奏流人宜徙烏喇，公不可。聖祖駁問，公奏稱：「烏喇死地，流非死罪。果罪不止流，當死；死不必烏喇。罪不當死，故流；流不可烏喇。」舉朝無以難，事竟寢。後聖祖巡烏喇，嘆曰：「此非人所居，王澤宏其引朕于仁乎！」

先是，江西徵漕，每米石輸水岸費若干，相沿爲正供。會江督奏入，九卿議者，多持兩端。公力言洪都地瘠民貧，除之便。天子以爲然。歲省浮額十餘萬。西江稅關，舊設湖口。湖口灘石森立，商舟待驗，往往漂沒。公奏移九江。嗣後，泊者晏然，無他虞，往來商爲建生祠。

癸未，以老辭位，歸居金陵之大功坊。角巾散服，徜徉山水，若忘其爲國老者。然鑾與南巡，公三逢盛典，每見則賜坐賜僎藥，勞問優渥，鄉里以爲榮。年八十三薨。子六人：長材升；次材任，己未進士，官副都御史；次材成，官江西南康令；次材獻、材信、材振。材振，卽廷琛父也。先娶陳氏，繼周氏，俱封夫人。

銘曰：天開虞廷，先生鳳鳥。來舞來儀，爲國初老。公之誕生，神骨珊然。禮儀三百，幼願學焉。帝曰嘉汝，汝作秩宗。勗帥以敬，克相朕躬。瓢齋築霽，罔或不供。吉凶軍嘉，必度于本末，而後立衷。公拜稽首，含舒憲章。斟酌六典，損益百王。執大琰圭，而佐烝嘗。亦咸有一德，以格于穹蒼。侃侃霜肅，澄澄水止。無赫赫之功，不沾沾自喜。老而安焉，三山二水。廷琛甚文，黃中通理。補徵玄石，永光萬里。祖德訪孫，碑文助史。公侯之裔，必復其始。

和碩簡親王碑

乾隆十四年，簡親王神保住以事削爵，天子命鎭國將軍德沛襲封。王名德沛，字濟齋。祖福臘闆封貝勒，父福存封貝子。王以嫡出，應襲封鎭國將軍，讓與從子恆魯，而己托足疾，入西山讀書。世宗以果親王薦召見，問所欲，曰：「願側身孔廟，分特豚之饋。」世宗重之，授兵部侍郎，遷古北口提督，巡撫甘肅。今上登極，遷湖廣總督，調浙閩，再調江南。

王面赬無鬚髯，頤霤如矢，道氣盎然。服侍皆內監官者。每見屬吏，南面坐，監司以下長跪白事。外于周、孔仁義，一不關口。聞人善則信，聞人過則疑。以和顏接士，士之曉經術能吏治者，尤篤愛如子弟然。甘肅歡收，多不上聞。王到，兩月不雨，報旱，普賑之。甘肅報災自王始。

衡永郴道某修柁桿州于洞庭湖，便文自營，夫役多溺死。前總督邁柱庇之。某故大俠，有氣力，知王來必不相容，走關節京師。凡貴人識王者，聽請書，月以百數。王積尺許，一切不開視。先劾奏某，褫職擒問，服罪，然後聚而焚之。御史朱續晫劾福建巡撫某受詔州守某賕，上疑不實，命朱往會同王鞫。時巡撫與太守俱未解任，聞朱來，欺其孤，遣猾吏鉗伺之，風影甚危。人亦疑王與巡撫同城不先舉發，而爲朱所奏，必護前。朱以小臣犯衆怒，行萬里外，勢必不能自脫。王竟自伏失察罪，奏直朱而置巡撫、太守于法。天下服其公。

越俗尚禨，有五通神爲祟，王毀其像。將軍隆升貪縱，王劾去之。民大懽，爲建生祠。乾隆七年，淮揚大水，王慮漕粟往，民不及炊，乃婫餅千艘，蔽河而哺，兩岸噞聲若流，菜色立變。謂府縣放手開倉庫賑，寧役侵可，重領可，務使恩流于民。凡留養、資送、賁糜、張廠、加恤各色目，靡不舉。是歲奏動地丁關稅鹽課銀共一千萬。官吏震駭，或色不相許，王輒奮曰：「堯、舜在上，必不以活民獲罪。縱爲活民故罷歸，于心不更安耶？」論者謂江南是年災實非常，然數百萬札瘥捐瘠鮮溝壑死，又不相寇災賊殺，非王之勇不能肩，非皇上之仁不能容也。議河事，與總河高文定公不合，召補吏部侍郎兼國子監祭酒。尋遷尙書，封王。一年薨。

王宅心遊目，恆在三代上，入學謁聖，必摩挲其俎豆鐘簴，懷而慕思，不忍訣捨。居恆危坐番番，雖矜莊而虛己已甚。常詣成均講大學，橋門俯聽者千餘人，皆悅服，獨助敎王之銳前曰：「猶未盡。」王請益，曰：「自天子以至于庶人一節，聖經畢矣。其本亂云云，須重申之，以見吾儒所以異于二氏之義。」王欣然下階，三肅而謝。助敎者，河間人，所稱仲穎先生者也。

袁枚宰江浦時，王過境，傔從索供頓，勢甚張。枚以實啓王，嚴檄禁督，嗣後肅然。以此受知尤深。王所著有周易解八卷、實踐錄二卷。薨年六十九，謚曰儀。無子，以從子恆質嗣。

銘曰：彤魚、昌僕，分姓羲、軒。河間、東平，卓爾不羣。惟王兼之，爲國宗親。聖涯稅駕，玄淵澡身。吁茶萬物，拱押天人。純終領閭，愔愔好學。六峜陰陽，三雍禮樂。咸精其能，爲民先覺。洽日九披，卿雲五采。高掌遠蹠，皇于四海。天災已極，乃見帝力。

帝座難通，乃見王功。羣黎報王，立廟烝嘗。王不能到，王在孔廟。溫明秘器，八綍龍率。同哀共嘆，葬王幽燕。遙知冢旁，太極流泉。定無雜草，靈蓍芊芊。

吏部侍郎魏公神道碑

枚幼時見里巷坐八九十翁，說賢太守，必曰魏公。或新太守甫涖，里魁過，必問：「得如魏公否？」枚問：「公政何若？」曰：「公至，海不波，旱必雨，浮糧捐，盜賊竄，野無停柩，寺無少尼。嘗過市有旗廝強匄，毀器拆屋，拘之不服。曰：『我固山子也。』公怒，命縛輿後，『吾將訴于將軍。』輿夫急馳，率烈日中，公肅賓謁廟，故紆其道。固山子不能堪，叩頭曰：『願受公責，毋訴將軍。』公曰：『公子安可責哉？且公子世家，知禮義，當不爾，必家奴教之耳。』杖其奴四十，狥于市。自後八旗肅然。撫軍黃叔琳獲罪，有蜚語稱其弟叔璥爲御史，巡臺灣，過杭擾民，民罷市。世宗命將軍、總督會訊。訊日，觀者如堵墻。黃公囚服噤齘，將軍呼三木脅之。公率錢塘楊令歷階上，抗聲大言曰：『府縣司地方，地方市罷，而府縣不知，請先劾府縣，再訊叔璥。且天子惟不信風聞，故命大臣窮竟。若奏不實而周內之，是欺天子也。竊以爲不可。今孩兒老母萬千在庭下，辱將軍玉聲一問，則叔璥與府縣俱無所逃罪。』將軍目外望，諸百姓匍伏呼曰：『如魏公言。』黃竟得釋。公所行，此其犖犖大者。」枚聞而識之。

後十餘年，枚知江寧，公爲安徽布政使，得朝夕見，矜寵甚盛。公時年六十餘，朴而和，疑不稱其風力者。蓋公之爵已尊，年已高，養愈粹也。今年，公薨，將葬，其次子內閣侍讀允迪來曰：「子，先君竹馬兒童也。長又受先君知。然則銘先君，惟子是屬。」枚惶恐辭讓，懼文不稱德，爲贔屭羞。繼又思銘公可無愧詞，而枚文或將藉公增重。乃按其狀而書之曰：

公諱定國，字步于，號愼齋。大父諱菁，官中書舍人，居江西建昌之水斗砦。鼎革時，守將欲屠砦，素善舍人，給契箭一枚曰：「保而家。」舍人不可，曰：「願與全砦同死。」將誼而許之，活者千餘家。子方泰，官禮部侍郎，生公。

公舉康熙乙酉科，登進士，宰應城，得民和。他郡訟者，走應城如騖。大府知之，遇民變，必檄公往。雲夢、孝感皆以守令故閉城罷市，他官徘徊不得入。望見應城縣旗幟，呼曰：「魏青天至矣。」皆解散羅拜。事聞，擢知冀州。世宗登極，遷守杭州，再遷河南按察使。當是時，督臣田文鏡政尚猛，上蔡令某怙田勢侜張，公首劾之。田怒，力未有以傷，會調直隸，與布政使張适拷人致死，謫戍黑龍江。先是，兵部尚書傅鼐謫焉。公到之前夕，傅夢魏徵來，翌日，公至。傅心敬之而未言。亡何，同步江上，一丈夫來汲，熟視公曰：「公毋姓魏乎？」曰：「然。」丈夫跪，叩頭泣曰：「民，冀州人也。公刑我，公不記耶？」公曰：「然則應恨我，而何以泣？」曰：「民從人爲盜，法當死，公爲減流。雖遣發，公意猶若其不欲遣發者然。故感公。」語畢，再泣，再叩頭。傅亦愴然不自禁，直前握手曰：「殺之不怨，公，孔明耳，豈僅魏玄成哉！」乃述前夢，大歡笑。

今上元年，公與楊名時、魏廷珍等同召見，授西安按察使。大將軍查郎阿從蘭州歸，衆官郊迎，日已暮，查下馬，問誰是魏觀察。公趨而前，查手燭照示衆官曰：「此傅閣峯爲我言，八年塞外友，刑人而人感者。容顏尚未老也。」再陞山東布政使，調安徽。先是司胥居奇，苛駁各屬册籍，公命代造，檄發，乃相視閣手。州縣奏銷，輒以尾數被部議，公代解而催還之。遷安徽巡撫，入爲刑部侍郎，再轉吏部，以老乞休，歸七年薨，壽七十有八。

公在浙時，浙有南北關，南關課贏，南司請撫臣入奏。公在坐曰：「不可，若以稅贏爲殿最，則今年南勝北，明年北勝南，如物力何？」汪景祺以大逆誅，子女坐流。一女許配中表，大府以無媒故，欲坐之。公不可，曰：「中表爲婚，何事于媒？」爲除其名。其持大體如此。

夫人曾氏，再娶蕭氏。長子涵暉，知鎮遠府。孫若干。以某月日葬某。

銘曰：一檄禽斬四十賊，一歲殺虎七百隻。公之吏術廉且傑，赴道若渴義若熱。卽之温温如不克，巽之委順震之決。西江之西巖巖石，其生也榮爲公碣。

小倉山房文集卷三

文華殿大學士尹文端公神道碑

乾隆三十六年二月，文華殿大學士尹公薨于位。天子震悼，加贈太保，謚文端，崇祀賢良。次年三月，公子慶玉等扶柩葬于遼東，遵公遺命，墓勿爲碑。其門下士袁枚泣而言曰：「古勳、華之盛，皆于皐、夔之訏謨中見之。我國家治隆唐、虞，天生文端公，熙帝之載，垂五十年。四夷九州，聞公慕公，萬頸胥延矣。倘生平忠勛，灕然就湮，于公謙德可也，其何以佐聖清之光明哉？第公奏稿盡焚，密勿語外罔聞知；而枚又生晚，靡能記憶。謹就受業以來，隅坐時齒牙所及，諸軍民屬吏所祝稱者，鋪揚之，以磐于貞石，或亦左氏所謂違而道者耶？」諸公子曰：「唯，唯。」乃撫其梗概而銘之曰：

公諱繼善，字元長，晚自號望山，滿洲鑲黃旗人。世居遼東，父泰罷祭酒家居，世宗爲藩王，祭長白山，召與語，悅之。問：「有子仕乎？」曰：「第五子繼善舉京兆。」曰：「當令見我。」及公試禮部，將謁雍邸，而聖祖崩。世宗卽皇帝位，乃中止。公亦登雍正元年進士。引見，世宗喜曰：「汝卽尹泰子耶？果大器也。」選入翰林，而召祭酒公爲工部侍郎，尋遷東閣大學士。怡親王請公爲記室，上許之。天寒，衣羊裘從王，王憐其貧，賜青狐一襲。奏署戶部貴州司郎中。

當是時，廣東總督孔毓珣與巡撫楊文乾不相中。肇高廉道王士俊者，楊所薦也，伺楊入覲，劾王下獄。公承命往鞫，得其情，世宗深嘉之。未復命，授廣東按察使。甫抵任，遷副總河。未半年，遷江蘇巡撫，仍兼河務事，時雍正六年也。江蘇漕政抗弊，公奏，衛丁州縣費各有需，嗣後請米一石，收費六分，先給官丁，使無不足，然後一裁以法。又奏，平糶盈餘，非公家之利，應存縣庫。又奏，撤水師營而增沙船巡海。又奏，鹽院伊拉齊不法，請褫職擒問。世宗悉允所請。懽聲接于衢。七年，署河道總督。九年，署江南總督。未一年，雲南元江苗反，調雲、貴、廣西三省總督。

公白晳少鬚髯，豐頤大口，聲清揚遠聞，著體紅瘢如硃砂鮮。目秀而慈，長寸許。釋褐五年，即任封疆，年裁三十餘。遇事鏡燭犀剖，八面瑩徹，而和顏接物，雖素不喜者，亦必寒暄周旋。常一月間兼攝將軍、提督、巡撫、河漕、鹽政、上下兩江學政等官。九印彪列，簿書塡委，而公判決恢然，無瘁容，亦無驕色，猶與諸生論文課詩，以故民相傳折服。閭呼騶過，爭欣欣然走一二里追輿望影，以爲天人。

其督南河也，上命開天然壩。公不可，適浙督李衛入覲，過清江，傳旨嚴飭，且云：

子太保。

「衞已奏明，黄水小，閘固毋妨。」公覆奏：「李衞不問河身之深淺，而但問河水之小大，非知河者也。倘河淺壩開，宣流太過，則湖水弱，難以敵黄之强。」方草奏時，幕中客齊爲公危，有治裝求去者，公不爲動。世宗喜曰：「卿有定見，朕復何憂？」輟御衣冠賜公，而加公太子太保。

其調雲貴入覲也，江南災，河東總督田文鏡欲夸所屬之豐，請漕東粟助賑。按察使唐綏祖密奏東省亦災，粟宜留。世宗問公，公奏如綏祖言。世宗曰：「如卿言，山東誠災。第綏祖田文鏡所薦，不宜異議。」公曰：「臣聞古人有申公憲以報私恩者，若臣作田文鏡，只知感愧，不知嫌怨。」時唐禍幾不測，以公解得免。而公初不識唐也。

公既到滇，知前督高其倬雖受譴，而老成有識，乃虚己諮詢，高亦感公意，備告款要。遂率總兵楊國華、董芳等分路進兵破之，擒其魁老常小等。元江平。

今上登極之二年，補刑部尚書。四年，教習庶吉士。五年，總督川陜。八年，江南災，調兩江。十三年，調廣東，不果，補吏部尚書協辦大學士。金川用兵，乘傳與忠勇公傅恆詣軍前受降，畢，仍督川陜。十六年，調兩江。十九年，河決，命督南河，河平，命視師伊里。半途追還，仍督兩江。二十九年，上召公，爲慶七十，賜讌于第，拜文華殿大學士，仍攝總督。次年還朝，相天子七年薨。公毅而能擾，機牙四應，上深知之。凡糾紛盤錯事，他大臣能了者，不命公；既命公，則皆棋危柁險，萬口禁聲，人方怯公無下手處，而公紆徐料量，如置器平地，靡不帖妥；又如東風吹枯，頃刻改色。凡一督雲貴，三督川陜，四督江南，而在江尤久，前後三十餘年。民相與父馴子伏，每聞公來，老幼奔呼相賀。公亦視江南如故鄉，渡黃河輒心開。臨入閣時，吏民環送悲號，公不覺悽愴傷懷。過村橋野寺，必流連小住，慰勞送者。不侵官，不矯俗，不畜怨，不通苞苴，嚴束傔從，所涖肅然。將有張施，必集監司以下屬曰：「我意如是，諸君必駁我。我解說，則再駁之。使萬無可駁，而後可行。勿以總督語有所因循也。」以故公所行鮮有敗事。

所理大獄，雍正間，江蘇積欠四百餘萬；乾隆間，盧魯生僞稿，及各郡叛逆邪教等案，皆株引萬千，而公部居別白，除苛解嬈，不妄戮一人。先是，十六年，天子南巡，黃文襄公盱衡厲色，供張辦。二十二年至三十年，公三迎鑾，熙熙然民不知徭役，供張亦辦。人以是服公之敏也。

公清談干雲，而尤長奏對。世宗嘗詔公曰：「汝知有督撫中當學者乎？李衞、鄂爾泰、田文鏡是矣。」公應聲曰：「李衞，臣學其勇，不學其粗；田文鏡，臣學其勤，不學其刻；鄂爾泰，大局好，宜學處多，然臣亦不學其愎也。」江蘇布政使某妄奏司胥侵歷年正供，自矜嚴察，公偏劾其寬縱，曰：「某既知庫虧百萬，而不能科別窮治，何耶？」上意釋，命大學士劉統勳會同按覆，事果虛。

俗傳公貌類佛，而不喜佛法。聞人才後進，則傾衿推轂，提訓孳孳。每公餘，一卷一燈，如老諸生，寒暑勿輟。詩成，喜人吟聽，至頓挫處，手爲拍張。或半字未安，必嚴改乃已。以故淸詞麗句，雖專門名家，自愧不如。上嘗下詔云：「本朝滿洲科目，惟鄂爾泰、尹繼善二人。」嗚呼，榮哉！

故事，宰相抵任，在翰林衙門。公入相時所坐處，卽公先人之位。公母徐氏，側室也，以公貴，封一品夫人。公側室張氏，以第二女爲皇八子妃，亦封一品夫人。充丙戌會試總裁，先一年而降旨，皆異數也。公本姓章佳氏，先娶郎氏，再娶鄂氏，俱封夫人。子某某。

銘曰：一事未行，懽聲雷鳴；問厥所由，相感以誠。一令裁布，趨迎滿路；我知其故，信之有素。大哉夫子，金粹玉溫！仇怨低首，羌、戎扶輪。五行中土，四時中春。惟其育物，所以歸仁。公嘗訓人，人如履地；不留有餘，鮮不顚躓。人亦指公，公如大樹；安寢其下，使人可據。羊腸嶪嶪，公能游之；虎目獰獰，公能柔之。匿瑕藏疾，公亦憂之；摘果未熟，曰且留之。及其覆矣，轉相咎矣。公亦無言，笑而受矣。貴且彌恭，耄乃益聰。乾乾日穋，扶我皇風。大鐘勿考，大廉勿表。官久胡貧，惟天了了。十事要說，姚崇忠愛。公欲云云，探懷有待。玄齡遺表，諫征高麗；公竟生前，抗顔陳詞。易簀猶視，殘編斷紙；日性所躭，惟文與史。七十七年，大星歸矣。如彼宣尼，可止則止。有子十三，鄧家金紫。罔不束脩，敦詩説禮。遼水湯湯，繞公墓堂。江水悠悠，望公來遊。二水之間，知公俱到。所到孰多？江南有廟。

武英殿大學士忠勤伯太保黄公神道碑

公姓黄，名廷桂，字丹崖，正黄旗人。年十九，以材官引強從聖祖出塞獵，控飛猱、落雙雕者二十餘年。世宗登極，授宣化總兵、四川提督。甫至官，即奏設局辦治鎗砲鉛丸。時西土無事，而公豫籌，同仕者笑之。未幾，西藏阿爾布托反；公往，敹千穀甲，軍容山立，賊大驚，散走。事聞，世宗知公可大用，命討雷波土司楊明義等，擒其魁，餘黨悉平。亡何，滇苗阿驢反，圍參將謝某於赤衣臺七日。公率兵入大、小涼山攻殺降下之，乃還。秋，滇省烏蠻又反，公軍川、滇接壤處，四路堵遏，卒縛其酋。世宗大悅，命總督四川。川省地丁每兩耗二錢，民苦之，公請每兩減一，奏上，報可。即今皇上即位之元年也。

俄而總督缺裁，署天津總兵，遷古北口提督，再遷甘肅巡撫。其時邊省倉空，地屢震，新渠、寶豐幾不毛矣。公符縣買耔種耕牛，招民授田，浚昌潤渠灌之。行二年，兩邑富如初。十三年春，署陝甘總督。冬調江南。十六年仍調陝甘。十八年調四川。二十年加太子太保，補武英殿大學士，仍督陝甘。

當是時，國家禽達瓦齊，方開闢伊里，威震萬國。而投誠之阿睦爾撒納叛入哈薩克，回虜竊發，襄勤伯鄂容安、兵部尚書班第死之。天子震怒，命大將軍永常、兆惠等相繼出兵。公以爲先安內而後攘外，外夷跳梁，國無大損。若因軍需驛騷，致內地有事，則金甌玷矣。乃命運糧車十家抽一，厚其值，許帶什物貿鬻，民踴躍爭先。慮牛運妨農，奏買騾，分布口內外，民耕如常。又以爲凡事豫則立，糧待盡而後運，則士飢；馬待缺而後補，則戰衄。乃命安西至哈密，沿路開池畜豆，馬到，行且喂。以故馳千餘里愈壯。駐防臺站，月需米數千，曰：「吾前撫蘭時，曾買穀三百萬石分貯河東、西，正爲此耳。」識者方知公遠謀，董安于不是過也。

逆酋已瑪等叛，截臺，臺信不通。沙克都爾幔吉一支，就賑蘭州，逼近肘腋，巴里坤大震。公遽發兵三千鎮撫之。奏出半月，而命下，如公言。布政使蔣炳共事肅州，公檄令回蘭州督賑，奏出四日，而命下，如公言。公又擬奏大將軍兆惠以孤軍守阿克蘇無益，宜早令回軍，相機再進。奏未出而命下如公言。公每有謀算，動符聖意，雖隔萬里，如在目前。以故眷寵日隆，加太保，封忠勤伯，世襲雲騎尉，賜紅寶石頂，四團龍補服。

公素患咯血，既理軍務，中夜輒起，或張目達旦，致積勞成病。病劇囈語，猶以馬馱糧運、進勦擒賊諸務，喃喃不絕。官吏文武繞榻環聽，爲之涕泣。漏下一鼓而薨，年六十九。天子震悼，賞賻無算。柩還，車駕親奠，謚文襄，崇祀賢良。

公陰重強毅，常稱事英主有法，若先有市惠、好名、黨援諸病，爲上所知，便行一好事不得。故生平寡笑語，所在芒角，專以招怨謗、忤權貴爲務，孤行一意，奉主而已。及事關重大，旁人平素舒緩養名者，束手不敢動；而公輒以一疏得之。或直薦其戚里，或保留人於臨斬決時，或請豁軍需數百萬，奏上卽行，海內駭服。貌清奇，長身鵠立，額上瘤起如佛頂懸珠者然。見屬吏無溫顏，質确其過，高坐不冠，斜睨而涕唾。司道以下，寒毛惕伏，甚至股弁。然喜人強項，愈駁辨愈喜，理屈則從之。或以此受目色。

督西川時外夷準噶爾入關熬茶，有諜奏入寇者，天子命公發兵；公封還詔書，奏不可。已而果以諜聞。調肅州馬，駐防兵倚將軍勢，或不時給。公奏之，上命滿洲三品以下官，許公杖決。由是令無不行。居恆無他嗜好，放衙畢，手通鑑一編而已。

子一人，某，福建糧道，先公卒。以某年某月葬公于某。

銘曰：吾未見剛，次莫如猛。惟我文襄，秉此以逞。起宣化，終涼、甘，利西北，不利東南。莫猇獬，付崔楷。貉子過，老羆臥。天縱其鋒，爲李橫衝。孤捧紅日，以行于空。如繫虎鬚，牽不得動。嗚呼，竟以始終。世之過人不履影而先豫奪常者，其視此華表之穹隆！

文淵閣大學士史文靖公神道碑

乾隆五年天子命刑部尚書史公教習庶吉士。枚習國書免課，而公命擬奏疏一通，褒許甚盛。嗣後趨函丈，不待啓輒入，得與聞本朝文獻，仁廟、世廟兩聖人所以致太平之隆與公生平受知恩遇，談洋洋盈耳。於古大臣中，酷愛姚元之，蓋自況也。

後十年，枚再拜公於賜第。時公已作相，而枚起病入都。公教之曰：「聞汝宰江寧有善政，誠不負所言。惜杜牧之未免風流耳。遠到者宜戒也。」嗚呼，言猶在耳，而公自此訣矣！今年五月十三日，公薨於位。天子贈太保，謚文靖，命翰林立傳，樹碑於墓。公之勳，天子爲揚其聲光，銘公者有大手筆在，何俟門下一舊史官哉？然弟子傳其師，各有所心得而不能自已，謹廣其事于狀外，而擬爲銘曰：

公諱貽直，字敬弦，號鐵崖，系出東漢溧陽壯侯。世居湖埭里，徙夏莊。父夔，官宮詹，以文學清望伏海內。公貴，贈如公官。

公十歲能詩，十八舉京兆，十九登進士，入翰林。典試於滇，督學於粵，所至有聲。爲掌院湯公右曾所抑，由檢討而贊善，而諭德，而侍講，而庶子，而學士。優游清秘，不越一級者二十三年。

雍正元年，大將軍年羹堯平青海歸，勢張甚，黃韁紫騮，絶馳道而行，王公以下膝地郊迎。年過目不平視，獨公長揖。年望見大驚，遽翻鞍下，曰：「是吾同年鐵崖耶？」扶上己所乘馬，而己易他馬，並轡入章益門。翼日補吏部侍郎，尹順天。世宗晝日三接，咨詢優獎，公亦布露所畜，勤施於四方。乘傳訊雁平道王寵、閩令梅庭謨。清釐直隸、河南積案，甄別閩省官。雖事秘，外不能知，而考覈平反，輿論翕然。公在世宗時，總督福建，再督江南，授都御史，巡撫陝西。在今上時，總督湖廣，再督直隸，加經筵講官，戶、工、刑、兵、吏五部尚書，文淵閣大學士，仍兼吏部尚書。

公生而徇通，神識超妙，周巡六曹，出入九鎮，又復六十餘年。以故所涖處如日破黑，湯沃雪，批伉窾要，動中機宜。常言天下辦事人多，解事人少，深刻非明，懈弛非寬，交際非私，協恭非黨。故公爲政行己，無心寬猛，恥矜苛廉，一以持大體安社稷爲務。先是戍臺灣兵，武弁送往，勒索番社頓遞，公改委臺鎮本標，弊遂絶。漳泉卑溼，穀易朽，公奏臺灣例給兵米，即以四府穀運廈門碾發，嗣後無角尖耗。西安無屯倉，公請軍需剩穀十六萬爲貯，歲饑，屯民受賑如一。苗盜蒲寅山據梘頭山叛，積十稔未平。公設方略，命總兵李椅禽其魁，餘黨悉散。容美土司稅輕，改歸流後稅增，公請仍征原額，僚、瑤歡呼。督直隸未半年，所題結事九千六百餘。

今上登極，公首奏停開墾以杜浮冒，禁勸捐以正國體，循資格以息奔競，用科目以重科、道、吏、禮四衙門，疏數千言。上在藩邸，習聞世宗稱公，及是愈信其賢，悉允所奏。因公入謁梓宮，召見溫諭良久，賜世宗所遺鵝黃蟒衣四團龍補服，曰：「此先帝意也。今朕君臣所共事，卽先帝事也。卿其始終一致。」公感謝嗚咽，上亦泣下不止。

公清標玉立，眉目如畫，舉止詳華，靴塵不沾。衣圭袍褶，式皆內裁。性強記，尤善清言，雖莊語危論，必多譬引，饒風趣。每早朝，立宮門槐柳下，諸王、貝勒、卿、貳、翰、詹，環聽鐵崖相公道三朝舊事，耆臣言行，以至輿服車騎之儀適，羅縷明暢，如鳳鳴九霄，下風傾耳，聞所未聞。他大臣或懼言溫室，言吶吶不宣，而公肆意逞詞，談啁流速，忌者亦不能中也。

乙亥歲，次子奕昂署甘肅布政。公通書於巡撫鄂昌，事聞，天子休公于家。公出學舍後，未嘗家食。至是乃得掃墳墓，到兒時釣弋處，召族人數千，分俸置酒，爲二疏故事。里中負蓑笠者，見公鄉音如故，嫺睦有加，咸傱傱奔趨，來看眞宰相。乃未幾，而天子南巡，仍召公入閣矣。公尤長奏對。年羹堯伏誅，窮治黨與，世宗問：「汝亦年某薦乎？」公免冠，應聲曰：「薦臣者年羹堯，用臣者皇上。」世宗默然。常奏事，拜起舒遲，上問：「卿老憊乎？」公曰：「皇上到臣年，當自知之。」上大笑。時公年八十一矣。公少時撤金蓮燭成婚，中年督兩江開府鄉里，晚年再宴鹿鳴、瓊林，周科目六十年之數。天子賜詩褒美，祝太后萬壽，入九老會，圖形內府。近古以來，所未有也。上蔡令張球誣陷同官邵言綸，總督田文鏡庇之。世宗命公往豫案覆，發其奸，田大慚。大學士邁柱請開楚丹河運米，公力持不可。浙督李衛約爲兄弟，公嫌其不學也，謝之。三人方柄用時，攖其鋒者皆懾，公獨棘棘不阿，其守正如此。晚年恩禮愈隆，肩輿入紫禁城，陪祀不與，大寒暑不入閣，湯沐小休即齎物賜於家。患風熱數日，曰：「吾本無疾，而此中竭矣。」即繕遺表薨。

子三人，長奕簪，官翰林；次奕昂，廣東布政使；次奕環，知潞安府。夫人許氏，先公卒，合葬某。

銘曰：天球河圖，西序雙陳。阿衡太師，朝不兩人。奕奕史公，維嶽降神。逋峭風骨，華重冠巾。天生公來，作百官表。表上頭銜，公身可考。帝賜公履，作九州圖。圖中禹甸，公盡馳驅。勿矯勿隨，有猷有爲。雷霆之下，談笑指麾。垂老雍容，黃扉供奉。主聖臣逸，物希寵重。堯、禹盤匜，羲、軒露甕。但厰于庭，四方風動。何必琄琄，再叩其用？伏波談論，王公意消；奚斤老去，善說先朝。八十二年，委化而卒。帝子奠酒，千官執紼。太常大忝，與國無極。惟予小子，奉詔受經。隅坐請業，有訓則聽。褒其文才，揚於王廷。小謫蓬山，公爲涕零。望舊澠池，以振厥聲。一朝星隕，吾將安仰！絲竹前生，山河音響。見而知之，典型不爽。私製碑銘，以貿泉壤。

廣西巡撫金公神道碑

乾隆元年春，枚起居叔父於廣西巡撫金公幕下，見公。公奇枚狀貌，命爲詩，大異之。當是時，天子詔舉博學鴻詞之士，四方舉者，每疏累數人，多老師宿儒。公獨專爲一奏，稱某年二十一歲，賢才通明，羽儀景運，應此選克稱，語多溢美。天下駭然，想見其人。廣西自高爵以下至于流外，驚來問訊。亡何，枚報罷，公亦以事去官。

後二年，枚乞假歸娶，拜公於安肅。會日暮，天大雪，公聞其至也，喜曳杖走出，及門，迎且笑曰：「果然翰林耶？」枚再拜，公答拜。命入見夫人。

五年，枚再入都，公之兩子來曰：「延玉、振玉等不孝，不能延先君之年，今先君薨，葬有日矣。惟貞石之未書，翰林其銘先君哉！」枚乃泣而言曰：「公仕宦垂三十年，盛業若干，枚與兩郎君俱年少，知之難，文之尤難。雖然，就所聞以光幽宮，翰林事也，亦門生志也。不敢任，亦不敢辭。」

謹按：公諱鉷，字震方，一字德山。祖友勝，本姓金，襲明金帶指揮，世居山東登州。流賊破城，友勝死之。存三歲兒名延祚。太夫人佘氏將死，屬諸側室趙氏曰：「守節，經也；存孤，權也。我行經，汝行權。」趙氏泣而頷之，挈兒至遼陽，轉適郭氏。既長，從本朝入燕，歷任工部侍郎，生公。及公貴，始復姓。

公通易理，善兵法，爲粵西布政使。奏：州縣向例雖有繁簡兩調，而於所治處分析未備，則人地難相宜。請分衝、繁、疲、難四條，許督撫量才奏請。上嘉納焉。今直省所有自公始。西隆州八達寨苗反，公討平之。奏免泗城六年舊稅。以汛兵少，粵土蕪不治，乃行屯田法，設都司官駐柳州，與民牛，招之耕，敎之技勇，每名給水田十畝，公田一；旱田三十畝，公田二。存公田租於社倉。行之期年，粵萊田萬餘。於是天下人皆曰：公以一廣昌知縣莅任五年，蒙世宗皇帝擢太原知府；才三年，遷廣西按察使，才一月，遷布政使；才三月，遷巡撫。今入粵者望氣葱葱然，政行民和，大異疇昔。然則世宗非用人之驟也，其知人之深也。

公之自太原入覲也，方廷議耗羨歸公，公奏不可。世宗不悅，曰：「朕已定養廉矣。汝在官私官乎？」公叩頭曰：「臣非爲官游說也。從來財在上，不如財在下。州縣爲親民之官，寧使留其有餘。養廉者，養其家，使知廉恥也。家有大小，所定數詎能胥足？一遇公事，動致侜張。皇上之意，豈不曰凡是官辦，皆許開除正供。但從司院案覆，以至戶部，層層隔閡，報銷甚難。從此，州縣恐多苟且之政。皇上意在必行，臣請養廉外，多增公費，或存縣，或存司，倣北宋留州之法，庶于事有濟。」會左都御史沈近思持論與公合，世宗乃勅山西巡撫核公費章程。巡撫希上意，定數較他省爲優。

公撫廣西九年，今上登極，召補刑部侍郎。治行時，印券借司庫千金，後任巡撫楊超曾劾之，罷職雜治。居月餘，楊捃摭不已，上怒曰：「朕以金鉷撫粵久，恐有他故，故置之獄。今楊超曾數來奏，皆極細事，是金鉷平日無可奏也。免鉷罪，以所借銀賜之。」即日寧公于家。五年春薨。薨後，天子念公賢，授河南布政使。吏部以爲公存也，文書下其家，叩門不應，鄰一叟出曰：「公亡三月矣。」乃奏明收詔。嗚呼！罪之雪也，雪之者必有人，而公以加擠而得脫；黜而起也，起之者必有人，而公以身死而得官。然則公之孤直與天子之明聖，可以見矣！

性仁儉而靜，置古鐘一枚，擊之以招僮豎，侍者聞鐘聲始往。遣人至大同買妾，詢爲宦家女，厚其資歸之。嘗謂雲貴總督鄂公爾泰曰：「改土歸流，非計也，異日當思我言。」

公享年六十有三，先娶繳氏，再娶陳氏，俱誥封夫人。

銘曰：得一少年，薦於皇天。我愧賈後，公居吳先。公之勳庸，寰海所知。灕水湯湯，我初見之。牙旗雨收，南衙晝長。每接從官，竊窺簾旁。口畢王事，誦我文章。行止儀狀，瑣屑夸張。辦裝非過，借祿非貨。受彼撏撦，甘茲折挫。天子有恩，用公之魂。豫民泣涕，待公不至。僂指平生，第一知己。豈圖報公，如是而止！嗚呼蒼天，使我如此！我心匪石，墜於泉底。

湖北巡撫唐公神道碑

惟唐氏世居海陵，再遷揚郡。唐公季如知靈山縣，鼎革時，輸金贖兵中子女。天祜有德，大昌厥宗。再傳生公。公行六，諱綏祖，字孺懷，號莪村。諸昆歷翰林、觀察、司馬諸官，而先生官尤尊。舉康熙丁酉科，宰封丘，受知河東總督田文鏡，從縣令遷歸德守、濟東道、山東按察使。田以苛廉聞天下，而公又精神淵著，修下而馮，人望見畏之，以故共事者爭相搆嗾。凡四落職，三對簿，沒產頸繫，勢洶洶，疑不能再脫，而公卒無恙，卒起用，以官壽終。

知封丘時，兩漁戶報盜，失一袴一斧。公疑之，拘漁戶往勘，漁戶卽盜也。柘城盜供火伴某，公疑之，命侍者易衣就質，盜指曰：「是也。」公大笑，鞫之，乃爲役所教，並盜非是。守歸德時，濉縣民羅二被殺，妻張氏訴賀某仇害，獄已具矣。公廉得張與叔姦，手絞其夫，賀得釋。聊城民傅世友擕兒摘棗，傷臥道旁。過者詢之，曰：「俺兒。」聲終氣絕。人縛其兒鳴官，獄已具矣。公廉得樹主所毆，呼俺兒者，戀其子也。兒免極刑。爲山東按察使時，郯城某殺人，詭家奴自縊，獄已具矣。公疑券新，鞫他奴，死者故石匠，非奴也。毆，非縊也。寃始雪。爲廣西布政使時，粵西桑江苗叛，撫軍獲僞軍師黃某，議遣官招安。公不可，曰：「彼若執官而欲易其軍師，奈何？」遂進兵，既而諜者言苗已張繩待矣。撫軍欲遷外城民爲堅壁清野計，公不可，曰：「苗不薄會城也。若遷民而示之弱，將薄城矣。」從之。苗果平。

公雖出田公門，而遇事不阿。江南災，田奏運穀助賑，夸東省之豐也，公密奏東省亦災，穀宜留。世宗疑公負田恩沽名，命白衣領職，漕粟江南。會雲貴總督尹公繼善入覲奏山東災重于江南，事得釋。入爲太常寺少卿。今上登極，出爲廣西按察使，尋遷布政使。公在山東時，劾濟南知府金允彝。後金弟榮爲桂林同知，搆公于撫軍。伺公入覲劾公。公歸，官罷，家籍沒矣。天子命廣東總督策楞往訊，事得釋。起用爲浙江布政使。浙撫常安匿災，公爭之。常爲總督喀爾吉善所劾，疑公，反劾公，公官罷，家籍沒矣。天子命大學士訥親、總河高斌往訊，事得釋，起用爲江西巡撫。調湖北。湖北布政使嚴瑞龍老而眊，公不禮焉。嚴搆公于總督永興，劾公，公官罷，家又籍沒矣。天子命河南巡撫鄂容安往訊，事得釋，起用爲西安布政使。未二年薨，年七十。

嗚呼！非公清節無虧，百務有條，必不能行險衢如康逵，至於再，至於三，循環終身而無咎。非生遇聖明，亦不能太陽麗空，沉冥必雪。然公能知人用人，能得人死力。在朝卿貳，在外岳牧、州郡，其賢者、有意氣者，靡不通縞紵，序慇懃。寠人子苟有才，必折節下之。嘘枯吹生，悱惻肫摯。未幾，所目色提挈輩，雲蒸豹變，百不失一，雖日者、筮人皆自愧不及。而公亦頗以能相士爲己任。

枚弱冠試鴻詞下第，落魄長安。天大風雨雪，衣縑單衣，謁公於順治門里第。公與語，奇之，次日屬今學士朱公佩蓮來，欲妻以女。枚以聘定辭，而公憐之益甚。每過必賜食，且撫盂曰：「毋寒乎？」每暑必賜浴，且以指攪盆曰：「湯未温，宜少待。」是時公爲太常卿，朱公亦未第。事隔二十三年，至今枚爲人言，猶泣下。

公葬邗江某原，夫人吳氏祔焉。子三人，長扆衡，官同知；次倚衡，官南安知府；再次秉衡，蔭生。

銘曰：悞海爲深，疑山必險。闞者嚬嚬，使公屯蹇。公曰聽焉，禮義不愆。福自天祐，禍爲道遣。人望巨航，忽沉忽漾；誰知舟子，其心蕩蕩！人驚寶鏡，忽涅忽磨；惟其如斯，光乃益多。坐如舒雁，行必圈豚。言無枝葉，腹有精神。以人事君，可謂大臣。而況其才，揮忽紛綸。謂余不信，視此銘文。

協辦大學士吏部尚書孫文定公神道碑

公諱嘉淦，字錫公，一字懿齋，故爲太原縣民，自代遷興，居邑之臨河里。父天續以俠聞，殺人，吏持之急。公年十八，與其兄日行三百里，出奇計脫父於獄中。

康熙癸巳進士。雍正元年，公以檢討上封事三：曰親骨肉，曰停捐納，曰罷西兵。世宗壯之，立召對，授國子監司業，遷祭酒，再遷順天府尹、工部侍郎。先是，工部吏奏銷爲姦，公頒工程科比，而先以物價咨外省督撫，臨期料覆，披籍而已，吏相弔于家。十年，遷吏部侍郎，仍兼祭酒事。薦教習某，世宗不用，公爭益堅，世宗擲紙筆與之曰：「汝書保狀來。」公持筆欲下，大學士某呵曰：「汝敢動御筆乎！」公方悟，捧筆叩頭。世宗怒，反縛置獄，擬斬。已而謂大學士某曰：「孫嘉淦太戇，然不愛錢，可銀庫行走。」公出獄，不抵家，徑趨庫所。果親王疑公故大臣，黜必嗛於懷，不屑會計事。又聞蜚語，謂公沽名，收銀有縮無贏。乃出不意，突至庫視公。公方抱持衡，傴僂稱量，與吏卒雜坐，勞苦均共。問所收銀，有不足乎？曰：「某所收，別置一所，請覆之。」王宰權良久，無絲毫縮贏，如衡而止。王大奇之，即爲轉奏。上亦愈重公，命署河東鹽院。

今上元年，擢左都御史，上三習一弊疏，大旨以爲：人君耳習于所聞，則喜諛而惡直；

目習于所見，則喜柔而惡剛；心習于所是，則喜從而惡違。自是之根不拔，則機伏于微，而勢成于不可返。黑白可以轉色，東西可以易位。臣願皇上時時事事，常存不敢自是之心。引文王「望道未見」、孔子「可以無大過」爲喻。天子嘉納之。遷刑部尚書。

三年，轉吏部尚書，總督直隸。直隸旗民雜處，多豪强。聞公往，先聲讋服。引水溉田，開五百八十支河，使溝水通道，道水通河，河水通淀，交注遞洩，無所滯留。晉州小兒被殺，同村紀某衣污豆汁，有司悮爲血，刑訊誣伏。最後眞定府知府陳浩來白公，而勾決之旨已下，公奏雪之。又奏直省酒禁太嚴，以日用飲食之故，使天下驛騷，非政體也。弛之便。一時解縲絏者三千餘人。又奏給旗人屯田，墾治古北口、山海關外荒土數萬頃。

六年，調湖廣總督。前撫開橫嶺三洞，議者以路太險，欲棄之。公曰：「此地於國家原無所可惜，但諸苗俱入版圖，而獨留此巢穴，或不逞者聚焉，則震驚寶、靖、城、綏矣。」奏設參將，募兵鎮撫，羣峒肅然。調撫福建，以前訊糧道謝濟世事不實，免。九年冬，補宗人府丞。公請老，許之。十四年召補副都御史，尋遷吏部尚書、協辦大學士。

公內峻外和，相對者如登泰、華，坐春風，非不陽和熙熙，貯在顏間，而業已將人置青雲上。雖有下界謔談語，不特不敢出于口，亦并不能生於心。好靜坐，退食之餘，一經相對。兩朝聖人，知公所學深，能扶文運，故命再督學，五典鄉試，兩總裁禮闈，四任分校，再領成均，再任翰林掌院，教習庶吉士，充經筵講官，行走上書房。又命日進經義一章，纂毛詩折衷成，復命註易傳，彖爻甫畢，而公病矣。門下士卿貳百辟，布列中外，銘旌歸送者，縞素如雲，朝爲之空。彰益門內外車馬塡塞數十里，皆舉音以過喪。天子震悼，命皇子奠酒，謚文定。

公既負直聲，屢躓屢起，晚年物望愈隆，朝中略有建白，天下人咸曰：「得非孫公耶？」遂有匪人僞奏疏一紙，語甚悖，託公所爲。窮治經年，裁得主者名。天子知公忠無他腸，寵遇益隆。而公終不自安，以爲捨他人而我假，必其致之者有自。自此食不甘，寢不寐，情懷忍忍，一切所以補塞晏、參密勿者，彌口不宣，即家庭間亦寂然無復聞知。故所狀公者止於此。

薨時年七十二。子孝愉，蔭刑部主事。葬某。

銘曰：繁星爛宵，卿月孤明。峩冠盈朝，儒者孤行。穆穆孫公，惟嶽降靈。目營四海，心醉六經。摧剛爲柔，惟誠故形。三揖在下，九奏在廷。咸有欽式，閣手仰成。北鎭幽、燕，南臨荆、楚。如泰山雲，膚寸而雨。皇帝曰來，卿學如古。古聖有心，交朕與汝。汝其發明，朕爲汝主。公晝夜頷頷，精思探取。易極連、藏，詩窮齊、魯。宵夢孔、周，旦質堯、禹。每奏一經，黃封旁午。孔明淡泊，豈喜聲聞？無如民愛，溢美紛紛。以致名尸，走索其門。讜語簉言，直達九閽。帝曰徐之，俾是究是陳。鏡涅愈瑩，絲漚愈純。保一个臣，終始于恩。惟予小子，受知最早，欲永公名，金石是考。所聞者稀，所書者少。嗚呼！恐太行山高，不如華表。

太子太師禮部尚書沈文慤公神道碑

乾隆三十四年九月七日，禮部尚書、太子太傅沈文慤公薨于家。余三科同年也，故其子種松來乞銘。

余按其狀，而不覺嗚咽流涕曰：詩人遭際，至于如此，盛矣哉，古未嘗有也！在昔卿雲賡歌，則有八伯；喜起賡歌，則有皐陶；卷阿矢音，則有召公。其人皆公侯世卿，非藉詩進者。唐人或以單詞短句受知，而目色偶及，恩眷已終。卽晚遇如伏生、桓榮，亦不過蒲輪一徵，几杖一設，而其他無聞焉。惟公以白髮一諸生，受聖人知三十年。位極公孤，家餐度支，遠封榮祖，近蔭貴孫。薨後皇情紆眷，賜謚賜祭，賜葬賜誄，贈太子太師，崇祀鄉賢。嗚呼，如公者，古何人哉，古何人哉！然而，皆天也，非人也。

公諱德潛，字確士，自號歸愚，吳郡長洲人。弱冠補博士弟子，丙辰薦博學鴻詞，廷試報罷。戊午舉于鄉，己未登進士，入翰林。壬戌春，與枚同試殿上。日未昳，兩黃門捲簾，上出，賜諸臣坐，問誰是沈德潛。公跪奏：「臣是也。」「文成乎？」曰：「未也。」上笑曰：「汝江南老名士，而亦遲遲耶？」其時在廷諸臣，俱知公之簡在帝心矣。越翼日，授編修。屢和上詩，稱旨，遷左中允、少詹事，典試湖北。歸，召入上書房，再遷禮部侍郎，校戊辰天下貢士。公自知年衰，薦齊召南自代，而己請老。上許之，命校御製詩畢，乃行。上賦詩以賜，曰：「朕與德潛，可謂以詩始，以詩終矣。」

歸後，眷益隆，三至京師，祝皇太后、皇上萬壽，入九老會，圖形內府。而皇上亦四巡江南，望見公，天顏先喜。每一晝接，必加一官，賜一詩。嗟乎！海內儒臣耆士，窮年兀兀，得朝廷片語存問，覺隆天重地，而公受聖主賜詩至四十餘首，其他酬和往來者，中使肩項相望，不可數紀。常進詩集求序，上欣然許之，于小除夕坤寧宮手書以賜，比以李、杜、高、王。海外日本、琉球諸國，走驛劵索沈尚書詩集。盛矣哉，古未嘗有也！然公逡巡恬淡，不矜驕，不干進，不趨風旨。下直蕭然，繩菲皂綈，如訓蒙叟。或奏民間疾苦，流涕言之；或薦人才某某，展意無所依回；或借詩箴規，吁堯咈舜，務達其誠乃已。諸大臣皆色然駭，而上以此愈重公。公既老，所選詩或不能手定，庚辰進本朝詩選，體例舛午，上不悅，命廷臣改正付刊，而待公如初。此雖皇上優老臣，赦小過，使人感泣，而亦見公之朴忠，有以格天之深也。

公嘗訓其孫惟熙曰：「汝未冠，蒙皇上欽賜舉人，亦知而翁十七次鄉試不第乎？」公鄉舉時已六十有六，其時雖綺夢幻想，必不自意日後恩榮至此。而從來人主之權，能與人爵，未必能與人壽。倘皇上雖有况施，而公不能引其年以待之，則亦帝力于公何有矣！觀公之九十七歲方薨，然後知蒼蒼者有意鍾美于公，以昌萬古詩人之局。而皇上與天合德，先天而天不違；公之年與恩俱，亦有莫之爲而爲者。嗚呼，此豈人力也哉？

公醇古淡泊，清臞矗立，居恆恂恂如不能言，而微詞雋永。無賢不肖，皆和顔接之。有譏其門牆不峻者，夷然不以爲意。詩專主唐音，以温柔爲教，如絃匏笙簧，皆正聲也。所著古文、詩各三十卷，詩餘一卷。

先娶俞氏，後朱氏，均贈夫人。以庚寅二月二日葬元和之姜村里。

銘曰：古松得天，讓萬木先。雖槁暴于前，而償以後澤之綿綿。則較夫早達者，轉覺羸焉。皤皤沈公，杖朝而走，帝曰懋哉，朕知卿久。朕有文章，待卿可否。殿上君臣，詩中僚友。公拜稽首，老淚浪浪：從古傳人，半仗君王。蒙陛下將臣，置日月旁。以星雲色，爲名姓光。生論定矣，死何勿彰！吁嗟乎，宮爲君，商爲臣，宮商應聲，先生之詩之神。

江蘇巡撫雨峯徐公神道碑

公諱士林，字式儒，號雨峯，世居山東文登縣。父農也，公幼聞鄰兒讀書聲，慕之，跪太夫人膝前曰：「願送兒置村塾中。」許之，遂舉康熙辛卯孝廉，癸巳進士。補中書，遷刑部主事，知安慶府，再遷江蘇按察使。以失察私鑄，左遷汀漳道。漳俗鬬殺人，捕之輒聚衆據山，或請用兵。公曰：「無庸。」命壯丁分扼要隘，三日，度其食且盡，遣人深入，訹以好語，曰：「垂手出山者免。」如其言，果逐隊出，乃伏其仇於旁。仇大呼曰：「爲首者某也。」立擒以狥。衆驚散。嗣後捕犯，犯無據山者。遷江蘇布政使，丁父憂，詔奪情巡撫江蘇，公不起。服闋入都，天子問：「山東、直隸麥收如何？」曰：「旱且萎。」問：「得雨如何？」曰：「雖雨無益。」問：「何以用人？」曰：「工獻納者，雖敏非才；昧是非者，雖廉實蠹。」上深然之。補江蘇布政使。尋遷巡撫。未一年病，病中念太夫人年高，不能迎養，三上疏乞歸。上許之。行至淮安薨。天子震悼，命崇祀賢良。壽五十有八。

公要路不通一刺，而於鄉會師門，惓惓不忘，曰：「此人生遇合之始也。」治獄如神。任刑部時，有二人伐木塞外，木摽乙斃，有司訊結矣。越三月，乙弟以謀殺控甲，甲逃。公曰：「置當場死者之妻子不問，而以三月後局外之人興獄乎？甲逃懼累，非懼罪也。」甲聞即出，獄果虛。知安慶時，宿松孀田氏，事姑孝，兄公利其產，逼嫁之，與羣匪篡焉。婦刎于途，誣以墜水。公坐堂上，見黑衣女子啾啾如有訴，召兄公質之，則毛髮析灑，口吐情實。公深愧以鬼道設教，而滿庭胥隸，皆有見聞，不能掩也。凡讞決憲于轅垣，絕人影射。守令來謁，具獄命判，試其才。教曰：「深文傷和，姑息養奸。戒之哉！夫律例猶醫書本草也。其情事萬端，如病者之經絡虛實也。不善用藥者殺人，不善用律者如之。」

性廉儉，而絕不自矜。撫蘇州時，賀長至節，天寒裘禿，按察使包括以貂假公。公披之如忘，涕唾交揮。家人耳語曰：「此包公衣也。」公大慚謝過。少頃論公事快，揮洒如初。聽訟飢，家人供角黍，且判且啖。少頃髭頤盡赤，蓋悞硃爲飴糖，筆箸交下，不復能辨。晚坐白木榻，一燈熒然，手批目覽，雖除夕元辰勿輟。幕下客憐之，治具嘉慶本作「具美饍」。邀公，公猛啖，不問是何膳飲嘉慶本作「名色」。其平素精神夢寐，偃仰唾涕，知愛民憂國，惟日不足而已。故于服食居處，人以是供，公以是受，不容心于豐，亦不容心于儉也。

聞覺禪師來江南，督撫、將軍以下，負韊矢屈膝，公長揖呼和尚。織造海保入獄，五月猶狐裘，公進葛衣。大府呵之，公曰：「罪雖重，於律，五月不衣裘也。」楚鹽不運，詔命會同兩淮鹽政核議。或勸公讓鹽政主稿，公笑曰：「問心公私耳，何嫌之避？」請加息以惠商。時內外大臣，噎媢不前，而公章先上。乃附紙尾以進。其遺表曰：「願皇上除弊政，而毋事紛更；廣視聽，而中有獨斷。愛民勿使之驕，用人先求其直。」章上，人以比朱文端公云。

子某。自「其遺表」句至此，嘉慶本作「公子一人，名朝亮，生十四年而公薨。妻張氏諧」。

銘曰：昔湯文正，爲政江南，民化其儉，苦節成甘。後有繼者，諄諄訓詞，民不能從，且相訾訾。隔五十年，徐公至止。宴滄浪亭，五簋而已。蘇城翕然，儉且中禮。惟余小子，慴人講學。聞先生風，恍然夢覺。同言而信，信在言前；同禱而應，應在禱先。至誠動物，其中有天。羊質虎皮，類然不然。嗚呼徐公，今無其倫。來非戀爵，去非要君。儉非矯俗，仁非市恩。始於立身，終於事親。正色爲秋，微笑爲春。不愛公勤，愛公之醇；不敬公清，敬公之眞。爰爲公銘，以示後人。

太子少傅工部尚書裘文達公神道碑

公姓裘，名曰修，字叔度，一字漫士，江西新建縣人。康熙刑科給事中思補公之第五子也。乾隆元年，以廩生薦博學鴻詞。舉順天鄉試。四年，中進士，改庶常。八年，天子親試翰林，擢公高等，驟遷侍讀學士，轉詹事府少詹，遷兵部侍郎，調吏部侍郎，充經筵講官，軍機房行走。

公貌清整，眉有濃翠，顧盼間精神淵映。居恆喜賓客，工諧謔，搜奇語怪，了無倦色，而遇事神解超捷。每詣一曹，受一職，手文書嘌然，數日後判決如流。二十一年，王師征伊里，公面奏軍務機宜，天子大悦，即賜御衣冠，乘傳至巴里坤，傳宣聖意。會逆酋莽阿里克遣弟某詭稱押送諸番，探信卡倫，公與哈密總兵祖雲龍縛畀總督，發其姦。哈密兵少，有赴巴里坤種地者七百人，公請暫留爲衞；撥沙洲五衞麥石添備支發，其賸餘者分散各路塘站平糶之。上皆奬許。公以一書生，冒矢石行萬里外，與陝甘督撫滿洲諸將軍計議密勿，而能下協邊情，上符睿算，近代儒臣所未有也。

調戸部侍郎，署倉場總督，攝順天府尹。充丙戌科會試總裁，擢禮部尚書，調刑部尚書，降府尹，尋遷工部尚書。年六十二，病噎，天子賦詩存問，醫藥不絶于道。加太子少傅，詔下二日而薨。賜謚文達，入賢良祠。

公聰强機警，受大任，舉重若輕，天子愛其敏，倚若股肱。初爲胡中藻事罷官，逾月起用；再爲捕蝗事降官，逾月復故。凡有事于四方，與大學士劉統勳先後奔走，前命未復，後命又至。半途回車，竭蹶東西。雖侍内廷，領六部，而英蕩款關，足迹常半天下。二十三年，命在工所，訊邳州知州某短發車價事。二十四年，命往太倉，訊王闓冒家主事。二十五年，命往蘭州，訊縣丞崔琇擅動驛馬事。二十九年，命往福建，訊總督楊廷璋受陋規事。三十七年，命往盛京，查旗地事。五主鄉試，一至湖北，兩至江南、浙江。八勘水利，三至河南，兩至江南，四至直隸。公所讞決，無苛嚴，亦無縱捨。衡文得士心。

尤善治水。常奏：治水宜先審其受病之由，再論治病之法。就一縣一府而言，病有其處，合一省而言則不然；就一省而言，病有其處，合數省而言，又不然。若僅于一處受病處治之，而下流之去路未清，則爲患滋甚。上深然之。所治黄、淮、淝、濟、伊、洛、沁、汜等，共九十三河，疏排濬瀹，貫穿原委，俱有成效，可爲後法。

善應變，捷若轉圜，而立意矜矜，偏于慈惠。從盛京歸，奏免追八旗生息銀。爲司寇時，奏免盜葠者死。諸大臣或探聖意，噤齘不前，而公獨抗聲，有犯無隱。天子鑒其誠，雖忤旨，時加嚴訓，不逾時恩禮如初。

薨之日，公卿士大夫素車塞路，外省之河堤老兵、烟墩戍卒，皆泣嘆，有失聲者。公本以文學受知，始終與書局相終始。與纂西清古鑑、錢錄、石渠寶笈、熱河志諸書。而最後爲四庫全書館總裁。上以書[illegible]近宋臣張卽之，以內府張書華嚴經殘本，命公足成之。有奏疏、詩、文若干卷。

夫人熊氏，子女各五人。長子麟，官編修，早卒。次師，次行簡，次豫，次遵慶。行簡以予與公同薦鴻博，同舉進士，同官翰林，同出蔣文恪公門下，故將葬，來乞書碑。

銘曰：升龠鼎鐘，器有所窮。禮樂兵農，事各不同。裘公恢恢，兼總天工。智大于身，意過其通。馳于文囿，扢揚雅風；行于邊塞，笑談兵戎。以決庶獄，卿月麗空；以障大澤，手驅蛟龍。奉帝之命，皇皇者華。樂帝之心，憂國如家。指左識右，帖邇安遐。寧有臣如斯，而堯、舜弗嘉？雨露方濃，梁木遽壞。台曜雖沉，寒芒尚在。葵之竺之，恩命沃之。樹柏樹欒，剛日卜之。公身雖藏，公績彌彰。丹心史上，玄石冢旁。

太子太保直隸總督方敏恪公神道碑

公姓方，諱觀承，字遐穀，號問亭，又號宜田。先世自元遷桐城。祖登嶧，工部都水司主事。父式濟，康熙己丑進士。以本族南山集獄起，全家謫戍黑龍江。公弱冠歸金陵，家無一椽，借居清涼山僧寺。有中州僧知爲非常人，厚待之。公與其兄觀永往來南北，營塞外菽水之費，或日一食，或徒步行百餘里。

雍正九年，族人某薦入平郡王藩邸。王與語，大奇之，情好日隆。十年，王爲定邊大將軍征準噶爾，奏公爲記室。世宗命以布衣召見，賜中書銜偕往，時年三十六矣。十二年冬，王師凱旋，以軍功實授內閣中書。乾隆元年，詹事王公奕清薦公博學鴻詞，臨試不赴。尋遷侍讀，行走軍機房。補兵部職方司郎中，出爲直隸清河道，累遷布政使、浙江巡撫。

公風神玄定，識力超卓。練其才于憂患之餘，雖書生，善騎射。于世事物理，瑩徹通曉。以故大學士鄂公爾泰勘南河，冢宰納公親勘海塘，直隸制府高公斌勘永定河，俱奏公偕行。公之受知皇上，亦從此始。直隸饒陽婦被殺，主名不立，公夢神人示以「周秋」二字，果獲犯雪冤。在浙弛絲米之禁，開墾海口大亹，漲地三萬餘頃，歲增雜糧十萬石。

十四年，授直隸總督。直隸當十三省之衝，每歲鑾輿謁陵盛京，避暑木蘭，巡嵩嶽、五臺，南至江、浙，路必經由。加之伊犂、緬甸，兩度出師，一切兵校往還，供張儲偫，百務如雲而起。公能料簡周匝，徒御不驚，二十年如一日。十九年，西陲用兵，加太子太保，署陝甘總督，辦治軍需，日行四百里，得怔忡疾，仍回原任。三十二年，薨，壽七十一。上聞震悼，給祭葬，賜謚敏恪。

公長于用人，安放貼妥，如置器然。敦良者使柔民，聽強者使折獄，素封者使支應，迂緩者使訓士。即其人雖不出于正而譎詭捷黠者，亦使之刺探而奔走。甘苦必知，賞罰必信，一言必察，寸技不遺，以故人樂爲用。畿輔數千里，如臂使指，搦脈皆通。御史范廷楷、林玉奏直隸丈量旗地，歷年不清。公上疏謝罪，卽奏二人剛正有才，請發往直隸補官，相助爲理。上許之。旗地皆王公莊戶，豪縱有年，二人故負氣，與斷斷相角，旗地稍清，而二人之鋒亦少挫矣。各省督撫奉部議令民自行修城，公獨奏直隸多差徭，民無餘力，且又朴野，不受獎誘，修城之費，請發公帑，孟子所謂用其一緩其二也。上韙其言，從之。

公常言：事君如事天。天地無心而成化，雨露雷霆，無非教也。人能常修省于受恩之時，則雷霆乍來，轉不惑亂；而至誠所格，天心亦回。直隸旱蝗，上責公督捕不力，司道勸劾一二州縣以自解。公不可，曰：「我之不職，州縣何辜？」磁州逆匪爲亂，公奏誅三人，絞七人。上疑公沽名，有所縱弛，嚴旨督過，一夕間接十三廷寄。家人慮聖怒不測，盡雨泣。而公堅執前議，申辨愈力。詔解犯闕下，九卿軍機大臣會訊，獄辭與公奏一字無訛，遂卒如公議。而從此上愈重公。

各省買穀，隣倉居奇，公奏，請需米處督撫密咨産米處有司代購運送，可杜此弊。保、雄兩府歲需駐防兵米二萬石，州縣苦之。公請于豫東漕米內截運供支，官民兩便。所治直隸水利如永定、滹沱、白溝等河，奇材、鷄距等泉，俱爲搜考原委，判別濬築。上命大臣擧公惠、裘公曰修、高公晉屢加相度，悉如公策。

加意忠賢之後。在浙拜劉念臺先生像，卹其家。在直隸，訪楊忠愍、孫文正子孫，給與灘荒田畝。素不信佛，而獨修淸涼山廟，所以報中州僧也。公餘之暇，譜印範墨，角尖不苟，一顰笑皆有意義。某太守素倨，過保陽衙參，公坐受之。出有愠語。公聞之，笑曰：「我開府二十年，雖簿尉叩頭皆不受，何于某太守獨不然耶？某以宰相子出守郡，慮其氣盛，故逆折之，使知朝廷儀，適將謙謹以有成也。不感我，乃愠我耶？」枚奉發陝西，亦過保陽，公謂清遠令周君燮堂曰：「袁某，循吏也。雖宰江寧省會，而能盡心民事。汝等任首縣者，宜以爲師。」嗚呼！公以此知枚，則公之爲政可知矣。

公桐城人，僑居金陵。在平邸時，祖父母、父母四代俱藁葬關外，每至歲時，必慟哭。王哀其意，爲奏請謫戍身死而無餘罪者，聽其遷柩回里。世宗許之，遂著爲令。及公貴，三代俱贈如公官。娶劉氏，誥封夫人。後嗣屢殤，六十一歲生子維甸。上聞之，代爲欣喜，命抱至御前，解所佩金絲荷囊賜之。公雖貴，手不釋卷，好吟詩，有宜田彙稿、松漠草諸集。纂河渠考若干卷，辨明水經注淦水之非缺，漢書註泒水之非增，皆勤學經生所不及也。葬句容之甯王山。

銘曰：月之初生，蒼蒼涼涼。及乎中天，衆星無光。方公未遇，險艱備嘗。豈知天意，大任方將。邊風塞雨，濯滌肺腑。擔簦往來，固其筋骸。操心慮患，既危既深。一朝遭際，百鍊精金。牙纛旌麾，若固有之。彤弓、湛露，從容賦詩。狠章鵠章，山陸驅馳。釃泉鑿河，弊謀輔志。六秉三衡，功罔不濟。操舟舵穩，負重肩牢。所謂棟梁，不搖不撓。無怖斯靜，無戀斯定。先民有言，動心忍性。哀榮終始，位極人臣。基于祿命，成于精神。軍民勿悲，公死有歸。欲知偉烈，請觀豐碑。

小倉山房文集卷四

左副都御史趙公墓誌銘

本朝以文學受知今上者，禮部尚書沈公德潛、詹事府正詹張公鵬翀而外，惟副都御史趙公。公名大鯨，字橫山，別字學齋。雍正二年進士，入翰林。楷法秀潤，如鋪春雲；詞賦修意修言，得沈隱侯三易法。八試內廷，皆稱旨。遷學士，再遷大理寺少卿、左副都御史。提督江西、直隸學政，典雲南、湖南、河南三省鄉試，四校順天鄉會科。以太夫人大耋，乞歸，五年卒，年六十九，葬仁和某原。安人郁氏祔焉。子二，其次升，官庶吉士。

公督學時，遇諸生如弟子。每校卷，躬自點勘，觀者相環，拂衣觸几。公勿禁，曰：「取士易，教士難。使諸生觀吾所以取，知吾所以教也。」衡文頷頷，顏澀不展，臥記某卷佳，起再誦，再加墨，擢之如不及待旦者然。性峭急，無威儀，送客輒走客前，客或坐未起，必問：「有餘語乎？趣爲我言。不然，時蹇事遄，可以行矣。」人有誣諉不可者，謝之。已負諾責，捫胸苦記，必踐之而後食飲。

大中丞永貴，公弟子也，將撫浙，來見公。公問：「君往，政將奚先？」曰：「劾貪吏。」公笑曰："貪吏贓入己者，勿劾也。"永愕然，曰："何謂也？"公曰："贓入己而不分潤大府，則大府久劾之矣，不待君往也。今巧宦，全取之民，而半致之上，己潤其餘，或且全致之上以遷其官。是晉掊民財，納己爵也。不見捕盜者乎？朘篋百萬，有所私焉，不敢目懾之。其所勘詰禽獲以上計者，皆竊鈇攘雞者也。君將奚擇焉？"永再拜曰："微先生無能言及此者，敬聞命矣。"既抵浙，延公萬松書院教諸生。

先是，主教者面柔，曲容濫竽。公以爲設書院所以待高才生，非養窶人子，若不以才取，而徒哀其窮故收之，是恤孤，非養士也。于是申良拉枯，無所聽請。及見士又倨，士大不悦，飛言如雨，公不爲動。不數年，所噓揚者、異目視者，九卿三司，茂才高等，均從窮約致顯貴，紛然麟鳳羣翔，而詬公者如秋蚊冬蠅，漸滅殆盡，或至今猶堙沉藍縷。嗚呼！公人倫之鑑，果何如也！

枚未遇時，袖文賀公，公奇賞之。枚乞一授餐所，公唯唯。朝送公出，暮聘已至，即今大宗伯嵇公家也。

公卒時，太夫人年九十餘。故遺表曰："沐聖世如春之澤，小草長榮；奉慈親垂暮之年，反哺難遂。"誦者皆爲泣下。

銘曰：無亢不中，無過不庸。不惡不仁，而曰好仁，其所好者亦朦朧。黜躄蹇，駕應龍。

斬曲樽，扶青松。此豈吾一人之爲，而佻險者竟鶬鶬僝僽以相攻！彼何人斯，其爲飄風。吾見鏘金腰玉而拜華表者，如萬壑之朝宗。嗚呼！雖余小子之不肖，亦咨嗟涕洟而執筆以銘公。

海州州同王君墓志銘

君名發桂，字香巖，直隸正定人。嶷嶷然有腹尺，視正言徐，面方如田，好讀書交賢者。以貢士補溧陽丞，調上元，遷海州州同，攝碭山、海州、宿遷縣事。再攝沭陽，捧檄未到，卒。

君雖左官，無甚重任，而軥錄其躬，視民不佻，較尊官尤肅。勘桃源災，共事者三人，以不謹聞，而君獨課最。巡海州村，見種山芋者，問之，曰：「閩人也。姓高名光裕。」君疑非山氓，陽與語，陰令捕者擒以俟。未半月，郯城符來畬去，果刼盜也。天子南巡，總督尹公委君治攝山，君慮事量功，洒湝如法。尹公見君題句，驚衙官中有屈、宋，命羣公子和，以光其所爲詩。

先是，乾隆戊午，君與予試京兆，同受知於大廷尉鄧遜齋先生。乙酉六月，先生入都，過上元，上元令李棠亦先生門下士。三人者循環置酒，爲先生壽。先生爲當時薦香巖未售，至今缺然。而香巖如實拔己，執弟子禮尤勤。予私心竊愈賢之。嗚呼！誰知此一會也，香巖竟從此訣矣。

卒年五十九。其蒼頭某將葬君，來徵予銘。予不特誼無所讓，且心服香巖賢，謂必有瑰意奇行，於法宜銘者。問狀具否？蒼頭跪呈一紙，乃爵里刺數行，今所謂履歷是也。嘻，知狀未具，雖有班史之筆，鑿空難書；而況余又空山居，寡所徵覈耶？不得已，捃摭梗概而志之。香巖有知，其訾我也，其鑒我也！

銘曰：官不副其賢，壽不永其年。死而不有其藏一錢。吾欲銘而表諸阡，而事又不得其全。夫是以意滿口重，而言殊不宣。吁嗟乎！苟有天，其無泐此石上之鐫。

光祿寺少卿楊公墓誌銘

公諱謐，楊姓，字靜山，奉天正黃旗人。生有至性，侍繼祖母疾，衣不解帶，至蝨緣領遊，益敬。十九歲，知陝西兩當縣。丁父憂。再補直隸固安。

故事，修永定河，秋汛畢工興。永定道黃某役不平賈，遲延及冬。朝涉者皸瘃，公憐之，許日出後下钁。黃巡工，遲民之來，將笞督。公力爭不得，乃直前牽其馬至凍溜處，曰：「公能往，民亦能往。此時日高舂，陽光熏人，公重裘尚縮瑟，乃責祖肩者戴星來耶？」黃大恚，適館張牒將劾公。會撫軍安溪李文貞公過柳家口，聞之，召謂曰：「汝年少能然，古之任延也。」勞以酒，解裘衣之，事得釋。調宛平，固安民以爲大戚。聞宛平吏來迎，驚聚而逐之。聖祖獵水圍，過固安，老幼爭留公。上曰：「別與汝固安一好官何如？」一女子奏曰：「何不別以好官與宛平耶？」上大笑，以爲誠，許食知州俸，知固安縣事。旋權鄒平、壽光、諸城數縣。有夏姓民競産，享銀五千，公却之，諭即以此金遺若弟。夏昆季泣于庭，睦如初。

遷雲南曲靖府，調麗江。麗江，故苗地中甸，外控鶴、劍，內隣妜徒，猲狭豸狠屯雜。一旦隸爲編氓，如開洪濛，守土者噤齘不肯往。公到，爬梳捐瘠，俯順荒遷，令口樹一本榆，畝畜一溝水，召土官爲典吏，諸里魁以頭目充，除奴籍，建文廟，定婚葬禮，頒尺籍伍符。期年俗化，風雨和甘，倓錢賨布大行。民祀公于廟，號第一太守祠。先是，民間有「遇木則易，禾必見日」之謠，土官、土人皆禾、木兩姓，而公名姓恰合，亦異數也。

遷湖南糧道，西安布政使，署湖北巡撫。沔陽地濱湖，淤沉無常，田與糧離，稅法抏敝。公手弓尺丈之，按畝輸賦，數無訛。調撫四川，奏減火耗，改馬廠爲普濟堂，墾田千四百畝，登租貯穀，養鰥寡老癃。乾隆二年，請撤河西七兒堡城垣，忤旨罷官。七年，起用甘肅涼莊道，尋遷光祿寺少卿，以老休于家。

公豐碩善騎射，用弓至十石。聖祖時，東宮侍衛德齡以廢太子故逃，恃其勇，泛海至青州，官拘者擁役數十，持械無敢前。公往，剡剡起屨，忽抱其背，齧之。德抽刀，公叱之，刀落于手。聖祖以爲日磾縛莽何羅，不是過也。涿州夜下鄉，遇響馬盜方洶洶刼人，公射之。殺二人，獲一人。督糧湖南，奉牒禽李鐵背、刺魚大王。公偵知竄入旗丁，故閱岳州幫，禽之案下。至老，神明不衰。長孫魁官江寧，公來就養，騎上下山如飛，年已八十四矣。甲申十二月某日，趺坐而逝。

公先娶李氏，再娶黃氏，俱誥封夫人。子國棟，官廣東韶州知府。

銘曰：仁之徵，壽也。福之集，厚也。淸畏人知，指屋漏也。勇而好禮，伏不鬭也。雲之油油，楚、蜀覆也。大耋南游，神彌茂也。望夏琥殷璜，而增周邦之舊也。厥聲隆隆，孫將又也。天其以是鏞美于後也。

江寧典史高君墓志銘

高氏世居鐵嶺，爲鑲黃旗著姓。一門印綬棨戟，布列中外。其官于南者，文良公其倬，總督兩江；相國公其位，提督松江。君爲兩公猶子。初任吳塔司巡檢，調江寧典史，五年而卒，卒時年四十三。于諸高氏子弟中，官最卑，祿最微，壽最夭。然邦之人聞君死，自執法以下，至于長輓者，丈夫女子，靡不發胸擊心，殷殷田田，若有所窮故何也？君性沉厚，雖不說學，不踐迹，而含舒憲章，德正應和，與人交，坦中而肅，無賢不肖皆好之。家無宛財，戚里之貧者，襆囊抱釜至君家而炊焉。故事，游徼簿尉，流外職也。俯項供翼，趨走于下風。居是職者，知無所表著，輒不自重，怵以利，無所不可爲。君獨嶷嶷自立，遇事必問于義當否，雖享錢萬，不妄喝一笞。大府記下，可者諾，不可者爭，爭不得，必委蛇骫骳于其身以濟之。以故死之日，哀聲嗷嗷，贈賻襚引費者接于衢。

嗟乎！人器也，官水也，以君而爲尉，猶以五石之匏盛杯水也，見之者皆知其不稱也。雖然，君不肯以不稱之故而自貶以稱之，故一切庸力行務，精心帖妥，而恢恢之量乃愈不可以測窮。然後知一命之士，原可濟時孚物，而祿位之不足以格人昭昭也。世之榮貴炫赫，十百倍于君者，其相懸亦可覩矣。然則雖以君之官之祿之年，而見君家之諸勳臣諸侯伯子男于地下，誠足以抗顏而無慚焉。嗚呼！其可銘也已。

君爲奉直大夫、鑾儀衞治儀其倸公之子，名慧，字睿功，行十一。娶某氏，子四人，某，俱幼。以某年月日葬于某。

銘曰：有幹有體，歷百僚底。人以爲必起，而竟已矣！嗚呼，此之謂有命無理！振古如此，莫諒天只！

安徽布政使李公墓志銘

乾隆十年十月二十一日安徽布政使李公卒於官。江寧令袁枚入奠畢，泣而言曰：「前年枚知江浦，謁公於蘇。公召入，已二鼓，與語，卽視偉枚。今年枚知金陵，公來作承宣司，彼此舍然喜，有無窮言。未竟，公竟委化。枚無以報。今將歸葬，願請狀以爲公銘。」其幕府蔡西樵曰：「公年五十有五，不自意死。呂夫人，第三娶也。長子某，試禮部未歸。其季幼，奴多村氓，賓客輩暫從公遊，無能知公者。公誠慤，其行事坦坦，而肅章奏，文集成輒削藁，諸善狀不能記憶。但遠近見者，莫不額手曰：李公，眞君子也。請略擧其槪而紀存之。」枚曰：「唯唯。」

謹按：公諱學裕，號餘三，世居洛陽縣。以雍正五年進士入翰林，累官御史、巡道，按察蘇州，遷安徽布政使而卒。

巡京畿時，唐山令某，奪僧舍爲民房，世宗怒，幾不測。公奏：「書生毁佛，愚，無大罪。」令竟免。故事，巡城者遇事動咨刑部，延累至歲餘。公停車決遣，獄無滯留，捕博具數十簏，曰：「貪紀錄而置民于軍，吾不忍也。」杖犯者使去。碎其具於庭，石爲之凹。後過者，猶指笑曰：「此李公搥骰子處也。」

出使安南，披一品服，登王正殿，宣聖諭畢，乃坐述朝廷柔遠之意。公儀觀既偉，音節鏗然。其王嗣黎維祜，俯伏受命。夷言嘆「好使臣」者數萬人。蜀土司大、小金川鬨，公爲建昌道，輕車往撫，入密箐中，天日隱黑，猺、倮梟目鳥語，挾雪刃，嗾向公。公短後衣坐地，召其渠帥，賜酒食，命譯者曉以大義。羣猺翕然喜，折樹枝爲公策馬歸城。乾隆七年，淮、徐災，篡糧者衆，有司以盜聞。公曰：「此饑民，非盜也。」獄具，所活數百十人。夜閱秋審册，專意平反，燭燼數升。僮臥齁齁甚酣，而公竟申旦。卒以此致病。理安徽災賑尤勞，遂不起。嗚呼！公急于活人而忘所以自活。使公稍自愛，官必不如是止，所活人亦必不如是止。而卒之公不活，命耶？其自致耶？人不能受公之活，亦人之命耶？其轉累公耶？雖然，其自致也，其人累也，乃其所以可銘也！

銘曰：丕蔽邦成，俛焉日有孜孜，而力不支。至于負兹，死民之思。乃卜澗水西，瀍水東，而坎其中，以爲公宮。嗚呼，其禋祀於無窮！

霍丘縣知縣龔君墓誌銘

姚思廉作梁書，撰止足傳，爲前史所未有。蓋以周易進退存亡之正能其德者之難也。故天監至泰清四十餘年，而傳中所載祇顧憲之等三人而已。吾於今得一人焉，曰潁江先生。

先生宰霍丘，年未七十，遽投劾歸，晝戶限居，堂無屨聲者十有五年乃卒。嘻！古之人有臥車上三十六年不履地者，有坐木榻五十餘年所當膝處俱穿者，其定力足矜矣。然彼皆艱貞蒙難，忍而制焉，非得已也。若夫優游昇平，投簪丘園，而亦復刻勵如是，則固其性之所甘，而非詭衆博名。孔子曰：「仁者靜。」庶幾近之，似又加止足者一等矣。

然先生法施于民有可紀者。先生以雍正舉人爲金山場大使。海濱漲沙，居民與竈戶利之，率持洶洶。先生至，曰：「塘內，民也；塘外，竈也。沙在塘外，民何爭？」訟者噤口去。霍丘俗悍，家畜兵刃。先生示禁，投繳者如雲。性篤風義，館戶部郎洪文瀾家。洪以事頌繫，先生經紀其家愈謹。洪事雪後，泣拜再謝。

先生歸後，常自言有五樂，而人亦言先生有三事。五樂者：弄孫、栽花、靜攝、與故人話舊、自問無愧怍。三事者：看書、飲酒、小眠。夫人王氏，與先生同志，雅踞相對如嚴賓，然長先生一歲，以戊子九月七日開九秩觴，明年己丑正月十三日卒。先生以己丑九月一日開九秩觴，今年庚寅正月十三日卒。壽算死期，隱相符合，亦異數也。以某月日合葬于石潭之原。先生姓龔諱鏡，字穎江，江寧人。子元超，次元芳，俱以文世其家。

銘曰：貌瞿瞿，古其眉鬚，以嬉于庭衢。君子人歟？而今亡矣！吁！

太子少傅河南巡撫胡公墓誌銘

公諱寶瑔，字泰舒，世居徽州，以理學世其家，祀文廟者七人。父賡雲，教授婁縣，因家焉。公生十五歲，賦牡丹，句驚其坐人。年三十，舉于鄉，有同試禮部者，託公賫文書至京。奴愆于期，公憮然曰：「以我故，致渠不與試，吾義不獨試也。」袖筆出。考授中書，隨大學士查郎阿度地塞外，登醫無閭，至黑龍江畢臘，再至登爾者庫，入烏蘇，凡半年，行二萬二千里。艾殺棘刺蓬蒿，觸抵豺虎，茹乾餱，啖雪，盡得其險要阨塞乃還。時乾隆六年也。

查公以陽城、馬周薦，御試第一，擢福建道監察御史。遷順天府丞，督學政。十三年，從經略傅公征大金川。時蜀中軍書旁午，瘴癘毒淫，大赦、納凹等山馬契需不度。公菲屨徒步，繩索相引，媻跚勃窣，不納勺飲，或三晝夜一食，乃得至屯營處。賊方張，碉樓天接，矢石夾兩耳下，公簪筆畫策，削牘作奏，動合機宜，卒佐經略降其酋。凱旋，天子親斟金杯賜公酒，海內以爲榮。

以軍功遷順天尹，加都察院左都御史，巡撫湖南、山西，再調江西。鄱陽湖多盜，公立編舡法，責文武督治，盜遂息。某年，江、浙米翔貴，公禁遏糴者，西粟方舡而下，南民賴焉。調撫河南。陳、汝等州大水，天子詔公與侍郎裘曰修分疏水利，開河六十七道，計二千五百里，繪溝支斡派圖，記修濬丈尺若干，勒諸石。功成，加太子少傅，調江西。未抵任，而河南又災。天子亟追公還，會同大學士劉統勳塞楊橋口築堤。公慮水去而沙停，乘賈魯、惠濟諸河沖決處刷宣淤，俾無梗滯。俄而黃流平，田皆涸出。即給麥種，設棚廬，教之耕耨。果汙邪滿車，民蘇彫尪。十六年，扈蹕南巡。河南姦民誣人謀逆，詞連百人，公馳驛夜鞫，片言燭奸，誅客訴者，民皆懽呼。

性謙謹，鞠躬銅銅然，雖監門銅銅廝養，尤益敬與鈞。然權要鴟張，不爲動。爲詩文立就，不加點竄。尤善騎，能日行三四百里。某太史以善騎夸，公約至朝各騄馬去。某狂奔盡氣，入內閣不見公，方竊喜自負；而公自內出，一已批勅數行矣。奉命祭南嶽，還松江上冢，知府蔡長澐驚曰：「吾守此數年，不知有八座某也。」來謁，則蓬蓽數椽，乃嘆息去。公感上恩厚，年已七十，猶刺閨判事，極匑䠞之勤。

眸子清碧，能白日視鬼神。臨卒，諸屬吏來受遺言。公手指南汝道陳公坐曰：「避河神。」陳爲悚然，歸竟病三日。先是教授公官宣城，居正學書院，院有王文成公祠。生公之夕，夢文成手一金軸曰：「五十年後，煩送吾鄉。」乾隆十六年，天子駐會稽，命公賫金軸，御祭王文成，讀祝堂下，方知前夢之徵也。子某。葬某。

銘曰：雖居句，如折矩；雖飲甘，如茹苦。能談笑，折樽俎；能遺蛇，歷險阻。行而供翼坐而俯，九命而車上不舞。彼何人，君子以爲古！

徵士程綿莊先生墓志銘

有清徵士綿莊先生以乾隆丁亥三月二十三日啓手足于白門之如意橋。將葬，其同徵友袁枚爲志其墓曰：

六經之道，如帝都然，仰而朝宗者，舟騆馬車，各以其具行，要其能至已耳。惟力之至大者，乃卓然獨往，而無所附依。或張市禁而申之，曰：必取庸于某某而後可。嘻，其惑矣！吾友綿莊，深于經者也，卓然獨往者也，且能至者也。其初博存百家，宣究其意。已而貫穿合并，精思詣徵，著易、詩、書、三禮、魯論，的的然言其所言，非先儒所言。其言曰：「墨守宋學，已非，有墨守漢學者，爲尤非。孟子不云『君子深造之以道，欲其自得之』乎？」又曰：「宋人毁孫復疏經多背先儒。夫不救先儒之非，何以爲孫復？」其言如此，其著述可知。

先生名廷祚，字啓生。年十四，作松賦七千餘言，驚其長老。弱冠舉茂才，屢閱于有司，遂棄科舉，專治經。一切星經、地志、樂律、禮儀，元元本本，識其大者。性端靜，迂緩其衣冠，傳先王語，人見之如臨高山，氣爲之肅。乾隆元年，天子開鴻詞科。十五年，徵窮經耆老，江南大府薦先生應詔。天下聞之，不喜先生得薦，喜薦者得先生。然先生嶷嶷自立，足絕公卿門，雖兩如京師，卒不遇，乘弃棧歸。

余同試保和殿，通數語。已而官白下，相與爲忘年交。得謝後，買山隨園，所居宅相鄰，益親。每讀書疑，必質先生。先生有所作，必袖來，或遣蒼頭索跋語。人疑兩人異好尙，胡爲交頗驩。因念唐時韓、柳治文章，殷、陸治經，所學不同，而韓、柳集中折服乃爾。況余不及韓、柳而先生遠過殷、陸，則余之降心以從者宜也。然先生誠何所暱而殷殷于余耶？豈不以孤奏咸池之音，肯一過聽者，已難得耶？又豈不以年已頹暮，荷道甚重，不得不擇一後死者望其能張而傳之耶？嗚呼！今遺墨尙存，先生不可復見，而余亦將老矣。

淮安有先生族孫魚門，恢奇多聞，每假館余所。三人連日夜語，嬋嫣不忍別。或漏盡送先生出，則兩人者重剪燈對數海內人物，必首先生。數畢，又未嘗不欷歔歎息，憂先生之衰。今先生果卒，而魚門亦遠官京師，憑其棺而哀者，獨余耳。夫天之歲月，原不能爲賢者假借。先生卒時，年已七十七矣，似可歿而寧焉。然終竟生人如是，不使一日居石渠、東觀，羽儀我聖朝，而又不使知所藏何山，所傳何人，竟溘然以歸冥漠。然則賢人之在世，與其畢生甘苦，可以光日月、垂宇宙者，果不足恃，如飄風輕雲之一過而已耶？天下學者聞之，宜何如悲，又豈獨余與魚門之淚涔涔下也！

先生本歙人，曾大父盧卿遷江寧。其翁祓齋，國初隱君子。生先生及其弟嗣章。嗣章有濟世才，以經讓先生，而專攻史學，與先生白髮扶持，熏熏熙熙，各以一家言爲塤篪之懽。人以比南朝劉瓛昆季，良不愧云。先生有二女，無子，嗣章爲之立孫。以某年□月□日葬于某。所著卷帙，詳嗣章行略中。

銘曰：儒林、文苑古無界，誰歟劃開成兩戒。先生先兼後割愛，抱經見聖升堂拜。聞呼參乎唯而退，羣儒穆穆立門外。兩薦于天神所介，誰之不如命爲礙。高文典册垂金薤，黄河千年清可待，恐此人如未必再。請碣其原志所在，冢旁草生盡書帶。

高母丁太恭人墓志銘

高公南疇巡江南鹽驛七十餘州縣，凡二年。一日親詣枚所，以狀授曰：「生母歿十有八年，蒙皇上誥封恭人。今大學士尹公爲題行略。人子顯親之志，得稍稍報。惟窀穸表誌，謦于後人者，缺焉未備。子爲我銘而掩諸幽。」

枚謹按：恭人丁姓，蘇州人，早孤，育于外氏，贈公聘焉。時嫡妻鄭恭人在堂，生兩子，恭人僂身自卑，守當夕，戒惟敬，以故無苛妒之嫌。司筦鑰，燀潘請類，事無小大，罔敢不蠲。先舉一女，最後生觀察。觀察生六年，贈公卒。贈公世居閩之平南里，隱于橋姚、師史之術，擁甲貨走吳，吳非其籍也。既捐館，兩子來舁柩歸，留恭人與其孤居。

當是時，贈公遺貲既分半入閩，存吳者，所與錢通諸客質劑帖子耳。恭人屬女次持紡磚，教觀察，溺苦于學，小不善，禁督立絕。一日者張飲置具，召券中客列坐四隅，酒行，攜觀察出，扱地謝曰：「諸公，君子也，豈負人者哉？所以存空券于氏夫者，必力有不足故也。今未亡人與兒傫然隻立，日供數溢米足矣，又安事券？請客悉持去，以成先夫之義，而冀此子之才。」語畢，命女奴負巨篋至，散如落葉。券中人皆嘆且愧，有泣者。居亡何，客感其義，咸來收恤，或倍取贏。以故觀察得中興其業，循例入貲，廉江西驛鹽道，署按察使事，再調江南。

嗚呼！孟敏不顧破甑，郭泰以爲得決捨義，可與入道，況數千金畫指券哉？然馮驩代人焚券，宋淸自焚其券，皆男子也，皆百人中無一者也。恭人以閨閣而能出乎百無一人之行，然則以子貴受封，寵榮爲奕，其所以致之者固其理也。準于古法，宜銘。恭人初撫孤時，年四十八，再二十年而卒。葬某。

銘曰：困然後激，失然後得，老子之識。匪逸不淫，匪勞不欽，敬姜之心。休禎偉兆，芬芳漚鬱，天所相兮。不侳其廉，郗車而載，地所貺兮。嗚呼子孫，欲欽母儀，視此壙兮！

李訒菴先生墓志銘

李君棠治上元七年，循聲倓然大行。今年秋，將葬先人北歸，而以其狀來曰：「吾父雖未從政，無所繩美。然觥觥束脩，百行純懿，懼泯焉以重棠罪，君曷碣而掩諸幽！」枚年家子也，其敢以不文辭？

謹按：先生諱大章，字訒菴，河間人。生七年而孤，治經有法，爲文能勃窣爲理窟。甫冠，補弟子員。秋試不售，遂不復試。鄉人王仲穎以學行聞，先生奉所咫聞，跬步必規，鄉黨高此兩人，稱君子者，必曰王、李。長子棠，以進士知句容、上元，舉最，遷邳州牧，未行，先生卒。

今夫有司之于民，父也；然則有司之父，民之大父也。人但知恩其父而不知推恩之所自出者，非也。昔雋不疑尹京兆，其母必問平反幾何，以秩膳加減，引兒于仁。婦人且然，而況于趨庭者乎？李君之賢也，其奉教于先生者之效也。先生之教李君曰：「事君者，承意；事父者，儀志。汝父之志，居句如矩，辭隆就窳。兒其志之！」以故君粥粥然大讓如慢，自同僚至大府，皆曰：「李君眞長者。」囚當笞，移舍決之，懼先生聞而戚也。然先生極知政體。二十一年，句邑災，莠民甕羅于鄉。棠欲窮竟，懼事生，意不能無難。先生曰：「周官荒政以安富爲先。富之不安，獄必繁。皃宜威以法。」如其言，民情始安。

初，先生孤露時，有從父興祖者扶先生。先生感焉，終其身嚴事之。有所作，負墻啓白，俟頷首乃退。其篤行如此。子六人。孫三人，棠之子名燧者，尤穎異，才勝衣，通經吟詩，人以爲盛德應云。壽六十六，以某年月日葬某。

銘曰：以道行，不以道鳴；卒以子孫亨。嗚呼，此其塋！

元和縣知縣吳君墓志銘

吳君魯齋以乾隆二十一年舉人，奉天子命來江南權常州督捕通判、蘇州管糧同知，再權丹陽、荆溪、江都、金匱、元和五縣事。未即眞，以服去官。服闋，將如京師，中風，暴卒。君能行考中度吏之政，單均刑法，戢和士民，以故上游同官爭悼惜走奠，而其友袁枚哀之爲尤深。

嘗謂士不用，悲；用之而不盡其才，尤悲。有龔、黄焉，隱於泥塗，人無由知也。用而效，效而即休，人之心能恝然乎？然或者抱其道，忤於世，以自狹其猷爲則，亦曰人事之未善焉。君業已上孚下懽，而扼以無年者，乃在悠悠之天。天之愛民甚矣，能代之愛者，偏又奪之速，何哉？豈所謂命者，果天亦無能爲，而束限人竟如是其毒也，悲夫！

君晬穆其容，而有不撓之識。江陰令某爲民所困，大府命君率兵往，君不可，曰：「撫民而兵，滋之疑也。」單車曉民，讋伏以散。手不釋書卷，尤工詩，有集若干。以文學推予甚敬，既而告人曰：「袁公非沾沾文學者。」嗚呼！其知我如是，其自待可知。

君名賢，字思焉，晚自號魯齋，休寧縣人。先娶查氏，再娶楊氏。生二女，一適茂才姜晉，一幼。以族子某爲嗣。

銘曰：如驥能馳，如雨能施；而止于斯，如之何勿思！

江寧南捕通判高公墓志銘

高槐堂先生任江寧南捕通判二年，病卒。邑之人走位相弔，泣且言曰：「自有此官，從無此公。」蓋通判貳太守，于令爲長，權輕而勢逼，故避嫌者往往迂緩養名，而任事銳者又或乖于正。先生聽訟如懸鏡樹臬，各以其影應，民多捨令來從先生，先生麾之，則涕泣抱牒，宿廡下不去。令妒有愠色，然亦無如民何也。天子南巡，大府屬以供張事。先生晝理雜徭，夜決獄，燭跋漏沉，神思焦然。枚嘉先生勤，憂先生病，已而果綿惙以終。

其子文照，高才生，將葬，馳狀來曰：先生爲政非獨江南然，宰德興縣時，微服行里壥，聞書聲輒叅戶入，爲講解不倦。禁一切博揜攘揄風，符下即止。調知德化縣，縣當九逵之衝，軍籍溷錯，門匠因緣爲姦。先生案覆衞册，科别其條，輸輓者帖帖無讕語。擢揚州淸軍同知。方修水利，排治梗湍，而以失察漕事，故改通判，權知奉賢縣。縣有民某被盜，有王三者詣府伏罪。先生疑之，窮竟其事，果亡命賊，甘自誣，冀陷其仇。先生置此賊于獄而釋所陷。未幾，獲眞盜。民懽噪稱神。

先生始任戴冠，即潛躬味道，于學靡不窺，而尤深性理。魁踽靜坐，若與濂、洛諸賢抗手接席者然。遇人無町畦，無賢不肖，輒傴身降階，暖暖姝姝，道先王語引之于善。以故悅尼而來遠。函丈下，童冠如雲。兩校秋闈，得江左、右士極盛。所著來復集二卷、詩文若干。

先生姓高，名植，字槐堂。雍正乙卯舉人，乾隆丁巳進士。浙江武康縣人。壽六十七。葬某。

銘曰：俗吏之斷斷兮，夫子之肫肫兮。儒者之能薄兮，夫子之政卓兮。頹而萎而，俟不喟而！葬而藏而，疇敢忘而！

江蘇按察使李公墓志銘

公姓李，諱永書，字綏遠，號芳園。先世盱眙人。自明指揮雄從成祖北遷，官于瀛州，遂家焉。祖、父俱邑庠生，以公貴，贈如公官。公美鬚眉，豐頤長身，有聰識強力。遇事㾮集，乃益靜，面不換色，而徐徐就理，務出于善乃已。

雍正十三年拔貢生，廷試一等。初宰福建長泰縣，調晉江。晉江俗悍好鬭。有施鄒者，海梟魁也。奪民婦，刼商賈財，橫行白晝中。公將赴任，總督德公迎謂曰：「施鄒亘猾，我已奏聞，天子索之急，卒未得，奈何？」公偵知鄒匿女兄所，而甚猛，且多黨，遲則事洩。乃于抵任日，暗集健步弓手，設伏環之，而夜率役破門入。鄒方熟寢，驚卽挾大梃走屋上拒捕，或鉤其股以戟，股斷顚，遂擒以狥。遷泉州府西倉同知。因公鐫級，降補荊溪縣。調常熟，再調元和。又因公鐫級，大府奏留辦災，題補武進縣。累遷海州知州，蘇州知府，蘇松巡道，江蘇按察使。又因公鐫級，以病歸，家居八年卒。年六十九。

公所到以強毅稱，姦胥豪民，望風讋伏。然中寬，治獄多平反。浙省李家莊毗連吳郡，羣匪窶焉，號小梁山。浙有司張其事，捕以兵，民聚而囂，飛瓦擿拒。浙撫以叛聞，事下江南督撫。總督尹公檄公會鞫。公見囚累累數百，餓色焦然，知有寃，乃先給淖糜，徐受其辭。部別首從，流數人，杖若干人，獄遂平。公聽州縣訟甚敏，片詞立決。及任按察使，每訊鞫，款款數千言，或申旦，案猶牘留，人以爲疑。公曰：「州縣與民親，中無隔閡，得其情可以決遣。臬司與民遠矣，自縣而府，而司，其間文卷繁重，吏胥鉗伺，略有舛午，動至重辟。

我盡十分心，猶未敢放一分心也。」卒以勘轉遲被劾，而識者觀其過，愈知其仁。尤長水利，爲民計久長，葺常熟之福山塘，海州之六塘河，松江之五湖、三泖，皆有顯績。民至今利賴之。

娶王氏，再娶郭氏，俱封恭人。子四，女三。葬曹家村。

銘曰：惟髮得櫛則統，惟星在北則拱。公能靜鎭，物簡御冗。故斂之爲沉幾之智，而放之爲仁者之勇。嗚呼，此其冢！

浙江按察使李公墓表

乾隆元年春，湖廣總兵崔某劾大學士鄂爾泰苗疆失機。是時鄂方以首相受世宗遺詔輔政，天子怒，下崔於理，刑部、九卿議崔罪斬立決。右審司主事李公治運年二十餘，獨持不可曰：「如是，將啓大臣擅威福之漸。」崔因是得末減，而小李主事之名震天下。

其年秋，余薦鴻詞科入都，受知於公父編修重華公，世所稱玉洲先生是也。得交公。公狀短小，竪眉秀眸，微鬚，爲人端靜詳審，無多言。終日坐騾車赴部決事，他人休，公不休。以雍正七年進士授刑部主事，遷員外，再遷禮部儀制司郎中。送琉球國使還，主廣西鄉試，督山東學政，俱有聲。天子知公練刑名，改授陝西榆林府知府，尋遷湖北糧道，安徽按察使，調浙江。

公吳江人，最鄰浙。在浙八年，民無聽請之嫌，戚朋無矯情之怨，人以爲難。嘉、湖二府連淞、泖、震澤，漁匪竄焉。公頒舟式而編排之，盜風爲清。紹興、寧波兩府近海，出洋者多爲姦。公命州縣核其貨，書其年月姓名，按籍鈎考，姦無所容。常言：例雖繁，統于正律；心能小，自能活人。每勘獄，窮日夜，孜孜爲求其可生之路。巡撫某不悅，劾公迂緩沽名。天子休公于家。時太夫人年八十餘，公得歸養，頗以爲懽，而浙之士民送者涕泣不能去。

三十六年七月，枚過吳江，公病已篤，聞枚至，力疾出見，談天下事侃侃然。蓋身雖衰，用世之心尚在也。別後一月薨，年六十二。子會辰葬公畢，來乞表墓，且云公在浙平某獄甚善，歸當取原牘相付。已而書來，檢寄無從，以爲大慼。予謂會辰無傷也。漢于公自言活人多，後世當興。卒其所活何人，史莫得而詳也。嗚呼，此其所以爲陰德歟！

公字寧人，一字漪亭。夫人張氏。子一，女三。葬某。

郴州知州曾君墓表

乾隆七年，予與曾君南村同以翰林改官江南，予知沭陽，君知蕪湖。十年，予調江寧，君遷知廣德州。十三年，予乞病，君丁內憂。十七年，予起病，君起服，相逢京師。是年秋，予丁外憂，歸，隨乞養母，不復出。君知平定州，再知郴州，自此音問遂絕。

今年，君之孤衍杜寄書并狀來乞予表墓，計君之亡，已十五年矣。嗟乎，當十五年前，予與君宦遊轍迹，諧笑懽呼，蓋無日不相同也。中年乖分，彼此不以爲戚。而君又儀狀偉然，類大人長者，謂造物之寵君，必將未艾。亡何，聞信不祥，始驚惋哭奠，而卒不得其年月日時。每欲探其家安否，窀穸營否，兒子輩成立否，路遠莫致，中心拳拳。一旦既葬請表，如君之靈隨以俱來。此予之所以悲且喜，抆淚疾書而不暇讀其狀之終也。

君諱尙增，字謙益，又字南村，山東長青縣人。雍正十三年舉人，乾隆二年進士，四年補殿試，欽授庶常，外用後，歷一縣三州，士民大和。晉省多疑獄，君牧平定時，奉檄辦治，平反無算。廣德民爭河，五年不決。君偵知遏訟者某也，挾以同勘，情見勢屈，片言而定。蕪湖啓行，吏民泣者、送者、持靴者、擎酒漿者，絡繹遮迣，擁馬首不得前。黎明登車，至日昃甫出城。

郴署災，夫人病不能興，女衍綸抱母哭，翼其身而覆之，呼之出不出，俱焚死，五歲女孫亦死。嗚呼！君仁人也，每決一笞，不忍諦視，而乃親見其妻、女、孫三代哀號焦灼于灰燼中，誠何以爲心哉？君之脫丁火而病，病而辭官，官罷而卒于邸舍。此人事之可知者也。

君之賢，君妻君女之孝，而受禍若斯之慘，此天道之不可知者也。然而君所莅有碑，有生祠，郴民立曾孝女廟配享曹娥。嗚呼，是亦可以無憾矣！

君詩文清婉，有穆如堂稿若干卷。卒年五十三。夫人張氏，誥封宜人。合葬于某。子二人，長衍杜，邑廩生；次衍模，早卒。女三人。

乾隆四十年秋七月，錢唐袁枚表。

吉安府知府王君墓志銘

乾隆壬戌，予需次白下，寓王俣巖太史家。見其從子銘琮年二十許，風骨秀整，心異之，未暇與深言。他日晨起，有肅衣冠拜床下者，銘琮也。曰：「琮願爲弟子，而未啓叔父，故無能具束脩。先生幸毋見擯。」振其袖而出之：文二篇，受業姓名一紙。予嘉其志，卽取盥面水磨墨爲勘其文，而以師自居。

亡何予宰沭陽，遠，與王氏稍疏。乙丑，調江寧，君已舉順天鄉試，時時入署宴飲，笑語相樂也。予奇君屑宇，謂必當居清要；輒舉石渠、天祿事與談。而君好觀予判牒，治文書，或竊倚屏間，聽折獄。怪而問之，笑曰：「琮有志于此，遲久先生當自知。」

丙寅，果援例得湖廣竹山縣知縣。戊辰，調監利，薦卓異于朝。癸酉，奏遷漢陽同知，未赴任，擢江西吉安府知府。再薦卓異于朝。亡何，以失察事鐫級。天子召見，發直隸以同知用，權知深州。爲御史戈濤所劾，再鐫級，補易州州同，援例得運判，發浙江，權烏鎮同知。未半年，卒。

君才敏而守廉，能發姦摘伏。竹山婦訟盜殺其夫，君驗蹤迹非是。屍所立山東氓，神色可疑，問何業，曰：「竹工。」召之治竹，詰其右手傷，以誤運削對。君曰：「此齒痕也。汝縛殺某村人爲所嚙耳。」其人駭，禁聲。訊之，果姦殺也。泰和民劉子貴殺人取財，與族弟子佩販米。事發，引子佩同謀，并及其同舍某，三人俱擬斬。獄具，君隔四而訊，得其冤。

當君筮仕時，予猶宰江寧。尊人毓川公常來，笑且告曰：「兒學先生勤速判案。到監利初，受牒一千，今減至百矣。」逾時，又來告曰：「兒學先生訪姦，榜其名于四門，今果奇邪譎觚者逃矣。」逾時，又來告曰：「兒學先生興文教，召諸秀民與子弟同學，今一邑中甲科接踵矣。」予聞之，雖喜君能得吾意以治民，而終以地隔千里，靡所徵驗。後十餘年，君已死，偶讀望江進士檀萃集，有過監利頌王公遺愛詩，悞君爲古人，方覺君之爲循吏也信。

嗚呼，君生逢盛時，年未三十，在縣課最，在郡課最，所受知大府如陳文恭、方敏慤諸公，又皆一時名臣，能引擢人。此其隆隆而升，奚待問耶？乃安流穩柁中，風忽起而尼之，隨起隨顛，相踦齕于意外。不得已，裁謀鹽筴一官，以圖溫給，其初心寧及此哉！更斬此區區，而戹以無年。然後知世之賢人君子，往往自甘頹放，匪其恬淡性成，亦繇蒼蒼者之無能勸善而反有以折其氣而傷其心故也。如君其明驗矣。悲夫！卒時年五十五。

先娶周氏，繼娶黃氏、劉氏，俱封恭人。子彝憲，官內閣中書。女三人。以某年月葬某。

銘曰：傳我文者多，傳我政者少。惟子能之，而惜其半途而夭。嗚呼！此豈徒君一身一家之不幸而已耶？雖然，終有天道，留予一老，爲君墓表。

小倉山房文集卷五

虞東先生墓志銘

乾隆十五年，天子詔舉窮經之士。公卿大夫知膺此選者之難也，舉海內士僅五十餘，而大學士蔣文恪公首以虞東先生薦。先生姓顧名鎮，字佩九，居蘇州昭文縣。縣有虞山，學者因號爲虞東先生。乾隆戊午舉人，甲戌進士，補國子監助教，遷宗人府主事，充玉牒館纂修。年老乞休，以原官卒于家。

先是，虞山陳見復先生以邃學清望，設教紫陽，先生往，執弟子禮惟敬。一切經解史義，往復辨難，穿穴詣徹，得古人所未有。見復先生死，先生篤其說而恢張之，以經師名天下。先設教金臺書院，再設教游文書院、白鹿書院，而終之以鍾山書院。

先生惇良介朴，善誨人。每閱文數百卷，旁乙横抹，蒿目皸手，一字不安，必精思而代易之，至燭燼落數升，血咯咯然坌湧，而鬻眠細書，猶握管不止。余嘗勸其少休，諾而不輟。然學者領其意旨，往往速飛。以故遙企塵躅，跼膝跪足而至者，如望日光聽建鼓而趨。本朝庶孫爲祖庶母服，功令無明文。崑山徐氏通考言人人殊。先生爲定三年服，引禮經曰：

父之所不降，子亦不降也。作兩議千餘言，詞甚辨，羣儒無以難也。貌端厚，有腹尺，豐下而髯，恩從子寡嫂甚摯。常夜坐，有隣人子窺其垣，先生麾使去，不以告人。其人慚，卒爲善士。所著虞東學詩十二卷、三禮劄記十帙，古文、詩若干。其先爲吳丞相醴陵侯之後。妻吳氏，誥封恭人。長子言遠，次詢。

銘曰：年之不如，而京兆同舉；才之不如，而臨終推許，曰以吾生平累汝。嗚呼先生，抱經而處！無失于今，有得于古。壽七十三，葬正月五。門生書碑，門童負土。支村之西，露字之塢。

司經局洗馬繆公墓志銘

乾隆己未冬，枚以年家子拜南有先生於蘇州之里第，見先生蒼顏秀眉，揚衡含笑，望而有典型之欽。今辛卯歲，先生怛化久，其子敦仁等將奉先生柩與其配陸太宜人合葬於某，而走索枚銘。枚伏思繆氏以科第顯吳門二百載，氏族華腴，如班、楊、崔、盧，海內延望。雖門風之盛，天實相之，而要其經德秉哲，層累以基之者，必非無自。

謹按其狀，以聲於幽宮曰：先生名曰藻，字文子，晚年號南有居士。其先從常熟遷吳。曾祖國維，萬曆辛丑進士，官貴州參政，生慧龍。慧龍生彤，官翰林侍講，生先生。先生生而凝重，甫勝衣，能爲擘窠大字。今西禪寺題額，有過者猶爭指曰：「此繆翰林十歲時書也。」康熙乙酉舉人，乙未進士，授編修。丙午，加日講起居注官，隨遷司經局洗馬。壬子，視學粵東，甲寅以失察所屬鐫職。今上元年，召復原官。先生以母老辭，遂不起。

凡先生官禁近十八年，校京兆試者三，校禮部試者一，與纂修者三。其他受尚方珍賜無算。朝野盼先生大用，而先生得一事爲名，遽棄官即休。人皆以爲疑。不知先生所居爲勾吳勝地，獨具清曠，善鑒法書名畫，而力又足以致之。海內金題玉躞，爭趨其門，如矢赴鵠。先生購其尤，嚴賞密畜，花月餘閒，遊目自娛，人望若清秘册府、魯殿靈光者垂四十年。嗚呼，此豈三公八座所敢睥睨其下風者哉？

當在官時，有要人詆之往，先生辭不行。其人旋敗。論者謂先生享福之清，由其識力有以致之，非偶然也。性友愛，與弟曰芑同官翰林，白首無間。女兄弟十二人，其孤嫠者收穀之。買奴良家，隨焚其券。僮碎寶硯，微笑而已。常劼毖後人曰：「左氏驕奢淫佚四字，其病皆從佚起也。汝曹勗哉！」卒年八十。

先是侍講公以康熙丁未廷試第一，先生以康熙乙未廷試第二。侍講公以康熙庚戌會試領詩經房，先生以雍正庚戌會試領詩經房。大參公以萬曆壬子典試粵東，先生以雍正壬子視學粵東。先生以康熙乙未入翰林，長子敦仁以乾隆己未入翰林。父子祖孫，後先遙應，支干官地，肸蠁符合，誠爲異數。然先生以一身而上兼祖父之榮，下啓子孫之蔭，嘻，其盛矣！

夫人陸氏，爲乙丑狀元濬成公女。初來歸，室有火災，先生外出，夫人神色不變，呼家人急奉移家廟栗主，毋不敬，其識量如此。後公七年卒。子三人：長敦仁，官庶常；次遵義，乾隆進士；次近智，候選待詔。

銘曰：前卿雲兮後景風，公如月兮照當中。輝紫闥兮光玄穹，拉咎單兮逐奢龍。貊德音兮憮大東，厭儤直兮安絪馮。嬪然逝兮鶴然從，越王沼兮吳王宮。竹素奉兮烟雲供，曼而餽兮畢而饗。適來順兮適去終，化臺潔兮禪窟祟。樹之欒兮翼以松，靈一閟兮山重重。

李晴江墓志銘

乾隆甲戌秋，李君晴江以疾還通州。徙月，其奴魯元手君書來曰：「方膺歸里兩日，病篤矣。今將出身本末及事狀呈子才閣下。方膺生而無聞，藉子之文，光于幽宮，可乎？九月二日拜白。」讀未竟，魯元遽前跪泣曰：「此吾主死之前一日，命元扶起，力疾書也。」嗚呼！晴江授我矣，其何敢辭！

晴江諱方膺，字虬仲。父玉鉉，官福建按察使，受知世宗。雍正七年入覲，上憫其老，問：「有子偕來否？」對曰：「第四子方膺同來。」問：「何職？且勝官否？」對曰：「生員也。性戇，不宜官。」上笑曰：「未有學養子而後嫁者。」卽召見，交河東總督田文鏡以知縣用。八年，知樂安。邑大水，晴江不上請，遽發倉爲粥。太守劾報，田公壯而釋之。募民築隄，障淄水入海。又敍東郡川谷疏瀹法爲小淸河一書，載之省志。十年，調蘭山。

當是時，總督王士俊喜言開墾，每一邑中，丈量弓尺，承符手力之屬麻集。晴江不爲動。太守馳檄促之，晴江遂力陳開墾之弊：虛報無糧，加派病民，不敢肺附粉飾，貽地方憂。王怒，劾以他事，獄繫之。民譁然曰：「公爲民故獲罪，請環流視獄。」不得入，則擔錢具鷄黍，自墻外投入，瓦溝爲滿。

今天子卽位，乾隆元年，下詔罪狀王士俊，凡爲開墾罷官者悉召見。詔入城，已二鼓，守者卽夜出君于獄。入都，立軍機房丹墀西槐樹下。大學士朱軾指示諸王大臣曰：「此勸停開墾之知縣李蘭山也。」顧見者或擠不前，則額手睨曰：「彼頎而長，眼三角芒者，是耶？」少宗伯趙國麟，君父同年進士也。直前，握其手曰：「李貢南有子矣。」悲喜爲之泣。奉旨發安徽，以知縣用。晴江乞養母家居。四年，服闋，補潛山令，調合肥。被劾去官。

晴江之言曰：「兩漢吏治，太守成之；後世吏治，太守壞之。州縣上計，兩司廉其成，督撫達於朝足矣，安用損朝廷二千石米多此一官以甚間之耶？」晴江仕三十年，卒以不能事太守得罪。初劾擅動官穀，再劾違例請糶，再劾阻撓開墾，終劾以贓：皆太守有意督過之，故發言偏宕。然或擠之而不動，或躓而復起，或廢而不振，亦其遭逢之有幸有不幸焉。而晴江自此老矣。

晴江有士氣，能吏術，岸然露圭角，於民生休戚、國家利病，先臣遺老之嘉言善政，津津言之，若根於天性者然。性好畫，畫松、竹、蘭、菊，咸精其能，而尤長于梅。作大幅丈許，蟠塞夭矯，于古法未有。識者謂李公爲自家寫生，晴江微笑而已。權知滁州時，入城未見客，問：「歐公手植梅何在？」曰：「在醉翁亭。」遽往，鋪氍毹再拜花下。罷官後得噎疾，醫者曰：「此懷奇負氣，鬱而不舒之故，非藥所能平也。」竟以此終。年六十。葬某。

銘曰：揚則宜，抑不可。爲古劍，爲碩果。寧玉雪而孑孑，毋脂韋而瑣瑣。其在君家北海之右，崆峒之左乎？已而已而，知子者我乎！

山東巡撫白公墓志銘

皇上御極之十有七年，姦民搆逆語假吏部尚書孫嘉淦諫章，流傳山東。巡撫準公獲一紙，交臬司某窮竟其事，務得主名再奏。適滇省以聞，臬司懼，越奏之。上疑公欺，致公于理。公之獄詞曰：「未得僞造者姓名，遽妄奏，臣不敢也。且緩之則易于鉤考，罪人斯得；暴章之，則彼或聞風竄伏，而平民轉罹于辜，故隱忍不發。此臣罪也。擬大辟固當。」上憐其愚，赦之，發香山監工，以老病卒。

公由筆帖式內府主事，受知世宗，累官福建將軍。乾隆元年，改官巡道，公以疾辭。上怒，籍其家，無長物，得簿，自出使迄入都，公私出入，纖毫如列眉。上以爲廉，授長蘆鹽院，調兩淮。公辜較引課，辨其贏縮，不狃忕小利，不責奇羨，分扐節度，有不便輒弛以利民。九年，巡撫安徽。

先是，廬、鳳地磽陿，多遨民，饑即避宅槃遊，稓魚擉鼈，挈其孥，搥小輭，野歌匄錢。或請禁之。公憮然曰：「本之不清，末胡能治？」命守令申畫郊圻，課民耕，貸給犂鋤。外延染人機工，教蹹絲法。畜蠶，樹桃、楸、桑、柘，朝夕程督。未朞年，民戀其業，驅之不行。今鳳、潁、滁、亳所織絹帶絲布，轉鬻蘇、杭數州。加兵部侍郎，撫廣東，調山西，再調山東。十六年，上南巡，自德州至紅花埠凡十三營，公修扞督治惟敬。或勸拘虎豹，備彈絃跕躧爲供奉者，公大驚曰：「皇上爲觀河省稼巡狩，璽書如日。爲大臣者，耳目未慣，其可違詔以非道悅耶？」除方物外，無所貢。泰山、孔林外，不置供頓，淸蹕除道而已。

公貌不踰中人，而舉止嚴重，暗室坐未嘗跛倚。眴人目微斜。遇大事，虛己集議，既定，屹不可動。撫廣時，西洋人某誘澳門民夷言，服其國服，連惠、潮諸州，公怒，毁天主堂，懲治之，洋人大創。安南國王爲其臣鄭杠所弒，國亂，羣姓角爭，互乞天朝兵爲援。公欲奏以一旅師深入誅篡弒者，爲設郡置吏，仍歸漢、唐版圖。會與總督議不合而罷。論者惜之。

公姓白名準泰，字健齋，號雪村，正黄旗人。賜姓他喇氏。先世爲高麗人。子某。葬某。

銘曰：藥先嘗而後進之父，言先擇而後告于天。觀形者似乎逆，而原心者覺其賢。以是歸田，以是獲全，又何曹焉？而況乎七十有二之高年！

方綺亭先生墓志銘

余僑居江寧，少所推許，心雅重綺亭先生。凡某所意不欲往，聞先生在焉，則必往。先生聵于耳而宏于聲。有所論議，矩己絜人，慮聾俗之難曉也，必騰其輔頰，掞張叫呼，如鏜撼空，鶴唳天，一坐傾靡。然卒歸于正。樂道人之善，詆娸姦頑，窮極形態，使人笑吃吃不能休。

先生方姓，名求羲，字綺亭，以順天貢士與修聖祖實錄成，議敍引見，得宰龍南，再宰上猶。年五十三乞歸，七十六而卒。

性醇粹，任眞推誠，不務張施，吏民馴伏。攝安遠，災，承宣司不許糶穀。先生愀然曰：「藏穀爲災，災而不糶，安用穀爲？」乃空其倉予民，通牒大府。撫軍陳文恭公嘉之，符他邑爲例。乘弁棧車，咨詢桑麻，村氓嬉嬉如其家兒。庋鼎彝，潢治書畫，眞贋相羼，被紿不悔。學道家言，摘引背媙，自夸其能，卒皆不讐。蓋先生天倪甚和，寓于物不滯于物，以故毋意毋必，訢訢如也。今夫色莊之士，肖翹其容，而人望望然去之。先生不自矜飾，率意姍笑，而人樂從之游。無他，眞僞之殊也。然則使先生果得長生之術，以久居人間，必能挽末俗以還于古，而天偏以中壽靳之，此余之所以不爲先生悲，爲世悲也。然道家以眞人爲先，仙人爲次。如先生之眞氣蟠塞，久已加仙人一等，而又何必私形骸以拘拘哉？

尤敦族誼，愛風雅，恩其從子裕曾等如己所生。攜布衣陳古漁詩走保定，將薦之制府敏愨公。既至，先生病，公亦病。慮負諸責，乃半夜力疾起，撼敏愨公床，歌與之聽。敏愨公果以爲佳，遂相與奇賞申旦。其篤誠如此。

世居桐城，高祖詹事公拱乾移居江寧。夫人何氏。子四，女五。葬上元縣之淸風鄉。

銘曰：不洗而耳不汚，不杖而老不扶。不墨墨以狥俗，不稜稜以譎觚。形則隨化盡矣，而神則與天爲徒。古人有，今人無。嗚呼！

范西屏墓志銘

有清弈國手曰范西屏，吾浙海寧人。父某，以好弈破其家，弈卒不工。西屏生三歲，見父與人弈，輙啞啞然指畫之。十六歲，以第一手名天下。

當雍正、乾隆間，天下昇平，士大夫公餘，爭具采幣，致劾敵角西屏，以爲笑娛。海內惟施定菴一人，差相亞也。然施斂眉沉思，或日昳未下一子；而西屏嬉遊歌呼，應畢則咍臺鼾去。嘗見其相對時，西屏全局僵矣，隅坐者羣測之，靡以救也。俄而爭一劫，則七十二道體勢皆靈。嗚呼，西屏之于弈，可謂聖矣！

爲人介樸，弈以外雖誂以千金，不發一語。遇窶人子、騃者面不換色。有所畜，半以施戚里。余不嗜弈，而嗜西屏。初不解所以，後接精髹器者盧玩之、精竹器者李竹友，皆醰粹如西屏，然後嘆藝果成，皆可以見道。而今日之終身在道中，令人見之怫然不樂，尊官文儒，反不如執伎以事上者，抑又何也？

西屏贅于江寧，無子。以某月日卒。葬某。有桃花泉弈譜傳世。

銘曰：雖顔、曾，世莫稱。惟子之名，橫絕四海而無人爭。將千齡萬齡，猶以棋鳴。松風丁丁！

吳省曾墓志銘

無錫吳省曾，字身三，善貌人。行篋中畫稿如梵夾，皆今之士大夫也。擷之，不相識則已，有相識者，其人紙上可呼。爲予作隨園雅集圖。沈文慤公年九十餘，陳生熙年十七，隨其老少，謦欬宛然。其用筆如勇將追敵，不獲不休；又如神巫招亡，專攝魂魄。踔絶之能，生與性俱。弟子數十，皆莫能及。爲人朴而靜，短小，面多瘢，鄉音喃喃，不伐其伎，人多呢之。年未五十卒。

予哀夫世之人不能不死其身，可以不死其形。能使之不死者，省曾也。省曾死，則天下之人之形皆死。故于其葬也，哀之以銘。

銘曰：天畀人容，人各不同，故曰化工。君奪天巧，其胡能老！

亡姑沈君夫人墓志銘

有姑適沈氏，年三十一而寡。無所歸，歸奉母守志，撫其姪枚。六十四歲卒。

姑少嫻雅，喜讀書，從禮而靜，爲大父所鍾愛。枚剪髾時，好聽長者談古事，否則啼。姑爲捃摭史書稗官，兒所能解者，呢呢娓娓不倦。以故枚未就學，而漢、晉、唐、宋國號人物，略皆上口。枚讀盤庚、大誥，眉蹙，故爲負劍辟咡，助其聲以熟。寒則襲，癢則搔，朝饋而夕浴，皆惟姑之求。嘗嗄喈曰：「汝他日能念我乎？」對曰：「不敢忘。」及枚貴，改葬姑，姑沒已十年。

枚嘗讀韓退之乳母李氏墓志，羨其能見退之成進士，能受退之婦孫列拜上壽，能藉退之墓志傳其名。痛姑之賢且親，不及見枚成名，不克受枚一日養，其能傳姑與否，又未可定。嗚呼，爲可悲也！墓在仁和半山大父母之塋旁。爲之銘曰：

昔有義姑在魯，能字姪如母。吾姑如古，以將吾撫，其節尤苦。呼負負，恩未酬。書梗概，掩諸幽。

徐州府知府熊公墓志銘

余同官熊君會珌，字公玉。少爲無訾，省以豪聞。及仕，擿捴豪強，僵仆無所避。方領習矩步者，疾之如仇。然趣人之急，揮財可川谷量。重取與然諾，厚施而薄望。逢大患難輒脫，卒不得大用，賫志以歿。

曾祖妣盧孺人，明季罵賊死。君貴，得旌于朝。以武學生入粟，選松江府上海尉。府吏有事于縣，假坐尉署，狎尉而倨，君怒，召役笞之。役跪白不可。君命先笞役，役不得已笞府吏三十。吏哭訴于府，府大驚，以爲尉癲。會奉上檄禽松江盜號攔江網者，勢張甚。巡道王雲銘約遊擊某用兵。君奮曰：「尉願往，不須兵。」王壯而許之。君挾兩役，直入盜藪，呼曰：「熊少公來。」盜數百，環弓矢待君。君獵纓坐，嗤曰：「孽矣，汝等猶夢夢耶！昨巡道、遊擊提兵三千，欲會勦汝無噍類。尉雖微官，慈，不忍不教而殺，故來曉譬汝。肯以一巨魁從我者，大府必喜，喜則我能代求輕法。餘取改過一結狀，了事矣。于汝何如？」皆泣下曰：「唯命。」次日長繩牽攔江網入城，老幼聚觀若堵墻。王與游擊大奇之，共薦署丹陽主簿。

之官日，臘月二十三矣。忽出片紙喚七捕，供所匿盜。七人者相與目笑之。君刑鞫，不得盜不已。漏下三鼓，得十二盜。令慚。君又以事笞兵，守備亦慚。文武將交訌君，君亦持守備陰事，張狀，陽言馳白撫軍。會撫軍檄君赴轅，令與守備大懼，泥首謝。君笑曰：「公等足與治乎？」置酒爲誓，焚牒而行。尋遷寶應令，調丹徒。

天子南巡，督修金山行宮。太守朱某，酒徒也，醉，謾曰：「好爲之，誤者斫頭。」君作色起曰：「公何所見之晚也？果誤巡狩事，斫者只會玜一頭耶？」不揖而出，遽傳太守命停工三日。羣匠寂然。朱大窘，召而謝之曰：「吾過矣。固知公之可以禮喻而不可以威劫也。」君喜，乃治事如初。總督黃文襄公以嚴聞，所屬不敢仰視。過丹徒，爲他事嗛君，無所發怒，乃以馬食民禾讓君。君爭曰：「會玢能治民，不能治馬。且食民禾者，卽公馬也。見責不服。」黃震怒，繕章將劾君。司道爲婉請，按君項令跪謝。君僵立不肯。黃笑曰：「果然獺尉也。勿與較。」

尋知海州，遷守徐州，所善邳、睢同知周冕，負課三萬，擬斬，繫揚州獄。君詭稱有質訊事，檄調來徐，爲之代償。淮揚道孫庭鉞素有隙，知之，將劾君。君先中以危法，孫竟誅，而君亦褫職。再起爲海防同知。坐工料不實，罷歸。卒年六十一。

君澀重少文，語帶傖楚，雖強直風發，而勇于縱捨。浙撫鄂樂舜簿錄時，家口過徐，制府尹公命君露索，君卽時報畢。尹疑其寬，重檢得隱金三百，怒詰君。君爭曰：「公，鄂戚也，故能入內，至夫人、婢妾所，誘取釵珥箱篋以市公。會玢，鄂屬吏也。鄂公已死，孤兒寡婦無罪，會玢忍弛其褻衣，使一簪不得着身耶？」尹無以答。高文良公撫蘇時，君爲外巡官，內發竹箒中紙一卷，蠅頭書，付君撿校。君不視而焚之。高怒，君曰：「此不過書吏關節耳。一撿校，便興大獄。察淵魚者不祥。」高謝之。其挺切皆此類也。

夫人徐氏。子三人，某。以某月日葬某。

銘曰：收束百骸歸以膽，盱天睨地無不敢。南山白額虎眈眈，縛之如豕笑而啖。焦原不顚平地摵，未竟其施心尙欿。閞公玄堂風慘慘，萬古白虹起此坎。

禮部主客司郎中兼鴻臚寺少卿高公墓志銘

嗚呼，此我朝卓行君子高怡園先生之墓也。先生姓高，名景蕃，字崧瞻，一字怡園。先世爲宋勛戚，從高宗南渡，先居山陰，後居杭州。高祖咸臨，知福建永安縣，死土寇之難。世祖章皇帝贈按察司僉事，謚忠節。祖鳳盤，父組綬，俱郡文學，以先生貴贈中憲大夫。先生行二，中雍正二年鄉會試，選山西樂平縣知縣。莅任六年，內遷刑部湖廣司主事，再遷山東道監察御史。出爲福建興泉永道，內補禮部主客司郎中，提督四譯館，兼鴻臚寺少卿。以老乞休，家居數年，年七十八卒。

先生生有至性，七歲喪母，哀毀如禮。事伯兄甚敬。少授生徒，貧，有賈人持金丐爲立傳，堅拒不可。興泉永道駐廈門，海商聚泊，多奇服怪民。以故前官來，荷校列戟甚威。先生一切屏撤，正己以臨，儳從蕭然，不市外洋一物。宵小之因緣爲姦者，望風遁矣。

雖柔和，不妄笞督，而摘伏如神。樂平縣有殺人于郊者，主名不立。先生診屍，旁顧一氓曰：「殺人者，汝也。」訊之果然。或問故，曰：「衆人惶視；渠獨斜睨而遠探，必有內怯于心者，是以知之。」衆皆讋服。刑部吏或受賕舞文，持決事比來試先生。先生笑曰：某事當引某例，不得以疑似者相溷。吏張目不能對。

先生短身而癯，與下僚言若恐傷之，獨斷斷于大府前。福建總督陳文肅公將劾某令贓，先生廉其誣，爭之。陳不聽，公不畫諾。陳不得已，事竟寢，而心不悅，奏先生不宜外任。賴天子知其賢，雖內用，眷注愈隆。庚午，命典雲南鄉試。庚申、甲戌，命提調會試。十六年，命送暹羅國使者。二十年，命送琉球國使者。先生隨事盡職。在滇，以得人稱。行海外萬里，酋夷欽其清嚴。

今天子元年冬，余試鴻詞科，報罷，落魄無歸，飯先生家三月有餘，至今常涕泣追想。長安米貴，今古同然。以素不識面一男子，又不任典籤記室，而許其虛糜雁鶩之餘食，棲依宇下，此何如恩德耶？雖客邸清貧，除脫粟外絕無一豆一觴，而先生每食必偕。明日將有早朝會鞫諸大事，裁淪二鷄子以自供，而猶必推盤讓客，至于再四。嗚呼，仁哉！

所著六經疑義錄十六卷，秋水堂古文十六卷，眺征集十二卷，愛日軒詩餘十二卷。娶恭人黃氏，生五子三女。以某年月日葬某。

銘曰：輪方不行，瑟古難聲。吁嗟乎先生，而竟以亨！我爲之銘，先濯筆于滄浪之水清。

六合縣知縣潘君墓志銘

乾隆八年，余知沭陽。潘君字情來勘災。置身同寮中甚謹，弛氣離坐嗛然，而終日不言，心疑之，以爲陰重人也。後十餘年，君供張天子巡狩事來江寧，朝夕雅遊，怛中而信人，向疑稍稍解。又嘗過武進，遇舟人子道君善政尤詳，信君爲無害吏。嗣後聞其得官則喜，失官則憂。君亦推許過當，文翰事非余質確者，不肯落墨。然每見君面無見膚，陽不滿大宅，慮仕宦難速飛。已而君得官必無故顚。上游知其賢，盡力起之，隨起隨顚，畢之以死。如是者在江南二十四年。

君諱涵，字宇情，錢塘國學生。纂修一統志，議敘州判。凡署縣篆六，題實授三。君風神玄定，庋展閣几，必得其所。所判決不爲聽強狀，視下言徐，務折其情乃止。以故郵罰無訛，鮮客訴者。南匯民兄弟訟田，君不訊，令跪學宮聽講。兩人者悔求釋，公不許。乃泣且拜曰：良非本懷，唆訟者某也。遂公其田，而睦如初。有徐官官者殺一家五人，留其女，人疑有姦。公置徐極刑而不問姦事。民以爲仁。鎭洋役催租，負租氓仆地死，腰有樹傷，前官擬役抵。君曰：「役卽民也，非其毆死，何抵之爲？」

委賑海州。請於大府曰：「海州積潦，病由場河：南受淸安中河、黃、運水之全，西受駱馬、劉老澗水之半。故趨海不支者，勢也。迤東雖多支河，形如蛇足，可以宣洩，而無如不開東壩，終與無河同。若壩開，又與運鹽、治河兩事有妨。爲今計，宜濬場河使深，而合新舊河爲一。相度諸堰壩，因時啓閉。如此則水易趨海，海州患可去八九。」大府納焉，歲以不連歉。

在武進一年，以解犯愆期去官；在贛榆一年，以失察邪教去官；大府俱奏留君。君膝暴蹠穿，疲曳奔馳，然而爲日淺，被於民者迄不得施。西席未煖，又揭揭而之東。市馬量轂，無須臾閒。身日以憊，而家亦日以貧。

最後宰六合。甫抵任，天子南巡，君治事龍潭，病，食糜粥不盈一甌。顚而殫悶，猶料檢站馬夫役，呼叱不已，聲漸微，目漸瞑，遂卒。卒數日，鑾輿臨，事一切循整，如君存也。氣絶時，知六合縣卽眞之詔才下，吏民哀之。年五十九。

長子仁標，能文而弱；次子仁勤，頗聰穎，後君亡四十日，亦以喉閉亡。

銘曰：不擠之而自止，共扶之而不起。未終其齒，迸而與之死。猶以爲不足，更取其子。嗟乎！善若彼，報若此！吾烏知其所以！

補蘿先生墓志銘

本朝王吏部虛舟以書法冠海內，從遊者爲補蘿沈先生。余見先生時，年六十餘，博昬廣顙，鼻隆然高，白髭貫兩頤，長尺許，雜爲毫毛，沿頸而下，覆其身幾滿。其先江陰人。先生十六年，家燬于火，蕩無一椽。十九歲受知虛舟。

當是時，虛舟館于淮安程氏。程故豪士，饒于財，力能致天下之桓碑彝器，及晉、唐眞蹟。先生天性好之，縱觀臨摹，虛舟又爲授八法之源流，以故業精而學博。以其餘伎，刻劃金石，古麗精峭，如斯、冰復生。嘗一過京師，再遊酒泉。所至公卿間爭袖玉石求握刀，惴惴慮不可卒得。而先生一與周旋，無德色慳狀。以故名益高，貧益甚。

雍正十三年以國學生効力南河。乾隆二年，署江寧南捕通判，再署徽州同知。凡七攝縣篆，宣城、靈壁、舒城、建德、盱眙、涇縣，皆所歷也。於吏事非所喜，每治行，服飾蕭然，載册籍圖卷爐研等物，重纍後車。外皂唱衙畢，諸吏抱案侍階下。先生猶伸紙潑墨，含毫邈然。在宣城訊竊雞者，畫雞賍面以恥之。雞之神色有畏竊欲飛之狀，合邑傳觀，笑以爲神。性廉靜謹厚，斤斤形于體貌。鄖罰麗事，雖小有過差，而吏民諒之，無怨嗟者。大府皆器重之，常異目以視。

黄文襄公督江南，嚴，官三品以下膝行，無敢閧語。先生入，褒衣博褶，強曳一足跪，吶吶然，唾與言俱。黄爲霽威談笑，賜坐賜食。人皆驚且羨，轉相告語。而先生亦不自知其所以然。乞病金陵，金陵之人，咸從從捧手。與余及李晴江交尤密。朝夕過從，聽談三朝典故，及前輩流風，如上陽宮人說開元遺事。燈炧酒闌，諧謔雜作，誦俳優小說數千言，聽者傾靡欲絶，而先生語益緩，色益莊，若不解笑者。

自言生平篆刻第一，畫次之，字又次之。晚年不肯刻石作畫而肯書。余以其間，得請山中題額。尹文端公過隨園，笑曰：「何滿山皆沈鳳書耶？」亡何，先生歿，海內之求其書者，若金膏水碧之珍，然後歎余見之先焉。

余好古器，苦無所解。每鑒別，奉先生爲師。未十年，而先生有所疑，必質余以定眞贗。余雖私喜自負，而心憂先生之衰。年七十一卒。卒前數月，貧不能具膳，而歷任之核減叢至，竟先牒產絶，而後報人亡。嗚呼，其可哀也已！

先生名鳳，字凡民，一字補蘿。葬金陵南門外湯家窪。二子恆、慄，俱早卒。孫夢蘭隨寡母僑寓廬州。余權春秋祭掃事，俟夢蘭長大，將勒石而告之處。

銘曰：其生也賢，故人貌而天；其所好也古，故于今少伍。嘻！此非馬鬣之封，乃商彝夏鼎之宮。

史先生墓志銘

枚生七歲，受論語、大學於史先生。十二歲，與先生同補弟子員。十九歲，先生卒。三十九歲，葬先生於西湖之葛嶺，而誌其墓曰：

先生姓史，諱中，字玉瓚，漢溧陽侯遺裔，爲八行世家。始祖浩，仕南宋，官至右丞相。子孫遷於杭。先生幼孤貧，無師傅。年二十，聞鄰兒讀四子書，髣髴若素所聞，愈愛聽，遂能雒誦。見案上卷，戲倣爲之，不意竟就。質之老儒，驚曰：「是制藝也。」告以故，始不信，繼乃大奇之。

長更力學，于星經、地志、樂律，俱能穿穴詣微，駕其說。嘗攜枚過錢塘門觀浙帥大閱，旌旗蔽野，鐵騎成列而下。先生斜睨其陣，又數數按其營帳，大言曰：「謬耳！不可以戰。」枚驚曰：「先生解是耶？」先生曰：「昔蕭穎士見封常清行陣，不覩而還。常清果敗。軍旅亦儒者事，吾常學之矣。」歸，手一書示枚，而循其髮泣曰：「種種矣。此少時手抄陣圖也。嘻，其焚之！」

館枚家十年，婆娑教督，性狷狹修謹，雖期功喪，有如剡之容。長身瘠立，若植鰭然。晚年好仙釋，師季某而友張自南。三人者語化色五倉之說，則辟咡晝灰，戒門以絕。先生曰：「吾爲兒時，見方外服輒研研然，今得奧旨，宜去。但仙人皆孝子，有嗣吾宗者，吾履蹻逝矣。」卒無子，不果行。年四十九得疾，舌大而僵，滿於口內，錐刺寸餘無血。自知不起，屢搏其膺曰：「可惜，可惜！」食飲至唇而止，以箸廖其喉，猶齘噤不下。人見之或泣或嘆，不忍逼視。愈益不平，口荷荷不絕，竟餓死。道友張自南結胎於臍，胎墜腸絕，先一年死。季姓者，年餘鼻潰死。

銘曰：機也括之，玉也削之。我童而蒙，孰先覺之？積學而窮，積善隕宗。長生不生，五十嗟凶！忌其仙，竟忘其賢，使隱恨于黃泉！嘻，其何以爲天？

侯夷門墓志銘

予自沭移知江寧，客賀曰：「江寧有侯丞，槃槃大才，佐公，公必喜。」問其名，故予狎也。

予壬子鄉試，見有野而古者，危冠高履，口傒音，目睒睒斜視，如深山怪松，磥砢自異。識者曰：「此天台山侯嘉璠也。」予竊已奇之，與訂交，廓落無町畦，益相愛。號夷門子，字元經。詩文迅疾，始於筆染，終於紙盡，揮霍睥睨，瞬息百變。每褁袖潑墨，數十人環而擁之。又丞抽思乙乙，十指雨下，字跡旁行斜上，如長河堅冰，風裂成文，莫知條理，而天趣可愛。如成相佹詩，窮㓞野曲，可解不解，而俶詭獨絕。

先受知於督學帥公，貢于鄉，連試不售，出爲主簿，調江寧丞。曹進曹退，温温無所試。既不得志於時，愈自縱。一日大醉，登報恩寺殿，摩古佛羅漢數百尊，各贈詩萬餘言，書其頂，箕坐大呶。窗外風雨暴至，電光燭其手，益喜，奮筆不能休。且吐且書，取殿旁石臼戴頭上，折旋舞如風。衆僧疑爲鬼神異物，不敢逼視；又疑病狂易，妄笑語昏亂。酒既醒，雷雨亦息。覷其詩，奇字奥句，不能讀也。舉其臼，重千二百斤。運餉至京，以己所坐輿輦其妻秦氏，已策驢從之。妻免乳旅店中，丞徒步長吟數千里。判事喝答數，輒睨抱牘吏：「決當否？」吏曰：「是也。」丞大喜，號於衆曰：「何如？」

鎮江黄太守慕其才，招至署。未浹旬，早起不見，覓之，赫然死廁旁。年五十二。其子某至自天台以柩歸，卜葬畢，來問銘於余。余既奇君之才，而尤奇君之死，乃亦爲奇語，遣抱磨者陷其石，以質君。

銘曰：文星熾熾，龍齧其尻；拗怒墜地，無所吐氣。以儒爲戲，嶔崎如是。執不律，如執鬼中，可以極無極，窮無窮。而卒不聲于崖公。一笑去，泠然風。留委蛇，受機封。

楊節婦墓志銘

余知江寧時，門下士楊思立以狀來曰：「長兄舒猷，不幸早亡。嫂未三十而守志，既孝且賢，先生修邑乘，于法宜得書。」余訪諸邑人，僉符楊君言，遂志之。今年正月，思立又來曰：「嫂亡矣。嫂生時，蒙先生列于志；今將葬，乞先生銘諸幽。」

余謹按：孺人陳姓，年十八來歸舒猷。奉尊章惟謹，治箴管樿椸事，罔或不飭。嫁十一年，舒猷卒。孺人初志欲殉，旁人尤之曰：「安有堂上兩大人存，膝下兩孤存，而于禮得死者乎？」孺人然之，誓撫兒以慰夫志。亡何，兩兒亡，姑王氏亦亡。繼姑曹氏至，孺人事曹如事王。曹生思立、思達，孺人助之製文葆，治抗瘍，小不豫，永夜不眠。曹常指之訓兩兒曰：「嫂愛汝，過於我愛汝。韓文公爲嫂服期，汝其志哉！」及思立等旣娶，孺人率兩姒治家，持錢主進，圭撮不失。命居貨，輒有奇羨，無折閱之虞。性至儉，食不過菜，然趨善如水赴壑，捐奩資入祠，取其贏，備族人婚喪費。歲饑爲淖糜，食蒙袂者。乾隆三十一年卒，年七十有四。立思立子某爲孺人後，所以報也。以某月日與舒猷合葬於桃紅。

銘曰：亡子字叔，以將宗續，而使其家足，生金積粟。嘻！非丘嫂，乃富媪。銘貞石，使有考。

大理寺卿鄧公夫人李夫人墓志銘

夫人李氏，故華亭令源長公之女。生十七歲來歸今大理寺正卿鄧遜齋先生。先生少貧，出就外傅，夫人供旨畜惟謹。先生試禮部，作萬里行，夫人典釵珥，治裝甚具。先生官京師，夫人覗濯而祭，奉尊章甚恭。先生艱子嗣，夫人爲置籂室張氏、劉氏、楊氏，雁行坐甚和。雖諸姬生子屢殤，外繼者亦夭歿，而卒賴張氏一子名以乾者延鄧氏之宗。凡相夫子四十五年，以康熙癸巳三月生，以乾隆癸巳九月卒。初封孺人，再封夫人。

今年春，先生予告回蜀，將歸夫人柩以葬。寄狀來，命枚志墓。枚伏讀公羊春秋魯成公十年「齊人來媵」何休註云：朝廷侈于姤上，婦人侈于姤下。伯姬賢，故諸侯爭來媵之。當春秋時，二南遺澤未湮，乃賢如伯姬者已少，矧至于今，而當官傾軋，當夕勃谿者，尚何識焉！夫人能存綴帶之心，無江沱之悔，則其至性純和，過士大夫遠甚，而豈徒區區爲巾幗式耶？

先生官十年，乞終養，養二十年，太夫人服闋，仍官京師。又十年，歸休于家。計四十年中，朝野參半。當今出處之正，孰有如先生者？然使夫人躭于寵榮，有交謫聲，則先生行義雖高，不能意無所動。又或持家已汰，有不節之嗟，則以先生之廉靜，亦難從容于去就間。觀夫人能承先生之志，以成先生之賢，眞如琴之得瑟而調，珮之應環而響也。嗚呼，難矣！

生二女，一適戊子舉人李燾，一適候選州同龍度昭。以某年月日葬某。

銘曰：錦江之流，架浪呑舟。迎夫人而安瀾，惟夫人之性之柔。秀屏之山，飛雪皓皓，葬夫人而風和，惟夫人之行之孝。松耶柏耶？空而封者石耶？嗚呼！石可泐也，德可滅耶？

蔣太安人墓志銘

余奉母金陵久矣。乙酉歲，編修蔣君士銓亦奉母來。兩老人居相隣，志相同，遊相得也。亡何，編修就蕺山書院之聘，挈家去。余母眷然曰：「久不見蔣太安人，如別春風，令人慕思。」今年正月，太安人委化揚州，編修走手書乞銘以葬。余慮余母之悲，未敢遽告。竊念編修以文學伏海內，于當今賢豪，無所不交。何獨以志幽之文，遠屬于余？疑太安人之愛其母以及其子，身後之託，亦其志也。乃謹按其狀而銘之曰：

太安人鍾姓，名令嘉，字守箴，晚自號甘荼老人。爲南昌隱士滋生公之季女，年十九來歸我贈公適園先生。以子士銓貴，誥封安人。有孫三，曾孫二。年七十而終。

性明慧仁恕，嫻禮則，曉書史。生編修，三歲敎之識字，弱不能持管，乃戲析竹絲，排撇畫，誘其記憶。從贈公館晉陽，還鉛山，服勞習勤，相對逌然。垂老神明不衰，見婢媪衣或穿敝，必代安襻褔，停鍼以須。時時存心惠物，曰：「人之所以生，仁也。人而不仁，安用生爲？」當編修官京師時，聲名甚盛。裘大司空薦其才，天子頷之，將超擢者屢矣。太安人慮其性剛，將忤衆，命還山讀書。畫歸舟安穩圖，首題七詩。嗟乎！士大夫一登朝宁，未免躭于寵榮。此困于赤紱之占，周易所爲兢兢也。太安人一女子，能深明出處之義，以勇退爲提撕，此何如識力耶？然而編修既歸，四方之相乞爲師者，慕其才，兼知其孝。先以安車迎太安人。太安人因得就養無方。東遊明聖湖，探禹穴；南攬棲霞、鍾阜之奇；北還邗江，聽竹西歌吹以終。一時邦君諸侯，通家子姓，爭拜絳紗，問經義，如宣文君、義成夫人故事。嗚呼榮哉！母範之賢，善人之報，均足以銘。以某年月日葬某。

銘曰：水之守土也審，母之測子也準。既教之升，復偕之隱。此非高世之姬姜，乃知幾之顔閔。

李母顧太恭人墓志銘

余知江寧時，試童子，得李君名績者，與語，知其少孤，奉母夫人之教，觥觥自立。余心欽母賢，而亦嘉績之能亢其宗也。居亡何，績改名文在，輸粟得南城兵馬司指揮，累遷衡州府知府。母守節三十三年，天子扁表其門，以子貴，封恭人。前年，文在卒，次年，恭人卒。孫育蕃卜葬有日，乞余志墓。

余謹按：恭人顧氏，爲前明刑部尚書東橋公之後。良人仙經亡時，文在裁六歲，彝章具存。恭人折葼訓兒，具膳畜事堂上，罔不咸嘉。會計場廩，既沃且豐，以其餘潤溉戚隣。文在之官，迎恭人。恭人每一至衙，敎以淸白慈良畢，輒歸家。文在罷官，或爲恭人戚，恭人逌然曰：「兒被黜，非私罪，終當蒙恩。」未幾，祝皇太后萬壽，果復官。余常謂克家甚難，負先人遺業如負重器。雖大男子，苟不勝則顚。恭人，嫠也。而能無戚而有終，地道也，婦道也，卽母道也。

尤奇者，其外舅閻公客無爲州，遘暴疾。恭人感夢禱迎閻公，甫拕舟，忽得風，一夕行四百餘里，入江城，考終牖下。此與曾參齧指，黔婁心動者，若合符節。然則恭人之受旌受封，猶其外效末節；而其感通神明，于人所不見之地者，尤可尙也。

卒時年六十六。有孫三，俱業儒。葬某。

銘曰：能爲傅爲父，以將其子撫，而使其官至大府。嗚呼！此何如母也！碣諸土，告萬古。

陸君妻顧氏墓志銘

乾隆甲午暢月，郡文學光祖陸君來山中，曰：「亡妻將葬某原，光祖哀其賢而天奪之速也，丐先生文其幽宮，以寵亡者。」

其狀云：孺人顧姓，江寧人，永城令諱斌之長女。年十八來歸，屢孕不育。爲光祖置兩簉室，生子一，女四。孺人忘其爲異腹也，雖一便旋，一襁負，必躬撫嫛婗，然後即安。今年三月七日，晨起盥靧如常。晡食後，心蕩不止，若自空而墜者然，卒。年四十九。

余按：劉熙釋名：「膺，心衣也。」鄭箋「彤管有煒」，謂女史之有赤心者。孺人之心，可以對神明耀彤管，而乃不能牢繫于膺，毋亦「恩斯勤斯」，怔忪況瘁之極而致此疾歟？宜陸君言及之而淚若綆縻也。

昔太史公書荆軻徵夏無且，韓退之書張睢陽徵于嵩。余家有陳嫗者，曾乳陸氏兒，平素言與陸君合，故余于書孺人也信。

銘曰：無子有子，惟其慈。雖死不死，繫人思。展如之媛，曷可追！

曹母劉恭人墓志銘

恭人姓劉，上海華涇人。系出宋忠顯吳郡王韐之後，太學生諱乘六之女，工科給事中曹公一士之室。給事負重名，奉敦槃者，戶外屨滿。恭人滌溉散具刑膴，恢恢循整。今上登極，給事屢上封章，直聲震朝野。以洩禁中語，左遷卒。

當是時，恭人家居，兩遺孤傫然也。給事昆季先後夭歿，曹氏不絕如綫。恭人尸婚葬持家，況瘁者二十餘年。親見其子錫端入學食餼，官訓導，乃卒。年六十六。

恭人課子嚴，錫端有客，輒簾窺而詔曰：某也賢，宜近；某也否，宜遠。及其長也，畀一篋，泣曰：「是而父之奏疏文稿也。見此如見父。」錫端板而行之。恭人乃喜曰：「吾今可以見而父于地下矣。」

嗟乎！古之聖賢，百不經意，惟于立言處，不朽自期。故沒世稱名，宣尼猶三致意焉。然中才以下，語之而不知，或「拉雜摧燒之」者，有矣。恭人摩挲奩具，奉殘編爲至珍異寶，諄切付兒，可謂務其遠者大者。即此神識，已超尋常萬萬，而其他皆可略而不書。以乾隆元年覃恩誥封恭人。子二，長錫端，次錫圖。與給事前兩恭人某某合葬于某。

銘曰：肅肅雍雍，順三而從，以協于有終，是之謂恭，不愧其封。

鳳陽府同知高君墓志銘

乾隆三十七年，王師征金川。華亭縣知縣高君白雲上書大府，言自幼學兵法，願棄官從軍。大府雖不許，心甚壯之。余慕其爲人，無由相見。居亡何，君舉最，選禮部主事，入都，過隨園，命長子兆魯從余受業。君白晳，少鬚眉，沉雅淵靜，望而知爲儒者。任祠祭司二年，督倉場事辦，天子召見，擢鳳陽府同知，未抵任，卒。兆魯扶喪還蜀，以狀乞銘。

狀曰：君諱辰，字元白，晚愛白雲，因以爲號。本籍山西，姓牛，康熙間祖式竹公依中裘高爽公于蜀，遂從其姓。君以丁卯舉人、辛未進士入翰林，壬申散館，外出爲令，宰清河，遷震澤，再遷華亭。震當太湖之浸，鄰浙省歸安，往往盜發，倚交界處作逋藪。君偵知王啓祥者，名捕也，年老爲僧，結以恩，使捕盜。捕得刴水姓者楊二，供其魁某現伏歸安。君移檄竄取，歸安令憚處分，護匿不與。君怒，牒請于兩省督撫，悉擒以來，破積案數十，盜風爲清。華邑海塘多墕碎石，屢崩于潮。君加巨木，貫以鐵絙，躬自堵築，必完必好。以故乾隆三十四、五年颶風僨興，浙之蕭山、寧海災，而華亭無恙。

君好文愛士，雖布衣童稚，苟有才，必折節下之。所至以書自隨，縹緗石刻，壓車上鱗鱗然。未仕時，常爲大將軍岳鍾琪客。將軍知其才，授以韜略。君慨然以經世自期。入都時，私謂余曰：「太白星横貫齊、魯，慮山東有盜潢池兵者。」余笑以爲囈言。未幾，果有王倫之逆，而君已卒。年五十一。

子三人，俱業儒。所著有晚成錄、白雲山房稾。葬某。

銘曰：白雲之在天也，四海爲霖；而忽而反乎山也，杳不可尋。嗚呼！在雲無心，而望其澤者，何以爲情？君以爲名，宜其來去之輕。我欽其人，爲碣爲銘，以表佳城。

小倉山房文集卷六

福建總督太子少保姚公傳

公姓姚，名啓聖，字熙止，浙之會稽人。生而倜儻，以豪聞。弱冠時，路遇健兒刼二女子行，其翁隨之哭，牽持洶洶。公大怒，卽奪健兒佩刀，殺健兒，縱翁與二女子去。而已逃入旗。聖祖登極，公以布衣上疏，請八旗開科，遂舉康熙二年鄉試，宰廣東香山縣。

明末，廣東寇災，民稅不登。知縣坐負課獄繫者七人。公歎曰：「明年，增吾爲八矣。」乃張樂置酒，出七人于獄，痛飲之，爲辦裝遣歸，而通牒大府云：「七令名下應追金十七萬，已于某月日收庫訖。」督撫驚，疑公巨富，代償帑行善；而不知公故寒士，實未辦作何償也。

居亡何，三藩反，天子命康親王南征。公謂其友吳興祚曰：「我罪禍大，非佐王立奇功不得脫。欲說王，非子不可。」

吳許諾，乃予金五千，俾通門闌之賄；又陰探王好彈，爲造十萬丸，銀泥封，雜施五采，藉吳獻之。吳亦貌玉立，甚口，熟悉八閩阨塞、錢糧兵馬之數。王與語大悅。飛檄廣東，辟公參謀。督撫知爲公所賣，迫于王命，不得已將所虧帑，強海商塡庫，而遣公行。

當是時，閩王耿精忠脅鄭經同反。經者，成功之子，據臺灣者也。先一年，其將黃梧以海澄、廈門降。經爲精忠所誘，復煽遺孽據廈門，使其將劉國軒等拒王師。會精忠已爲浙督李之芳所敗，窘乞降。王不許。公請于王曰：「此二賊者，如韓遂、馬超，不離之，卒難破也。請許精忠降而專攻經。」王許之。公招降潮州賊劉進忠、汀州賊韓大任，皆滇逆吳三桂黨也。王嘉其功，奏授温處僉事道，再擢福建布政使。公率其子儀攻紫閬山，破之，又擒賊將曾養性于温州。上知公可大用，加兵部侍郎銜，總督福建，以吳興祚爲巡撫。

康熙十七年，海澄公黃芳世、都統穆黑林等戰敗于祖山頭，退保海澄。國軒攻陷之，乘勝取長泰、同安，進圍泉州，再逼漳州。兵號十萬，壁于龍虎、蜈蚣兩山，軍容甚盛。城中兵少，公以五蠟丸檄泉州兵來援，不至。耿精忠悔其降，大慟。將軍賴塔欲棄城走。公曰：「賊驟勝而驕，謂我不能軍也。請不戰以懈之，而出奇以破之。」命閉城門，韜弓臥鼓。忽一日，天大霧，公吹篳篥者三。壯士鍾寶等突開城，持長戈先登，而公自率精兵五千繼之。呼聲震天，賊不辨衆寡，自相跆籍，陣遂亂。自辰至酉，斬首四千，生禽千五百人。國軒敗走。海澄公收復長泰、同安等處，進攻海澄。海澄者，濱海地也，峻而險。賊據之，築塹高數丈，排列艨艟，守金門諸島，密若布棋。相持一年不決。公開修來館招降人，奏設水師提督，練水戰，分遣散兵擾其餉道。賊漸乏食。十八年，吳三桂死，其五鎮將黃靖等相繼來降。經大將朱天貴亦降。賊勢愈蹙。十九年，公會同巡撫吳興祚、提督萬正色水陸進兵，攻海澄，克之。賊逃歸臺灣。

先是，鄭有梟將曰施琅，斬經變來降。上授水師提督，屢立戰功。公知琅熟悉海道，奏取臺灣非琅不可。又奏鄭經死，子少，國內亂，時不可失。上乃使公與琅同進兵。琅請由銅山蘇尖開洋，乘南風攻澎湖；公欲待北風，直趨臺灣。彼此意見不合，各有奏聞。會南潮驟發，舳艫乘疾流逼壓賊壘，被賊圍困。琅駕樓船衝突入圍，公率兵相助。自「先是」至「相助」一百二十五字，文集單刻二十四卷本大異，文云：鄭有梟將曰施琅，三世仕鄭。以娼一變忤經，來降公。公奏授水師提督。上疑其貳。召琅入都，裁提督。公計破臺灣非水師不可，習水師非琅不可；乃奏復水師提督，兼薦琅。上不許。會鄭經死，子少，國內亂。公又奏時不可失，兼以百口保琅。上乃使琅代萬正色爲提督。琅請由銅山蘇尖開洋乘南風攻澎湖。公不可，曰：「若乘南風攻澎湖，惟娘媽宮一澳可泊，賊若守之，我軍不克，退無所據。不如待北風直趨臺灣爲捷。」琅不聽，奏留公鎮廈門，而已帥師攻澎湖。賊果守娘媽宮，藜槁杆擲其舟。舟焚，總兵朱天貴戰死，琅漂泊海上不敢歸。公率大兵救之。至鹿耳門，門仄水淺，鼓之，舟不得上。賊據高險處，曳足觀，揚揚自得。公禱天妃廟借水。明日大戰，砲發，水驟長一丈。舟並行如鳥張翼而上。賊錯愕不知所爲，哭曰：「天也，夫復何言！」國軒與鄭經子克塽面縛反接，以臺灣降。自康熙十三年用兵，至二十二年福建平，天子晉公兵部尚書太子少保；授琅靖海將軍，封靖海侯。

公身長七尺，白皙，兩目精光四射。手勒奔馬，用弓至二十石。麾下所養奇材劍客，皆能得其死力。臨陣時，應變如神。而性慈，不妄殺戮。先是，閩人困軍供，十室九匱。當事者遷沿海居民于內地，界而圍之，越者死。民多流離。滿兵奴其老稚，鞭箠呼號。公受總督印，卽奏滿兵不宜水土，宜撤歸。又奏康王體尊，不宜久暴于外，宜先班師。疏三上，天子報可。兵歸者，猶驅子女北行。公向王涕泣，求下令嚴禁，而私傾家財贖之。凡捐金三十萬，贖所俘二萬餘人還閩中，又請開海界，復民田廬，聽降卒懇荒土，資其生。列戍于外，以防衞之。閩人歡呼視延，處處肖公像爲生祠。

初，廈門有石文云：「生女滅雞，十億相倚。」人多不解。及臺灣平，或曰：十億，「兆」也。加女，「姚」也。「鄭」字「酉」旁，「雞」也。滅雞，滅鄭也。當芝龍起事時，公始生。傳四世，六十年，而爲公滅。公滅鄭之次年，疽（文集單刻本「疽」上有「亦」字。）發背薨。

威信公岳大將軍傳

公姓岳，諱鍾琪，字東美，一字容齋。先世湯陰人，爲忠武王飛之後，十七世徙居蘭州。父昇龍，以百夫長從征吳三桂立功，纍遷至四川提督，因家焉。薨謚敏肅。

公生有至性，母苗太夫人疾，刲股以療。敏肅公命之射，猶忍痛發矢。爲兒時，好布石作陣，進退羣兒，頗有法。敏肅公器之，奏以同知銜改武授松潘鎮遊擊，遷永寧副將。

康熙五十八年，西藏達哇、藍占巴等叛，天子命十四親王爲大將軍，噶爾弼爲副將軍，率公征之。公領兵四千，先至察木多，獲逃酋，探知有準噶爾使者在其地，誘各番酋守三巴橋，遏我兵。公念三巴橋者，進藏第一險也。賊若斷橋守之，我兵勢不得過。而其時兩將軍隔數千里，無由咨詢。乃選能番語者三十人，衣番服，飛馳至落籠宗，禽其使者五人，殺六人。諸番聞之，驚以爲神兵自天而降，相與匍伏降，無梗道者。已而副將軍率諸將來會，將鼓行入藏。忽大將軍以調蒙古兵未至，檄諸將各就所到處屯兵待之，毋輕動。公請于副將軍曰：「我兵齎兩月糧，自察爾多來，已四十餘日。若再待大軍，糧且盡。聞西藏部落有公布者，爲其右臂，最強。能檄令先驅，當無俟蒙古兵也。」副將軍許之，公卽招撫公布，渡江殺逆番七千人，禽首犯達哇等。自四月十三日用兵，至八月十九日西藏平。聖祖嘉之，由副將遷四川提督，駐松潘。

雍正元年，青海羅卜藏丹津寇西寧。大將軍年羹堯召公會謀，公沿途剿撫。有潘下等番爲賊阻道者，滅之；有哈齊等番爲賊虜者，撫降之；有果密等番盜官馬聚大石山喊鎗者，擊殺之。自松潘行至西寧，五千餘里，烽烟肅清，青海爲之奪氣。既見大將軍，卽奉檄征爾格弄寺喇嘛于華里，羅氏黨也。華山甚險，其下五堡環峙，軍到寂然。公曰：「是有伏也。」遣騎搜之，堡內賊果起。公三分其軍，奪山殺賊，賊敗走。追至一山，有高樓，賊伏其中，發矢石。公命健兒二十人，密攜引火木柹從兩旁進，而躬率大隊迎戰。戰方鏖，樓上烟起，天大風，燄光灼耀，賊纍纍然焦爛墜矣。是役也，破賊萬餘，公兵止三千也。

還營，大將軍喜謂公曰：「上知公勇，將命公領萬七千兵直擣青海，約四月啓行，何如？」公曰：「青海賊無慮十萬，我以萬七千當之，宜乘其不備。且塞外無畜牧所，不可久屯。鍾琪願請精兵五千，馬倍之，二月卽發。」大將軍以公言奏，世宗壯之，加奮威將軍，如期出塞。行至崇山，見野獸羣奔。公曰：「此前途有放卡賊也。」蓐食速驅，果禽百餘。自此賊探信者斷矣。至哈達河，賊據河立營。公渡河戰，斬千餘人，賊竄而西，追之。其黨貝勒彭錯等降。告知羅卜藏丹津擁衆數萬，駐烏蘭大呼兒。公拔營夜行，遲明至其處，賊尙臥，馬未銜勒。聞官軍至，驚不知所爲。則皆走。生禽賊母阿爾太哈、賊妹阿寶等。羅卜藏丹津衣番婦衣，騎白駝走噶爾順。公留兵守柴旦木要害處，而躬自追之，日行三百里。至一地，見毿毿然紅柳蔽天，目不能望遠，夷人曰：「此桑駝海也。路自此窮矣。」公乃班師。是役也，公以五千兵往返兩月，降台吉三，禽台吉十有五，斬賊八萬餘，生獲男婦、軍器、駝馬、甲帳無算。獻俘京師，世宗告廟，御太和殿受賀，以青海平大赦天下。加公公爵，賜詩褒寵，仍命率師二萬征莊浪衞諸番，皆青海餘孽也。所至讋服，乃安插洛力達等十六族耕地起科，而奏改莊浪爲定番縣。

三年，遷川陝總督。五年，準噶爾叛，上命大司馬査郎阿至關中，築壇拜公爲寧遠大將軍征之。公率師至巴爾庫勒，賊逃。公築東西城，將屯兵。會上召公，乃交印于提督紀成斌，身自入都。賊伺公行，入刼馬廠。紀葸縮不救，廷議者劾公失機，所薦非人。上斬成斌，下公于獄。今上登極之二年，赦歸田里。

十三年，起公爲四川提督，征大金川。先是經略張廣泗等皆無功。公到，命撤土兵，募新兵，揚言攻康八達，而暗襲根雜，奪四十七碉樓。復臨勒歪口僞運糧狀誘賊，伏火器待之。賊果出搶糧，鎗筒齊發，爛。先是，金川聞天子用公，皆不信，曰：「岳公死久矣。」至是大挫，方疑公來，然猶未知公果在否也。會天子命大學士傅恆視師，誅姦人阿扣、王秋等，賊懼欲降，恐降而誅，負固未出。公請于傅公曰：「鍾琪願詣賊巢驗誠否。」問：「帶若干人？」曰：「多則賊疑，非所以示信也。」乃袍而騎，從者十三人。傳呼直入，羣苗千餘，皆鬭布裲襠，衷甲持弓矢迎。公目酋長，故緩其轡，笑曰：「汝等猶認我否耶？」驚曰：「果然岳公也。」皆伏地羅拜，爭爲前馬，導入帳，手茶湯進公。公飲盡，即宣布天子威德，待以不死之意。羣苗歡呼，頂佛經立誓，椎牛行炙，留公宿帳中。次日，酋長莎羅奔等從公坐皮舡出洞，詣大軍降。事聞，天子加公太子少保、兵部尚書，復還公爵，加「威信」二字以寵異之。

十五年冬，西藏朱爾墨突叛，殺都統傅清等。公會同總督策楞討平之。十六年，雜谷閙土司蒼旺有異志，窺取舊保城。公得信，亟言于策公曰：「雜谷閙，即唐維州，最險要。聞蒼旺密調九子、龍窩等處兵據維關，此地一失，後將噬臍。宜及其未集擊之。若待奏下，則遲矣。」策公深然之。即會奏便宜行事。文武弁一年養廉，兵三年糧。率大軍，夜圍雜谷，禽蒼旺斬之。撤土司，設營置戍。羣番慹服。十九年，再討墊江酋陳崑，未至，卒于軍，年六十九。天子震悼，予祭葬，賜謚襄勤。

公長七尺二寸，骿脅善射，寡言笑，目炯炯四射。食前方丈，饍飲兼人。其忠誠出于天性。征青海，至哈喇烏蘇，天寒溝涸，軍渴，公禱于天，水即湧出。督川陝時，有逆人曾靜者上書勸反，立禽以聞。放歸十餘年，廬于百花潭北，野服蕭然，忘爲大將。所製鉤梯戈甲，精思詣微，他人依古法爲之，俱不能及。閒居手通鑑一編。好吟詩，有薑園、蛩吟二集行世。相傳番僧號活佛者倨受王公拜不動。見公則先膜手，曰：「此變身韋陀也。」僧言雖誕，然亦可想見公之狀貌云。

舊史氏曰：枚與公次子油同舉孝廉，于公爲年家子，以不及見公爲恨。第七子瀞爲六安參將，恂恂儒將，有父風，與枚雅遊甚懽，持公狀索枚立傳。惜當時秉筆者敍次回冗，讀之不甚了析。爲以意纂輯著于篇，恐未足以傳公也。公長子濬，甫弱冠，巡撫山東。明達寬靜，吏民懷之。爲公入獄，故終歲七緵衣蔬食，不宿于內。亦偉人也。當集其遺事爲別立傳。

勇略將軍趙襄忠公傳

公諱良棟，字西華，陝西寧夏人。年二十四，以武勇受知於大將軍孟喬芳，從英王征陝，授潼關遊擊。再隨經略洪承疇征雲南，遷副將。康熙元年，滇王吳三桂奇公，奏擢廣羅鎭總兵。公知三桂有異志，以疾辭。三桂大怒，欲劾誅之。總兵沈應時爲巽詞以解免。隨入覲，補天津總兵。

十三年，三藩反，陝西大震，寧羌、惠安兵變，殺經略、提督。聖祖命公征之。議者疑公陝人，不可信。公請留家口於都，而己率勁兵馳往，上許之。時官兵敗散，屯堡荒廢，公沿路曉示，招官歸原汛，兵歸原伍。劾貪冒，募健兒，軍威大振。斬首逆熊虎等四人，寧夏平。

上疏奏蜀爲滇、黔門戶，若不先恢復，則滇、黔路不通，請乘勝進兵。上許之。公率兵抵密樹關，遇賊敗之，禽其將徐成龍，遂取徽縣。過高山深箐數十重，晝夜兼行，抵白水壩。時康熙之十八年除夕也。壩爲川江上流，與昭化脣齒，俗號鐵門坎。賊防守尤力，沿江立營，爲石囤木柞，張砲。公下令曰：「元旦渡江大吉，違者斬。」黎明，公騎驏馬，率麾下五千人，横刀渡江。江淺，爲萬馬騰簸，波濤盡立，呼聲震天。賊連發砲傷數十人，無敢回顧者。賊大驚曰：「此老將軍軍令如山，不可抗也。」方格鬬，天忽風，吹馬如吹舟，頃刻抵岸。斬賊將郭景儀等，獲器械、旗幟、馬匹無算。餘賊奔竄，追之，再勝於石峽溝。十日而克成都。公入城，秋毫無犯，收金銀印二百六十，僞劄千，奏繳之。上大喜，手詔褒美，加勇略將軍、兵部尚書，總督雲貴。

公密奏滇、黔恃蜀爲捍蔽，今蜀已得，而吳三桂又新死，宜乘機速進。上許之。當是時，王師征滇，貝子章泰自貴州進兵滇池；將軍賴塔自廣西進兵黄草壩。滿、漢兵十萬餘，圍城九月未下，米斗四金，月需米六萬石。公至軍，即向貝子陳三策：其一，稱欲取內城，先破外護，使賊匹馬不能出，方可招降；其一，稱我兵匝圍太遠，自歸化寺至碧雞關，東西七十餘里，調呼不靈，宜掘裏壕相攻逼；其一，降者宜分別收養，不宜盡發滿洲爲奴。貝子不悦，以滿洲語相駁詰，而公又漢人，不解滿語，張目抵捂。幸公已奏聞，詔下悉如公策。貝子不得已，與兵二千，攻得勝橋。公望見橋頭砲臺甚密，白晝攻，所傷必多。乃伏馬兵於南壩兩岸，分步兵爲三隊，營壕牆外。牆上架交槍、子母砲。身披馬綿，持大刀督陣。夜二鼓，攻橋，賊盡出死戰。其帥郭壯圖親搏戟，三進壕牆，而伏兵三起應之。列炬如星，鎗砲雨下。賊敗走，公奪橋。追至三市街，再敗之。天猶未明也。平旦入東、南二門，郭壯圖舉火自焚。三桂子世璠自殺，餘賊盡降，雲南平。

加一等精奇呢哈番，召入都，以將軍管鑾儀衛事。公破城所得降將僞官，俱不殺，并代奏乞恩，以故樂爲盡力，每戰有功。然本秦人，性戇，氣陵其上。首創取蜀之計，將軍吳丹、王進寶等，咸嫉忌。吳故大學士明珠從子，怙寵而貪，公尤輕之。每論事，輒不合。

初，吳三桂聞公取蜀，大恚，遣將胡國柱陷永寧、建昌，兵部責公不救，議削爵。聖祖不許。公引兵克復兩郡，追賊至大渡河。聖祖命公乘勝進滇，而大將軍貝子屢檄公先追獲胡國柱再往。公不從。攻得勝橋，與兵甚少，公爭之，許以在南壩相救。及鏖戰，救不至。得橋，又改命蔡毓榮守之。公積不平，入朝屢忿爭於大學士明珠前。明雖怵以好語，然以吳丹故，心終不善也。公乞骸骨歸，許之。

康熙三十五年，上征噶爾丹，以公老將，復召公，年已七十五。遂上表明心迹一疏，分十四條，洋洋數千言，貶諸將軍不值一錢，而自序戰功最苦，爲部臣所抑。語氣傲悍，御史龔翔麟劾以大不敬，宜斬。上優容之，命赴行在問方略，寵賜優渥。憫其老，放歸。數年薨，謚襄忠。

公雖武人，好觀通鑑，家居聞知縣呼騶過門，便拱立，喚家人子弟齊起曰：「父母官過，敢不敬乎？」其樸誠如此。子四人，位皆至制府、中丞。

論曰：以馬伏波之勳，而晚年主恩衰替。范蔚宗以爲功名之際，理固應然。公之功名，有類伏波。其長者家兒爭相傾軋，則有甚焉。且誣公謀反，然而竟以令終者，何也？孔子曰：「惟天爲大，惟堯則之。」聖祖如天，無所不照，無所不容。公遇聖祖，公勝伏波矣。公薨，聖祖諭祭云：「事久而乃績彌彰，人往而朕心長眷。」嗚呼！使死者而無知則可；死者而有知，其如何讀而感，感而悲也？

于清端公傳

公姓于，諱成龍，字北溟，山西永寧人。順治十八年，以副榜宰廣西羅城縣。縣故烟瘴地多苗，以攻劫爲俗。公與爲誓，毋弄兵器，毋盜。苗敬信之，轉相告語馴伏，或三日，或五六日，必率子女問安。

在羅五年，舉卓異，遷合州知州，再遷湖廣黄州同知。巡撫張朝珍知公才，命討武昌賊黄金龍，即守武昌。當是時，三藩反，金龍陰受吳三桂僞劄，屯兵據險。其軍師劉君孚者，爲訟事受公恩者也。公知衆寡不敵，乃騎一騾，從一鄉約，直入劉家。劉欲探公意，逃山後不出，而陰張強弩待公。公罵且笑曰：「君孚老奴，受我恩，避我，自慚作賊耶？渠不過爲人逼誘耳！我老人，髮鬢如此，寧不曉也？」語未竟，君孚從廚後躍出，投弓跪曰：「君孚祖宗有靈，使公至此。降矣，尚何言！」卽日降其衆數千。武昌鄉勇亦至，問：「金龍何在？」曰：「在望花山。」卽命導行，乘其不備，擒之。撫軍喜，奏實授武昌知府，再調黃州。

甫抵任，湖北大亂，何士榮反永寧鄉，陳鼎業反陽羅，周鐵爪反白水，劉啓業反石陂。各擁衆數千，號十萬，陽言先取黃州。議者謂援兵隨大軍征滇，黃州兵少，宜退保麻城。公不可，曰：「黃州，湖北咽喉也。棄之，則荆、岳七郡皆瓦解矣。仗天子威靈，可以一戰。」徵各區丁壯，自草檄，先攻鼎業，擒之。再攻士榮，戰于黃土坳，賊勢甚盛，紅旗殷山，礮雨下。隊長吳之蘭焚死。火燎公鬚，不爲動。手劍立營門，而陰令三百人自右山擊賊後。賊大亂，敗走。公曰：「諸賊中，士榮最強。士榮既破，諸賊膽落。宜乘勝攻之。」諸營方炊，覆釜以進，預伏兵于鐵爪等敗逃處，果悉擒之。乃勒石黃市旗亭，班師而還。是役也，爲先鋒者把總某，協謀者門下士某，引路者鄉民某，督陣者公也。不費公家一錢，二十四日而黃州平。

遷江防道，再遷福建按察使。福建當耿精忠亂後，康親王駐軍省中，牧馬者月徵莝夫數萬，公爭于王前，罷遣之。海寇犯漳、泉，有莠民通海，起大獄，株連千餘家。公平反之。滿兵掠浙東子女，沒爲奴婢者數萬，公贖還之。王與諸大府素知公名，公所言靡不聽。遷布政使。舉淸官第一，巡撫直隸，再遷兩江總督，官吏望風改操。知公好微行，遇白髯偉貌者，羣相指震懾。士民有歡笑，無管絃游惰，不空手，櫃坊無鎖。年六十八巡海歸，薨。天子震悼，給祭葬，加贈太子太保，謚淸端。軍民巷哭，繪像以祀。

公淸介絕俗，重門洞開，白事官吏，直入寢室。左薑豉，右簿書，狀如鄉里學博。而用兵如神，尤善治盜。知黃州時，聞張某者，盜魁也。崇閎高垣，役捕多取食焉。慮少遲緩，姦不得發，乃半途微服，傭其家，詭名楊二，司洒掃謹。張愛之，使爲羣盜先。居亡何，盡悉盜之伴侶胠篋機密約號，乃遁去。鳴鉦到官，一日者，集健步，約曰：「從吾禽盜。」具儀仗兵械，稱妮前行。至張所，排衙于庭，大呼「盜出」。張錯愕迎拜，猶抵讕。公曰：「勿承，可仰面視，我楊二也。」張驚，伏地請死。公取袖中大案數十，擲與之曰：「爲辦此，足以贖矣。」張唯唯，願一切受署，合門妻子環跪泣曰：「第赦盜死，盜不能者，某等悉如公命。」公留健役助之，不數日，羣盜盡獲。其殺人者，活埋之。武昌營弁某，弟素無賴，適遠歸。是夜軍餉盡劫，弁告弟所爲。彭考誣服，連引十餘人。獄具，獻盜。公破械縱之。撫軍驚問，曰：「盜寃。」曰：「眞盜何在？」公指堂下一校曰：「是眞盜也。餘黨進香木蘭山，今晚獲矣。」未幾獲盜，贓尙在校家，封識宛然。

江寧盜號魚殼者，拳捷，倚駐防都統爲解，有司莫能禽。公抵任時，官吏憚公遠迎。公日旰不至，方驚疑探刺，而邏者報公早單車入府矣。羣吏飾廚傳不受，饋餼牽不受，一郡不知所爲。按察使某，公年家子也，從容言：「公過淸嚴，則上下之情不通，某意欲具一餐爲雅壽。」公笑曰：「以他物壽我，不如以魚殼壽我。」按察使喻意，出以千金爲募。雷翠亭者，名捕也，出而受金，司、府、縣握手囑曰：「我等顔面寄汝矣，勉之。」翠亭質妻子于獄，偵知魚方會羣盜，張飮秦淮。乃僞乞者，跪席西，呢呢求食。魚望見疑之，刃肉衝其口，雷仰而呑，神色不動。魚咋曰：「子胡然？子非匃也，子爲于靑天來禽我耳。行矣，健兒，肯汝累乎？」翠亭再拜，羣役入，跪而加鎖，擁之赴獄。司、府、縣賀于衙。是夕，公秉燭坐，梁上砉然有聲，一男子持匕首下。公叱：「何人？」曰：「魚殼也。」公解冠几上，指其頭曰：「取！」魚長跪，笑曰：「取公頭，不待公命也。方下梁時，如有物擊我，手不得動。方知公神人，某惡貫滿矣。」自反接，銜匕首以獻。公曰：「國法有市曹在。」呼左右飮之酒，縛至射棚下，許免其妻子。遲明，獄吏報失盜，人情洶洶，司、府、縣相賀者，轉而相尤，趨轅將跪謝告實。而公已命中軍將魚殼斬決西市。

論曰：公筮仕羅城，年已四十五，不二十年，督兩江，名震天下，其初心豈及此哉？自言治兵武昌，因草豆不足，頭搶柱欲死者數矣。孟子動心忍性之言，不其然乎！魏尚書環極以公與陸稼書同薦，海內榮之。然公晚年出張中丞手書，輒嗚咽流涕。蓋魏公猶識之于名成後，而張公先識之于名未成時。子皮、鮑叔之功，尤爲難也。江寧人傳公魚壳事甚著。考澤州相公、毛稚黄兩傳皆無之，故別立一傳，不使文人鈎奇，獨病太史公云。

贈編修蔣公適園傳

公諱堅，字非磷，號適園，江西鉛山人。生而家貧，肩粟養母。困童子試，鬱鬱，乃請于母曰：「兒年二十八矣。未博一衿。幸諸兄侍，願遊學如歐陽詹。」母許之。先入都，至山右、漢陽、嶺南、薊門、河洛諸郡，而晚年再遊京師。

公精法家言，諸侯爭延之。代州有大獄，囚纍纍，牘可隱人。撫軍檄嵩嵐牧甘公辦治。甘聘公行，獄立具，殺七人，釋無辜者百八十人。酒姓兒娶婦，月餘，弟迎姊歸。將入村，失姊，懼，反誣酒氏。官下酒氏翁于獄，七年不決。公從太原返，吏指前樹林曰：「此酒氏家也。」公心動，竦馬而之乎山凹。有人扃戶博，瞯之，一兒覺異，拍髯者肩，告之。衆咸嗜曰：「鬼耳，人則安能來？」公跳歸，白甘公，篡取鉤距，果髯者所略也。

臨汾令某，縱吏暴征，民變，棄家登山。撫軍檄澤州牧佟公辦治。聘公行，日驅三百里，至平陽，能屬者裁四騎。山上人如蟣蠓，樹鈎鋤爲兵，張旗洶洶。公手令箭，而先周山呼曰：「撫軍知而等良也，爲姦胥逼反，特遣佟使君來活汝。宜各寧爾家。有目者視此箭。」山上人禁聲，稍稍下。公導餘騎入縣。縣庭瓦礫山積。令從夕室出，率犯法吏六人跪佟前，民環門而囂，欲毆之。公叱曰：「勿妄動，有王法在。」乃搒吏于庭，血流，民懽譟拜謝去，安堵如故。次日四鼓，率官吏詣省，白撫軍。撫軍大悅，飲佟酒，而手炙鹿尾啖公。

公幼即以智俠自憙。七歲隨叔父遊法雲堂，聽僧誦經，廡下坐縣捕數人，私語：「某寺僧被殺，主名不得，奈何？」公辟咡于叔曰：「殺人者，堂上老僧也。」叔呵之，曰：「渠誦經，屢顧，不在經，故疑之。」捕者牽僧去，一訊而服。

十七歲，阻風瑞洪鎮，有少年同舟，舟人哺食，少年登岸，再食再登岸。公疑而迹之。見其蹲古廟大鐘下，色燋然瞠也。曰：「余，南昌熊白龍，家貧，告急于河口戚，不遇，反寄食舟人，未償其值。而又遇風，舟人將不余食焉，故避此。」語畢泣，公亦泣。強入舟，與共食，而資以金。熊感謝歸，邀過其家，見母，誓爲兄弟。居亡何，熊來曰：「權弟金獲利市三倍，今將販繒臨安，無所託母妻，故來。弟知吾父有養子白蛟乎？素無行，脫有故，弟善持之。」言畢去，逾年，繒主人執訊來曰：熊某死矣。餘金若干。目且瞑，屬曰：「爲我報蔣君。」公陰念歸龍喪非蛟不可，而蛟見金必叵測。乃札覆主人，授部署法，遲十日告熊母。母果遣蛟往。已而召公哭曰：「蛟至浙，兒骸已焚，闖然在桶。舟人負之，納我圃，此外不有其藏一錢，奈何？」公慰母再三，而身自往圃，哭視畢，走出。母牽公袍曰：「聞縉主以兒金寄君，金之來由君，然貿易者與有勞焉，幸析半惠老身，何如？」公未答，蛟突前睨曰：「須南昌廳事明之耳。」公叱曰：「何必南昌廳，召二三隣父來，即明也。」蛟嘍啃局公去，俄而龐眉者六七叟至。公曰：「所以囁嚅者，受亡人託，防蛟故也。防蛟，爲母故也。今母見逼，事不得不速明。請詣圃。」乃繞桶而號曰：「白龍知我，白龍知我。」斧之，復底脫，鏡三具墮地，光瑩瑩然，鎔金也。裹以簿券。衆取視感泣，嘆老嫗目眯不知人。未幾，蛟果竊金遁矣。

公五十歲家居，聞佟牧爲負課事繫獄，憮然曰：「我不往，則難不解。」先至天津，撫其家，再至澤州，視佟。佟方缺金五千，自分無全理，且老，不肯食。聞公至，爲加一飯。會太守有疑獄，聘公。公曰：「若助佟，我助若。」太守喜，張示勸募，州人負刀布麕至，三日而畢。佟行，公乃行。

公有神力，而敏于爲善。遇盜許昌，兩騎截路中，五人行刼。公怒，射一人顛，再發再顛。盜驚，捨所刼者來搏公。公縱馬入，刺殺一人。馬逸，公仆。躍起，復殺二人。餘盜乃竄。被刼客爲公牽馬出林，羅拜問名姓去。又嘗行嵩嵐道中，兩峯夾溪，天暴雨，泥沒馬鼻。有婦抱兒騎，一童子負策從，公慮其溺，救之，非錢莫以也。乃解數緡挂馬首。須臾，婦溺，童子驚，亦溺。公大呼：「救者贈錢萬。」搖其繩，錢鏘鳴。途人應聲往，皆掖起之，送寧其家。

公四十六歲始娶鍾夫人，生子士銓，官編修。朝廷贈公如其官。公卒時年七十一，猶及見士銓舉于鄉也。

贊曰：讀史遷、班固、揚子雲諸人自序，輒嘆人子孫生一顯人，不如生一文人。何也？彼顯人者，于乃祖父僅封秩追崇之已耳，若夫述世系，揚風烈，非其才孰任焉！士銓以文伏一世，偏矜寵余文。丁亥元日，披七品服，祀公，即持公狀入山乞傳，狀厚如梵夾，讀之累夕不能盡。乙其處者凡三十有餘事。嘻，何其富于善也！今之爲公卿者，生赫赫，死則序恩榮，數行便灘然盡。公布衣也，瑰意琦行，紛叠若是。雖公意踔絕，不以仁義讓人，而士銓之腹存手集，羅縷畢貫，其才高，其志尤足悲也。予輯而傳之，困于體例，無能多書。然其犖犖大者，殆無遺焉。

高守村先生傳

聖人之道大而博，學者各以其學學聖人，要其至焉耳。後世河北宗鄭，江左宗王，尙未聞其有所拘閡也。束天下而崇宋儒，自元、明始。于是高才生退有後言，且過激，人見其激也，又羣驚爲奇服怪民，而莫敢近焉。是過也。

乾隆甲戌，高先生守村訪余于白下，年七十許。清臞矗立，高睨而大談，解孔、孟，專攟摭宋儒。其所見亦未必盡是，要皆的的然有心得者。余灑然異之。別六年，陶明府京山從滇歸，道先生守姚安事甚具。又十餘年，蔣苕生太史來，賢先生不絕口。二人非妄譽人者，余益信先生果奇男子也。

苕生授二石刻曰：「此先生知平彝、劍川二州德政碑也。滇人不文，序事不識體制，又過欲揚頌，如郗鑒見王導，意滿口重，言殊不流。子其采而傳之。」其一碑曰：先生廉不言貧，勤不言勞。王師征烏蒙，運餉六千石，而民不知。理瑤訟，可和者和之，可決遣者決遣之，罔不當。其一碑曰：征劍川糧，減額外公件銀每兩若干。引老君山水溉西莊，畝收增數斛。丈鵝雅場，清其界，酋夷皆拜曰：「從此百年無事矣。」嗚呼！滇，最憎俗也。能齊其口，爲無窮之聞，以存先生。然則碑愈俚，民情愈眞。想先生之經德秉哲，殆不愧其言者。先生亡已久，子弟才下，無所發明。門生故吏，又懼大忤于俗，不敢張其說。余聞而悲之。

夫犯衆敵，抗令甲，以追取聖人之心，此其志直合萬世爲一朝者，而卒之身甫歿，姓氏就湮；然則與夫庸庸然曹出曹入者，何以異也？天之所以生斯人，使獨異于衆人者，又何也？追憶當日，先生與余天涯一邂逅耳，豈料身後事余爲存之！而余亦豈料十餘年後，倘有先生兩知己在耶？夫儒者闇然之學，原不爲名計，而卒其所以常存于天地間者，又捨名曷以哉？嘻！古之人所以重後死者也。先生名爲阜，鉛山人。

常德府知府張公傳

公諱開士，字軼倫，浙之仁和人。世居北郭青莎里。先人好施，貧其家。公生九歲而孤。乾隆元年，舉於鄉，七年成進士。選銅陵縣知縣，移知桐城、宿州，擢常德府知府。未之官，居太夫人憂。服闋將行，竟不起。

公曼詞矩步，造次必於儒者。然義之所在，展意無所依回。銅陵災，公請賑饑，委官某，揣撫軍范公意捉搦之。公趨皖江，見范公，泣曰：「民無鳩矣。苟藴年而壅利，安用官爲？」言畢，袖印置几上，再拜求去。范改容謝之，聽其請。桐城某，公所拔士也，爲盜張六豁所誣。某父以財賫緣，公怒其父曰：「汝欲速而子死耶？」某懼，闔門待罪。公廉其姦，召六豁曰：「汝誘之博，博負而教之作盜，果誰爲禍首耶？」六豁泣不能聲，乃專坐六豁。宿州河決，公戶籌口算，輕糶重賑，符牒風發，縛木橋渡商旅，艤船寧村中氓，設淖糜四門資蒙袂者。或慮爲私累，公笑曰：「縱于官難開除，吾以活人破家，不亦光于古乎？」爲之益力。亡何水涸，天子輸庫金百萬修水政，公爲植巡功，宿于堤，陳畚揭綆臿，仞其溝，物其土，方畢，歲乃大稔。

江南最大省，羣吏才智縱横，各自矜奮。而公盤辟雅拜，言詞迂緩。常侍今兩江制府高公坐，欲有所陳，先搖首引書語。高公笑曰：「汝又賓賓作學子態耶？」滿席爲之囅然。然兩薦知府，他吏不得，獨公得之，皆高奏也。聞其死，爲嘆息者再。居官二十年，家無生產。女壻陸建，余甥也，先公兩月亡。公哭之哀，數月亦亡。長子懋謙，能文，世其家。

論曰：余雅遊公三十年，見其讀書窮晝夜頜頜，雖除夕元辰，聲嗚益高。醉後好摹古忠臣烈士狀，津津然欲蹈之。服闋時裁五十九。自衰其年，雅不欲出，而簡書催行，肩項相望。公愈感天子恩，不得已，置酒召諸故人訣別，泣數行下，若預知其往而不返者。然幸卒病于未治裝時，得委化正寢，近子孫，親湯藥，人以爲善人考終報也。嗚呼，有以也夫！

湖北布政使徐公傳

君諱垣，字紫庭，會稽人也。生而端靜，坦中任眞，不與人爲同異。以戊午舉人己未進士入翰林，散館改授戶部主事，累遷郎中，記名御史。出爲廣信府知府，南贛巡道，安徽按察使。乾隆二十一年，皖江災，刼案屢起。有司以盜報，君審知皆饑民，以搶奪論，全活甚衆。旋擢四川布政使，調貴州，再調湖北。

當是時，貴州巡撫周人驥奏開安順、南明兩河運鎖銅鉛。行二年，安順灘勢平夷，輸輓尙利。南明灘高，兩山夾峙，每大雨，衆流匯注，所開峽口盡淤，舟不能行。周又護前，不敢再奏。有司迎合其意，爲僱駝馬陸運，而仍以水運報。公密奏其狀，且云：「撫臣以節省運費故，苦累民苗，殊乖政體。」上韙其言，命總督吳達善勘明停止，官民懽呼。公甫卸事即病，行至常德府薨，年五十一。

嗚呼！當公任部曹時，即爲上所知，及試之于外，歷四省觀察屏藩之任，均能稱旨，其卽大用無疑。乃驟以服官政之年，中道而廢，豈不惜哉！然至今有自黔中來者，道馬戶苗人，猶能記公姓氏，延祝不衰。則儒者澤物之功，其效亦可覩矣！余嘗過山陰，至其家，四壁蕭然，不知其爲方伯第也。有子曰秉鑑，公四十後方生。薨時尙幼。故一切善政，不能記憶，約狀其大略，屬余爲傳。

贊曰：進士同年較鄉試少，故相親亦倍焉。若同入翰林，則更少，且更親矣。然不數年，升沉頓殊，或爲名位所移，異目相覗。卽陽爲謙下，而陰實相疎者，亦比比然。惟公能始終一致，幾微無改于常，可謂大行不加之君子矣。余與公同習國書，廷試時，諸翰林掩護其卷，栩栩自私，而公獨任人窺觀，有詢必告。其心地光明，亦可想見。在蜀時，余寄長歌懷之，詩未到而公亡，尤余所悁悁而悲者也！

小倉山房文集卷七

河道總督陳恪勤公傳

公姓陳，名鵬年，字滄洲，長沙湘潭人。生時太夫人夢大鳥挾一青衣童子來，故命之曰鵬。以康熙辛未進士知衢州府西安縣，有善政。大學士張鵬翮薦之，移知山陽，遷知海州，再遷知江寧府。江寧俗，父母死子必親訃，公頒士喪禮禁之。惡捕誣良事發，赦後，公仍置之法。

康熙三十九年聖祖南巡，總督阿山借供張名欲加稅，公不可，乃以他事中之，落職按驗。聖祖赦其罪，命入武英殿修書。起知蘇州府。蘇大疫，公所至疫斷，民書公名鎮于門。過維亭鎮，見水浮漚，心動，遣探得屍，鞫之其鄰，乃某村婦手絞其夫也。奉旨攝布政使，忤總督噶禮，再以陰事中之，落職按驗。聖祖赦其罪，命入武英殿修書。

學士沈涵密薦公，聖祖還其奏。逾年，召公見，曰：「沈涵薦汝，朕疑之。今知非汝所聽請，故用汝爲霸昌道，可乘傳奏事。」故事，督學使者歸，輸金修城，沈修昌州城，有冠花翎者數人，稱某王遣來索金，勢甚張。公僞遜詞，延花翎者入，而陰伏健步縛置獄中。騋馬馳奏。適某王入覲，上示以公奏。曰：「無之。」上曰：「然則可聽陳鵬年處分。」公杖斃一人，枷四人狥於城。自是畿甸肅然。

六十年，大學士張鵬翮視黃河，奏公協辦。公請於廣武山下開引河，使溜南趨。又請疏南壩尾下流，以殺水勢。尋署總河，兼署總漕。漕舟阻風，旗丁糧盡，公先給河庫銀六萬而後奏，聖祖嘉之，以爲得大臣任事體。世宗卽位，授河道總督。未一年，薨。上深惜之，賜謚恪勤，予祭葬。

公廉幹有才，民愛之如水趨壑。每褫職按問，老幼罷市聚哭，持糒醪相遺。滿洲駐防兵，亦率男婦蹋門入，牽袍嗅靴，求一見陳青天狀貌。聞赦詔下，焚香跪，北呼萬歲者，其聲殷天。繫江寧獄，或絕其食。獄卒憐之，私哺以餅，爲守者李丞偵知，怒，杖卒四十，曰：「通一勺水入獄者如之。」公自分命絕矣。忽聞外有貴人騶唱聲甚高，曰：「獄官來，我浙江巡撫趙申喬也。入覲時，皇上命我語江南督撫，還我活陳鵬年，不知汝等可知否？」言畢去，不與公交一語。未十年，公總督南河，李爲邳睢同知，大懼，來謁公，公無言，李心稍安，疑公忘之矣。居亡何，黃河南岸崩，芻茭翔貴，治者竹楗石菑需金萬。公張飲，召河官十餘人入，酒行，嘆曰：「鵬年餓江寧獄幾死，不意有今日。自賀一觥。」且飲且目李，目閃閃如電，鬚髯翕張。李色變，客亦愕視，不知所以。公笑曰：「諸君不賀我乎？盍盡一觥！」合席諸聲如雷，不能者強畢之。俄而奴捧饔飧罇出，磁而鎗金者也，狀獰惡，公起手斟之，徧示客曰：「滿乎？」曰：「滿矣。」持行至李所曰：「某年月日爲一餅故杖獄卒欲餓我死者，非他人，即足下也。今河岸崩，百萬生靈所關，不比老陳性命不值一錢也。罰汝飲，即往辦治。故一勺水入民田者，請勅書斬汝，亦使羣公知鵬年非報私仇者。」李長跪色若死灰，持罇，罇墮地碎，兩手自搏，叩頭數百。滿席客咄嗟回首，無一人忍睇其面者。李出，傾家治河。河平，來驗工官，纓帽小車，所杖江寧獄卒也。既，李竟慚恨死。

公于故人子弟，孤寒後進，汲引如不及。賓從歡飲，而公目覽手答，沛然有餘。每用人，則其家之一蹄一縷，必爲資送。稱善廣坐，訓過密室，人銜感次骨。入獄，逌然自憶未了事曰：「杜茶村未葬，某僧求書未與，布衣王安節缺爲面別。」從容料量，承鎖而行。在蘇，舁鬱林石於郡學。遊焦山，遣人泅水取瘞鶴銘，爲亭護之。其標寄如此。所著詩文若干卷。

其被逮入京也，除夕市米潞河，主人問客何來。曰：「陳太守。」曰：「是湘潭陳公耶？」曰：「然。」主人曰：「是廉吏，安用錢爲？」反其直，問住某所。次日，戶外車聲轣轣，餽米十石，書一函，稱天子必再用公，公宜以一節終始，毋失天下望。紙尾不著名姓。問擔夫，曰：「其人姓魏。」訪之，則閉戶他出，竟不知何許人也。

論曰：先有堯、舜，後有皋、夔。非遇聖祖，雖十陳公，烏能賢？昔汲長孺、魏玄成輩，束以細荆三十，則亦呼謈而乞恩矣。諓諓得善諍名，皆其所遭者幸也。聖祖南巡，公不除道，不供張，甫入獄，百姓張黄旗城上，曰如喪考妣，村氓蠢愚至于如此，忌者誣以大逆，非無因也。而聖祖怡然，但云：「民愛如此，甚好。」爲霸昌道，進瓜熱河，聖祖詔家人：「汝主官清，不必以常例供奉。好將瓜帶歸，即賜汝主。」嗚呼！聖祖知公何其深也。昔權德輿讀太宗賜李靖手詔，不覺嗚咽流涕而嘆曰：「君臣之際，至于如此。」吾于恪勤亦云。

湄君小傳

仲姊嫁陸氏，寡，攜二孤以歸。其季早亡，長曰建，即湄君也。大眼而頎，容貌充充然。幼不甚敏，既長，澄神于學，摩研編削，袚飾厥躬，行安而節和，去不善如絶絃。年十七，補博士弟子。張古香太守妻以女，從官宿州，權記室事甚辦，古香絶愛憐之。

性好吟詩，持論與舅氏合，不屑屑界唐、宋，而内寫幽愫，外婣羣雅，結采必鮮，運思必邃，其聲清揚而遠聞。得若干首。或嫌近體差勝，湄君笑曰：「近體近風，宜少年；古體近雅、頌，宜晚年，吾猶有待耶！」余亦無以難也。

去秋患咯血，五倉頓空，心若墜琅玕然。迎醫而藥之，勿治；召巫而占之，勿祥。予因索其稿。湄君知余之有意其存之也，脫手交，又取去，讐字酌句，咯咯然柴立吮毫，力不勝則臥，臥起再讐。氣魂魂矣，猶呼阿孅泣曰：「舅爲兒詩開雕，成否？不甚費否？兒思遊目焉裁瞑耳。」其溺苦如此。死時年三十五。有子官郎，生八年矣。

嗚呼！姊守志撫孤，卒與無孤同。余哀姊而撫甥，卒與未撫同。且余年五十，髮斑斑有二色，無子，無兄弟之子，而前年壻死，去年五弟死，今年湄君又死。湄君者，其才且賢，出壻與五弟上。而余夫婦恩之又最久，日謀以身後託者也。嘻，其酷矣！爲之傳，以弁其詩。

直隸總督兵部尚書李敏達公傳

公姓李，名衞，字又玠。明初以軍功起家，襲錦衣衞，由浙遷碭山。公伉健有氣，入貲爲戶部郎，司納粟事。親王某屬每金千加平十兩，公不可；強之，則舁櫃置戶部東廇下，署曰：「某王羸餘。」王大驚，諭止之。王府歌者殺人，公會刑部鞫，刑部因王故，欲爲道地，公爭之急，同僚止公，而公往益早。世宗心重之。登極，授雲南驛鹽道，遷布政使。旋巡撫浙江。

康熙末年，鹽法抗獘，滇省有私壓、短平諸色目，浙商浮費至十二萬；州縣赤脚丁錢攤入田畝，有田者不占名籍，奉土豪爲甲長，供奉如奴。公一切禁督，奏免湖屬浮糧，又奏玉環山、乍浦近海，請設參將、同知鎮撫之。北新關虧税，司榷者患之，公奏以南關之贏抵北關之縮，往來商大懽。雍正四年，遷總督，節制江南七府五州。

當是時，浙省逆案屢發，杭州汪景祺、查嗣庭等以誹謗伏誅，而妖人曾靜又爲石門呂留良弟子。上震怒，停浙人禮部試，將大創之。賴公外嚴內寬，敎督於下，開說於上，致民俗丕變，天心回和。庚戌殿試，前三名皆浙人。

公駢脅多力，鼻孔中通，身長六尺二寸，痘瘢如錢，著頰上皆滿。而白皙精采，豐頤廣顙，腰腹十圍，善養威重。每出，繡衣袞袍，乘八座露車，去其帷，壯士一人高丈餘，執大刀，光明如雪，扶輿而趨。絳旗黃蓋，懪槊葩瑤數十重，彪藻雁行，罔不整。最後馬上鼓吹，細樂鏗鏘三四里。闔城老稚，聞制府鉦聲，爭奔趨窺觀，目眩良久。引喤始畢，而提爐香猶冉冉四散。

性好武，設勇健營，募兵敎之擊刺，一切器仗加鮮明。每霜天大蒐，公披金甲，執鐵如意，登壇指揮。先是，東南武備遜西北，而公自信過之。屢請從征西戎。又請長子星垣征楚、滇諸苗。然世宗終不許也。

公不甚識字，而遇文人甚敬，修浙江志，建書院，餼廩獨豐。公餘坐南面，召優俳人季麻子說漢、唐雜事，遇忠賢屈抑，僉壬肆志，輒嗚咽憤罵，拔劍擊撞。聞鄞縣有王安石祠，大怒，嚴檄毁燒。奏飭十三省督撫修古賢祠墓，諸生入學者行肅拜禮，許士女逢春秋節賽會迎神，其姦惡則伐瀦其墳。事雖不行，海內皆嘉公之志。凡文移奏章不過目，聽人雒誦，不可於意者，嚄唶命改，動中肯綮。雖儒者文吏，皆心折駭伏，以爲天授。疏西湖淤三十里，增修祠廟，植柳桃，春時隄樹盡花，水亭風臺，金碧明耀。公晡餐畢，鳴騶出清波門，攜文案坐亭子灣辦治。文武屬吏白事者，就湖光山色間稟請意旨，判決如流。

七年，召署刑部尚書，加太子太保。未二月，總督直隸。故事，直隸五總兵一提督，與總督抗行。公往，悉受節制。總河朱藻素侜張，公首劾之，減死爲城旦舂。公負氣好勝，遇權要人，務出其上乃已。當是時，大將軍年羹堯、河東總督田文鏡、九門提督鄂爾奇、管戶部果親王皆隆赫柄用，而公輒彈劾搖撼之。雖有動有不動，然中外側目，欲甘心於公者相環矣。賴世宗知公深，排羣言，眷寵不少衰。

十三年八月世宗崩，公自知孤危獨立，萬無全理，入謁梓宮，跪伏大慟，暈絶不能起。上知其意，召見，慰之曰：「卿但努力報國，先帝雖崩，自有朕在也。」賜珊瑚朝珠，荷囊兩匣，再賜長子星垣武探花及第。公意始安。

公尤長於治盜。凡盜之巢藪火伴，訪知如繪，臨期以一錦囊付將弁，往如教，即時擒獲。所到處江湖千里如枕席，行舟桴鼓不鳴，不禁妓，不擒樗蒱，不擾酒坊茶肆，曰：「此盜綫也，絶之，則盜難蹤跡矣。」

先是，朱文端公以醇儒治浙，考於古，頒喪婚宴會儀教民，又禁燈棚水嬉、婦女遊山。民屑背資生及賣漿市餅家，弛擔閉戶，嘿嘿不得意。公雖受知於文端，而爲政不相師，一切聽從民便，歌舞太平，誘掖而張皇之，民喁喁大和，愈卑賤者，愈禱頌焉。雍正十二年，公總督保定，與戶部尚書海望同勘海塘至浙，遠近村氓以爲公復來撫浙也，額手迎者蟻屯數十里，歡聲殷天。文端公聞之，嘆曰：「古人云，觀徐公言論，不復以學問爲長。斯言信矣。」

公生時太夫人夢神僧授以異寶，及卒病黃疸，呿聲震屋瓦，衙內牛馬皆吼應之，同起同止，如是者三晝夜，氣乃絶。年五十三，謚敏達。

論曰：世宗皇帝時，才臣任封疆者，田、李並稱。然世之人往往優李而劣田，意頗疑之。後讀硃批上諭：田文鏡奏禁銅法，請民間有拋擲制錢者擬軍。又奴婢首主人藏銅器者，許脫籍，治其主人之罪。公奏禁銅法，請官增價購，有售者即與值，不問所由來，亦不治藏者之罪。是二疏者在，世宗俱未允行，而兩人之見解心術，判若天淵，已可見矣。公每劾權貴，拜疏後必鈔稿以示其人。嗚呼，壯哉！

女弟素文傳

枚第三妹曰機，字素文，皙而長，端麗爲女兄弟冠。幼好讀書，既長，益習于誦。鍼衽之旁，縹緗庋積。雍正元年，先君客吳中，聞衡陽令高君淸卒，庫虧，妻子獄繫。嘆曰：「我高公幕下客也。非我往，則難不解。」遂治裝，歷洞庭而南，告其弟高八曰：「曩而兄傾庫供上官，吾嘗止之，而兄不可；則勸其簿籍而加印焉，亦知正爲今日計乎？」高大悟，檢篋得印簿，訴制軍。制軍者，大學士邁柱也。素善先君，兼知高公之寃，爲平其事。當是時，簿中貴人，隱探高氏孤稚無能爲，使人具三千金，啖先君。先君怒而叱之。高八益感謝。臨別泣曰：「無以報，聞先生第三女未昏，某妻方姙，幸而男也，願爲公婿。」已而果然。因寄金鎖爲禮。時妹未周晬，枚長妹四歲，代繫金鎖飾項者數年。

高故如皋人，而先君自楚歸，復之粵之滇之閩，與高氏音問遂絕。乾隆七年，高八執訊來曰：「某子病，不可以昏，願以前言爲戲。」先君猶豫，妹侍側，持金鎖而泣，不食，先君亦泣，亦不食。以其意復高氏，高之族人驚，讙傳高氏得貞婦。高八歿，其兄子繼祖來曰：「婿非疾也，有禽獸行，叔杖死而蘇，恐以怨報德，故僞言辭昏。賢女無自苦。」妹聞如不聞，竟適高氏。

高渺小，僂而斜視，躁戾佻險，非人所爲。見書卷怒，妹自此不作詩；見女工又怒，妹自此不持鍼黹。索奩具爲狎邪費，不得則手掐足蹴，燒灼之毒畢具。姑救之，毆姑折齒。輸博者錢，將負妹而鬻。妹見耳目非是，告先君。先君大怒，訟之官而絕之。

妹歸侍母，母體微不適，妹徹夜立，持粥飲而匕箸進之。又能記稗官、雜史、國家治亂、名臣言行、神仙鬼怪可喜可愕者，數稱說歌呼，爲老人娛。枚入定省，聞所未聞，學爲之博。自離婿後，長齋，衣不純采，不髲鬀，不聞樂，有病不治，遇風辰花朝，輒背人而泣。如皋人至，必出問堂上姑安否，寄贈服食甚謹。

前一年，高氏子死，妹亦病，以乾隆二十四年十一月死，年四十。枚在揚州，聞病奔歸，氣已絕，一目猶瞠也，撫之乃瞑。女阿印病痞，一切人事器物不能普而能書，指形摹意，皆母教也。想見妹之苦志云。檢篋得手編列女傳三卷，詩若干。

淮徐海道按察司副使莊復齋先生傳

乾隆九年，枚宰沭陽。淮海道莊公來巡，相傳有理學名，疑其峻而難近也，心怵焉。既至，則循故事餽殽烝，公一切勿拒，曰：「物已烹飪，却之是暴天物而違人情也。凡賓饗與主人共之，禮也。」止枚而觴之，三爵後，問沭水原委、簿領利病甚悉，論山經地志、星象樂律甚辨，出所爲詩甚工。

越翼日，諸生會於庠，公上坐講中庸，不皮傅濂、洛語，而理境顯顯大明，聞者色盡變，若欲即駕車赴聖域者然。諸生有所陳說，雖俚，公必靜聽無惰容。翼日，校壯丁，丁疎於技，發矢，矢旁穿，且墜，爇火器，閉，焦其手。諸丁伏地請罪，枚亦起立皇恐，謝平日教敕無素。公弛外衣，手弓而前，支左屈右，教如法。十八人無不當鵠者。火器如之。畢，就坐，笑謂枚曰：「而奚慊慊耶？藝成而下，文人不習常也。專心治民，吾職在巡，年年來爲汝教馴之耳。」枚聞愈不安，睨諸壯丁，皆歎，有泣者。

先是大府巡沭，饋牲牢不受，令祖韝薇，上食不受，矜嚴若神。及去，庫爲之虧。公來飲食笑語，盡主賓歡，及去，無角尖耗，如春風歸，留餘温而已。所從隸六人、蒼頭二人、僮一人，皆自飲其馬，犒之，跽而辭曰：「公視奴輩如兒子，不告而受，於心不安。告公，公必命辭，是仍虛君惠也。」強之，皆伏地誓，指其心，乃聽之。

公諱亨陽，字復齋，世居漳州靖南縣之龜山。康熙進士，初知濰縣，迎養，太夫人道亡，公自此不復仕。今上元年，以楊文定公薦召見，授吏部主事，出爲德安同知，遷守徐州。蘇松道汪某，以危法中沛令某，督撫白簡繕矣，命公補牒。公牒稱沛令不侮鰥寡，不畏強禦。汪聞悛而止。果毅公訥親巡江南，聲燿隆赫，監司皆韡袴跪迎，公獨長揖。訥責問，曰：「非敢惜此膝於公，其如會典所無何？」訥默然。

尋遷淮徐海道。海州有河通海以運鹽，故雖暴漲，非偏告諸大府不啓閘。公力請，得以時開。勘淮海災過勞，以羸疾卒，年六十一。卒之日，淮海諸氓罷市奔走，樹素幟，哭而投賻，一日至六千緡。嗚呼！至誠而不動者，未之有也。公殆眞儒也已。公少時受知於李文貞公光地，成進士，出謝公濟世門，謝亦奇士，世宗時爲御史，三日露章奏河東總督田文鏡十大罪。前一夕夢震雷擊于庭，翌日章上，果得譴，減死戍邊。

蘇州府知府童公傳

公姓童，名華，字心朴，浙之山陰人。年十二入郡庠，屢鄉舉不第，乃習刑名，從事幕府。年四十九，循例入貲，與纂大清律，受知于大學士朱文端公，以知縣薦。世宗召見，命查賑直隸。直隸樂亭、盧龍二邑報飢口不實，公倍增之，所全活甚衆。會怡賢親王在直隸，問公灤河形勢，公條對如指掌。王以爲能，奏知平山縣。縣災，公不待報，遽出倉粟七千石貸民，總督某劾奏，世宗心重之，免其罪，擢知正定府，權按察使事，移知蘇州。

當是時，奉旨清查康熙五十一年至雍正四年江蘇負課一千二百餘萬。大府妄測上意，鈎考攤派，民不能堪，狴犴纍纍，無容囚處。公向大府開說甚辨，大府怒曰：「汝沽名，敢逆聖旨耶？」公直前抗聲曰：「華非逆旨，乃遵旨也。皇上明知有積欠而不命嚴追，特命清查者，正欲清其來歷，查其原委，或在官，或在役，或在民，或應徵，或不應徵，使了然分曉，然後奏請上裁，恩從中下，此聖意也。今奉行者絕不顧名思義，而徒以十五年之積欠，竭竭然求完納于一時，是暴征，非清查也。」曰：「於汝云何？」曰：「寬華限三月，當部居別白，分牒申報。」大府嘿然。公出，卽釋所獄繫者千餘人，而造册若列眉，求爲轉奏。未幾，世宗風聞江南清查不善，璽書嚴飭，衆方折伏。

蘇撫某訪僧與民婦姦，製一枷，兩人荷以徇。公聞，卽往破枷縱遣，而自詣轅請罪曰：「犯姦者枷，律也。爲一枷兩荷，以揶揄之，非政體也。且姦罪止杖，府縣所司，非尊官所宜聞。」巡撫敬其強直，面謝之，而心不悅。

浙江總督李衞篡人江南，絕無文牒，他府畏其威，唯唯聽命。至蘇州，公抗不與，曰：「地界各有統轄，毋相傀也。」李深嗛之，爲蜚語聞上，世宗召公見，命往陜西以知府用。署肅州，忤巡撫某，被劾罷官。今上元年，起知福州，再知潭州，又忤巡撫某，被劾罷官。歸數年卒，年六十六。

公精勤廉悍，善治下，不善事上。發姦摘伏如神，而尤長于水利。佐怡賢親王營田直隸，得十八泉于正定府城外，建西南二牐，墾膏腴三百五十頃。佐經略鄂公屯田肅州，鑿通九家窰五山，引水于十五里外，升之于二十丈之高，穿渠築堡，溉田萬畝，民至今利賴之。所著詩文若干卷。其開太湖水田議一篇，蓋守蘇時未竟之志也。蘇民德公尤深，論者以比前明知府況鍾云。

論曰：傳稱，天爲剛德，猶不干時。公屢干其長官，隨起隨顚，致不竟其用。豈干將、莫邪缺折亦其性耶？不然，何所遭之不幸也。公歿至今垂四十年，聞其子孫過吳，吳市漿賣餅家猶有質衣履供其斧資者。嗚呼！公得民心久而如此，可知誠能動物，非一時沽名者流。而或謂吳俗輕儇，毀譽多浮其實者，亦非也。

程南耕先生傳

江寧程氏有二賢焉，其昆曰綿莊先生，余已銘其墓矣。其季年亦七十有九，曰南耕先生。余悲綿莊之不及見余銘也，使綿莊見余銘，喜當何似？因思韓退之爲太學生何蕃立生傳，豈非欲其親見之以爲笑樂耶？余嘗以此語戲南耕，南耕頷手曰：「幸甚。」遂摭大概而書之。

先生名嗣章，字元朴，一字南耕。七歲能詩，既長，習舉子業，連閔于有司，項項不得志。朱文端公與有舊，教之曰：「唐趙匡論選舉以辟召爲先，古賢多記室參軍。士果有心經世，奚沾沾科第耶？」先生感焉，遂研究刑法、食貨諸務，識其大者。爲人作奏，纂詞奮筆，得黿、鼉遺意。諸大府走金幣延之，憂不得先。

當是時桂林、祁陽兩相公及晏一齋中丞，皆負清望，居五長十連之任，奉先生若仰衡石而操表綴也。先生參畫密勿，彌口不宣，章疏稿出火入。一切體國經野事秘，外不能知。而三人所張施顯顯然，海內無訾言。先生翼扶之功從可知矣。

先是州縣災例不蠲漕。先生謂晏公曰：「災地無米，必倍價遠購。災民免地丁之一，而納漕費之十，其何以堪！」晏公以其言入奏，上勅九卿議，嗣後被災，漕米銀或蠲或緩，臨期奏請，永著爲例。祁陽公之督閩也，蘇祿國王進表使者報閩人某在呂宋嗾夷人劫貢物。先生曰：「是詐也，宜斥還其表，聽候詗察，則事敗矣。」公從之，果來使讕言，冀誣其仇。先生之能仁民能決大事皆此類也。

先生不問旨畜，雖享多儀，皆畀綿莊，己如不聞。綿莊靜而峻，先生孔揚釆色，和顏熙熙，傔從者皆憚伯之嚴就季之寬。然平生于大義所在勿狎，于不順雖賁、育何搖焉。

中年耳聵，絕意仕進。有欲薦于朝者，堅謝之。所著墾敦說、牧民瑣言，皆歷言天下要務。其明史略七十卷，尤其精力所注存也。外金陵識古錄、史學例議若干卷，詳所自序中。

論曰：周官稱公國有孤，入王朝乘夏篆，稱大客。今之督撫，昔之公也。然則今督撫之大客，或卽當日之孤乎？使先生以此致通顯，出而有爲，豈不更光于古？然士君子有名之見存，則所樹立者非己莫爲也。如忘乎名，而一以利物爲懷，則古聖人皆因人成事，而己不尸其功者也。老子曰：「爲而不有。」不難其爲，而難其不有。如先生者，其近之矣。

常孝子傳

孝子姓常名裕綸，山西徐溝人。生四歲孤，母戴氏哀鞠子而撫焉。家故纖嗇，無洊歲資，母鍼衽以供。孝子侍側，愉愉然不刻離。旣長，以武舉授鎭海衞千總。故事，督漕者多風波危，以故勿克迎輜輧，視饍飲。乾隆二十八年，孝子畢官事還鎭。人見孝子連日喜色溢眉宇，異恆常時，詗之，乃其母已來。未一載，母卒，孝子雞斯徒跣，不納勺飲，將大殮，攀棺號阿母不止。聲盡血湧，腸裂而卒。越母亡才三日。

論曰：禮稱「毁不危身」，又稱「五十不毁」。然臯魚立哭而死，孔子與之。傳稱胡女敬歸之子子野，卒，毁也，人惜其不立，以徵魯之衰。孝子年五十矣，不爲生孝，甘爲死孝，彼其心豈不知留其身以慰乃母于地下哉！乃情極而禮忘焉，非得已也。王荆公之論李翺曰：賢者過之。翺之賢，翺之過也；因其過，愈見其賢。吾于孝子亦然。

寧國府知府莊公傳

太守莊君從白門還宣州，未半月，訃至，士大夫知與不知，俱爲流涕。聞其渡新河遇風，舟幾覆。食飲滯留，服大黄臥，便利不止。果藥誤耶，抑驚顛離眴以隕其生耶？嗚呼，求其故而不得者，命也夫！

昔予知江寧，今劉映榆學士介君於余，長不踰中人，而秀眉方頤，言論風發，從此交甚懽。二十年來，予雖居林下，而君之黜陟升降以及其尊主隆民之治功，有其子孫所不能知，而予獨知之者。然則君後人之來乞傳于予也，固君志也。

君始知建德，再知盱眙、寧國、泗州，而終於宣州太守。乾隆十年，貴池民熊永安與金海鬭，金傷重，熊慮訟不勝，會族弟長德病死，乃斧尸誣金，縣令謝錫伯廉其姦，遂幷誣謝落職而抵金罪，民洶洶不平。撫軍檄公與無爲牧王名標勘詰。君檢腦骨陷於顱，非生前傷，鈎距旁證，得嗾訟人某，而長德妻亦傷其夫尸之無故熏灼也，跪謝告實，熊乃伏法。事雪，皖江數萬人譟於時，稱兩君子云。

盱眙大水，湖岸崩，庭飲者相掬，君雨立油衣而騎指揮，水退，民以爲神。在泗州，請免二十五年漕耗，大府聞諸朝，天子許之。到宣州三月，積案五百，無留獄者。

乾隆十六年至三十年，天子四巡江南，前總督黃文襄公、今相國尹公俱以絕世才總領百務，而非君在側，如失左右手。一切山川舟車供張儲偫，君能先機置想，後事補缺，絲毫不掛於過差。余嘗見其匽蹕時，踞坐帳中，庋硯膝上，十指雨下，旁立文武內監數十人，嘈嗜相環，或催逼火急，而君墨無停書，筆無誤字，面無異色。朝奏入，夕報可，其敏健如此。

樂道人之善，遇孤寒，一才一伎必薦寵。遇建德舊令於途，貧，爲還帑而寧其歸。性狷狹，乘氣辨口，小忤意，輒以精神凌逼人，雖貴游長官不少含忍。以致先爲泗州陳刺史排笮，再爲安撫衞公劾奏，至落職簿錄，而卒之事皆無驗。天子閔其勞，每南巡，必加擢遷，自縣令而州牧，而太守，雖伎者聞之皆懃服，曰：「莊君以才力取，非福命也。」然屢躓屢起，危而後光。家以是貧，而精亦消亡矣。卒年五十五。

君諱經畬，字井五，一字念農，乾隆二年進士。

贊曰：儒者多迂緩養名，爲文俗吏所訾謷，得莊君而人不敢輕科目。才之不可以已也如是夫！然君色爊然，蹇蹇無已，卒皆料量苛細，馳逐雜務，與書之云循吏者異也。過此以往，鞅掌將畢，而宣州民安風淳，君必能修先王之政，與民相和親，而已亦將流覽其山川，咏歌賦詩，以永嘉譽於來茲。乃竟賫志以沒，若蒼蒼者故限之而欲其止於是也。福之方始，壽之已終，悲夫！

江寧兩校官傳

我國家百有三十餘載，而江寧以校官祠于學者，祇一二人焉。

其一曰教諭湯先生，諱偉，字鵬乎，宣城人。康熙庚午舉人，居官時年已七旬。天倪甚和，碌碌然不可見涯涘。夏月短葛衣搖扇，與羣兒嬉，或上樹撲棗，童子環啖之，先生俯而笑曰：「盍留苦敗者，償老子勞耶？」其風趣如此。

兵部左侍郎法海督學江南，威稜言言，所至不敢仰視。初按江寧，命報程生某劣。先生搖首，意若有所疑。法呵之。先生正色曰：「程生不特不劣，且賢。公命舉優耶，今晚牒且上矣！若以爲劣，則公知之，偉不知也。」法大怒，叱先生出，將劾先生。江寧先輩蔡鈜升者，與法有舊，往見法，爭曰：「公知程生所以劣乎？生故狷者也，嫉惡嚴。過上新菴，見僧奉富商木主與天子龍牌峙。生詆其妄，捽而投之。以故僧與商造蜚語陷生。公得毋爲若輩所眩乎？湯先生正人，九學所推，公不知敬，何也？」法大慚悔，三肅先生而謝。

江寧學舍穿漏，每大雨，先生持繖坐承霤下，白髮淋漓。客駭問，則蹙然曰：「大成殿未修，先聖露居，而某敢即安乎？」上官及諸紳士聞之，爭來營度構造。終先生之世，學宮煥然。俸滿，遷國子監典籍，以篤老辭，卒年九十餘。

其一曰訓導唐先生，諱時琳，字宸枚，上海人。康熙甲午歲貢。飭躬訓士，一衷于禮。在官捐俸修前明周貞毅公祠。去後，諸生即以先生與湯先生祔焉。

乾隆三十九年，邑有修學之舉，將遷祠周公，並遷兩先生。訓導曹君懼兩先生之澤將湮也，屬予作傳以永之。予覽所持來湯狀甚具，而唐事寂然無可記述，以故筆澁不下者屢矣。然竊念東漢諸賢，瑰意琦行，顯顯在人耳目，而黃叔度以牛醫兒彌口無言，一事無爲，當時欽之者，至以孔門顏子比之。然則古之君子，固有行而無迹者存耶，抑動靜語默亦各視其時耶？今人閒方面大府，在官赫然，去則車未出城，民已忘其姓氏者，不知凡幾。而此二校官，獨能以一縷香食報于荒廬苜蓿之場，可知官不在大小，惟其人；人不在顯晦，惟其眞。中庸曰：「誠之不可揜如此夫。」後之人聞兩先生之風，可以觀，可以興矣。

曹君倒冠而至，偈偈然欲不朽先賢，其立志非凡所及，是亦昌黎所云得牽連書者。名錫端，字荻衣，亦上海人。

大理寺卿鄧公傳

乾隆三十九年春，大理寺正卿鄧遜齋先生予告還蜀。啓行之前一月，從京師作書寄其弟子袁枚曰：「蜀道大難，予偕汝衰，未必再見，即生死音耗，亦慮少通。予生平出處本末，惟汝知之詳，盍爲我撰墓志以須？」枚聞命皇恐，疑從先生之言，則預凶非禮；以不敏辭，又恐非先生所以命枚之意，而沒先生可傳之賢。敬考古人文集，爲賢者立傳，不妨及其生存而爲之，如司馬君實之于范蜀公是也。先生蜀人，聲望與范公相峙，枚雖非君實，請引此例，以質先生。

謹按：先生名時敏，字遜齋，四川廣安人。高祖士廉，崇禎進士，以吏部侍郎從永明王入滇，與李定國等同日殉難。祖嗣祖，邑庠生。父琳，以歲貢生任中江縣訓導。生六子，先生其季也。雍正十年舉于鄉，乾隆元年登進士，入翰林。七年，遷侍講。八年，爲江南宣諭化導使。十年，遷大理寺正卿。丁父憂歸里，服闋，奏請養母。上許之。二十六年，太夫人薨。二十九年，先生入朝，補原官。

先生純和介樸，遇人姁姁無矜容躁顏；于道義所在，則凝然不可撓。當其登九列時，天子加恩邊遠之臣，鋭意用先生。先生年才三十餘，一歲數遷，旁觀辟睨，以爲稍從容即可宰輔；而先生勿顧也，歸依膝下，忽忽二十年。再入長安，諸新貴少年望先生如過時古物，爭避面揶揄；而先生亦不樂與熱客呢，退朝閉門，與一卷書、二三耆舊共晨夕而已。大理，古臯陶所爲，權甚重。元、明以來，一切決于司寇，居此職者，視若贅旒，頭仰屋梁，手批大諾，相夸爲識時務。而先生每秋鞫，苦心平反，有所得必爭，爭不得，必奏。雖旨從中下，有從有不從，而同事怫然，覺平林中儳此直榦，鋤而去之乃善。賴皇上知先生深，優容者屢矣。

今年以計典休，論者疑先生受主眷隆于始，而替于終。枚獨以爲不然。夫陳寶赤刀，天球河圖，陳之東序，照耀萬物，恩也；藏之典寶，俾無玷缺，亦恩也。先生以萬里孤臣，旁無憑藉，而能委蛇卿班，適來適去，卒全名節以歸。此非遭際聖明，始終眷護，而能如是乎？先生手札嗛嗛以未報君恩爲愧。枚又以爲不然。夫建一議，理一事，此報恩之小者也；重其身，端其範，以儀型百辟，此報恩之大者也。先生再入都時，有要人恍之使往，先生辭焉。要人愠，先生不悔。其所以不受他人之恩者，爲報一人之恩故也。無形之砥柱，可以扼中流、挽風氣矣。而況古名臣有以七十起者，有以八九十起者，先生之齒猶未也。則將來之報稱正無窮期，而枚幸旦暮毋死，終將濡筆以俟。

先生自待待人，以不欺爲主，居官蕭散，與在林下無異。乞身治裝，若脱敝屣。然戊午校順天鄉試，枚出其門。其尤顯者，爲滿洲阿公桂，今太子太保、定西將軍。

廚者王小余傳

小余王姓，肉吏之賤者也。工烹飪，聞其臭者，十步以外無不頤逐逐然。初來請食單，余懼其侈，然有潁昌侯之思焉，唶曰：「予故窶人子，每餐緡錢不能以寸也。」笑而應曰：「諾。」頃之供淨饌一頭，甘而不能已于咽以飽。客聞之，爭有主孟之請。

小余治具，必親市物，曰：「物各有天，其天良，我乃治。」既得，泔之，奧之，脫之，作之。客嘈嘈然，屬饜而舞，欲吞其器者屢矣。然其簋不過六七，過亦不治。又其倚竈時，雀立不轉目，釜中瞠也，呼張噏之，寂如無聞。眣火者曰猛，則煬者如赤日；曰撤，則傳薪者以遞減；曰且爇蘊，則置之如棄；曰羹定，則侍者急以器受。或稍忤及弛期，必仇怒叫噪，若稍縱即逝者。所用堇荁之滑，及鹽豉、酒醬之滋，奮臂下，未嘗見其染指試也。畢，乃沃手坐，滌磨其鉗銛刀削笮帚之屬，凡三十餘種，庋而置之滿箱。他人掇汁而捼莎學之，勿肖也。

或請受教，曰：「難言也。作廚如作醫。吾以一心診百物之宜，而謹審其水火之齊，則萬口之甘如一口。」問其目，曰：「濃者先之，清者後之，正者主之，奇者雜之。眂其舌倦，辛以震之；待其胃盈，酸以隘之。」曰：「八珍七熬，貴品也，子能之，宜矣。嗛嗛二卵之餐，子必異于族凡，何耶？」曰：「能大而不能小者，氣粗也；能嗇而不能華者，才弱也。且味固不在大小華嗇間也。能，則一芹一菹皆珍怪；不能，則雖黃雀鮓三楹，無益也。而好名者又必求之于靈霄之炙，紅虬之脯，丹山之鳳丸，醴水之朱鼈，不亦誣乎？」

曰：「子之術誠工矣。然多所炮炙宰割，大殘物命，毋乃爲孽歟？」曰：「庖犧氏至今所炮炙宰割者，萬萬世矣。烏在其孽庖犧也？雖然，以味媚人者，物之性也。彼不能盡物之性以表其美于人，而徒使之狼戾枉死于鼎鑊間，是則孽之尤者也。吾能盡詩之吉蠲，易之鼎烹，尙書之藁飫，以得先王所以成物之意，而又不肯戕杞柳以爲巧，殄天物以鬬奢，是固司勛者之所策功也。而何孽焉？」

曰：「以子之才，不供刀匕于朱門，而終老隨園，何耶？」曰：「知己難，知味尤難。吾苦思殫力以食人，一肴上，則吾之心腹腎腸亦與俱上；而世之嘖聲流歠者，方與腐敗同饇也。是雖奇賞吾，而吾伎且日退矣。且所謂知己者，非徒知其長之謂，兼知其短之謂。今主人未嘗不斥我、難我、掉罄我，而皆刺吾心所隱疚，是則美譽之苦，不如嚴訓之甘也。吾日進矣，休矣，終于此矣。」

未十年卒。余每食必爲之泣，且思其言，有可治民者焉，有可治文者焉。爲之傳以永其人。

石大夫傳

越之石氏，居帝九阬，水生者質美而狀多渺小。其長子曰青，豐且頎，緦理粹如。越君欲以耀于上國，乃命爲大夫聘吳。吳闔閭甚文，聞之喜曰：「石碏，古純臣也。寡人盍留其苗裔以爲國光。」命設九賓之禮宴大夫。國中踐石以上者，爭來窺覿。大夫請曰：「士爲知己者死。臣願留吳。但臣，南越之鄙人也，敦顔而土色，風範朴野，難侍屏扆。聞吳多子游氏之儒，追琢其章，願伉弟子禮而往，其化臣哉。」闔閭許之。

當是時，金壇叟王岫君年七十許，取友必端，以善琢磨人聞天下。大夫往摳衣趨隅，隤爾如委，殺鋒砥角，一聽叟之所爲。月餘再召，貌益澤，色益莊，奐若瑟若，爛兮瑤珠之光。吳子益喜，命廬人爲大夫造屋，漆欲測，絲欲沉，畢尙以瓊英，飲以沆瀣之露，臥以文貝之錦，遂用事不離左右。

朝有子墨客卿者，性堅執不肯下人。見石大夫則形神消釋。大夫益喜，自負。與何水部飲，大醉。遇管城公，捽其頭溺之，腹膨亨者數矣。或譖于闔閭曰：「大夫居孔氏之門，而陰與墨翟爲友，摩頂放踵，硜硜然小人哉。且其形黑而津，眼如鸜鵒，必多詐。扣之不能音，是殆以飲水爲名，而以貪墨爲實者也。必斲之，必逐之。」季札爭之曰：「微石氏，吾何以爲札耶？要知天下惟肉食者，方無墨耳。師曠稱國有五墨墨，而墨子不與焉。況其與交者哉？昔者堯染于許由，湯染于伊尹。今大夫染乎墨翟，亦猶行古之道也。且以墨子之才，見大夫猶日形其短，而其他可知。昔齊威王烹阿大夫而封卽墨大夫，遂霸天下。君盍封之卽墨，以遂其志，而成君之賢。」闔閭然之，拜卽墨大夫，賜西河黑水爲湯沐邑。居無何，上計秩滿，將右遷。大夫頓首謝曰：「臣聞：知其白，守其黑，道家訓也。茲者維玄是宅，臣將老焉。」吳子許之，不果遷。

大夫好修飾，居吳三十餘年，終日沐浴佩玉，以質幹厚重，不善舟車，非有軍國大册書，大詞令，不召見。王或朝覲盟會，亦不隨行。性靜而壽。其同官楮先生、管城公多病廢，或更換至數十輩，而大夫一與共事，顔色不少衰。後闔閭年漸老，世子未生，大夫侍側，不知所終。

南史氏曰：俗傳石氏之顯始于女媧而盛于帝鴻氏，遐哉，難攷矣。春秋隕石于宋五，後之稱石氏者，斷斷然僞托于宋以自夸。然自宋徑之楚而後石氏之賢者無聞焉。大夫能通上國，友岫君，交季札以成其名，亦其所遭者幸也。引北宮貞子故事，賜生謚曰文端，宜哉！

短人傳

鎭江之短人曰趙元文，年二十八，長二尺許。侈面博脣，首如覆釜，行則左右搖，立久臀壓其膝，兩手膠而拳。揚州鄭守備貽其母千錢，短人歸焉。敎之應對，執箕膺撝。短人性黠，無他能，能屈一足跪。客來輒自蜷局，出而試之。鄭復得女子一，短如之，將以偶焉。短人辭曰：「不可。短人，天之僇民也。有母在不能養，而又養一短女子，非所願也。」固與之，將遁矣，乃聽焉。

余過揚州，短人出拜，問安必朝夕至。載以如白下，自將軍、方伯、太守以下，聞其短，咸具簪來迎短人。短人摩地鞠䠋，昂首酬對，卑疵孅趍，轉圜如意。皆大喜，贈賜重積。及歸，褒衣大冠，儼爲之重。

袁子曰：禮之不可已也如是夫！短人知禮，人愛其短。然則人之病，何病乎其有所短耶？

小倉山房文集卷八

武英殿大學士太傅鄂文端公行略

昔蘇軾不及見范文正公爲終身憾，枚猶得見鄂文端公。公方頤廣顙，鬚髯若神，色温而語莊，面兼春秋二氣。自命過高，常卑視古人，氣出其上。然于近今人才，一善一技不肯忘。以爲坐政事堂批勅尾非宰相事也，宰相事在進賢退不肖而已。賢不肖不可卒知，則姑就其文章之表著者考之。故每一鄉會試，必採訪如飢渴。胸中有某某，皆非素相知及温卷者。己未禮闈撤，公立宫門向閣學蔣公曰：「爾泰今年愧死。闈後閲人文，所卜悉不讎，惟袁枚一人驗耳。闈出君門下，非君誰光我顔者？」蔣故公年家子，聞甚喜，而此科大總裁趙相國等相顧愕然。枚聞，雖感公，竟不知公從何處見枚文也。以公位尊，亦不敢一謁謝。

壬戌，試翰林翻譯，枚最下等，公所定也。啓糊名，大恨，召枚往，賜飯，與深語，且曰：「觀汝狀貌，天子必用汝。汝爲外吏必職辦，或憂汝能文不任吏事，非知汝者。」嗚呼，公之知枚如是！枚既早退，不獲有所建白以彰公知人之明；意欲報公以文章，而公之行事，又無從搜輯，屢呼負負。今年秋，公長子容安來督兩江，將趨庭時所腹存手集者，命枚具筆牘受辭，乃得粗舉梗概，以備國史之遺。

謹按：公諱爾泰，字毅菴，滿洲鑲藍旗人。西林者，其舊居部落也。高祖屯太率汪領七村人投太祖高皇帝。曾祖圖們襲佐領，從征張理陣亡。父拜官國子監祭酒。公以舉人侍衛，從聖祖獮，和詩稱旨，授內務府郎中。郡王某，至暴抗也。屬公事不應，召公，將杖之。公袖匕首見曰：「士可殺，義不辱。」王敬其強直，謝之。

雍正元年，典雲南鄉試還，授江蘇布政使。康熙末年，縉紳横甚，抗稅旅距小民，公用能吏趙向奎等一大創之。設春風亭招致文士。大將軍年羹堯勢方張，遣奴至蘇，撫軍奓中門迎奴，奴來見公，公高坐召入，問爾主安否。奴見公甚莊嚴，不得已屈膝出，年亦無如何。巡撫雲南。

先是，雲南、貴州、廣西三省苗屢撫屢反。公奏欲百年無事，非改土歸流不可；欲改土爲流，非大用兵不可。宜悉令獻土納貢，違者勦。疏上，盈廷失色，世宗大悅曰：「卿，朕奇臣也。此天以卿賜朕也。」命公進呈生年日月，與怡賢親王赴養心殿，手鑄三省總督印付公。

公知人善任，賞罰明肅，一時麾下文武，張廣泗、張允隨、元展成、哈元生、韓勳、董芳等，各以平苗立功，致身通顯。然土官自漢、唐世襲二千餘年，雄富敵國，一旦入版圖，受官吏約束，心終不甘。諸漢姦又陰嗾之，改歸後反者歲數起。蜀之烏蒙、窩泥，滇、黔之泗城、長寨、車擺夷，粤之西隆州，相繼驛騷。鎮沅苗縛知府劉宏度于柱，裸淫其女，而頭曳之，然後剖心祭旗。公慚怒次骨，奏請褫職討賊贖罪。世宗以爲多一次變動，加一次平定，優詔不許。公感上恩，益奮，督軍鏖戰，所獲苗皆刳腸截脰，分挂崖樹幾滿，見者膽裂。繳上苗寨弓刀鎗砲軍器無萬數。丙午用兵，至庚戌功成，乃造橋雲、貴交界處，號庚戌橋，開通黔、滇路八百餘里。

先是孟養苗與老撾國相連。明正德間作亂，兵部尙書王驥率兵十二萬平之，立石金沙江，羣夷驚，從古未有。然歸後又叛，至公而安營設汛如內地矣。常親巡三省窮邊六千餘里，沿路諸頭目金環花衣，焚香俯伏。猓子、莽子、南詔諸國，遣使上表，獻倓錢賨布金盤銅蟒等物，皆離中原萬里者也。新開古州丹江禾長八尺，穗雙岐，豆如栗子大。世宗批劄云：「朕實感謝矣，不知如何待卿而後心安。」封襄勤伯，授武英殿大學士，入都。

會準噶爾未平，命公爲西路經略，賜金甲上方劍，出巡阿爾蘇。歸奏西夷未可卒滅，擾敝中華無益。果親王從西藏歸，與公言同。世宗竟罷兵，與天下休息。

公受世宗非常之知，入朝盡三鼓方出，語秘外莫能知。每具一疏，雖請安慶賀，極尋常劄子，上必嘉奬忠誠，頒示天下。常云：「朕有時自信，不如信鄂爾泰之專。」事無小大，必命鄂爾泰平章以聞。以故公所到處，巡撫以下，走千里拜謁，虔若天人。公亦以身殉國，知無不爲，一切嫌疑形迹，無所避。門庭洞開，賓客車馬麻集，漏盡乃已。督三省時，疏一切水道，滇之昆明、海口，黔之磁硐、八達，粵之楊林諸河，俱宣流貫行，商貨麕至。貴州布政司中大咸請軍田加稅，將軍鄂彌達請丈欺隱田，部議允行，公惡其言利，皆奏阻之。

尤護持善類。前滇督高其倬、楊名時俱獲罪。楊待鞫而高修城，公每見此二人，談移日，從者放儀仗鼾睡，或四散。新撫朱綱欲入楊罪，呼三木以待，軍民洶洶欲爲變。公力護持乃免。楊夜夢羣蜂攢嚙，一神人以袖揮之散，及見公，如夢中貌。貴州巡撫何世璂以名儒爲糧道某所劾，公昭雪之。

經略歸，世宗命戶部尚書海望爲治第。凡什物椸禁、盤匜楲窬之屬必具，已報齊矣。命舁堂上几視之，以爲窳敗，大怒，召海切責。海叩頭請易乃已。及公入朝，奏事畢，曰：「卿勿還舊居，可赴新居。」手書「公忠弼亮」四字賜之，侍衞十人捧而隨公。公入，宸翰亦入。閱第中無園圃，命以藩邸小紅橋園賜公，而中分其半爲軍機房。

公弟爾奇提督九門兼兵部尚書，公力爭不可。世宗笑曰：「卿慮而弟反耶？」公曰：「兵權歸一，不可，啓後世以漸。」過爾奇書齋，甫掀簾，不入而還。爾奇急詣兄問故，公庭立責之曰：「汝記我兄弟無屋居祠堂時耶？今甫得志，而侈陳若此，吾知禍不旋踵矣。」爾奇跪泣請改，乃已。嗣後伺公往，先藏器飾乃敢見。然卒爲李衞劾奏以侈敗，方服公先見也。

公性方嚴，面折廷爭，老而彌甚。然待下亦能按：自「世宗笑曰」句至此，嘉慶本無。受直言，雲南司、道賀慶雲見，大理令劉某獨曰：「某眼眯，實不見慶雲。」公嘿然，心嘉其直，薦之。枚初見公，便問：「張奐稱羌夷一氣所生，公報虐以威，虔劉太重。」公笑曰：「五十年後，自有定論也。」

世宗晚年召公宿禁中，逾月不出，人皆不測上意，公亦自危。八月二十三日夜，世宗升遐，召受顧命者，惟公一人。公慟哭捧遺詔，從圓明園入禁城，深夜無馬，騎煤騾而奔，擁今上登極，宿禁中七晝夜始出。人驚公左袴紅濕，就視之，髀血涔涔下，方知倉卒時爲騾傷，虹潰未已，公竟不知也。

乾隆元年，每行一政，下一詔，海內喁喁，拜泣歌舞，以爲堯、舜復出。有歸美于公者，公悚然曰：「天生聖人，社稷之福也。老臣何力之有焉？」年六十九薨。天子親奠，配享太廟，謚文端。有奏疏、詩集各若干卷。子某某。

光祿寺卿沈公行狀

公姓沈，諱起元，字子大，世居太倉。父宏受，號白溇先生，與相國王公掞爲布衣交，高隱不仕，著述千萬言。生先生，愛其穎悟，曰：「此兒須我自教也。」辭千金館穀，閉門督課，以康熙庚子舉人、辛丑進士，入翰林，改吏部員外。世宗登極，嚴六部缺主之禁，不自首者死。直隸學政缺主事發，公爭曰：「此與六部缺主不同，學政衡文，缺主不能爲弊，宜減死爲流。」世宗嘉公有識，召見，授興化府知府。

當是時，世宗風聞閩中倉穀多虧，命内大臣伊拉齊等率謁選州縣六十餘員按覆之。諸員爭得缺，盤斛苛煩。仙遊令某受代，不收碎米，公怒曰：「穀以備賑也，碎米亦可療飢。斗升既足，何事紛紜？」諸大府無以難，一時撟虔之風，爲之稍戢。

總督高文良公奏開南洋，已帖黄曉示矣。有旨禁内地商覊留外國，高公猶豫，命商人戚里具原船往回結狀，方許放行。公諫曰：「此法立，將一船不得行。」高問故。曰：「出洋者，生死疾病無常數，貨物利鈍無常期，此豈内地戚里所能逆料而爲之具結者乎？且公無開洋之示，商無怨也。今商既得此好消息，造船者費若干，製貨者費若干，忽以結狀相嬲，是明誘之而暗苦之也，商必怨。且走南洋者需北風，今立春已半月，倘結狀來，北風不來，彼失業商聚集廈門，或爲盜賊，害將何已！」言未竟，高色變，曰：「君欲云何？」曰：「據起元意，但令出洋商自具狀，以三年爲期，如過期者，不聽回籍。即以此狀咨部足矣。」

故事，驗放官興泉道及泉防同知也。洋船水手多寡，視樑頭大小。民懼納稅，大輒報小。及出口，船不得行，乃求增水手。同知張某馳啓督撫，公攝道篆，後到，曰：「此啓誤矣。水手定額，工部所頒，督撫不能增，勢必咨請部示。從此駁詰不已，奈何？」俄而衆商具牒，願自掉船，免增水手。張不可。公夜叩張門曰：「南風起矣，衆商懼不得行，故爲此請。君再固執，必生他變。」張不得已，驗船放行。船中商果已集無賴，袖瓦石，將堵張門。當是時，微公幾不測。初，兩院閱張牒，方仰天愕眙，計無所出。及此信聞，乃大喜，嘉獎者再。而海口商民變詛爲祝，懽舞者數萬人。遷臺灣道。

臺田以甲論，每甲十畝有奇。國初以鄭氏稅簿爲額，較內地賦加重，幸欺隱者多，民不爲困。雍正五年，丈量法行，民多棄產逃。公請于高公曰：「人謂欺隱清可歲增漕十萬，此妄說也。第恐科則不定，或比舊額轉少，必干部駁。爲今計，宜令舊甲悉依舊數，而丈出新田照同安下則起科，俟欺隱盡清之後，再將舊甲舊賦通勻于新田輕賦之上，則國課民生兩無所病。」高從之，至今臺灣民安其居。國安縣民辛氏與顏氏有仇，自殺其弟婦誣顏。按察使潘體豐不能察，具獄上總督，命公覆訊。公平反之。潘怒以他事中公，落職家居。

今上元年，起用爲江西驛鹽巡道，尋遷河南按察使、直隸布政使，內遷光祿寺正卿，以老乞歸，年七十六卒。

公長身廣顙，白鬚偉然，待後進諸生，慊慊如不及，而于權貴處，屹不可動。在閩時，巡撫常安屬司海關。吏白，故事，司關者到必先以名紙謁巡撫家奴。公大駭不可，一切驗放，南面指揮，諸奴悚息，垂手唯唯。及常去，後撫朱定元向公問常奴贓狀，公不對。朱強之，曰：「起元但知常公在關，革除浮稅四千金，此外非所知也。」

戶部尚書海望奏清理直隸旗地，有司違限，奉旨嚴斥。總督高公命公劾數州縣以自解。公不可，曰：「旗地非旦夕可清，州縣方災，何暇了此？公必劾官，當自藩司始。」十二年，直隸旱，駕幸東魯，高公以迎鑾事重，命檢戶口，十一月開賑。公力陳民困甚，慮不及待。高愠曰：「必若此，君自具奏。」公嘿然出，苦言于清河道方公觀承，求通其意甚婉。高亦悟，卒從公言。

公性儉，自奉一簋之外，無他過菜，口不言生產事。歷任脂膏，而蕭然四壁。于官爵黜陟，視若浮雲。初署臺灣知府，到官日，生番越獄。前守劉某曰：「獄匙未交，是我責也。」公曰：「守印已受，是我責也。」爭開失察職名，大府嘉其有讓，遂兩免之。所著學古錄四卷、古文八卷、詩四卷。子某。

記富察中丞四事

東粵近海南諸夷，中國兩戒之守，以廣州虎門爲限。乾隆八年，紅毛國伐呂宋勝之，俘五百人。午，其衆順帆泊虎門，粵東大駭。總督策楞召布政使託公曰：「外夷交攻，揚兵我境，勸之乎，聽之乎？于國體奚宜？」公曰：「當使進表稱貢，獻所俘五百人，請公處分。」策笑，有愠色，喈曰：「君直戲耳。紅毛雖夷，非癡人，其肯以萬里全勝之師，受驅使耶？君言之，君能之乎？」公曰：「不能，固不敢言。」策愈愠，曰：「君果能，恣君所請。」公笑曰：「無多請也。請飭印知縣、楊參將聽指揮，六日內復命。」印令者，才而敏，楊參將者，修幹偉髯，有將貌者也。策許之。公出，召印令曰：「我欲使汝敎紅毛國進表稱貢，獻所俘五百人，請制府處分。」印令驚，如策所云。公曰：「汝直未思耳。紅毛伐呂宋，涉大海數千里，糧能足乎？舩漂浪擊風必損壞，不于此修篷槻，其能歸乎？此如嬰兒寄食于人，小加裁禁，立可餓殺，何說之不能從？制軍易吾言，不問，吾故未以此意曉之。」印令大喜，奮曰：「如公言，足以辦矣。」與參將楊領百人，短後衣，持彈，據獅子洋而營焉。密令米商閉戶遏糴。紅毛人來，探告之曰：「中國無他意，慮奸民欺汝外夷，以行濫物誘汝錢，故來相護耳。」紅毛人不解意去，然望其炊烟，漸縷縷希矣。居亡何，紅毛總兵求見，坐定未言，印令呵之曰：「中國久以虎門爲限，條禁森嚴。汝兩國交鬨，不偃旗疾過，乃揚兵于此，大悖。我制府性暴，好用兵。我等未敢遽白，所以守此者，欲斷汝糧，餓死汝然後白制軍。」紅毛總兵意大沮，目參將，參將禁聲，鬚髯怒張，叱嗟而已。總兵愈恐，伏地請曰：「誠然糧盡，然終非有心犯天朝也。公幸赦之，且敎之。」令徵露其意，紅毛人泣曰：「若然，誠天幸也。請代申此言。」令曰：「不可。

吾爲汝告方伯大人，方伯大人爲汝告制軍；階級尙多，通達尙難。汝一旦失信，則我等先爲汝獲罪，故不敢也。」曰：「紅毛自具牒申請何如？」令爲不得已而強應曰：「可。」紅毛人抱弩負韊，手加額，匍伏進表，貢所俘五百人，乞制府處分。策公大悅，竟以五百人仍還呂宋而賞賜紅毛，聽其還國。越一年，呂宋修怨于紅毛，遣兵數千駐澳門，揚言待紅毛來戰。總督又詢公。公曰：「此可一罵遣之也。」紅毛國小而強，屢勝；呂宋國大而弱，屢敗。以大國敗于小國，慮四隣輕之，欲洒削其恥，又不敢從海直下，挑戰紅毛，故逗遛我地，自張虛聲。公前將紅毛所俘五百人送還伊國，恩甚大。可仍命印令往道破彼情，歸曲責直，彼雖夷，必無辭而退。」如公言，呂宋兵船即日搖艣去。

乾隆七年，粤東旱，擾竊塡衢。總督張示禁小錢，且曰：「平糶三米廠宜減一，糶者無過二升。」公聞大驚，召廣州知府曰：「民情甚迫，而糶廠轉減，汝能保十日內無事乎？」曰：「不能。」「五日何如？」曰：「不能。」公厲聲曰：「吾欲汝保十五日無事，汝不能，吾手斬汝。」知府跽而請曰：「今一日難保，而公云十五日，何也？」公曰：「固也，待吾言之。制軍所以減糶者，慮米不繼，故留餘于倉也。不知民情一變，倉之餘官能留乎？不若傾倒出之，使民知之。爲今計，宜增一廠爲四廠，宜不計斗石，宜兼收小錢。如制軍教，朝夕難保；如吾教，十五日可保。十五日中，倉未竭，雨必至，民將大安。第恐汝違吾言，先白制軍，致掣吾肘，則事敗矣。事敗民變，均死也，不如斬汝死，死乃有名。」知府叩頭出，如公教，民懽聲如雷。越八日，天雨，米尙餘五千石有奇。雨後大官行香謝神，將軍某讓曰：「吾欲絕公交。」公驚問，將軍曰：「當制軍令下時，民心震動，意在必亂。吾臥夜不閉目，公陰行善事消釋禍源，而不先告我以寧我，其能無絕交乎？」

公署廣東布政使，前官程公仁沂被劾待罪，廣州知府來，手一册呈公曰：「此程獄詞。」公問：「訊乎？」曰：「未也。」「然則何以有詞？」曰：「向例撫軍劾官，無所待訊，不過擬供狀具獄而已。」公微笑不應，取所呈册付家僮內藏之。知府探公色甚和，必重違撫軍意而喜已署藩司之將卽眞也，婡婡然喜。公正色責之曰：「訊百姓無先擬供法。今訊藩司大員，而汝乃代爲之供。藩司汝長官，撫軍亦汝長官，殺長官媚長官，于義何當？我才短，不能核人僞供，故收藏之，明日將此册奏皇上，候聖裁。」知府陰喝汗下，長跽請曰：「某死罪，此案良不實，不圖公公正平恕，一至于此。求賜還原册，訊明再啓。」公笑曰：「能如是，吾何求。」與册令出，而遽呼騶從見撫軍。撫軍者，高郵王安國也。初及程事，王起立拱手曰：「微公言，吾早羞死矣。疏程陰事者，程之同鄉同年知縣某也。訪之臬司某，曰：頗聞之。訪之巡道某，佯驚曰：聞之久矣，聞制府先奏矣。予不得已奏出。今聞諸員覬覦遷缺而然，事大可疑，我悔之折骨。此段歉懷，曾告阿將軍知之。公不信，請質我于阿將軍。」公曰：「改過不吝，古大臣風也。某請案覆再啓。」公甫出，而知府已赴轅跪白程藩司事訊明全虛，惟以平餘充公未奏擬罪。公于奏程罪前十日，先奏：「司庫動用平餘，歷任官從不奏聞。臣初到，不敢蹈程某故轍，致滋重罪，仰乞睿示。」上硃批：「此等小事，任汝爲之，但當愼重。倘遇别案連及，朕亦不能爲汝寛也。」後程奏入，上入公先言，竟得寛減。程夫人每早起盥沐畢，嚴粧不食不言，命家人舁至公生祠内焚香膜拜，然後還家飲食笑言。

乾隆四年，詔丁銀攤入地畝，永爲例。海内便之。惟山西解州、安邑五州縣不肯，曰：「此地富民無田，若攤丁于地，是貧民代富民完糧也。」征輸者以爲然，竟私用舊法。七年，上風聞，命巡撫某議覆。巡撫請如新例。公爲冀寧道，爭之曰：「五州縣執貧富之説，因循已久，一旦改更，民必變，此事宜三思。」巡撫忿然，召河東道某趣辦。河東道心知不可，而難于抵牾，謾與兩司議曰：「事起解州牧，今嚴牒下牧足矣。」牧懼，卽製亘梃千，長枷百餘，驅迫呼號。安邑民揭竿起，罷市，燒城門，毁公署而堵焉。報急者日三四至。巡撫擾急不知所爲，命公領兵往。公笑曰：「我願往，然無兵我往，有兵我不往。」巡撫問故。曰：「彼蚩氓也，雖生變，尚懷狐疑。聞有大兵則反志益決。今合山西全省兵不過數千，與我領者不過數百，其足當五州縣人無萬數乎？請單騎獨行，而暗與我調兵符，相機行事。」巡撫強應曰：「諾。」諸司、道及府、州、縣餞公于郊，酒行泣下，若永訣者然。公自省城至安邑一千二百餘里，五日而至。先張示稱：「爾曹皆國家愛養元元，急迫生變，我來非征爾，欲平定安集之。肯自首歸誠者赦。」民未曉公意，閉堡門不出。邑令來謁，問：「誰爲首？」對：「不知。」公曰：「可以知縣而不知乎？」曰：「聞某已被劾心灰，且人衆無所于訪。」公曰：「以民變劾官，皇上必不悅。或別遣欽差訊汝，汝努力助吾，何遽不爲福？」令拜謝出，獲夜行少年，訊之，手疏七十二人。喜甚，不請于公，遽往擒犯歸，半塗，追者至，鎗砲騰起，弓役傷，奪所拘七十二人入堡。公嘆曰：「禍成矣。庸人僨乃公事，奈何？」將具牒請兵，慮不發，乃命副將率二百人傍堡而營，告之曰：「不必戰，但得堡中情狀卽以聞。」如公言，堡內人椎牛而囂。公立召還，以狀白撫軍請兵。兵未至，公陰念山西兵少，且弱不可用，而安邑民可先聲奪也。乃檄取四城大砲及他兵器待用，又雜取鋤犂鉤盾，揚言將毀堡。日昳，巡撫羽檄下，公發之，蹙額歎曰：「孽矣，殺一縣老弱，安用全省兵耶？」吏胥聞之震恐，轉相告語。公遣人以酒千罌、羊百羫犒兵，命毋進城，駐將軍廟聽召。廟離堡三十里，夜大風，蹄踵蹂踏，烟沙障天，屠羊霍霍，兵酣飲叫呼，望者聽者，人數莫辨。堡中民股弁，公笑曰：「此擒犯時也。」命知縣副將戎裝大呼堡前曰：「縛七十二人獻者，兵立罷。稍遲，天明，大軍至，金鼓一震，玉石焚矣。」堡中人不得已，縛七十二人詣府受遣。次日點兵，三百人而已。遠來足皸瘇，手不能弓，幸無所用，歸營偃旗。未幾，天子果以巡撫爲民變劾官懦，特命大學士訥親來鞫，駐省城。訥別訪亂民五百，檄公與副將擒訊。公具牒稱七十二人尙多冤，餘衆宜可闊略。訥愈怒，文書火急，且曰：「黨惡聽參。」公不爲動，抵攔者三。副將意不能無怯，來瞯公。公無言。副將曰：「公何無言？」公曰：「難言也。以爲可耶，妨五百民命；以爲不可耶，妨君官職。民與官孰重，君當自謀。我不敢以己律君，安得有言？」副將歎息而去。五百人聞之，泣曰：「攤丁，非託公意；擒七十二人，非託公意。我輩早從公言，自首歸誠，大家抱兒子臥矣。今又以不擒犯故累公，我山西以俠烈聞，若然，非壯士也。請與偕出。」五百人竟面縛出投公，公不受；投副將，副將受之。來謁公坐，赬發于面。公賀：「得大功，君何不自喜？」副將手指大歎曰：「五百人爲公來乎？爲我來乎？我武官也，不折一矢而冒公功，其如天何？」乃將安邑畏威歸順之意啓訥公，訥亦怒解，命且保釋。五百人父子妻女爭來迎歸，扶攜歡呶，祝延之聲，數里不絕。獄具，前七十二人者，誅三人，杖十人。

公諱庸，字師健，滿洲富察氏。

小倉山房文集卷九

書魯亮儕

己未冬，余謁孫文定公於保定制府。坐甫定，閽啓：「清河道魯之裕白事。」余避東廂，窺偉丈夫年七十許，高眶大顙，白鬚彪彪然。口析水利數萬言。心異之，不能忘。後二十年，魯公卒已久，予奠於白下沈氏，縱論至於魯，坐客葛聞橋先生曰：「魯字亮儕，奇男子也。田文鏡督河南，嚴，提、鎮、司、道以下，受署惟謹，無游目視者。魯効力麾下。

一日，命摘中牟李令印，即攝中牟。魯爲微行，大布之衣、草冠，騎驢入境。父老數百扶而道苦之，再拜問訊，曰：「聞有魯公來代吾令，客在開封，知否？」魯謾曰：「若問云何？」曰：「吾令賢，不忍其去，故也。」又數里，見儒衣冠者簇簇然，謀曰：「好官去可惜。伺魯公來，盍訴之？」或搖手曰：「咄！田督有令，雖十魯公奚能爲？且魯方取其官而代之，寧肯捨己從人耶？」魯心敬之而無言。至縣，見李貌溫溫奇雅，揖魯入曰：「印待公久矣。」魯拱手曰：「觀公狀貌被服，非豪縱者，且賢稱噪於士民，甫下車而庫虧，何耶？」李曰：「某滇南萬里外人也。別母遊京師十年，得中牟，借俸迎母。母至被劾，命也。」言未畢，泣。魯曰：「吾喝甚，具湯浴我。」徑詣別室，且浴且思，意不能無動。良久，擊盆水，誓曰：「依凡而行者，非夫也。」具衣冠辭李，李大驚，曰：「公何之？」曰：「之省。」與之印，不受。强之曰：「毋累公。」魯擲印鏗然，厲聲曰：「君非知魯亮儕者！」竟怒馬馳去。合邑士民，焚香送之。

至省，先謁兩司，告之故。皆曰：「汝病喪心耶？以若所爲，他督撫猶不可，況田公耶？」明早詣轅，則兩司先在，名紙未投，合轅傳呼魯令入。田公南向坐，面鐵色，盛氣迎之，旁列司、道下文武十餘人，睨魯曰：「汝不理縣事而來，何也？」曰：「有所啓。」曰：「印何在？」曰：「在中牟。」曰：「交何人？」曰：「李令。」田公乾笑，左右顧曰：「天下摘印者，寧有是耶？」皆曰：「無之。」兩司起立謝曰：「某等敎勅亡素，致有狂悖之員。請公幷劾魯，付某等嚴訊朋黨情弊，以懲餘官。」魯免冠前叩首，大言曰：「固也。待裕言之。裕一寒士，以求官故來河南，得宮中牟，喜甚，恨不連夜排衙視事。不意入境時，李令之民心如是，士心如是；見其人，知虧帑故又如是。若明公已知其然，而令裕往，裕沽名譽，空手歸，裕之罪也；若明公未知其然而令裕往，裕歸陳明，請公意旨，庶不負大君子愛才之心與聖上孝治天下之意。公若以爲無可哀憐，則裕再往取印未遲。不然，公轅外官數十，皆求印不得者也。裕何人，敢逆公意耶？」田公默然，兩司目之退。魯不謝，走出，至屋霤外，田公變色，下階呼曰：「來。」魯入跪，又招曰：「前。」取所戴珊瑚冠覆魯頭，嘆曰：「奇男子，此冠宜汝戴也。微汝，吾幾誤劾賢員。但疏去矣，奈何？」魯曰：「幾日？」曰：「五日，快馬不能追也。」魯曰：「公有恩，裕能追之。裕少時能日行三百里，公果欲追疏，請賜契箭一枝以爲信。」公許之，遂行。五日而疏還，中牟令竟無恙。以此，魯名聞天下。

先是，亮儕父某爲廣東提督，與三藩要盟，亮儕年七歲，爲質子於吳。吳王坐朝，亮儕黃袂衫，戴貂蟬侍側。年少豪甚，讀書畢，日與吳王帳下健兒學嬴越勾卒、擲塗賭跳之法，故武藝尤絕人云。

書麻城獄

麻城涂如松娶楊氏，不相中，歸輒不返。如松嗛之而未發也。亡何，涂母病，楊又歸。如松欲毆之，楊亡不知所往。兩家訟于官。楊弟五榮疑如松殺之，訪于九口塘，有趙當兒者素狡獪，謾曰：「固聞之。」蓋戲五榮也。五榮駭，即拉當兒赴縣爲證，而訴如松與所狎陳文等共殺妻。知縣湯應求訊無據，獄不能具。當兒父首其兒故無賴妄言，請無隨坐。湯訪唆五榮者，生員楊同範，虎而冠也。乃請褫同範，緝楊氏。

先是，楊氏爲王祖兒養媳。祖兒死，與其姪馮大姦，避如松毆，匿大家月餘。大母盧禍，欲告官。大懼，告五榮。五榮告同範，同範利其色，曰：「我生員也，藏之，誰敢篡取者？」遂藏楊氏複壁中，而訟如松如故。逾年，鄉民黃某壙其僮河灘，淺，爲犬爬嗷，地保請應求往驗。會雨，雷雹以風，中途還。同範聞之大喜，循其衣衿，笑曰：「此物可保。」與五榮謀僞認楊氏，賄仵作李榮，使報女屍。李不可。越二日，湯往，屍朽不能辨，殮而置楬焉。同範、五榮率其黨數十人鬨于場。

事聞，總督邁柱委廣濟令高仁傑重檢。高，試用令也，覬覦湯缺，所用仵作薛某，又受同範金，竟報女屍，肋有重傷。五榮等遂誣如松殺妻，應求受賄，刑書李獻宗舞文，仵作李榮妄報。總督信之，劾應求，專委高鞫。高掠如松等兩踝骨見，猶無辭。乃烙鐵索使跽，肉烟起焦灼有聲，雖應求不免，皆不勝其毒，皆誣服。李榮死杖下，然屍故男也。無髮，無脚指骨，無血裙袴，逼如松取呈。如松瞀亂妄指認抵攔。初掘一冢，得朽木數十片，再掘幷木無有，或長髯巨靴，不知是何男子。最後得屍足弓鞋，官吏大喜，再視髑髏上鬖鬖白髮，又驚棄之。麻城無主之墓發露者以百數。每不得，又炙如松。如松母許氏，哀其子之求死不得也，乃剪已髮，摘去星星者，爲一束。李獻宗妻刓臂血染一袴一裙，斧其亡兒棺，取脚指骨，湊聚諸色目，瘞河灘，而引役往掘，果得，獄具。署黃州府蔣嘉年廉其詐，不肯，轉召他縣仵作再檢，皆曰男也。高仁傑大懼，詭詳屍骨被換，求再訊。俄而山水暴發，幷屍衝沒，不復檢。總督邁柱竟以如松殺妻，官吏受贓，擬斬絞奏。麻城民咸知其冤，道路洶洶然，卒不得楊氏，事無由明。

居亡何，同範隣媪早起，見李榮血模糊奔同範家。方驚疑，同範婢突至曰：「娘子未至期遽産，非媪莫助舉兒者。」媪奮臂往，兒頸拗，胞不得下，須多人掐腰乃下。妻窘呼「三姑救我」。楊氏闖然從壁間出，見媪大悔，欲避而面已露，乃跪媪前，戒勿洩。同範自外入，手十金納媪袖，手搖不止。媪出，語其子曰：「天乎，猶有鬼神。吾不可以不雪此冤矣。」卽屬其子持金訴縣。

縣令陳鼎，海寧孝廉也。久知此獄冤，苦不得間。聞，卽白巡撫吳應棻。吳命白總督，總督故邁柱，聞之，以爲大愚，色忿然無所發怒，姑令拘楊氏。陳陰念拘楊氏稍緩，或漏洩，必匿他處，且殺之滅口，獄仍不具也。乃僞訪同範家畜娼，而身率快手直入，毁其壁，果得楊氏。麻城人數萬，歡呼隨之。至公堂，召如松認妻，妻不意其夫狀焦爛至此，直前抱如松頸大慟，曰：「吾累汝，吾累汝。」堂下民皆雨泣。五榮、同範等叩頭乞命，無一言。時雍正十三年七月二十四日也。

吳應棻以狀奏，越十日，而原奏勾決之旨下。邁柱不得已奏案有他故，請緩決。楊同範揣知總督意護前，乃誘楊氏具狀，稱身本娼，非如松妻，且自伏竊娼罪。邁復據情奏，天子召吳、邁兩人俱內用，特簡戶部尚書史貽直督湖廣，委兩省官會訊，一切皆如陳鼎議。乃復應求官，誅同範、五榮等。

袁子曰：折獄之難也，三代而下，民之譎觚甚矣，居官者又氣矜之隆，刑何由平！彼枉濫者何辜焉！麻城一事與元人宋誠夫所書工獄相同。雖事久卒白，而轇轕變幻，危乎艱哉！慮天下之類是而竟無平反者正多也。然知其難而慎焉，其于折獄也庶矣。此吾所以書麻城獄之本意也夫！

書潘荆山

潘荆山諱兆，吾浙孝廉也。静深有謀，浙閩總督滿保辟入幕府。

康熙五十四年，臺灣反，以立朱一貴爲名。朱，農家子，幼養鴨爲業，每叱鴨，鴨皆成伍，路不亂行。鄉人異之。游民之無賴者倡爲亂，擁一貴據南路，殺守備及官兵二百。總兵歐陽凱、副將許雲討賊戰死，臺灣陷。

事聞，省城大震。時漏下二鼓，滿公不知所爲，登荆山床爲訣，哭聲烏烏。荆山披衣起，笑曰：「公止哭，賊即平矣。臺灣賊皆烏合，何能爲？第兵機貴速，須盡此夜了之。」公曰：「如何？」曰：「公持印，荆山持筆，兩侍兒供紙墨，羣奴張燈聽遣，足矣。」如其言，書一牒下中軍曰：「發兩標兵各千，五鼓集轅，旌旗、器械、戰船缺者斬。」一牒下司、道曰：「運糧若干集廈門聽取，誤者軍法從事。」一牒下府、縣曰：「明早部院出兵，逡者斬。各吏民安堵毋動。」荆山每書牒，筆颯颯如風雨。畢一紙，請公加印，印畢即發。未三鼓而部署定。荆山復解衣臥，咍臺大鼾。黎明拔營，行兩日至廈門。

時承平日久，兵不善櫓槳，公憂之。荆山下令傳呼曰：「凡海賈船能捐貨載兵者，與五品官。」有一賈奮前，即褫守備蟒服與之。繼來者分給牌劄、豹豸繡補。衆賈大喜，爭自棹船，船銜尾布列，兵依隊而上，不敢譁，甲光耀日。五日抵鹿耳門，賊大怖，以爲神兵從天而下，駭散無鬬者，互相攻殺。守紅毛城僅十六人，誅之。進勦竹箐城，禽朱一貴，檻車送京師。兵不血刃，糧不支給，凡七日而臺灣平。滿公欲奏荆山功，荆山辭曰：「某性嬾，非能吏事者也。賊平，仗國家威靈，不可貪天功，襲人爵，請事公終其身。」

滿公卒，潘復佐浙督李公衛，以名聞。

李敏達公逸事

康熙末，各省錢糧多虧，世宗詔淸查，天下震慴。公總督浙江，聞之，詣內幕問策，皆瞠不語。公曰：「不請朝臣來，天子弗信；朝臣至而督撫無權，事敗矣。宜速繕一疏，極言浙省廢弛久，誠得內大臣督治甚善。但內臣初至，未得要領，臣身任地方，需臣協理，事裁辦。」疏成馳奏，即詐稱生日，開筵受賀。浙中七十二州縣，無不齎至者。公張燈陳百戲，止而觴之，召諸州、縣至密室，語曰：「清查使者至矣，汝庫虧絲毫勿欺我，我能救汝。否者發露被誅，勿我怨。」皆泣謝曰：「如公教。」歸皆核册密呈，其無虧者，具狀上。

亡何奏下，許公協理。清查大臣戶部尚書彭維新實來，先至江南。江南督撫不敢闌語，一聽彭所爲。彭天資險鷙，鉤考煩密，民吏不堪，州縣擬流斬監追者無算。畢，到浙，氣驕甚。公迎見，即持硃批示之曰：「朝廷許衛與聞，公勿如江南辦也。」彭氣沮，稍稍禮下於公。公置酒宴彭，半巡，執杯嘆曰：「凡共事者，未有不爭者也。某性粗，好與人角，屢蒙上誨，今誓與公無爭而後可，但不知如何而後可以無爭。」彭曰：「分縣而辦，何如？」公曰：「善。」呼侍者書州縣名若干，揉小紙如豆，髹盤盛，與彭起分拈之，暗有徽記，彭不知也。其虧者歸公，其無所虧者歸彭。彭刻苦搴較，手握算至胼起，卒無所得。而公密將贓罰閑款鹽課贏餘私攤抵矣。故使人問曰：「有虧否，何如？」彭曰：「無之。」彭問公，公陽爲喜出意外者，而應曰：「亦無有也。」遂兩人同奏浙省無虧。世宗大悅，語人曰：「他人聞清查多憂愁，獨李衛敢張燈宴，彼敎督有素，自信故也。」晉秩太子太保，賞賜無算，各官俱加一級。江南之人，望如天上。

河東總督田文鏡柄用時，忌公，暗劾公。上不爲動。田懼，轉來結納，伺公居太夫人喪，遣人以厚賻弔，公罵曰：「吾母雖餒，不飲小人一勺水也。」麾使者于大門之外，而投其名紙于溷中。

然性極服善。一日坐堂上，命吏胥田芳作奏，請封五代。田不可，曰：「封典止三代，無五代。芳不能作此奏。」固命之，對如前。公大怒，罵曰：「畜產，例自我創，何干汝而逆我？」田遽起立，勃然曰：「公大誤。公怙天子一時寵，忘王章。芳故曉公，公當謝芳，乃辱及其親，何也？且公爲人子孫，封三代而猶未足；芳亦人子孫，未封一代，而公以畜產寵秩之，何用心逆人道耶？芳殊不服，芳殊不服！」公素負氣，忽公堂爲吏所折辱，不知所爲，強復怒曰：「便是我誤，汝不服奈何？」曰：「公，大人也；芳，小吏也。豈特公詈芳，芳無如公何；卽公杖死芳，芳亦無如公何。所可惜者，大人之威能申于小吏，而小吏之理殊直于大人耳。」言畢竟走出，公默然，顧左右亂以他語而罷。是晚，召芳，芳疑公蓄怒，將陰禍之；入，色如土。公握其手，笑曰：「汝有膽識，而辱爲吏，可惜。吾貸汝千二百金，納縣丞，他日事上官，亦以直道行之。」田泣謝。得富平縣丞，遷鳳翔令，以賢聞。

傅卓園者名魁，公標下卒也。少無賴，以材武入勇健營。涿州大盜李自洪力敵千人，匿大邵村牛四家。公命卓園往擒。卓園請標下李昌明及韓景琦俱。公笑曰：「汝往能擒此賊，昌明往，非昌明殺賊則賊殺昌明。韓景琦往必誤乃公事。不信，如汝意試之。」

卓園夜至牛村，自洪方謀刼冉貢生家，未發。卓園破門入，昌明舞雙鎚先登，賊暗中斫之傷，大呼仆地。卓園繼進，門小，器無所施，棄其戟，手掐賊陰而曳之，小腸出矣。賊抱卓園，刃其背萬千，幸衷甲不死。然骨入者寸許。卓園繞賊腸于臂至三匝，賊猶能運刀。韓景琦急來助，昏黑不辨，捧傳足以爲賊也，而縛焉。傳自念受兩人敵必敗，不得已逆而蹴之，繩三重皆斷，韓仆出數步外。天漸明，三人共縛盜獻之轅。公大笑曰：「吾所料何如？」盜且死，顧行刑者曰：「吾爲盜三十年，殺人如草，官兵屢捕，無敢格鬭。今擒我者，壯士也。願一見而死。」或指卓園，盜運目久之，嘆曰：「我久當死，死于足下，値矣。我所遺寶刀，知足下來，哀鳴三日，宜贈子佩之。我死不悔爲盜，悔不知天下之尙有人也。」

鄂文端公逸事

張廣泗之征丹江也，來辭公，牘記軍事數條，將請公處分。公餫諸燕寢，竟日筦絃鏗鏘，口不及軍事。張不得已請間，公問何爲。曰：「軍事。」公正色曰：「吾以汝爲能辦賊者，故用汝，不料汝非將才也。用兵之道，變化無方，故曰閫外將軍主之。其隨時制勝，豈我與汝今日所能預定耶？惟兵少或糧不足者，當問總督，而我部署久定，故懽而飲汝，汝尙何言？」諸將聞之，皆心折駭伏。

初，廣泗知思州府，說公取古州、八萬云：「其地廣千餘里，在黔、粵之交，分兩省觀則在外，合兩省觀則在內。」公即調廣泗知黎平。黎平諸葛營者，古州形勝處也。後倚大山，西接懷遠，中有五丈臺，登之，見大小丹江。苗俗傳孔明登後無人登，登輒頭痛。廣泗到即輕騎登臺。苗望見廣泗指揮臺上，驚將圖己，即聚衆張礮下坡處。廣泗心動，不肯下，宿于臺。次日五鼓大霧，從山背銜枚下。苗驚以爲神。歸，盡得其出入要領，啓公招降都溶兩江苗，而征丹江九股苗。世宗慮廣泗新進好事，命內臣牧可登、春山至軍營參謀。至，丹江已平。世宗大悅，授廣泗貴州巡撫，召公入都，公薦廣泗爲巴里坤副大將軍征阿拉蒲坦。

先是，大兵屯巴里坤山北，人馬多凍死。廣泗往請于大將軍查郎阿曰：「賊不畏冬，以能移家故也。賊能往，我亦能往。盍學賊移家法，覓向陽有水草處立營。」查不信，廣泗率所領兵如寇法。其年，兵無死者，馬膘肥如初。敗賊于木壘城，殺無算，生禽六百人。世宗大悅，命總督湖廣。

會古州苗反，煽連楚、粵諸孽，陷思州清平。世宗切責公，命刑部尚書張照、都統德希壽督師貴州。照等奏改流非策，世宗愈怒。廣泗奏：「善後失宜，皆臣之罪，願革職效力軍前。」會今上登極，加廣泗七省經略銜，督兵貴州。羣苗呼曰：「上諸葛營老子又來矣，愼勿與戰。」望旗幟輒走。廣泗奏張照等所以無功者，分守兵、戰兵爲二故也。黔兵本少，而又分之，何以辦賊？請調全省兵齊集鎮遠以通雲、貴往來之路。上許之。廣泗率三萬兵張強弩追苗至凱里香山。山有牛皮箐當四山之凹，深數百丈，闊三里。苗避弩，爭走箐下。廣泗據山築長圍，四面環之。苗無所得食，相枕籍餓死者四十餘萬人。三省瑤、倮爲之一空。嗣後古州雞尾擺處，俱改衞設屯，而羣苗亦不復反矣。

哈元生者，河間人也，高鼻長髯，以守備從公征苗，每戰輒陷陣，擢安籠鎮總兵。烏蒙之役，賊數萬，營官防海子，張旗鼓噪。元生率兵四千討之。賊有名黑寡者，號萬人敵，每大呼，鷹爲退飛。戰日持長槍，直犯元生。元生以左手格槍，右手拔箭射之，槍應手斷，而黑寡業已受箭落馬，一目出矣。元生斬首揭竿上，羣賊奪氣，退走，追至得勝坡。別寨苗起應之，聚衆鳳凰山。元生知衆寡不敵，乃密令參將康世顯等夜率土兵暗繞賊營，分左右隊伏山下，約曰：「聽號礮起。」次日黎明，元生率兵挑賊，賊盡出，官兵不動。待賊將近，忽礮發聲，元生舞雙刀衝陣，山後奇兵突至，賊敗走，追之，盡俘其衆。元生手擲一賊于空中，高數丈，以刀揮之，作數段墜。羣賊大駭，以爲神勇。嗣後望見安籠鎮旗纛卽逃，無敢格鬬者。世宗召見，賜宴，以元生回部人，不漢食，命光祿寺別具特羊之餐。

二人者至公家，皆供掃除之役，若隸子弟然。

稗事二則

尹文端公母徐氏，江寧人，爲相國小妻。相國家法嚴，文端總督兩江，夫人猶青衣侍屏匽。文端調雲貴，入覲，世宗從容問：「汝母受封乎？」公叩頭免冠，將有所奏。世宗曰：「止。朕知汝意。汝庶生也，嫡母封，生母未封，朕卽有旨。」公拜謝出，相國怒曰：「汝欲尊所生，未啓我而遽奏上，乃以主眷壓翁耶？」擊以杖，墮孔雀翎。徐夫人爲跽請乃已。世宗聞之，翌日命內監、宮娥各四人捧翟茀、翟衣至相國第，扶夫人榻上，代爲櫛沐、袨服、襐飾，花鈿爛然，八旗命婦皆嚴粧來，圍夫人而賀者，相環也。頃之，滿、漢內閣學士捧璽書高呼入曰：「有詔。」相國與夫人跪，乃宣讀曰：「大學士尹泰，非藉其子繼善之賢，不得入相。非側室徐氏，繼善何由生？著勅封徐氏爲一品夫人。尹泰先肅謝夫人，再如詔行禮。」宣畢，四宮娥擁夫人南面坐，四內監引相國拜夫人。夫人驚，踧踖欲起，四宮娥強按之不得動。既，乃重行夫婦合巹結褵之儀，內府梨園亦至，管絃鏗鏘，肴烝紛羅，諸命婦各起持觴爲相國夫人壽。酒罷，大懽笑去。

後三十年，文端側室張夫人受封，文端謝恩奏及之，上曰：「朕實不知先帝有此事，乃竟暗合。豈非卿家家運耶？」公繼室鄂夫人，鄂文端公猶女也。兩文端相見，鄂老矣，嘆曰：「吾日夜思抽身退，未知能否？」夫人曰：「女聞古之君子，事君能致其身；又曰明哲保身，未聞有抽身者。」兩文端爲之莞然。

田文鏡總督河東，以不喜科目聞。王士俊宰祥符，謁田。田問出身，王眉蹙口澁，若爲萬不得已者而對曰：「士俊不肖，某科翰林也。」田以爲測己，愈惡之。每見嗔喝，吹毛索瘢，王憂懣不食。幕府客裘香山，高士也。被酒大言曰：「制軍有意相督過，將早晚劾公。公去無名，可惜。不如擇一有名事去。」問：「何事？」曰：「今新增河南鹻地稅，民不能堪。公以狀啓田，田必據此劾公。公雖去，公名傳矣。曷若萎腇授印，低頭出衙乎？」王深然之，繕稿數千言，通牒大府。布政使楊文乾心嗛田所爲，而屈于勢不能言。忽得王牒，驚曰：「此何時，尙有奇男子耶？」呼僮焚香，供牒再拜。遲明，田果具疏劾王。楊佯助田怒，讓曰：「狡哉王令，知公憎之，故借此求名。若據彼牒劾奏，是落伊度內也。且罪止罷官，不如姑舍是而別摘他罪中之，使轉身不得。」田頷之。王感楊恩，私誓如父子然。

亡何，天子擢楊巡撫廣東，士俊送出境，悲不能自止。楊亦泫然曰：「事未可知，何忍遽別？姑行一驛乎？」既又留之曰：「事未可知，姑再一驛乎？」王自度無全理，惘惘相隨。忽見北來飛騎捧黃封授楊，楊下輿北向九叩首，招王曰：「我乞汝同往廣東，天子許以府道用矣。速歸辦裝可也。」王至廣東，授肇高廉道，尋擢布政使。田文鏡卒，竟督河東；代其位。

小倉山房文集卷十

王介祉詩序

吾不識漢管公明作何狀，至于攬鏡自照，傷不永其年。其言卒驗。然史稱其才，爲亞管、蕭矣。今有人焉，曰虞山王陸禔，字介祉。貌瘠而修，如枯藤將弛，兩瞳子凸于眶欲墜地碎。其詩悼往紀今，能曲折以神赴。歌之葩華蕣布，若穆羽之調。家貧，母夫人年七十。介祉挾一鞭一筆遊。前年將之楚，過余道別，討論諧謔，相樂也，已而自戚其貌，對壁間鏡戲曰：「而小子，其窮哉！」乃別去。長沙令某聘爲記室，未半年病，遽拕舟歸，未半途死。嗚呼，貌之徵何其速也！昔公明壽四十，介祉僅三十三。然則今之天更嗇于昔之天也。公明文采無所表見，介祉詩大噪于時，似可以其名之贏補壽之縮。然形而下者貌也，形而上者才也。貌之徵宜夭宜窮，才之徵宜顯宜壽，宜彰施休明。兩者皆天所與，而一驗一不驗，使人咨嗟涕洟，則又胡不并其才而靳之也！

介祉歿後，予方索其詩，其弟次岳自虞山來，以詩六卷屬余校定而付之梓。嗚呼，此則人所爲而不聽命于天者矣！

送醫者韓生序

仁無術而不行。堯、舜之政，周、孔之教，神農之藥，皆術也，皆所以行其仁也。使堯、舜、周、孔、神農雖仁其民如嬰兒，而無術以及之，其奚能爲？雖然，後之人爲政教醫藥，其厲民加倍焉。豈古人之術不仁歟？曰：仁者見之謂之仁也。見何在？志是已。孔子稱志于道，孟子稱尙志，又曰：「夫志，氣之帥也。」志之所在，不特慧力與俱，而精誠之至，天亦相之。今之爲政教醫藥者，推其志果可以見周公、孔子、神農乎？然則其術之不工也，乃其志之不仁也。

韓君宗海挾醫術來白門，白門之人或疕瘍，或宿瘤，或噎疾而腰急，或創未合而陷焉以深，或申旦呼暑嗷嗷然目不得一瞚，君治之，脫手愈。用是名稱噪于時。韓君大言曰：「得諸公千譽，不如得隨園一序。」故人蔣用菴爲通其意甚婉。余以初測交，故筆染復休者屢矣。

亡何，相遇于用菴處，極道所遲遲序君意。君又大言曰：「吾索序，非欲繩我美也。顧吾懷欽欽在抱，無有能宣究之者。吾始任戴冠，卽通儒，兼通鑄凝家言，以爲均不足以仁吾氓，故溺苦于醫，爲品庶每生計。此志也。非公聲之于文，則誰了我于冥冥者？」

嗟乎！君之志如是，君之術可知。且夫古之醫者，皆刀錐鍼砭、撟引毒熨之爲，非徒恃湯液也。故藥瞑眩而效亦易徵。今轉科而別之，內治爲優，外治爲絀。是何異爲政教者抱黃圖赤縣爲兢兢，而遺視九寰八陔耶？君之術能治內，而專以治外名，是則君之所以取效致功，卽其所以探本握要也。余悲夫世之人知君術之工，而不知其所以工，故序君說以送君，而兼以勗世之行仁者、擇術者、立志者。

重修江寧縣志序

志江寧難於治江寧。治之者，行其當然之事；志之者，紀其已然之跡。當然者，以意爲；已然者，不可以意爲。然非志之詳，則治之亦必不備，其道又若相須者然。周官誦訓掌道方志，以詔觀事，以知地俗。蓋自古稱焉。

江寧古帝王都，頹垣片瓦中，具史書數百萬言。而上元一邑，又至唐而分，將獨自爲書，其能無羼以糅乎？其能盡萬物之理而不失其度乎？其能廉而辨若比疏乎？其能書出而人齊其口，不相訾謷乎？江文通云：作史莫難于志。余故知難而退者屢矣。

鄉之先生進而言曰：「邑志不修，垂九十年。此其間之經入賅數，風化芳臭，明府忍聽其變革堙替而恝然置之乎？明府于一切簿領，能挈其最凡，旼分殊事；其于志江寧也，奚獨不然？邦之人願供束脡，延名宿以先焉。」余曰：「唯唯。因衆人之資，藉秉筆者之才，借山川都會之勝以成余之名，又得時時覽其風土人事，以考其政治之得失，此梓人之不斲而書名者也。何其幸也！」開局後成卷帙若干，歲周乃付於梓。

嗚呼！余舊史官也。三年侍金馬門，不能濡半管墨酬主知。而今擁吏卒，學牛馬走，乃得爲一邑成完書，不可謂非遭逢之盛。然而其治江寧者殊難自信，則志江寧者益可知也。或千百世後覽是志而善之，而轉疑今日之治江寧者之無甚過差，則是諸君子之助，而非余之功。卽書其意以弁羣言之首。

送望山相公入閣序

置一人爲九卿六曹之官，其可不可，不可得而知也。置一相于九卿六曹之上，而可不可，天下之兒童走卒已知之矣。是何也？百官論才，宰相論望。才可表見于臨時，望必積累于平日。此三公之位之所以難也。雖然，養望難，副望尤難。今夫雲，人皆知其能爲霖也。然不過起于山中，覆于一方，則望之者欲亦易饜。若夫蓬蓬然起于泰、華之阿，彌漫于九天之表，則望之者咸引領于無窮。倘沛然作雨，而亦區區靡霂已焉，則又安貴夫垂天之雲哉！

枚弱冠遊京師，聞論相者輒曰尹公、尹公。今枚年五十，公才入閣，然則公之望久矣。望如公而何待于枚言；亦惟望如公，而枚又安得無言！從來儒生之見，往往與在位者相偝而馳。非在位者之過也，一旁觀，一當局。旁觀者，好以太古迂遠之言，靡切左右，而勿度今所能行者陳之，則不如其嘿而已也。夫大臣之道，豈一定哉？周公教成王所其無逸，而召公則教之以伴奐優游。宋璟諫明皇毋幸東都，而姚崇則勸以東巡無害。卒之，召公大聖也，姚崇大賢也。其若是，何哉？要在誘君心于當道，而于己不失其正而已矣。

唐陽城一諫官耳，尚不肯爭細事以累名。宰相非諫官比也，將朝夕坐論，與社稷同休戚者也。行而世爲天下法，則行焉；言而世爲天下則，則言焉。或時之未可，勢之未宜，則所貴乎積誠悟主，伺間責難，而不在乎改一成法，增一科條也。天下人信公之深，愛公之切，必揣摩而相告曰：「以公入相，而未有所聞于人間也，其必嘉謨入告，而不使外人知耶？抑必重其身以有待，而將大有造于將來耶？」如是十年，天下之望公者未有既也，則公之望雖未副也，而卒無損也。所慮者，矜報恩之迹，急任事之名，於其遠者、大者，或不敢探懷以取，則旁引雜出，而轉多瑣屑紛更之爲，使天下望此而得彼，望大而得小，而天子亦知其底蘊之已窮。他日有言，必厭而輕之矣。平素之望，豈不危乎？

以公之明，必不出此。而枚所以譏譏者，恐公虛懷太甚，竟忘其負荷之重若此，而亦等于尋常作相者之所爲。又恐公一事一言，必先立身于無過之地，而周旋曲折，轉足以招人之疑。不知過也者，愈避之而愈至者也。古大臣但知有國，不知有身；不知有身，何知有過？甚至機失謀乖，猶戀戀而不能已，而況躬逢一德明良之盛也哉？枚見天下之人望公已甚，而枚之望公，又更甚于天下之人，故于公之入閣也，陳所慮以規公，亦書所見以質公。

送陸明府入都序

余不宰江寧久矣。後之宰是者，皆才出余上，皆交好。而心之所尤折者，爲蘭邨陸君。君喜余古文，常曰：「他日得子文序我，可乎？」余雅欲序君，而苦於不得當以報，乃諾而俟焉。今年十月，君以捕亡事受天子知，將召對，有高爵之遷。茲事非君所甚矜喜，而忽大恩壓己，轉項項不快。邦之人亦若有卹然者。余爲序而釋之曰：

羿之彎弓也，惟巴蛇、九日，始足盡其彀耳；乃偶中燕雀而名因之大彰，羿之心非所冀也。然天下事固有感在此而應在彼者，豈獨射然乎？或智人也，而以愚獲愆；或惠人也，而以猛立功。徒觀其迹，未有不適適然疑者。不知不轇轕而錯綜之，不足以彰造物報施之巧。

君善讞决，大府有疑難事必委君決。君所至皆仁自持，或罪至虔劉而一旦釋寧其家者纍纍然，此皆宜受天子知者也，亦天子知之必嘉子者也。顧名不上聞，雖堯、舜無由知。而平素闇然之勤勞，天必欲光明之爲循吏勸，則不得不借一二事以達九乾而垂清問，且以見聖天子留心人才，小善不遺至於如此。凡爲臣子而不以積誠勤事求知，妄挾他途干進者，皆惑也。

且夫學之與仕，有二理乎？曰：無有也。書稱「學古入官，議事以制」是也。生之與殺，有二理乎？曰：無有也。孔子稱「惟仁人能好人，能惡人」是也。陸君口不離先王之言，遺蛇其容，常爲文俗吏所揶揄，一旦璽書徵召，儒者榮之。然其爲政曖曖姝姝，一以生人爲事者也，乃偏以戮人見知。君之才雖顯，而君之心將隱矣。予竊托於君子表微之義，書其故曉邦之人，而因以慰君之行焉。

西阪草堂圖詩序

慶生日，古無有也；慶生日而歌咏其所居之堂以爲慶，古尤無有也。雖然，周雅曰：「秩秩斯干，悠悠南山。」晉獻文子成室，晉大夫發焉。張老爲之善頌而善禱焉。是皆就其所居以爲壽意也。

宣州張先生芸墅當不親學之年，其戚里勿介爵，勿祝釐，并不爲揚詡，而第爲所居之草堂徵詩，蓋雖舉俗之文，而亦猶行夫古之道也。先生家有貞介堂，爲前明司李公遺迹。先生宦遊歸，益宅城西，翦茅爲室，顏曰西阪，居而樂之。聞之先民曰：相馬以輿，相士以居。居也者，君子之所不苟也。衛公子荆善居室，庾詵十畝之宅，山池居半，皆以居傳者也。然混元運物，流而不處，曾幾何時，東閣變爲馬廐者多矣。而士大夫一解巾褐，又往往招之不歸，以致田園就蕪，雖先人之舊廬，亦或鞠爲茂草，未見有培基沃本如先生之纏綿者。先生甫中年，卽伏而不出，肆心廣意，鉛槧于斯，若忘其爲司馬官南越者然。無他，爲草堂作主人故也。

予雖不獲登堂，猶憶甲戌歲與先生同遊攝山，討論竹素，窮極要眇，意欲相引爲曹，聲名流千萬歲。今忽忽十五年，堂中之著書若干尺，可想而知也。他日堂之因先生傳，决也。然而善邇卽所以致遠，獲後方可以承先。張氏舊族得先生，先生嗣君得慕青太史，肯堂者未已，肯構者又來，較玄亭之有童烏，禮堂之有小同，尤爲光耀。然則以他事壽先生，先生勿樂也，以茲堂壽先生，先生樂也。雖欲不歌咏也得乎？于是堂之景，董尚書圖之；堂之顛末，先生記之；咏茲堂之詩文，小子序之。

聞茗厓竹洲詩鈔序

前年冬，楊君洪序來山中，授一編，曰：「此吾師茗厓先生詩也。公爲序，將刊焉。」楊固不知讀先生科舉文者，枚也。先生姓聞，名元晟，檇李人，雍正進士。當枚讀先生文時，年十二。隔三十三年，而又重讀其詩，驚且喜，以爲有文字緣者，莫先生若也。

楊君授詩後，占卦得訟，終訟且遠行，顛其家聲，不暇爲開雕事，而枚亦無能有所匡定。詩久不歸，轉得時時雒誦，淸微驗宕，想見其爲人，高士也。年齒過差，雖私淑，卒不得一見。然就詩迹其生平，蓋嘗入長安，遊淮海，官雁門，登高懷古，思鄉感舊，未嘗不潛心深思，自信其詩之可傳也。

老且死，竟不能付梓，而存之于家；家貧，子孫又不能付梓，以授楊君。君故豪士，甫欲婆娑相料理，旋爲禍敗，此如孔安國之古文尙書，將獻而以巫蠱事阻也。雖精神至者，天不能斂，而遲之又久，鴻寶不宣，當時學文之童子，亦將如先生老矣。悲夫！

高文良公味和堂詩序

詩始于皐、夔，繼以周、召，而大暢于尹吉甫、魯奚斯諸人。此數人者，皆詩之至工者也，然而皆顯者也。自君子道消，乃有考槃、衡門諸作，毋乃窮而後工之說，其亦衰世之言乎？本朝文思天子相繼代興，厥有新城尚書，首唱唐音，爲國初冠，天下翕然宗之，此亦顯者爲詩之效也。然論者猶訾其事藻飾，少性情，則聲聞雖隆，亦尚有未饜于人心者。

夫人臣之不可不皐、夔也，猶詩之不可不唐音也。學皐、夔者，衣以其衣，冠以其冠，戞擊而拜颺焉，其皐、夔乎？學唐音者，習其趨慢，聲其句讀，終日筦絃鏗鏘，其唐音乎？善學皐、夔者，莫如周、召；然其詩無喜起明良一字也。善學周、召者，莫如吉甫、奚斯，然其詩無卷阿、東山一字也。後世王朗學華子魚，學之愈肖，而離之愈遠。此其故可深長思矣。明七子學唐用宮調，而專摹初、盛，故多疵焉；新城學唐兼角羽，而旁及中、晚，故少疵焉。然皆莊子所謂循迹者也，非能生迹者也。

居我朝顯位而以詩聖者，其惟大司農高文良公乎？所爲味和堂集，思沉采鮮，聲與律應，謂之唐不可，不謂之唐又不可，其眞能潤色休明，軼新城而上者矣。然而公詩之工，未有所聞于人間者，則因公之高爵盛業，有以掩之也。夫士君子每苦無名位以昌其詩，而若公之巍巍者，又轉以彼累此，此予之所以嘆也。然就大以見小，卽本以該末，而公詩之所以工者，彌可知矣。

公從子慧將重鐫公集，余從臾成之，非徒闡祖德、表幽光也，將以彰我朝賡歌之隆，不在唐、虞下，而兼使世之論詩者，有所矜式，以無事區區摹揣，則公之功固亟亟宜表，而慧此舉又豈宜得已耶！

所知集序

梁昭明不錄何遜之文，爲其生存也；唐裴潾反之，則又非交好者不錄。是二者，皆有所偏焉。夫錄之者，傳之也。其文之可傳與否，非夫人之存亡係之也。孟子曰：「有見而知之，有聞而知之。」道統如是，詩文奚獨不然？

陳子直方選近人詩三集，顏曰所知，蓋及其身之所見者半，所聞者半也。夫詩無涯而知有涯。四海大矣，人才衆矣，執丘里之耳目，而繩天下，而自以爲足焉，不已僨乎！陳子之名是集也，若曰就吾所得者而存焉，是亦「舉爾所知」之義云爾。然則未爲陳子所知而漏是集者，可無憾矣。天下知詩者有涯，而不知詩者無涯。宋以後，詩話日繁，門戶日多。張一論者，多樹一敵。若再搤掔而談體例，不又僨乎！陳子之名是集也，若曰就吾所愛者而存焉，是亦「知之爲知之」之義云爾。然則陳子于其所不知本置之闕如之例，而世之未入是集者，又可無憾矣。茲集之傳也，其庶乎！

雖然，直方之齒未也。他日遊益廣，學益深，其所知者寧就是而竟耶？漢杜季雅之言曰：知而復知，是謂重知。吾願直方之重之也。

陶氏宗譜序 代振聲作

將收族而忘其祖，可乎？曰：不可。本之不存，枝將焉附！將尊祖而遍收其族，可乎？曰：不可。流之太紛，源將反混。然則尊祖何始？曰：以始遷某郡者爲始。收族何始？曰：以始遷某郡祖之子孫爲始。此陶氏族譜所由立也。

陶氏系出潯陽，淵明後譜牒難考。明初暨哥公死王事，以校尉贈都督，世襲正千戶。其孫靖侯，改官蘇州，遂家焉。吳之有陶氏也，自靖侯公始也。傳十二世爲振聲祖文英公，將倣范氏立義莊，權輿未就，先君子承厥考心而侈大之，捐田千，金二千，建祠因果巷，祀靖侯公。凡其所自出者，歲食其田之租。吳中陶氏之有義莊也，自先君子始也。

振聲謹按：大傳曰，別子爲祖，繼別爲宗。康成註云：別子，諸侯之次子，其始遷他國者是。然則靖侯公始遷於吳，爲陶氏居吳者之始祖，禮也。第周道親親，而中庸則曰「親親之殺」，以爲不殺其疎遠者，則親親之道必泛濫無統，而所應親者反不得與。然則欲收族，莫如立義莊；欲立義莊，莫如修宗譜。

修之若何？曰：考始祖以前出者，書之譜，見本幹所自來；考始祖以後出者，書之譜，見推恩所自起。自鼇哥公至振聲凡十四世，此本幹所自來也。自靖侯公至振聲凡十二世，此推恩所自起也。明乎此二義，而拜祠者旣無疏遠隔絶之嫌，資財者亦無屑越覬覦之弊；此宗法也，亦先人志也。

張曰恆遺稿序

海內抱一束文，屨及於吾廬，而修士相見禮者，十有十，百有百，吾未嘗無見焉。見後或暱或疎，或久或不久，雖彼此互有契合處，而要之以文爲贄，以見爲歡。

眞州諸生張曰恆寄五律若干來，淸而婉，蓋爲王、孟者也。余壹不知夫今之爲詩者，勦學蘇端明致牽爾操觚，嘉生之獨異于族凡，方寄聲促其來，而執訊者曰：「生死矣。」生年甚少，眞州至白門甚近，此屨及吾廬之可旦暮期者也，乃卒不得一抗手，豈蒼蒼者以爲詩重而人輕，見其詩可以不必見其人歟？抑或其人之賢，更倍于詩，故靳惜取去，而不許余之再見之也！

吾聞造物之奇，有所甚秘，月之華也，麒麟之生也，無人見之則存，見之而不識猶存。有人焉，見之識之，叫呼而播揚之，則散且逝。生之不至，或懼余之見之識之、叫呼而播揚之耶？

然而詩者，心之聲也。生詩來矣，身雖不至，而其心固已至矣。而余拳拳願見生之心，則卒不能穿九原而一達于生。是生可以無憾于余，而余不能無憾于生也。嗚呼！

送許侯入都詩序

許侯從上元令遷水部，其邑人爭歌詩寵侯之行。余故同城僚也，先侯歸一年，乃觴侯而弁以言曰：

情之見于去時者，道之存于平日也。道何在，行乎己者是；情何在，存乎人者是。今夫吏，南面而臨，欑乎毀譽，傲乎友朋，臨去，見有父老指旌旗者，見有故人嘆道左者，雖酷吏怪物，莫不有動于中，而深遺愛之羨。然則使人人能持其去官時之心爲在官時之心，不亦善乎？中庸曰：「不獲乎上，民不可得而治。」又曰：「不信乎友，不獲乎上。」同城官之獲上也，如兩婦事姑，殊難得調。一切謁朔望，集轘轅，供頓遞儲偫，戒其僕弗相聞知。其信友如是，其治民可知。侯來，聞前說而鄙之，坦然同懷，期于大和。事其事，兩邑如一邑，民以爲便。余之歸也，侯如失左右手。至是，侯亦去。造物者若以爲二人同其道，宜同其去，損一人以孤君子，其不可也。

先是，尹太保總制江南，政持大體，民吏雞犬多靜且安，羣僚久於其位，學射賦詩。侯與余如家人往來，飲酒樂，必嘆曰：「同官之盛，其難再哉！」忽忽四五年，乾隆戊辰冬，余引疾去。後十日，太保奉命入陝。再五日，陳別駕遷揚州。其明年正月，王檢校老病死。二月，太守蔡改知廬州。三月，吏部徵侯入長安。邦人之觀於道者唶曰：「新官某，新官某。」石頭城中，目不一瞬，業已若是。然則嗣後之改更，又將何極！此侯之所以臨去而悲也，余之所以送侯之去而愈悲也！

陶西圃詩序

西圃歿後四年，其第三子時行乞序其詩。余讀之，不覺涕之泫然也。

余齊年進士三百，寡所親狎，惟西圃與余同入翰林，同作令，同乞歸，同居江南，又同好吟詩。以故冬之日，夏之夜，常宿余家，唱喁無算。余生平乘人鬬捷之作輒不存，而西圃昵余過當，雖一短句、一譋語必書之集中。余不特不省記，亦不知也。今甫開卷，而三十年來之酒痕燈光，酣顏高歌，歷歷然如影尚存，令人於邑不已；然後嘆友朋之不可無，而西圃之爲我勤者，乃如是其至也。

當西圃入都時，予餽以一姬，事出偶然，非爲西圃身後計也。今時行年十七，卽此姬所生。然則余雖不能爲西圃昌其詩，而他日時行之能讀父書，恢宏其聲光，未嘗非余之助，又巧。梁簡文云：人品貴謹嚴，文章須放蕩。不愧斯言者，其西圃乎！然孔子曰：情欲信，詞欲一奇也。西圃貌不踰下中，踧踧廉謹，乃其詩獨倜儻若不稱其爲人者。

獨是西圃有三子，其長者已生孫，已入學，而此時之苦抱父書者，轉在煢煢未成立之一弱息，其畢生精力傳不傳，亦可危矣。而予兩鬢斑然，并此無有，乃猶復乙乙抽思，謳吟不輟，若竟不知人生之有死者，抑又何也！

虞東先生文集序

文章始于六經，而范史以説經者入儒林，不入文苑，似強爲區分。然後世史家俱仍之而不變，則亦有所不得已也。大抵文人恃其逸氣，不喜説經。而其説經者，又曰：吾以明道云爾，文則吾何屑焉？自是而文與道離矣。不知六經以道傳，實以文傳。易稱修詞，詩稱詞輯，論語稱爲命至于討論修飾，而猶未已，是豈聖人之溺于詞章哉？蓋以爲無形者道也，形于言謂之文。既已謂之文矣，必使天下人矜尙悅繹，而道始大明。若言之不工，使人聽而思臥，則文不足以明道，而適足以蔽道。故文人而不説經可也，説經而不能爲文不可也。

雖然，藝之精者不兩能，鄭、馬無文章，崔、蔡無經解，似亦非天所能強。吾友虞東先生獨不然。先生爲海內經師，著詩解若干，三禮劄記若干。余初疑先生之未必屑爲文也，乃記、序、論、議、駢體、歌行，靡不典麗可誦，方知先生不以説經自畫者，然猶不敢自是。凡予心所謂危者，攲擿一二，必削而投之，亦非先生之謬爲慊慊也。蓋實見夫修詞之道非止于至善不可，麗澤之義，非朋友講習不可。覩先生之深于文也，愈嘆先生之深于經也。

予與先生雖齊年孝廉，以宦轍故，中道乖分。年來設教鍾山，得時時過從。予有所疑，必就先生請業，而先生亦來其全稿而謀焉。白髮二叟，如初下帷作諸生時，致足樂也。惜予于經學少信多疑，而才又短拙，治詞章兀兀窮年，尚無涯涘，勢不能執一經從先生而後，而坐見先生之取兩者而兼之也。相逼已甚，何太不廉耶？豈文苑、儒林從范氏而分者，又將從先生而合耶？昌黎答殷侍御云：竊欲挂名經端，自托不腐。予于序先生亦云。

贈黄生序

唐以詞賦取士，而昌黎下筆大慚。夫詞賦猶慚，其不如詞賦者可知也。然昌黎卒以成進士，其視夫薄是科而不爲者，異矣。今之人有薄是科而不爲者，黄生也。或且目笑之曰：「四書文取士，士頗多賢，其流未可卒非。」吾代黄生對曰：「昔管仲遇盜，得二人焉。盜可以得人，而上不必懸盜以爲的也。」論者語塞。

吾不敢謂薦辟策試之足以盡天下士也，亦不敢謂爲古文者之足以明聖道也。然訪某某者，必詢其隣人，爲其居之稍近也。漢、唐之取士也，與古近。其士之所爲古文也，與聖道近。近，斯得之矣。宋以後制藝道興，古文道衰。士既非此不進，往往靡歲月，耗神明，以精其能，而售乎時。出身後，重欲云云，則噓唏服臆，忽忽老矣。

予喜生年甚少，意甚銳，不狥于今，其於古可仰而冀也。又虞其家之貧，有以累其能也。爲羞其晨昏，而以書庫託焉，成生志也。既又告之曰：天下有不爲，而賢于其爲之者；有爲之，而不如其不爲者。無他，成與不成而已。不爲而不成，其可爲者自在也；爲之而不成，人將疑其本不可爲，而爲者絕矣。今天下不爲古文，子爲之，安知其不爲者之不舍哭以待也。「苟爲不熟，不如荑稗」。生自揣不能一雪此言，且不宜爲古文；吾望于生者厚，故反吾言以勗之。

史學例議序

古有史而無經。尙書、春秋，今之經，昔之史也。詩、易者，先王所存之言；禮、樂者，先王所存之法。其策皆史官掌之。漢以來，作者二十一家，互有得失，非合參分校，則瑕瑜不明。

南耕先生爲例議十六，質確其過，其旨遠，其辨正，此其志與夫爲史通以矜文士之藻者，異也。其言綱目非朱子所作，尤信。夫綱目，繼春秋者也。春秋，繼尙書者也。尙書無褒貶，直書其事，而義自見。春秋本魯史之名，未有孔子，先有春秋。孔子述而不作，故「夏五」「郭公」，悉仍其舊。寧肯如舞文吏，以一二字爲抑揚，而眞以素王自居耶？朱子惡王通作玄經擬春秋，必不自蹈其非。弟子假託，亦猶仲舒、何休各附會其師說而已。

夫史者，衡也，鑑也，狹曲蒙匡也。國家人物政事，則受衡受鑑，而盛載於蒙匡者也爲之例，爲之議，然後衡平鑑明，而匡篋亦無舛午之虞。然先生老矣，未必登石渠，執竹簡，隨太史之後大書特書，有如巧匠袖手，旁觀不斵，而徒流覽於千門萬戶，爲羣梓人程巧而致功焉。惜哉！

蘭陔堂詩序

讀詩者，得古人所言，不如得古人所不言。淵明不肯折腰見督郵，乃賦歸來，是說也，余嘗疑之。夫督郵之必至，與縣令之腰之必折，淵明豈不知之？胡所見之晚，而初筮仕之輕也！蓋當日淵明有他意存焉，不可明言，而藉此爲言。

蘭州太守鄭先生以弟喪去官，此東漢獨行者之風也，非今令甲也。先生必希古以違俗，殆亦有難言者存耶？然淵明雖不言，而于詩則微言之；先生雖不言，而于詩亦微言之。讀先生詩者，知其爲有淵明之心也。

先生爲漁仲後裔，載萬卷書歸夾漈，過余索序。余以不文辭，又以不能急就辭，而先生強之甚堅，艤舟以待。余感先生義甚高，交甚廣，胡拳拳于野人之一言哉？或先生性躭泉石，親見杖之乞養者已二十有一年，以歸來之人，序歸來之人之詩，冀其有同心而無愧詞也。嗚呼，此先生所以有石城三日之泊也夫！

從弟臞齋詩序

道無難，精之者至焉；道無易，習之者忽焉。羿之射，秋之弈，蘭子之舞劍，淮南之飛昇，夔典樂，皋陶典刑，彼皆知其難而精之者也。人知其精，不知其難，於是射者、弈者、劍舞者、吐納求長生者、官太常司寇者盈天下，而傳者無聞。詩亦然。聖如仲尼，歌彼婦而已。清如伯夷，歎命衰而已。無多作也。今庸走下士，紛紛爲詩。詩若是易乎？不數年，澌滅淹消，百無一存。詩若是難乎？

從弟臞齋學仙兼學詩，有作則漏盡益奮，喔咿聲與雞鳴相上下。嘗謂予曰：「人稱詩有仙氣則工，然仙人頗不工詩。今所傳呂祖、白玉蟾詩甚鄙，所以然者，仙人好逸而惡勞，不肯鏤肝鉥腎故耳。以此觀之，詩不苦思，雖仙人亦不能工。」噫嘻！臞齋之於詩，可謂知之者矣。

臞齋患胸中氣，學道後小差。既苦吟，柴瘠益甚。稿定便研研然邀相質賞，色喜顔和。今夫五行之味，苦先乎甘；聖人之學，憤先乎樂。然則天下之未苦而甘，未憤而樂者，其爲甘且樂可知也。

臞齋早鰥，隨失怙恃。諸弟相繼歿。五秋試不第，傴其身走甌、閩，過阿蘭，觀海，犯颶魚之災，歷贛江而南，西抵彭城，覓一授餐所不得，得亦不久。天之所以苦臞齋者，豈獨詩哉？然臞齋不爲詩，有苦而已，無樂也。詩可以由苦而樂，又安知境遇之樂乎其後者不與詩同也。學仙乎？學詩乎？精之以俟其至焉可也。爲仙人一雪其不能詩之恥焉可也。

小倉山房文集卷十一

沈研圃太守送行詩序

士大夫之賢，在官見不如其去官見。何也？在官見賢，違道干譽者優爲之；去官見賢，則味得于回而其眞乃彰。然官有不得不去者，有可以去可以無去者。不得不去者，或遷或黜，或以篤老辭，人雖思其賢，而明知其勢不能留，則望絕。若可以去可以無去者，其過甚微，其迹甚公，其不當律令處亦甚小，人未免思其賢而望其留。及至竟去，竟不能留，而望之之心猶眷然其未絕。絕與不絕，送者心也，與去者無與也。

雖然，使其去官之故誠過也，過雖微，其賢自在，原不必因其賢而爲之諱。若其所以去官之故，非過也，卽賢也，則不特其在官之時賢不可沒，去官之後，賢不可忘；而卽其所以去官之故，亦當爲之白其賢於天下。今夫誣告者加等，越訴者笞，此令甲也，憲以示民者，古人象魏之義。然越訴之憲，宜於督，於撫，於監司，於太守，而何以憲於縣之庭？蓋一邑中有里老，有尉，有主簿，有丞，而後有令。訴者宜先之里老，之尉，之主簿，之丞，而後之令。此古人立法意也。令體且然，其上焉者可知。左氏曰：侵官犯也，冒官罪也。今之人侵之冒之，而自以爲功，則何不并羣職而廢之？故曰：爲政難，知政體尤難。

太守沈研圃先生爲民訴不理，鐫級去。夫民訴理之，宜也。縣牒未至，而侵冒之，非政體也。然以爲過，則亦無辭。先生治江寧六年，民熙熙然不知有先生。及先生去，幼者啼，老者泣，卹然若有所亡。嘻！上之設官，所以爲民也。然往往去留之故，多矯拂于民心。而爲之民者，必號于上而爭之曰：若宜留，若宜去。民之權，無能爲也。倘上之人又必強其民而脅之，曰：若雖留，而汝勿許詛也；若雖去，而汝勿許思也。則上之權亦無能爲也。審夫上下交相勝之故，而先生不能已于行矣，民不能已于送矣。邦之人歌詩代餞，而屬枚先焉。其詞曰：

我有亡友，號程啓生；先生敬之，爲其窮經。我有弟子，厥名陶湘；先生延之，與論文章。兩生窮士，顯者所棄。先生不然，曰我之事。惟古太守，興甿育才。今無其權，敢無其懷。抱此區區，施于有政。難告上官，可告孔孟。漢守吳公，治行第一；祇薦賈生，他事沒沒。又有文翁，循吏居首。考其本傳，一事無有。但聞入學，釋菜奠酒。古人往矣，存此高風；先生來矣，心與古同。一朝命駕，民送于野。或鍥其車，或縶其馬。有酒盈尊，有淚盈把。謂余不信，請聽歌者！

女弟盈書閣遺稿序

庚寅夏五，女弟秋卿以娩難亡于汪氏。兩家以爲大戚，凡姑姆餘須扈養輩，亦俱走位哭三曲而偯。蓋其居恆制行孚而敬德，而度有以孚人之深也。逾年，妹壻楷亭屬序其詩，余不禁累欷洵涕而爲墨其前行曰：

嗚呼，吾忍序吾妹也夫！吾忍不序吾妹也夫！妹爲叔父健磐公第四女，生長粵西。余歸叔喪于杭，始見妹。妹莊姝愔嫕，從禮而靜，心雅憐之，不知其能詩也。居亡何，讀中秋、七夕等作，愛其清絕，色然而駭。亟餉一釵以劼毖之。妹竊喜，自負益奮，從此以詩名噪于時。

既婚汪氏，得尊章懽，恩前室孤如實出己，治家循整，媵畜傴縰，罔或勿鐲。暇則咿唔聲與鍼紝間作。汪故巨族，人繁而囂，聞妹賢且才，爭來窺覷，或寄卷册丐題，或呈所作求唱喁削改。妹推奩具坐，肆意酬答，藻思坌湧，靡不頷頤伏歎，有林下風。

余過揚州覘妹，妹事余謹甚。一浣濯，一膏饘，必躬辦治。知余嗜湻醲，雖漏盡歸，霜燈熒熒，猶蘊火盦盂以俟。探刺余少休，輒焂焂起履，捧草稿出，拭几磨墨，眣余而笑。余戲曰：「女弟子又索診詩耶？」應聲曰：「阿兄之聽也。」嗚呼！此情此景，曾幾何時，而今不可再矣。

妹詩淵雅，志絜而情深，續乎其猶模繡也。因念逐古來哲人偉士，得一卷書傳後，死猶不死。妹雖一女子，雖死有可傳者存，夫復何悕！獨是余年屆大耋，妹年纔三十八耳。例以曹大家爲孟堅續史故事，妹當序余，余不當序妹。乃忽反其局以相將，天道茫昧，一至于此。嗚呼，命矣夫！

送上元藍令牧邳州詩序

吏科給事中方毓川來言曰：「制軍鄂公其有道者歟！攝篆未及稔，劾池守王，擢上元令藍。其於舉錯也當。」余聞之，始知藍君之遷於邳也。夫出處，士之大端也。世有寢兕持虎，望之威如，而居前居後，無足輕軒者，比比也。有人焉，能使人卽其出處以卜其薦之者之賢否，則其人之賢否可知也已。

乾隆十六年，天子南巡。南之吏借供張名掊克自私。藍君獨不然。藁秣甘毳，非不取之農也，必償其直；洒潽甓黻，非不役夫工也，必酬其傭；幣純四獧，非不貸之紳士也，必量其家。當是時，蹶者、趨者、翕翕熱者、耀其能於上者，僉拙君之所爲。不一年，雜徭畢，乘輿旋，民相與謳於道，官相與議於廷，今之所謂賢否者，非昔之所謂賢否也。且夫藍君亦豈違人情，弛王事，徒煦煦焉好聲矜賢而已哉？不過體聖天子恭儉慈惠之意，力用公正，先天下而無所於私也。夫當野薙燎原時，而獨施一障以相蔭，民跂跂然趨之者，自往而不可休，此亦情事之易知者也。然使知之者多，而能之者又多，則藍君不拙於前而賢於今矣。

下邳土瘠而隣河，流亡者頗脫不止。鄂公以君薦，知君能登下其數，藹藹萋萋，必有以懷柔之也。雖然，上山者，業已高矣，然左右視，而巍巍者尙在其前，則進而上之無已焉。夫人發一言善，行一事正，則必有善與正之色應面而至，此無他，未能忘己故也。士君子必能忘其異乎人之己而後能存其同乎人之色。記稱禮有擯詔，樂有相步，温之至也。易稱君子獨立不懼，而仍藉用白茅，柔之至也。遡矣藍君，行之哉，勗之哉！邦之人所不能已于君者，請爲歌詩，書於吾言之後。

龔旭開詩序

作詩如鼓琴然，心虛則聲和，心窒則聲滯。未有靳拳膠目，仡仡自賢，而能學詩者也。吾雅遊龔子旭開有年，其人伋然而靜，禁緩其纓行于途，望之者皆知爲詩人。余論詩稍苛，而于所交好者爲尤苛，以故旭開詩爲汰其七八，意方疑旭開之以不聽聽之也。

亡何，旭開端書兩卷來，凡余所未取者盡棄之，或取而有所商榷者，盡易之。嗟乎！今學者略識偏旁，解韻語，便築堅城而自囿者，比比也。旭開于詩深造有年，獨能從吾言如轉圜。然則吾言之是非，余亦未敢深信，而旭開宅心之虛，美哉淵乎，未可量也。其詩如琴之和也固宜。

旭開不專名一家，而布格選調不落唐以後。余按周禮，調樂以鐘磬爲主，作鐘磬，必先依律調之，然後施于廂懸，諸音皆受鐘磬之均，所謂聲應律也。至于享宴殿堂，無廂懸，即以笛爲鐘磬。旭開能以唐詩爲鐘磬，爲笛，爲均，其于鼓吹休明也尚矣。因其付梓，爲序而先焉。使世之人知旭開之心，而後讀旭開之詩。

送劉廣文入都序

學之士，三年而大比；學之官，六年而秩滿。士之舉于大比者，百有一二焉；官之舉于秩滿者，百無一二焉。夫官，士爲之也。爲士而舉易，爲官而舉難。是何也？則獨不見夫學中之士乎？翩然蔚然，濟濟然，雖堙沉而俚者，亦各挾策而思上臻。其學中之官，則蘥然頹然，窮窮然，雖臯俊而鋭者，亦久于其中而莫克矜奮。

所以然者，國家用人如倉庾氏之登穀也。其美者以供帝之粢盛，其次焉者以饌百官養兵，而其紅朽而將腐者，則又念其本五穀也，不忍棄之，則姑置之于陳陳相因不甚辜榷之所。學官亦然。無權、無勢、無財，而又無所督過，故其氣易衰。于是世之人見公卿中，岳、牧、守、令中，有拜起舒遲者，喘而言、臑而動者，爭圭撮之利而徵于顔者，必相詆諆曰：是何其類學官歟！于學官中，見有襜襜盛服者，儦儦利走趨者，齒牙鏗鏘能識時務而不泥于古者，必震而驚之曰：是奚不爲公、卿、岳、牧、守、令歟？嘻！學之官，所以教天下之爲公、卿、岳、牧、守、令也，而世之人尊彼而絀此，乃至于是，則官之流弊使然也。雖然，于無人之地，而求其有也難；于無人之地，而欲掩其有也又難。陳奇寶于廟堂，人皆曰宜，則亦過而忘之矣。若置之卑辱褻渫之所，雖鄉曲儇夫，亦必代爲傷屯悼屈，而動色相顧。此又物理之自然，而不關乎其遇不遇也。

農坡劉君，官上元學六年，予疑其人浮于官，將必速飛。今年二月，果舉最爲縣令，而江南北之任是職者，凡百數十人，皆莫與焉。邦之人爭爲君榮，不知不足以榮君也。何也？君固公、卿、牧、伯才也，匪止一縣令也。惟其一紆折于學官間，而人乃適適然驚。然則是舉也，非君之榮，乃學官之榮也。且夫物之能雄其曹者，非止一隅一所而已也。既能雄乎學官之曹之上，必能雄乎邑宰之曹之上。君之此行也，其無所不雄，又可知也。然而黄、老家言，固有以捨爲取，以退爲進者，吾願君自今以往聽其身之日上而心不與焉。是則朋友贍言之義而已。

東皋詩存序

乾隆庚辰，予過東皋，邑侯何西舫數稱汪生楚白之才。予心識之，而以遽治裝故，不獲相訪。今六稔矣。弟子秦云亭來，手一編曰：「此汪君所選東皋詩存也。汪君死，遺命呈先生，且索序，且付梓。」

噫！汪君此選，將以存東皋詩耶？然汪君存，則東皋詩因汪君而存；汪君不存，則汪君之名，又將藉東皋詩存而存。其序與梓也，誠不宜緩也。

何休曰：古者婦人五十無子，擇其辨獲伉健者使居民間采詩，故幽隱必達。今其法已亡，雖有鈞韶異音，聽者一過，蕩爲飄風。無人焉彙而存之，詩寧能自存耶？汪君慨然，倣宛雅故事，輯而存之，篤矣乎仁者之情，亦居東皋者之幸也。惜剞劂未已，賫志以歿，而余又相稽于邂逅，不獲一交臂，共拚羣雅，殊嗛人意。然亦豈料汪君于委化時不瞀亂，不顧妻子悲泣，而轉以鄙人之弁語爲拳拳。方知韓仲卿稱曹子建夢中求序，定非誕語。而汪君之于是集，果如是之不苟然也。宜表而出之，使後人知之。

裴中丞退思圖序

古名臣未有不抱出世之心，而能有高世之功者也。昔人稱謝傅功高百辟，心在一丘，猶云晉人風味。若唐太師裴晉公則謇謇王臣，以身繫天下安危，乃園居綠野，物外自娱，此其心豈眞躭江湖忘魏闕哉？蓋亦守不以寵利居成功之戒，而且以爲進思盡忠，退思補過者，大臣事也。倘進之日多，退之日少，則宜其忠不足而過有餘矣。退而静思，非深山邃林，其奚居焉？

裴二知先生開府皖江，畫科頭小像，雅踞松石間，兩僮抱琴，一兒子執書侍其旁，疊障重岩，綿亘莽蒼。觀先生圖，知先生不愧晉公之裔也。今夫鳳皇儀于虞廷，騏驥駕于殿輅，夫豈不際隆翌聖，爲世禎祥哉！然其心未嘗不樂烟霄而思山野也。惟其能有是心，故不縶不蹶，而用乃益神。先生以此意托之于畫，若有所慕而未遂者然。不知身之所居者迹也，心之所存者神也。神之所存，迹不足以拘之。古之人有履朱門若蓬戶者，有視伊、呂若筦庫者。先生于道大行時，而能退思物外，不以勛業自矜，此其胸中早已滌萬物而籠千古矣。然則牙旗羽葆，皆可作清泉白石觀也；呵殿引喤，皆可作松風水竹聽也。縱天子爲蒼生故，不肯以此境賜先生，而先生心中之清夷，又何嘗終日不在畫中耶？若夫知足不辱、知止不殆之語，則未免猶有己之見存，而未足爲先生誦也。

畫之前，未題額；畫之中，未題詩。先生不畀他人，先以屬枚。先生之意，以山水付山人，猶之居細旃廣廈間，當聞鈞韶，而之乎蓬蒿廣莫之鄉，則必爲野音而後善之也。枚不敏，其又何辭！

汪樸廬聖湖詩序

聖湖渟渟然横于杭之城西，而春而秋，而昏而朝，丈夫女子，儦儦俟俟，咸嬉遊焉，躑躅焉，犁以爲美，而卒不能言其所以美也。樸廬先生爲詩若干，凡嘉卉雜樹，荒祠古亭，靡不以五字韻之。而又自趙宋以來，一典實、一故事，必縷述焉。凡聖湖之所有者，詩靡不有也；卽聖湖之業已無者，詩則未嘗無也。今而後，聖湖之美，先生言之矣，且盡之矣。

惟是先生與枚同傍聖湖而生，同别聖湖而仕。當先生在家時，未始有詩，而今始追而爲之，則又未嘗不嘆人情之近則易忽，而遠則相思也。今年先生七十有六，枚亦四十有五。園田宅舍，同具白門。想重到兒時釣弋處，相攜而迭謠，知復何日！蒼蒼在鬢，烟波在天，三復斯篇，如蕩舟湖中，水色猶明紙上。然則先生之索序于余也，蓋亦越吟而使越人聽之之意也。

幽光集序

人能詩，疇不欲傳其詩。雖然，有天焉，未可必也。第梓而行之，公之于天下，而詩人之事畢矣。余交海內詩人四十年，其詩之已梓者勿論，或未梓而其人存，或雖不存而其子若孫猶存，則梓之傳之，吾何容心焉。惟夫苦吟終身，而且貧，且賤，且死，且無後，則所矜矜自抱者，豈不如輕風飄雲之澌滅哉！當其賞一句之奇，搜一字之巧，何嘗不渺棄萬有，指千秋以爲期。而一旦溘然，付諸不可知之數，易地以思，于余心能無悁悁乎？使敝帚自享，原不足以長留天地間，則亦聽其湮沉焉宜矣。而往往不傳之詩，有高出于世所傳之詩之上者，則天之所以留後死之人者，其意爲何也？

何休云：古者男子六十無子，使之民間采詩。余今年正符此例，因取平生所錄亡友詩各加一傳，梓而行之。取昌黎「幽光」二字爲其集名。

嗟乎！此集中者，皆東西南北之人，余業已不獲過其鄉，弔其墓矣。而藉此一編，開卷宛然，九原若作，足慰衰年懷舊之思。且使天下人得而讀之，知我所集者如是，我所未集者尚無窮也，則或有繼我而爲採風者。

雨亭公子遺稿序

今年春，高公子雨亭從京師寄圖來，屬其弟潤亭索余題詩。圖畫美少年著縑單衣，坐松石上，心欽遲之。以爲公子貴人也，而飄飄然有物外之思，何超雋乃爾！且長安詩人麻集，誰不趨公子下風者。雨亭不此之求，而偏走家書千里外，乞言于不肖之身，何也？居亡何，聞宫傅有西河之戚，心憂之，未敢請間。又月餘，潤亭手一編而泣曰：「先兄未見所題圖，已委化矣。然先兄雅好吟詩，曾執訊來索子詩與歸愚尚書詩。今所存若干，慮其零落，子爲我序而存焉。」

余讀之，麗則清婉，想其人深于情者也，敦古處者也，淡榮利者也。嗟乎！物必相合也，而後相思。銅山鐘鳴，蕤賓鐵應，皆以氣相感召者也。雨亭之詩，余一見而愛之，然則余詩之蒙雨亭之求之也亦宜。

昔人云：荀君雖少，後事當託鍾君。予羸老也，半生烟墨，不獲付托于知音。而翩翩公子之詩，反灑老淚爲之點定。天下事寧堪測量哉！然歸愚尚書先雨亭一年而歿，則此時之與雨亭地下賡歌無疑也。而余猶視息人間，未知何日得遂執鞭之願。悠悠千載，結此心期。生不過畫上相逢，死不過集中一序。天使我二人之交情如斯而已，則又不如兩不相知之爲妙也。悲夫！

胡稚威駢體文序

文之駢，卽數之偶也，而獨不近取諸身乎？頭，奇數也；而眉目，而手足，則偶矣。而獨不遠取諸物乎？草木，奇數也；而由蘖而瓣鄂，則偶矣。山峙而雙峯，水分而交流，禽飛而並翼，星綴而連珠，此豈人爲之哉？

古聖人以文明道，而不諱修詞。駢體者，修詞之尤工者也。六經濫觴，漢、魏延其緒，六朝暢其流。論者先散行後駢體，似亦尊乾卑坤之義。然散行可蹈空，而駢文必徵典。駢文廢，則悅學者少，爲文者多，文乃日敝。若夫四六者，俗名也。庚桑楚及呂覽所稱四六，非此之解。柳子稱駢四儷六，樊南稱六甲四數，亦偶然語耳。沿此名文，於義何當！宋人起而矯之，輕倩流轉，別開蹊徑；古人固而存之之義絕焉。自是格愈降，調愈卑，靡靡然皮傅而已，雖駢其詞，仍無資於讀書。文之中，又唯駢體爲尤敝。

吾友胡稚威有意振之，得若干卷，錦摛霞駁，技至此乎！然吾謂稚威之文雖偶實奇。何也？本朝無偶之者也。迦陵、綺園非其偶也。今人不足取，于古人偶之者，玉溪生而止耳。再偶，則唐四家與徐、庾、燕、許也。吾將偶之，而恐未逮，乃先爲之序。

蕭十洲西征錄序

馬端臨志地極博，然吐蕃一考，不過采唐書舊語而無所發明。蓋端臨以宰相子爲儒臣，未嘗出塞，不能見而知之。而兜牟介胄之士，又不能磨盾鼻以相助。就使有其人，而爾時南宋屯危，求保一隅倘不可得，何暇走荒服以外哉？此輿地之學，所以必詳于大一統之朝也。

吐蕃至本朝爲西藏，來享來王，最爲馴伏。蕭公十洲鎮安康五年，著西征一錄。余讀之，不徒嘉其鉤考詳密，而兼嘆公之將略獨偉，出于等夷。從來著書之道，與治兵通。治兵者，號令，其發凡也；隊伍，其體例也；行止，其章法也；魚麗鵝鸛，左盂右盂，其目錄也。大而至于鳥蛇龍虎之變，細而至于梁麗、渠答、鉤梯、井竈之微，分而省之，合而參之，必使部居別白，而後可以克敵取勝。公輯吐蕃之疆域，以至物產、方言，靡不鱗羅包舉。是豈徒矜典博，以將軍而爭太史之職哉？誠恐小有驛騷，則按吾圖籍，措而安之無難也。乃公竟齎志以卒，不能爲帥師之長子，銘功勒石，唱呼而還；又不獲爲鞮鞻象胥，宴舌人而歌槃木，得毋有未竟其才之憾乎？

然吾所悁悁而悲者，猶不止是也。每見世人著書尺許，問其子孫，不知卷若干者多矣。獨先生子松浦能抱父書來徵吾言以信之于天下，其孝足稱也。而予於空山水雲間，偶展卷觀，覺邊笳戍鼓，隱現紙上，幾欲屬櫜鞬，賦從軍，一證書中之奇，而自搔白髮，則又未嘗不傷其身之老而衰也。序成，投筆爲向西長望者久之。

葉書山庶子日下草序

同試鴻詞科，同舉京兆，同登進士，同入詞館者，余平生得二人焉。其一爲歸愚尙書，其一爲書山庶子。尙書以詩名，而先生以說經聞。論者曰：說經人多不能詩。又曰：詩頌聖者難工。不知詩卽經也，賡歌喜起，半頌聖也。果能說經，而何有于詩？果能頌聖，而何憂其不工？

先生著春秋若干卷。晚年督學楚、黔歸，恭逢天子有謁陵、平西夷兩大典。先生拜手賦詩，彙而顏曰日下草。質不過朴，麗不傷雅，洵足以光揚緝熙，昭章玄妙。因念先生與尙書俱持節，俱衡文，俱詠卷阿，又俱予告回籍，以其道傳東南之學者。文人遭際，晚年益隆。

余齒最少，官最卑，三十年來，與先生宦轍乖迕，通一訊不可得。今忽相依石頭城下，春餘夏初，花欄水窗，時時張飲置具，婆娑文墨。先生白髮飄蕭，而余亦蒼蒼在鬢。文人遇合，晚年益親。然而回首玉堂，彼此都如天上。自今以往，所以重科名而報國恩者，其在數行文字間乎！昔也同升，翺翔王路；今也同歸，詠歌昇平。天實爲之，非偶然也。故承命爲序，而不禁欣然奮筆焉。

萬柘坡詩集跋

亡友萬柘坡，遺集若干，稆魚門昵之，陳古漁非之。二人皆深于詩者也，訟而質于余。余欲通兩家之意，特加點按。說者謂爲宋人所累。集中五七古，沉摯之思，如窮淵泉而縋出之，眞古豪矣。近體索索，殊少眞氣。余按宋名家絕無此種。考厥濫觴，始于吾鄉輇材諷說之徒，專屏采色聲音，鈎考隱僻，以震耀流俗，號爲浙派。一時賢者，亦附下風。不知明七子貌襲盛唐，而若輩乃皮傅殘宋，棄魚菽而啖豨苓，尤無謂也。

孫伯符誚公路云："恨不及其生時與共辨論。"柘坡與余總角之交，九原有知，必喜聞過。而余亦深悔當年不早進規語，致留才人未竟之憾。逝者已矣，來者未已。爲抉其瑕以見其平生之所誤者止于是也，而大美乃以益彰。且以嚴詩之防，而謹其所趣。否則，文章公器，目論者謂竟可以好尙異也，其不然矣。

南村唱和詩跋

昔予知金陵，南村、西圃兩同年時來官舍。蓋西圃蕪湖人，南村蕪湖宰。一葦之杭，渡江便至。而三人者，又均以詞臣改官，故相得尤懽。予乞病之年，爲跋其同舟唱和詩，忽忽三十年，都不省記。

今年，南村之子衍杜將板而行之，寄此卷來，屬予點定。予就其詩考其存歿，南村亡十五年，西圃亡七年，作序之竇意先生亦亡十年。卷內人無一在者。而予當日同官中最少年，今亦皤皤六十翁矣。杜少陵所謂老病懷舊，生意可知。除淚落行間外，尙何餘語！惟念衍杜能存先人之詩，并能寄先人數千里外之友，而使之共存其詩，有子如此，可謂賢矣。至於詩之清婉，讀者知之，無需宣揚。而一篇之中，往往一則曰隨園，再則曰推袁，想見當日交情相厚如是，而亦若預知我之將爲後死之人也。噫！

野處堂遺稿跋

徵士緜莊程君將葬，枚往助屬引之役。其季南耕手一編，泫然曰：「此先君子所述作也。先君子純終領聞，有踐繩之節，其犖犖大者，具諸名公墓表矣。惟詩文之多遺，嗣章與亡兄懼遏佚前人光，集僅存者，將付于梓。子甚文，而又與亡兄同辟公府，爲加墨簡端，似于誼所不當辭。」

枚受而讀之，其理淳，其言正。幽谷之芳，翠于百草，非有意先之也，乃自然也。嘗謂世無無本之學，古所傳談、遷之史，韋氏之經，皆父學也。南耕與其兄，以經史分家，各有纂著，非先生基之者深，何以有此？然綿莊垂死，以此編授南耕，南耕年亦七十五矣。耳聾目瞢，行圈豚，一揖幾蹷，而猶日守父書，欽欽在抱。嗚呼哉，孝也！亦庶幾古之爲人後者歟！

小倉山房文集卷十二

篁村題壁記

壬申，余北遊，見良鄉題壁詩，風格清美，末署篁村二字，心欽遲之，不知何許人，和韻墨其後，忽忽十餘稔，兩詩俱忘。

丙戌秋，揚州太守勞公來，誦壁間句琅琅然，曰：「宗發宰大興時，供張良鄉，見店家翁方塓館，篁村原倡與子詩將次就圬。宗發愛之，苦禁之。店翁詭謝曰：『公命勿圬是也。第少頃制府過見之，保無嗔否？』宗發竊意制府方公故詩人，盍抄呈之，探其意。制府果喜曰：『好詩也，勿塓。』今宗發離北路又四年，兩詩之存亡未可知。」予感勞公意，稽首祝延之，不意方公以尊官大府而愛才若是，亟錄所誦存集中，夸于人道失物復得。然卒不知篁村爲何許人。

今己丑歲矣。八月十一日，飲江寧梁方伯所，客有蕭山陶君者，蒼髮淵雅，傾衿談甚樂，不知卽篁村也。次日來，又次日詩來，署名曰元藻，終不知卽篁村也。弟子陳古漁闖然入，睇其小印曰：「嘻！陶篁村在此耶？」余聞之，如結解，如迷釋，如天上物墮，適適然起舞。蓋古漁耳篁村名甚久，而不知余之更先之也。

今夫天下大矣，方聞之士衆矣。邂逅慕思，付諸茫昧，寧料有承顏抗手時耶？旅壁殘墨，黖剝無萬萬數，而此五十八字，偏蒙護持，又寧料知音之外，更有知音耶？相思垂二十年，卒不遇。既遇，復將交臂失，又寧料有旁人來無心叫呼爲指而明之耶？然方公、勞公俱已物故，而我與篁村幸留其身以相見，則又安得不駭且賀，而終之以悲也？

因憶平生過邗江寺壁，愛苕生詩，過金陵書肆，愛東亭詩，二人者均不著名氏，均訪得之。一爲蔣君士銓，一爲董君潮。未幾均登甲科，入翰林，與余同史館。而苕生自西江移家來，得朝夕見甚狎。東亭則終不見，且死矣。或未必知余之拳拳其相思也。友朋文字間，亦有遇有不遇，而況其他遭際哉？此佛家前緣之説，所以余亦不能不爲之惑也歟！

隨園記

金陵自北門橋西行二里，得小倉山。山自清涼胚胎，分兩嶺而下，盡橋而止。蜿蜒狹長，中有清池水田，俗號乾河沿。河未乾時，清涼山爲南唐避暑所，盛可想也。凡稱金陵之勝者，南曰雨花臺，西南曰莫愁湖，北曰鍾山，東曰冶城，東北曰孝陵，曰雞鳴寺。登小倉山，諸景隆然上浮。凡江湖之大，雲煙之變，非山之所有者，皆山之所有也。

康熙時，織造隋公當山之北巔，構堂皇，繚垣牖，樹之萩千章，桂千畦，都人游者，翕然盛一時，號曰隋園。因其姓也。後三十年，余宰江寧，園傾且頹弛，其室爲酒肆，輿臺嚾呶，禽鳥厭之不肯嫗伏，百卉蕪謝，春風不能花。余惻然而悲，問其值，曰三百金，購以月俸。茨牆剪闔，易簷改塗。隨其高，爲置江樓；隨其下，爲置溪亭；隨其夾澗，爲之橋；隨其湍流，爲之舟；隨其地之隆中而欹側也，爲綴峯岫；隨其蓊鬱而曠也，爲設宧窔。或扶而起之，或擠而止之，皆隨其豐殺繁瘠，就勢取景，而莫之夭閼者，故仍名曰隨園，同其音，易其義。落成歎曰：「使吾官于此，則月一至焉；使吾居于此，則日日至焉。二者不可得兼，舍官而取園者也。」遂乞病，率弟香亭、甥湄君移書史居隨園。聞之蘇子曰：君子不必仕，不必不仕。然則余之仕與不仕，與居兹園之久與不久，亦隨之而已。夫兩物之能相易者，其一物之足以勝之也。余竟以一官易此園，園之奇，可以見矣。

己巳三月記。

隨園後記

余居隨園三年，捧檄入陝，歲未周，仍賦歸來。所植花皆萎，瓦斜墮，梅灰脫于梁，勢不能無改作。則率夫役，芟石留，覗土脈，增高明之麗。治之有年，費千金而功不竟。

客或曰：「以子之費，易子之居，胡華屋之勿獲？而俯順荒餘何耶？」余答之曰：「夫物雖佳，不手致者不愛也；味雖美，不親嘗者不甘也。子不見高陽池館、蘭亭、梓澤乎？蒼然古蹟，憑弔生悲，覺與吾之精神不相屬者。何也？其中無我故也。公卿富豪未始不召梓人營池囿，程巧致功，千力萬氣，落成，主人張目受賀而已。問某樹某名，而不知也。何也？其中亦未嘗有我故也。惟夫文士之一水一石，一亭一臺，皆得之于好學深思之餘。有得則謀，不善則改，其蒔如養民，其刈如除惡，其創建似開府，其浚渠簣山如區土宇版章。默而識之，神而明之。惜費，故無妄作；獨斷，故有定謀。及其成功也，不特便于己、快于意，而吾度材之功苦，搆思之巧拙，皆于是徵焉。今園之功雖未成，園之費雖不貲，然或缺而待周，或損而待修，固未嘗有迫以期之者也；孰若余昔年之腰笏磬折，里魋喧呶乎？伐惡草，剪虬枝，惟吾所爲，未嘗有制而掣肘者也；孰若余昔時之仰息崇轅，請命大胥者乎？五代時傉檀利宴宣德堂，歎曰：作者不居，居者不作。余今年裁三十八，入山志定，作之居之，或未可量也。」

乃歌以矢之曰：「前年離園，人勞園荒；今年來園，花密人康。我不離園，離之者官；而今改過，永矢勿諼。」

癸酉七月記。

隨園三記

園林之道，與學問通。藏焉修焉，不增高而繼長者，荒于嬉也；息焉遊焉，不日盛而月新者，狃于便也。然瞀者爲之，徒鉤鈲析亂而已。吾固不然。爲之勤，遊之勤，恆若有所思念計畫，以故登登陾陾，耳無絕音。雖然，學之不足，精進可也；園之不足，則必傷于財而累于廉，烏乎可繼？

乃恍然曰：人之無所棄者，業之無所成也。西不盡流沙，南不盡衡山，此非疆宇之有所棄乎？夔典樂，則棄禮；孔子執御，則棄射，此非學術之有所棄乎？天且不全，故世爲屋不成三瓦而陳之。孟子亦曰：「人有不爲也，而後可以有爲。」吾于園則然。棄其南，一椽不施，讓雲煙居，爲吾養空遊所；棄其寢，陊剝不治，俾妻孥居，爲吾閉目遊所。山起伏不可以墻，吾露積不垣，如道州城，蒙賊哀憐而已；地隆陷不可以堂，吾平水置槷，如史公書，旁行斜上而已。人壽不如屋，吾穿漏液樠，宲廇小于狙猿之杙，如管、晏法，期于沒身而已。不筮日，不用形家言，而築毀如意，變隙地爲水，爲竹，而人不知其不能屋；疏窗而高基，納遠景，而人疑其無所窮。以短護長，以疎彰密，以豫畜材爲富，以足其食，徐其兆而不趨，爲犒工而恤夫，使吾力常沛然有餘，而吾心且相引而不盡。此治園法也，亦學問道也。

丁丑三月記。

隨園四記

人之欲，惟目無窮。耳耶，鼻耶，口耶，其欲皆易窮也。目仰而觀，俯而窺，盡天地之藏，其足以窮之耶？然而古之聖人受之以觀，必受之以艮，艮者止也。「於止知其所止」，黄鳥且然，而況于人！

園悦目者也，亦藏身者也。人壽百年，悦吾目不離乎四時者是，藏吾身不離乎行坐者是。今視吾園，奥如環如，一房畢復一房生，雜以鏡光，晶瑩澄澈，迷乎往復，若是者于行宜。其左琴，其上書，其中多尊罍玉石，書橫陳數十重，對之時偶然以遠，若是者于坐宜。高樓障西，清流洄洑，竹萬竿如緑海，惟蘊隆宛暍之勿虞，若是者與夏宜。琉璃嵌窗，目有雪而坐無風，若是者與冬宜。梅百枝，桂十餘叢，月來影明，風來香聞，若是者與春秋宜。長廊相續，雷電以風，不能止吾之足，若是者與風雨宜。是數宜者，得其一差強人意，而況其兼者耶？

余得園時，初意亦不及此。二十年來，庸次比偶，艾殺此地，棄者如彼，成者如此。既鎮其甍矣，夫何加焉？年且就衰，以農易仕，彈琴其中，咏先王之風，是亦不可以已乎？後雖有作者，不過洒掃之事，丹堊之飾，可必其無所更也！宜爲文紀成功，而分疏名目，以效輞川云。

丙戌三月記。

隨園五記

志餘於才則樂，才餘於志則不樂。吾志願有限，而所詣每過所期。自分官職得郡文學已足，而竟知大邦；家計得十具牛已足，而竟擁百畝；園得一椽已足，而竟四記之，疏名目而分詠之。私揣余懷，過矣哉！不意數年來，過之中又有過焉。

余離西湖三十年，不能無首丘之思。每治園，戲倣其意，爲隄爲井，爲裏、外湖，爲花港，爲六橋，爲南峯、北峯。當營構時，未嘗不自計曰：以人功而倣天造，其難成乎？縱幾於成，其果吾力之能支，吾年之能永否？今年幸而皆底於成。嘻！使吾居故鄉，必不能終日離其家以遊於湖也。而茲乃居家如居湖，居他鄉如故鄉，驟思之，若甚幸焉；徐思之，又若過貪焉。然讀易賁之六五曰：「賁於丘園，束帛戔戔，吝終吉。」輔嗣註云：「施飾于物，其道害也；施飾丘園，吉莫大焉。」謂丘園草木所生，本質素之處，故雖加束帛，雖吝而終吉。左氏曰：「樂操土風，不忘本也。」余雖貪不知止，而能合於易，以操土風，或免於君子之譏乎！

彼世之飾朱門塗白盛者，或爲而不居，居而不久。而余二十年來，朝斯夕斯，不特亭臺之事生生不窮，即所手植樹，親見其萌芽拱把，以至于蔽牛而參天；如子孫然，從乳哺而長成而壯而斑白，竟一一見之，皆人生志願之所不及者也。何其幸也！雖然，草木如是，吾亦可知，吾既可知，則此後有不可知者在矣。

戊子三月記。

隨園六記

嘗讀晉書，太保王祥有歸葬、隨葬兩議，方知「隨」之時義，不止嚮晦入宴息而已也。余先君子卒於江寧，欲歸葬古杭，慮輿機之艱不果；欲隨葬茲土，又苦無營宅。所以故，將牢兀豫慢葬者十有七年。思古人未葬不除服之義，瞿然自以爲非人。

今年春，有形家來謀園西爲兆域者，余聞往視，則小倉山來脈，平遠夷曠，左右有甗隒岸㕓，草樹覭髳，封以爲塋，幸如也。因思予有地，廿年不知，一旦而知，毋亦先君子之靈有以詔我乎？遂請于太夫人，以己丑十二月十六日扶柩窆焉。塋離園僅百步，以故牆翣安穩，得時時除其草，灌其宰樹，審諦其墓石。予故貧士，幼時先君子幕遊楚、粵，余遊學京師，父子常相離也。今以一園之故，而先君子厝於斯，祭於斯，奠幽宮于斯。父子蓋未嘗一日相離。是豈強而爲之哉？亦隨其地之便，心之安而已。

塋旁隙地曠如，余倣司空表聖故事，爲己生壙。將植梅花樹松，與門生故人詩飲其中。若是者何？子隨父也。壙界爲二，俾異日夾溝可彦。若是者何？妻隨夫也。壙尾留斬板者又數處。若是者何？妾隨妻也。沿塋而西，有高嶺窣衍而長，凡傔從、扈養、婢媼之亡者，聚而瘞焉。若是者何？僕隨主也。嗟乎！古人以廬墓爲孝，生壙爲達，瘞狗馬爲仁。余以一園之故，冒三善而名焉。誠古今來園局之一變，而「隨」之時義通乎死生晝夜，推恩錫類，則亦可謂大矣，備矣，盡之矣。今而後，其將無記，則尤不可不記也。

庚寅五月記。

陶氏義莊碑記

古立大宗，以餘財歸之，有不足者資之於宗。後世廢宗法，遂有一族而異目相視者。然漢之樊重，魏之楊椿，均能散所有濟族人數世之窮。第未嘗扁表其莊，綽楔而書，蓋行其心之所安，而不以爲義也。范文正公修其法，號曰「義莊」。公之心，豈以義自居哉？以爲仁事也，而義名之，然後使吾子孫知如是則義，悖是則不義，方克踵行勿倦，與吾意相終始。

而天下之大，人心之同，必有慕義無窮，而奮乎千百世後者。

潯陽陶氏之遷於吳也，距文正公六百年矣。族落落大滿，不能無窶人子。徵仕郎世魁，聞范氏之風而悅之。其子員外篠，尊父志以繼先賢，劃沃畬置莊，鳩厥宗支，振廩同食，月會而旬計之。吳之人以爲今之陶，昔之范也。

今夫江、河之大，綿亘萬里，而世不能無斷港絶潢者，非其本支故也。若夫岷山之旁流，崑崙之餘波，而淤塞就枯焉，人能無憾於江、河乎？惟其能以九里之潤，灌溉百川，而江、河乃愈增其大。然則陶氏之以仁爲富也，乃其善於持富也。傳曰：「尊祖故敬宗，敬宗故收族。」易曰：「何以聚人曰財。」聚卽收之之謂也。天下人非財不收，而況於本族乎？

余與篠之子振聲戊午同試京兆，別二十二年，相見吳下。持此顚末，屬余爲記。余喜故人重逢，遽聞高義，而又私念袁氏族黨，零落難收，匪徒力有所讓，蓋亦自傷其聞之之晚焉。

戊子中秋記遊

佳節也，勝境也，四方之名流也，三者合，非偶然也。以不偶然之事，而偶然得之，樂也。樂過而慮其忘，則必假文字以存之。古之人皆然。

乾隆戊子中秋，姑蘇唐眉岑挈其兒主隨園，數烹飪之能，于烝鳧首也尤。且曰：「茲物雞獨啜，就辦治，顧安得客？」余曰：「姑置具，客來當有不速者。」已而，涇邑翟進士雲九至。亡何，眞州尤貢父至。又頃之，南郊陳古漁至。日猶未昳。眉岑曰：「予四人皆他鄉，未攬金陵勝，盍小遊乎？」三人者喜，納屨起，趨趨以數，而不知眉岑之欲飢客以柔其口也。

從園南穿籬出，至小龍窩，雙峯夾長溪，桃麻鋪芬。一漁者來，道客登大倉山，見西南角爛銀坌湧，曰：「此江也。」江中帆檣，如月中桂影，不可辨。沿山而東至蝦蟆石，高壤穹然。金陵全局下浮，曰謝公墩也。余久居金陵，屢見人指墩處，皆不若茲之曠且周。竊念墩不過土一坏耳，能使公有遺世想，必此是耶？就使非是，而公九原有靈，亦必不捨此而之他也。從蛾眉嶺登永慶寺亭，則日已落，蒼烟四生，望隨園樓臺，如障輕容紗，參錯掩暎，又如取鏡照影，自喜其美。方知不從其外觀之，竟不知居其中者之若何樂也。

還園，月大明，羹定酒良，彘首如泥，客皆甘而不能絕于口以醉。席間各分八題，以記屬予。嘻，余過來五十三中秋矣。幼時不能記，長大後無可記。今以一彘首故，得與羣賢披烟雲，辨古蹟，遂歷歷然若眞可記者。然則人生百年，無歲不逢節，無境不逢人，而其間可記者幾何也！余又以是執筆而悲也。

西磧山莊記

江橙里先生得西磧山莊之次年，賦詩八章，走幣索予爲記。余告之曰：「凡遊其地而不能忘者，心記之，勝于筆記之也。予遊山莊一稔矣，愛其形勝之奇，天施地設，非人所爲，故常置諸心目。徼子之請，方將書梗槩當臥遊，而況受主人諈諉耶！」

莊在吳門鄧尉之西，舊號逸園。離城七十里，極嶰胥鮭稾之饒。入其門，古梅鋪棻，芳樹蓊蔚，曲澗巉巖，環廬而呈。所扁表者，有清暉閣，有九峯草廬，有釣雪槎，有鷗外春沙館，凡十餘處，皆各極其勝，而騰嘯臺爲尤奇。臺袤夷畝許，西磧山從背起，接天蒼蒼然，面臨太湖，三萬六千頃之烟波，浮湧臺下。

余遊時，適主人程君外出，相傳園已售揚州江氏。俄而有持藴火來置竈者，詢之，果江氏家僮。予素知程故高士，能詩，聞其棄園而駭。及聞橙里得之，復婡婡然喜。蓋橙里之才且賢，猶夫程君，而與予交尤狎于程君故也。因思古者楊憑之宅，白傅居之；蕭復之園，王縉居之。天于幽渺夐絕之境，往往鄭重愛惜，必畀諸克稱此居之人；轉不若朱門華堂之濫施而無所干靳也。

雖然，學問之道無窮，園亦然。程君治園之力盡矣，故棄園；橙里之力有餘，故得園。

然則增榮益觀，又安知非天之爲園計，而故乃捨舊而新是謀耶？經之營之，似亦橙里所不宜得已。園中亭榭無可改更，惟臺旁少屋，天風淸寒，客難久留。得構數椽其間，觀魚龍出沒，與縹緲、莫釐二峯，朝夕拱揖，豈非置身天際哉！苟此室成，予雖衰，所不百舍重趼而再至者，有如此水！

安徽布政司新廨題名記 代許公作

凡事之最始者，古今人之所屬目者也。即其官非始建之官，而官所駐劄之地，自某人始，則後之人必將考其姓名以矩其行事。

本朝分安徽、江蘇爲上、下江省。安徽布政使司駐劄江寧，由來舊矣。乾隆二十五年，皇上命增設江寧布政司一員，歸安徽布政司于安慶，繁者分之，遠者近之，所以廣治化，專事權也。而松佶適爲始駐安徽之布政司使。除簿領外，一切草創，因太守舊署而爲署，庫先焉，次堂皇，次賓館，次燕寢。署之東因司馬舊園而爲園，栽竹木，置亭，增岑樓焉，登可見龍山。

工既成，將題石陷壁，而不禁悚然曰：凡治事者遙而度之，不若近而按之之切也；專而謀之，不若聚而成之之善也。今有客遊而理家者，雖聰強廉察，十中八九，而無如身爲寓公，終懸揣焉。一旦歸家，則瓶罍瓻盎，燦若列眉。然其旁或無尊長之誨示，兄弟子姓之贊助，或雖有之而非其同居共休戚者，則事難就，就亦未必盡善。安徽布政使司之駐江寧，此客居而治家者也。其所接將軍、司、道、府、佐、州、縣，是尊長兄弟子姓之不同居不共休戚者也。天子知之，故以安徽官還安徽，又使日隣近其中丞、觀察使、府、佐、州、縣，咨諏詢度，以治安徽之百姓。此于爲政，順之至者也。欲不治也，得乎？

雖然，彈琴者改弦而更張之，必其聲之和于前，而後不負所以改弦之意。元末置十三行中書省于諸路，添設平章，明代改爲布政司，蓋卽所謂使相者是也。以甚尊之職，而又裒然爲開府之首，其將何以副之！必也如工居肆，如肘運臂，使改歸之效，確然可指，而後此心卽安。否則，其在近也，又何異其在遠也？後來之君子，當思此言。

醉嘯軒記

醉而嘯，醉宜；嘯而醉，嘯宜。環流于二者之間，庶幾古達者也。功園主人作醉嘯軒，華不稺雕鏤，樸不虞陀陊，窈而幽，袤廣悉稱。既成，凡夫貌執者，傾衿者，繪者，弈者，韻紘索者，投煢格五者，靡不畱至。能醉則醉，能嘯則嘯。主人亦聽客之所爲。

辛卯冬，予過蘇州，主人爲軒索記，爲記飲余。余不能飲，何以醉；不能歌，何以嘯；不醉不嘯，又何以記軒？然夫醉與嘯之義有一二聞于師者。按嘯旨十五章，曰疋，曰叱，其法今絕矣。惟醉人如雲，法似不絕。然而心醉六經者少，則猶之乎絕也。吾願遊是軒者，能酣典、墳，則醒亦醉；能和心聲，則嘿亦嘯。若夫瞢瞢然醉而已矣，嗷嗷然嘯而已矣，殆非主人意耶！謂余不信，請質之軒。

馬骨記

丙戌夏五，門人陳熙將遠行，予止而觴之。酒行，門外人聲嗷嗷，閽者手一物入，曰：「皖人畜馬，馬負鹽車死，剖之腦有骨，若山峯殺然黃。一市爭傳觀，無能名。聞隨園主人能博古，故來問訊。」予諦視，亦瞠也，謝之去。

居亡何，陳生麥戶入，曰：「昨閱拾遺記，載馬首有骨，白者日行千里，黃者日行八百里。前所見馬骨黃，其生時殆八百里馬乎？」予聞而嘆曰：「斯古所謂骨法應相者是也。今王侯上廐，其莝香萁、披錦障者，寧得有應相馬乎？然而皖人竟有之矣。有之而不能知，屈馬以死；死而不能知，截骨以訪；訪而終不能知，棄骨以去。嗚呼，天下之不遇，孰有如茲馬者乎？雖然，彼野人也，馬死則已耳，不野墐之，而遠詢數百里外。予于拾遺記頗檢校，而臨事輒忘。陳生非有意檢書，而忽于此數日間爲死馬得當以報。然後知天之生才，若隱若現，若不遇若遇，若有意若無意，于淹沉已極，計無所復之中，而又必使其身分略一表明。噫，其憐馬耶？其示人耶？」

史公張秋治河記

乾隆十六年夏六月二十八日，黃河決豫州。自陽武建瓴而下，出延津，逾長垣、東明達齊魯壽張、東阿等郡，川瀆來匯，如馬逸不止。秋七月二十日，水穿張秋之掛劍臺而東，由大清河入海。當衝者，城不沒三版。民怔忪無措，號泣者相環。諸河官色變而言哤，或請塞掛劍臺口，或請扫麥田，下疏其流，或請貸百姓金聽自遷。兗沂道史公抑堂止之，下令曰：「築南北隄二百丈，毋稍遼緩。」成，水不左右衝，民稍安。

公乃上書總河顧公曰：「掛劍口已爲江河矣。黃流稽天，隄根茫茫，將焉置土石？欲挑濬者，此刷彼淤，畚鍤無所施。夫上源不斷，徒急下流，是屋梁之崩而輔以數杙之支，不缺則敗。爲今計，宜聯豫東兩省爲一局，急塞陽武咽喉，旣斷流，乃從事于東。東所漫處，宜棄故瀆，開新河，易西岸爲東岸。旁築兩隄如翼東而張之。增二壩，遏水北行。如此則河力漸退，功可成。有他變，某請身當之。」書上，當事者壯公言，報曰：「可。」

公乃駐節河上。轉巨石，仆大木。審形，司馬別駕行；飭料，丞若尉行。冬十一月十一日，塞陽武口。十二月朔，黃流絕，坡河積水消。再四日告成，淸流如鏡，水波不揚。萬姓曲踊，百貨魚貫。費帑一萬有奇。是役也，微史公幾殆。

袁枚自陜歸，泊濟寧。公以其狀來曰：「夫河決無期，而算須有定。余豈矜而自功耀後人哉？然通變之用，多所參證則詳而益明。昔趙充國屯田于邊，封上文書曰：須爲後法。余慕古人之用心，需子之筆墨，將使後之治河者有所考也。」枚曰：「諾。」遂紀其實于碑。

俞氏義塚碑記

周禮，蜡氏掌除骴，有死于道路者，埋而置楬焉。又族師，十家爲聯，五人爲伍，使相葬埋。古制民之產，名山、大川、廣谷無禁。地，公地也，恣民之所使之，故送死無憾。今任土之法廢矣，尺寸皆民私也。流離之氓，夭爲梟殍，橋死於中野，橫陳而已。誰能無穢虐士，而損所有以仁其類乎？

丙子歲，江南洊飢，札瘥夭昏，厲鬼相望，捐瘠者，焚如者，漂溺者，蠅蚋之所姑嘬者，屬于道。俞子曉園以爲大戚，施櫬千餘，地百畝，聚遺骸而掩諸幽。望之睪然高，下不及泉，上不泄臭。纍而臨，如旅人成羣，得安宅焉。鄉里感之，有司誼之，朝廷旌之。曉園亦仁矣哉！

曉園又來曰：「余，新安人也。貿遷江寧，去住無恆，弗告茲舉於邑長，慮有奪其界者，是爲善不竟也。請牒地若干，輸于官，立精文善法，俾傳永永無極。」吁！曉園非獨仁，其智且足用也。

余考春秋，晉、鄭之間有隙地曰玉暢、頃丘、喦、戈、錫，子產與宋人盟曰：「勿有是。」及子產卒，宋人取錫，遂尋干戈。又周禮，墓大夫率其屬而巡墓厲。古人之于地界，或盟或巡，猶有爭者。矧茲荒兆，難徵于鬼，非曉園意思深長，他日者，且湮且紊，且侵削，且銚萊雜下，寃伏陵窘，爲枯骨祟矣！欲世世萬子孫毋變，宜詳區界而勒諸石。凡核得塚長一百七十六弓二尺，寬一百三十四弓。其存爲拾櫬費者，中有熟地廬舍。按年收子利四十餘緡。

江寧府題名碑記 代陶公作

守官如守舍然，前此居者不知幾何矣，後此居者不知幾何矣。其後此居者，不可得而知也；其前此居者，則遮迣屏列，如表之示目，鼓之語耳。孔子曰：「三人行，必有我師焉。」善與不善，疇非吾師！此古人官廨題名之所由昉也。

江寧攝七縣，冠九府州，于古爲赤緊畿望之全。我朝聖人御世，百四十年，勤民恤功，尤重二千石之選。課最者擢之，播虐者黜之，久俸者召見之。吏治蒸蒸，光于古矣。予量移來淮，眂其岷之華離，俗之康艾，常琄琄在抱，慮蹈詩人胡顏之譏，欲景前躅以自範，而舊無名籍，文獻缺然。竊不自揆，謹考順治元年以來得四十五人，書其姓氏爲之扁表。

嗟乎！此四十五人者，或久或暫，或賢或否，或騰而遷，或墜而顛。迹雖不同，而要皆懷印曳紱，臨民帥吏，先余而居此者也。卽其在位之歲時，以考其政治之得失，思齊乎，自省乎？目及之而欽，耳聞之而警。豈徒作區區之甲乙簿、同官錄觀哉？昔尹鐸尹晉陽，委土以爲師保，魯共王畫先賢于壁以自勉。二人有心，先我而得。後來之君子，將有踵于斯舉，亦將有感于斯言。

漁隱小圃記

吾宗有賢曰漁洲居士。居士有園曰漁隱小圃，在楓橋之西。袤廣百弓，客之往來於吳會者，可以泛杭而至。去年予初遊目，見有所謂無隱山房者，倣山谷答長老之旨，植桂甚繁；足止軒者，僅容二人膝語，甚奥；燕睇堂者，長庲重橑，可以張飲會賓，甚恢宏；列岫樓者，遮迣穹隆、靈岩諸峯，甚曠。其他，館曰鳥催閣，曰來鐘亭，曰小衡山；池曰戲荷，率皆回峯紆流，有厜㕒晃漾之觀。

漁洲告予曰：「此外舅盤溪王氏之故居也。沈文愨公與一時名流賦詩于此，石刻尙存。」予聞之憮然。蓋盤溪與予交，文愨與予同年。二人存時，予尙不知有此園也。夫世之以園傳子孫者多矣，不逾時遭其毀棄。當時賓從，或辟睨於頹垣敗瓦間。漁洲不獨能爲盤溪之園增榮益觀，兼能使盤溪之故人補其從前未到之憾，此其才且賢爲何如！君子嘉夫園也，尤嘉夫居是園者也。惜予識盤溪晚，識漁洲更晚，不獲與石上諸賢同時賦詩。又遠隔白門，未能屢至，心殊拳拳。然而園，公地也，亦私舍也。夫己氏得之，孰若吾友得之；吾友得之，孰若吾宗得之！毛詩曰：「豈無他人，不如我同姓。」烟雲有知，必當相昵。文其顛末，非我而誰！宜漁洲作記之請，嚴乎如有急色耶！

記句容叟

舟過燕子磯，泊古寺，有叟訓數僧，貌臞而古，鬚髮墮落，高吟所作詩，齒缺不能音。揖而問之曰：「叟其有道者歟？」曰：「余非有道者，累於道者也。」詢其姓，曰趙，句容人。母孕之卽不茹葷，九歲齒決肉嘔，遂絕之。誓不娶，年十九，母亡。慕茅山三洞爲神仙居，絕欲得之，仡然從三人而行，裹糧趨洞所。洞冥然黑，人倒臥作蛇行以進。叟先入，墮水，幸淺，無所傷。二人者秉燭繼之，蝙蝠啞啞萬數，如大片黑雲來撲火，火滅。其一毒虺，長三四尺，狂走有聲。三人苦畏，聯衣帶行山根，觸頂礙眉，石乳雨下，訖不得住。又五六里，得坦穴，聞鐘磬鳴。大喜奔之，石罅水所爲。望如黑海，昏霧杳藐，波浪大作，不可窮也。鐙盡滅，且飢，爲是倰而止，從原徑返。行且臥，迷無所復。聞人聲如天外呼者，則三人之戚友具麥飯紙錢號於洞口也。牽以繩，三人同上，見青天如得故物。人間已三晝夜矣。

叟歸，學茹氣呼噏法，于三人中最爲長年，卒衰廢，與他老人同。無所名一錢，乃教小僧，匄食飲以卒日。自悔空然慕道，幾死穴中。嗣後有搤掔而道神仙者以爲妄言，非矣。

江寧訓導廳壁記

校官官最卑，俸最薄，廡廨最庳陋。其長如是，其貳可知。江寧訓導署有廳三楹，爲前明祠周忠節公所。來官此者，率儐壺餚集賓僚于其間，非樂神人之雜居也，姑舍是而無以爲居也。

曹君葳衣莅茲未久，邑之人興修學宮，改祠周公于明德堂之右，于是三楹廓然，始爲君所有。君庀治之，平其歛陷，增其宗梲，於粲洒埽，歷書前人姓氏，而屬余爲記，鑴兩石陷之壁間。

余按：老子云：與物且者，其身不容。言君子不可與物爲苟且也。是以叔孫昭子所到，雖一日必葺其牆屋。曹君本名家子，結髮束修，僴然思有所建立。使周祠不遷，吾知君必佻期養力，別創禮堂，以與諸生講習。而況事與時偕，先賢如有意以讓之哉？

雖然，力不足而強爲者，殆；身不勉而旁求者，勞。校官所入甚微，倘物土仅溝，陳之無藝，則功必難就。又或出位越思，求助于人，人必掉罄之，捉搦之，功亦未必就。曹君既不肯薄其官視如傳舍，而又未嘗旁呼將伯，以佐其廉。卒之室苟完，而道大適。此一役也，于以見天下無不可新之地，無不可勉之官。後之坐是廳者，俱當健其決，而賢其志也。廳之前有榆甚古，有竹甚冗，有柏有柳甚稚，有池甚淫渫，將次第葺之，各因其質，以成其美。則敎士之法，亦于是乎觀。

江安糧道題名碑記 代陶公作

題名始于漢光和四年，而官廨題名，厥惟唐始。予守江寧仿唐人故事，考前人姓氏而書之。旋蒙天子恩擢江安糧道之職，循例以書，曷敢以後。

按國初剳授副使一員，攝全省糧務。順治五年改設糧道，轄江、安、徽、寧、滁、和等十府四州。自後或裁或置，或兼分巡，或專督運，或添設庫大使，或運快並僉。雖時時小更，而要之擇米愼，察吏廉，督漕勤，僉丁公，四者具則監司之職盡焉。唐劉晏爲轉運使，見一水不通，思荷鍤而先行；見一粒不運，思負米而先登。有味乎其言，實獲我心矣！

雖然，邦伯侯牧，民事紛如，供職大難。糧道則漕糧一端而已，中才循循，僉能催程趲限，輦粟京師。本朝四十三官，鮮以不職聞。就其中，只周櫟園、王樓山二公，聲稱隆隆。考其敷施，了無他異。可知人能重官，官不能重人。嗟乎！誰無名姓，能使後之人僂指及之，而懔然若有所慕，此其故豈在出身爵里之間乎？然非出身爵里，則其人亦莫得而詳也。合備書于左。

小倉山房文集卷十四

祭陶西圃文

嗚呼！公來非訣，公去不還。今日思之，來非偶然。前年秋仲，軿車我園。曰官秩滿，將覲于天。有兒侍側，有妾在船。妾乃君贈，生兩童牙。今來君所，如來外家。離孫謁祖，父執呼爺。我聞公語，喜不自止，手斠盎齊，庭堆行理。臧獲傱傱，兒女妮妮。夜燭未跋，公倦而倚。弛氣離坐，目瞢唇哆。我心憂之，公其衰矣。

迢迢燕都，三千里程。綿惙若斯，如何可行！年逾大耋，懸車有經。欲止公往，慮公悗聽。意滿口重，言復禁聲。其時尹、莊，尙領江左。兩相飲公，獵纓入坐。一友一師，笑言之瑳。反馬藏輿，班荆瑣瑣。勸老而休，其言如我。公心亦悟，公行難回。家難相逼，如弩方開。但有前岸，而無後崖。

九月黔天，秋容變柳。同賦河梁，欷歔握手。我轉慰公，前期正有。同年歸愚，八十有九。三至長安，祝帝萬壽。晉秩尙書，杖朝而走。天道難窺，人事不偶。兩相之言，唯唯否否。

何圖半載，叩門聲忙。果然訃至，曰公路亡。婦鬘兒縗，麻衣若霜。重來我家，泣涕浪浪。惟公不見，公往何方？曾曾稚子，厭厭其質。朝來授經，暮來請益。似可扶持，以繼公業。我亦衰老，能扶幾時。姑盡寸心，以告公知。

嗚呼！三十年交，二十年別。重教一見，方成永訣。謂天無情，似未盡絕；謂天有情，又似難必。滿懷者淚，滿頭者雪。對飲靈前，依然宴集。哀哉，尚享！

祭莊滋圃中丞文

嗚呼！惟公之貴，吾不知其所以遂；惟公之災，吾不知其所由來。隆隆者求，而公優游；易折者剛，而公安詳。公之行事，伊誰勿思！公之本末，惟我能知。公貢于粵，游學京師。三十年來，金躍飈馳。如祥雲之升海，夾日以飛。其間但兩顛兩起，而竟已輕烟過目而不可復追！

我少公年，實惟兩載。丁巳長安，瞯公丰采。度實我容，能實我甲。假宅道南，相優相狎。張飲雞社，再盟再歃。明年京兆，同登賢書；明年禮闈，同翔天衢。帝策仲舒，擢爲第一。回顧終軍，不許簪筆。凡公所有，則我不無。得我相於，公亦不孤。西淸宵宴，東觀晨趨。人之視之，兩劍雙珠。

小刼昆明，爲懽未渫。我宰江左，公留燕闕。從此乖分，辵階獵級。或旬日之間而周歷三臺，或三十之年而早麾旌節。非予小子之早遯先藏，幾乎腰笏負韊而向公屈膝。一臨浙水，兩巡吳門。南撝湘流，東釃河源。酬知急而立功自喜，慮聽瑩而卮言勿聞。太定似愎，過靜如昏。網疏糾慝，風希揚仁。民譽民毀，萬口狺狺。余雖不能執塗人以代曉，而要其養體于大，宅志于醇。嗚呼噫嘻，可告鬼神！

我嫌公之夷姤，公嫌我之疏俊。雖隣不覿，雖親不近。三年一書，五年一問。恃舊多規，頷而不愠。參知政事，將離于南。交淡而成，蔗老而甘。訪我空谷，穿雲停驂。抱我幼女，絮語喃喃。公戲我笑，我臥公談。已握手于白門，復開尊于吳下。道兩人之齒未，莫分襟而悲咤。

何圖此酒，卽是離觴；何圖此別，萬種滄桑。家入搜牢，身歸獄市；簿責八輩，聳驚三褫。罪淺恩深，雷收電止。解金木之纏身，忽紆青而拖紫。雖霜盡以春來，終形存而心死。果八閩之再臨，竟九泉之已矣。嗚呼！胡不早終，赫然相公；胡不少待，大福將再。不早不遲，天實爲之。茫茫人事，萬古如斯。哀哉，尙饗！

祭程元衡文

嗚呼！三十年交，爲一世兮；胡爲忍心，捨我逝兮！君倨身而揚聲，眸子鋭兮；仡仡矜矜，何自厲兮！雖業禺莢，負奇氣兮；用心如稱，量天下士兮。李蔡下中，睞其目而不視兮。

余過長淮，年二十有四兮。君頤未髭，忻交臂兮。高睨蒼靈，期利濟兮。似我與君，起廬中而可試兮。笑言未終，秉燭繼兮。猶以爲不足，更友其季兮。其季魚門，肫肫仁兮。名滿儒林，情尤親兮。其季述先，吁嗟聰兮。炯介明淑，將毋同兮。我登君庭，兄弟笑相迎兮；我飲君酒，弟兄排日爭兮。各有分器，耀瓊英兮；各有和羹，夸割烹兮。嗚呼盛哉！三鳳鳴兮。

日復一日，家離析兮；年復一年，門蕭瑟兮。君張孤軍，強鳴鼓而不肯息兮。前年君來，同話舊兮；今年待君，君獨後兮。忽然書至，家業覆兮；代權子母，呼負負兮。爲此怔忪，病莫救兮。我答君書，善自調兮；男兒意氣，寧錢刀兮。

往書未覆，忽聞凶兮。知君憂心，懷萬重兮。又蒸以毒暑，莽交攻兮。人非金石，一病終兮。雖然寧死毋窮，眞英雄兮！不見其尾，如神龍兮。從此淮揚，吾安從兮！

嗚呼！星落落兮晨傾，雪飄飄兮鬢盈。君長寢兮事畢，我身在兮心驚。誓九京兮泉路，長無絕兮交情。哀哉，尚享！

祭商寶意太守文

嗚呼！一部天星，文昌幾座？四海儒冠，文人幾個？雖神理之綿綿，終希音之寡和。感陳跡之難忘，恨華年之易過。目方極夫滇雲，耳驚聞夫楚些！

寶意先生，於越前輩，楚國先賢。玉容英峙，藻思蟬嫣。三微五際，學極幽玄。其立乎世也，一意孤行，解天弢而獨往；其搖乎筆也，十指如電，揭雲朵以揚鮮。蓋天之所與，有物來相，而人亦靡得而窺焉。

皇帝三年，詞臣召見。萬頸胥延，觀公上殿。公忽抗聲，臣習簿書。願出于外，爲王馳驅。天子頷之，連目宰相。宰相怫然，嫌公太戇。太液池魚，無端跋浪。雲屋天構，忽逃巧匠。畀司馬之閒官，爲神仙之謫降。公改皂衣，竭來江東。連謁大府，如畏鮦鮦。屈一足以啓事，櫛三律而辦公。蘊雅心于俗狀，寓巧傲于拙恭。或亭疑而定法，或覩白而署空。果丹穴之人智，亦君子之德風。

予乞歸娶，拜公潤州。公命郎君，導余山遊。鐵塔風高，金、焦雨收。掎裳連襼，酣顏高謳。一笑爲樂，三宿不休。至今渡江，餘夢悠悠。

予再改官，萍蹤重合。俱岩太史，同官先達。每欲公留，定先我拉。脫肉作魚，揚觚康爵。光妓遮迣，仙童錯雜。墜月滿地，殘梅半榻。一桃夸分，二婢爭夾。領識徵于金奏，解彈箏之銀甲。忍袂判于烏衣，實魂消于絳蠟。

已而月儀求去，環娘倏亡。斷斷怒薄，悁悁神傷。右軍有深情之帖，樂師傳窮刼之章。雖風人之偶寄，亦足以妖露夫百色，而蕭條夫衆芳。

脫身百粤，遠守哀牢。値陣雲之如墨，正王師之征苗。從此芳訊雨絕，噩夢旌搖。軍檄火急，瘴煙林燒。縛儒衣爲短後，挂郡將以弓刀。鳶欲飛而水墮，象未戰而膽消。婆娑老子，授命如毛。燕然易銘，皐蘭難鏖。炙忘其口，膕撓于腰。宜乎「碧鷄」「金馬」之神未見，而先喪夫王褒。

嗚呼！先生四品爵盡，六旬壽畢。百卷詩存，萬里骨白。初聞音而心瞿，繼頹思而掩泣。雖千秋之道光，終九原之路黑。何妨孔岩在而竺師仍來，未免惠子亡而莊周無以爲質。哀哉，尙享！

祭薛一瓢文

嗚呼！伊己巳之仲多兮，余殗殜於床第。謁三醫而莫救兮，疑季梁之將死。聞先生之渡江兮，心欽遲而欲問所以。已輈啟以召之兮，復冘豫而中止。曰斯人之奇介兮，托許由之一瓢。抱內經之絶業兮，如孤雲之難招。甘始投萬金於海兮，顏闔鑿坏以逃。豈戔戔之山中岷兮，所能執訊以相要。

忽車聲兮哼哼，溓深泥兮叩門。儼雅踸而相對，各清談兮干雲。上自兩戒之形勢兮，下極三雍之禮樂。細而鑄凝手搏之雜伎兮，大而風后奇胲之方略。五稱兮如響，七發兮皆藥。悔予病之不早兮，致見君之已晚。君亦忘萬頸之胥延兮，每一來而不返。

吳閶兮再見，鶬鶬兮相從。君作夷門之大會兮，余尋河朔之高蹤。聚海內之耆碩兮，縱捭闔之談鋒。或擊鉢兮擘錦，或捶琴兮歌風。春復春兮花落，歲復歲兮人空。渺山河之一笛，送此夕之諸公。天哀民之頡頏多疾兮，故留此晨星之孤耀也。惟學之靡所不窺兮，故能進技于道也。乃門高無客敢撇裾兮，偏獨與余以爲好也。

先生之診疾兮，每神遊於象外；湜青睛于一盼兮，已穿穴其五內。隨靈機以倏變兮，遽斬關而扼隘。代肺腑以作語兮，化豨苓爲沆瀣。奪亢父之生魂兮，走游梟之百怪。先生之清尙兮，意飄飄而凌九垓。貴不足以虞其志兮，利不足以挺其懷。呑丹篆兮吸玄泉，纂眞誥兮題靈筌。極三微兮窮五際，奴金虎兮婢銅仙。瘞華陽之鶴一隻兮，畜世隆之龜三千。先生杖名銅婢，爲龜作巢，學其吐納。

嗚呼！方冀至於殊庭兮，忽神船之已渡。豈大耋之逢占兮，抑風燈之難護？乃天道之自然兮，苟有朝其必暮。雖金丹之如雪兮，終玉棺之必赴。惟神理之綿綿兮，去恆幹而彌固。

亂曰：化人行矣，天酒清兮；先生往矣，歲星明兮。他日來歸，桑海更兮；滿世曾孫，呼誰聽兮。

重曰：宅掩兮青松，園開兮水南。我無車兮越弔，莽有淚兮悲含。羌招魂兮江上，極思心兮潭潭。哀哉，尚饗！

祭妹文

乾隆丁亥冬，葬三妹素文于上元之羊山而奠以文曰：

嗚呼！汝生于浙，而葬于斯，離吾鄉七百里矣。當時雖觭夢幻想，寧知此爲歸骨所耶？汝以一念之貞，遇人仳離。致孤危托落，雖命之所存，天實爲之；然而累汝至此者，未嘗非予之過也。予幼從先生授經，汝差肩而坐，愛聽古人節義事。一旦長成，遽躬蹈之。嗚呼！使汝不識詩、書，或未必艱貞若是。

余捉蟋蟀，汝奮臂出其間。歲寒蟲僵，同臨其穴。今予殮汝葬汝，而當日之情形，憬然赴目。予九歲憩書齋，汝梳雙髻，披單縑來，温緇衣一章。適先生奓戶入，聞兩童子音琅琅然，不覺莞爾，連呼則則。此七月望日事也。汝在九原，當分明記之。予弱冠粵行，汝掎裳悲慟。逾三年，予披宮錦還家，汝從東廂扶案出，一家瞠視而笑，不記語從何起。大概說長安登科，函使報信遲早云爾。凡此瑣瑣，雖爲陳迹。然我一日未死，則一日不能忘。舊事塡膺，思之凄梗。如影歷歷，逼取便逝。悔當時不將嫛婗情狀，羅縷紀存。然而汝已不在人間，則雖年光倒流，兒時可再，而亦無與爲證印者矣。

汝之義絕高氏而歸也，堂上阿嬭，仗汝扶持；家中文墨，眣汝辦治。嘗謂女流中最少明經義、諳雅故者；汝嫂非不婉嫕，而于此微缺然。故自汝歸後，雖爲汝悲，實爲予喜。予又長汝四歲，或人間長者先亡，可將身後託汝。而不謂汝之先予以去也。前年予病，汝終宵刺探，減一分則喜，增一分則憂。後雖小差，猶尙殗殜，無所娛遣。汝來床前，爲說稗官野史可喜可愕之事，聊資一懽。嗚呼！今而後，吾將再病，敎從何處呼汝耶？

汝之疾也，予信醫言無害，遠弔揚州。汝又慮戚吾心，阻人走報。及至綿惙已極，阿嬭問：「望兄歸否？」強應曰：「諾。」已予先一日夢汝來訣，心知不祥。飛舟渡江，果予以未時還家，而汝以辰時氣絕。四支猶溫，一目未瞑，蓋猶忍死待予也。嗚呼，痛哉！早知訣汝，則予豈肯遠遊？卽遊，亦尙有幾許心中言要汝知聞，共汝籌畫也。而今已矣！除吾死外，當無見期。吾又不知何日死，可以見汝；而死後之有知無知，與得見不得見，又卒難明也。

然則抱此無涯之憾，天乎人乎？而竟已乎？

汝之詩，吾已付梓；汝之女，吾已代嫁；汝之生平，吾已作傳。惟汝之窀穸，尚未謀耳。先塋在杭，江廣河深，勢難歸葬，故請母命，而寧汝于斯，便祭掃也。其旁葬汝女阿印，其下兩冢，一爲阿爺侍者朱氏，一爲阿兄侍者陶氏。羊山曠渺，南望原隰，西望棲霞，風雨晨昏，羈魂有伴，當不孤寂。所憐者，吾自戊寅年讀汝哭姪詩後，至今無男。兩女牙牙，生汝死後，才周晬耳。予雖親在未敢言老，而齒危髮禿，暗裏自知，知在人間，尚復幾日？阿品遠宦河南，亦無子女，九族無可繼者。汝死我葬，我死誰埋？汝倘有靈，可能告我？

嗚呼！身前既不可想，身後又不可知。哭汝既不聞汝言，奠汝又不見汝食。紙灰飛揚，朔風野大。阿兄歸矣，猶屢屢回頭望汝也。嗚呼哀哉！嗚呼哀哉！

周鍏谿哀詞 有序

壬戌春，余官翰林，同年陶京山寄聲云：有周鍏谿者，能爲踔絶之文，願受業門下。已而來，雅相得也。其年秋，余改官江左，即主其家。又一年，余知江寧，鍏谿非衙散時不至。至則除學文外，一不關口。余心高鍏谿之爲人，而亦未嘗不迂之也。

亡何，鍏谿爲中書長安，別二十年，嘗疑鍏谿之文之奇，必當得進士。其爲中書之久，又必當遷高爵。二者測其然，而竟不然！前年鴝谿乞假歸，皤然鬢頳禿矣。雖意態強直如故，而須臾間便旋者至十數起，余心憂其五倉之驟空。今年七月，竟死。

嗟乎！中書官，唐最尊，今雖小差，而出納王命，頗易騰上，入軍機房者其尤也。鴝谿儒緩其衣冠，已爲要人所不喜。軍機處召之，必力辭。以故同官皆速飛，或至開府三司，而鴝谿如故也。鴝谿之意，必欲得甲科以完夙願耳。乃偏爲幽峭之文，屢試屢躓。及其乞歸，似夫求安恬而樂天年者矣。則又不寧其家，集詬無節，致嗃嗃病生。迹其所爲，鴝谿之侘傺以死也，尤人乎？尤己乎？謂命乎？謂性乎？九原有知，當必有以自處也。然問鴝谿死後，誰則如其矗立者？誰則如其沖澹者？誰則如其胸無單複，抒心而呈貌者？嗚呼，豈蒼蒼者亦有人之見存耶？不然，何憎鴝谿而必幷其位與年而戹之也！

鴝谿生平無他嗜，成制藝一篇，必喜躍，雖寒夜亦篝燈而起。夫時文，非古所有也。亦非士君子可以終身誦之之物也。乃天性溺之，如先主之犛，嵇康之鍛者。然其志可哀而哂也。

前年秋，有訛傳余爲逐夫者。南都交好，皆錯愕莫或見過。而鴝谿闖然奓戶而入曰：「此信訛耶？就非訛者，鴝谿聽役于先生無所畏也，無所避也。」嗚呼，赴義若熱，如鴝谿者，獨余好之耳。

筠谿名際昌，辛酉舉人。其死時，余病痁，不獲臨其喪，故爲哀詞以抒余懷。其詞曰：

遊羿之彀中而不中兮，固鎩羽之數奇。然匡衡以不中科而經乃益明兮，豈非前賢之可期！君薮于古而不知今兮，往往言危而行危。偏僷然而意下兮，謁吾廬以求師。余亦有意乎其爲人兮，如風之過籥泠然而應之。慨世俗之滔滔兮，非狂者其焉支！明知九乾之尊且嚴兮，胡寧横而委蛇！喜其既已歸來兮，何坊歷落以嶔崎。乃不假之年兮，而溘然竟止于斯！余又安得窮夫冥冥兮，而問造物之則奚？

韓甥哀詞

四妹嫁韓氏，生兒曰執玉，豐頤平額，目朗朗照其坐人。五歲授離騷，辟吁詔之，引吭轉音，能與古作者意相上下。稍長，畢六經，學制藝及詩，清思泉流，起止中度。咏夏雨云：「潤回青簟色，涼逼采蓮人。」督學竇公奇之，選置上庠。甥剪髾，錦襜褕，青袍，抱而騎，鄉之人觀者如堵牆，呼曰：「韓童，韓童！」先是，余以十二歲入泮宫，甥如其年。錢塘父老有存者，指而嘆曰：「昔吾見其舅如是，今見其甥如是。三十三年矣！」

嗟乎！余以早慧，故不能遠到。然亦入金門，進玉堂，擁吏卒，走數州。今且老，後無替人。念甥質端厚，異日必恢宏其聲光。故每誦甥文章，輒告老母，置酒上壽，慶外孫聰明。

今年秋，妹寄聲來曰：「甥出閏月餘病死。氣將絶，張目問阿嬭曰：『舉頭望明月，下句若何？』嬭曰：『低頭思故鄉。』歎曰：『果然。』如是者再。呻吟嘈呼，喉嗑嗑響沉，瞑目逝矣。」余不解甥之所以生與其所以死，而尤哀其能類我也。爲哀詞曰：

羌余抱此千秋之絶業兮，恆獨立而心瞿。得一賢爲後起兮，將脱手而傳諸。矧宅相之有此奇兒兮，眞懷袖之明珠。乃玉方璞而遽毁兮，苗將秀而先枯。曰兒有故鄉兮，乘明月而賦歸歟。行行何往兮？嗚呼，嗚呼！

胡稚威哀詞

戊寅秋，程魚門信來曰：「胡稚威死矣。」嗚呼！稚威固不死也。稚威之言曰：「古今人皆死，惟能文章者不死。雖有聖賢豪傑瑰意奇行，離文章則其人皆死。」稚威所爲文絶涯涘，窮攀躋而爲之，好爲魁紀公家數。險澀峭盭，觭耦不仵，如槃輅，缶鼓靜，戞堯樂；如古冢簡，荒厓碣，得認一字，羣儒相揖而賀。

雍正十三年，詔舉博學鴻詞。禮部尚書任公蘭枝以君薦。首相西林鄂公欲見之，不可；強聘焉，則黑而津，痘瘢著其頰，目眴轉雙矑，長不勝外府之衮。入，雅踞相對，問兩戒形勢，九乾躔度，八十一家文墨，口汩汩如傾海。相公驚，揚於朝曰：必用胡某，以榮館閣。

未幾試殿上，諸人捧黃紙加璺，而稚威鼻衄疐不止，血涔涔下，汚其卷幾滿。相公嘆息，延爲三禮館纂修。

相公薨，稚威益困，僦長安半椽自居，四方求文者輦金幣踵門。而稚威性豪，歌呼宴客，所獲立盡。諸公卿爭欲致門下，每試爲梯媒者麕至，稚威無言，入場則盡棄之。策文至二千言，論或數十字。與常式格格不合。登甲科，屢改乙科。稚威凡三中乙科。乾隆十六年，再薦經學。有一品官忌之，爲蜚語聞，上御正殿，問：「今年經學中胡天游何如？」衆未對。大學士史公貽直奏：「胡天游宿學有名。」上曰：「得毋奔競否？」史免冠搖首曰：「以臣所聞，太剛太自愛。」上默然。自後薦舉無敢復言稚威者。

吾與稚威同薦鴻詞。初見，謂曰：「美才多，奇才少，子奇才也。年少修業而息之，他日爲唐之文章者，吾子也。」呼車行，稱余於前輩齊次風、商寶意、杭堇浦、王次山諸先生，而勸之來交。是時余生二十一年矣。余外出爲令，離稚威十五年，而稚威死。臨死，修志太原。病，太守周西穌來視稚威，稚威已撤帳，盛服殗殜，拱手曰：「公來甚佳，別矣。」卽瞑，氣縷縷若騰烟。須臾，張目曰：「不能不再生人間，爲南人乎？爲北人乎？公爲籌之。」周泣下曰：「南人歸南。」曰：「然。」遂氣絕。嗚呼，稚威果不死也！

稚威名天游，一字雲持，山陰人。爲之哀詞曰：

接萬靈於明廷兮，開銀函之九羊。有諸嚴繹繹至地而滅兮，乃斯人之降祥。鈎文在手兮，百怪入腸。得書靈寶兮，問字侯剛。鐵鐵墨斂兮，嶽嶽神光。吞海水口猶哆兮，夫寧肯飲酒于宵梁！昔人之請雨華山與歌巾舞兮，至今不能其句讀。惟吾夫子之振奇兮，思乙乙其來又。遊睿方以膚行兮，射奇鶬而張彀。唱朱干荅落之余謠兮，馳成博古諸之文囿。惜混元之睢剌兮，多温蠖之紛紛。誤鵷鶵爲鳳凰兮，強符拔曰麒麟。九皇既不構夫雲屋兮，又焉知獿人、虞慶之孰僞而孰眞？彼畸人之份僤兮，徒雉噎而鼉咳。目作宴瑱飽兮，面作欺顙猜。或傑倯以媒但兮，或梟獿以相排。幸閟奕與殷翼兮，謀挾君而高舉。將籋雲以騰虛兮，卒遇巷而失主。閟愠惀之修美兮，終墇然其獨舞。予固知萬賤之直兮，不能挽一貴之曲也。恐圜心而虛天下兮，終不能取上駢而禁生其耳目也。彼麗麗臣臣之日行千里兮，豈三犨之蟲所能度也！果千秋之孔揚兮，又何慬乎一時之貉縮也。昔予齧曳于長安兮，曾僮僮以趨從。頷頤而不予畊兮，愛予之意過其通。示大道之首首兮，期儒名之翁翁。沉牖兮人去，弔鳳兮雲遙。生紼謳于斥苦兮，悲濫脇之孤操。豈躍冶于衍亨之瀆兮，抑每生於虢通之郊！吾不能神禪其詞而珍怪其聲兮，夫寧君魂之可招！

呂文光哀詞

余知沭陽時，試童子周某文佳，疑非其任，偵之，果其師呂君作也。呼呂見，則淮之弟子員，名文光。余傾衿禮之，爲磨礱所學。邑之人以爲令得重客。居亡何，余移知江寧。年餘，行呼唱于衢，有儒衣冠揖車下者，文光也。問何所欲，曰：「自公去沭，文光爲文終莫得開說，故棄館穀來就公。」余嘉其志，爲牒制府，列名書院，而延之衙課兩孤甥。文光伺案牘畢，輒袖文請益。余婞直而治文尤苛，或嗛于意則啁詬雜作，甚至裂其文投地。文光磬折取去，色不稍忤。徹夜搆削畢，則又拱而侍，無倦容。余內子憐之，妻以妹。余自視友壻雁行坐，而呂執弟子禮愈敬。

以乾隆二十二年進士，得官滑令。滑最大邑，簿領紛如。文光爲政廉，民愛之。鄰邑流人冒抵繇役，文光唱名發其姦。天子以爲能，遷直隸同知，署香河令。病，亡。妻子在滑，挈喪歸淮。

嗚呼！文光僅長余一歲耳，乃出處婚娶，仕宦生死，歷歷過目中如飄雲輕塵，欲少停頓不得。然則余之老且衰，行當自知之矣。悲呂君兼自悲，爲之哀詞曰：

君昔謁我，朱顏脩脩；我今哭君，鬢如禿鶖。中二十年，風輪蕩舟。花飛影過，鴻飛爪留。金陵初春，長淮晚秋。拘袂灑掃，負牆咨諏。此時風調，九原憶不？壬申合巹，余歸秦邦。遠迎季姬，遇郤于防。婚我夕室，假我纁裳。騷人麻集，奮筆催妝。舞亂花影，歌沉月光。至今僕婢，詳記不忘。如何十載，寡鵠孤翔。姼姼夫人，麻衣若霜。甲戌君來，余病而伏。膕然末僂，性命危篤。君事其師，棘心蒿目。悴盧其容，嫳姍其足。頭觸屏風，手僵鐙燭。君今怛化，異鄉煢獨。誰爲扶持，延醫進粥？誰爲招魂，三呼登屋？稚妾憑棺，孤雛學哭。我德未酬，君歸不復！靜言思之，淚如雨沃。前年書來，問我詩文。名山事業，切勿沉淪。願分清俸，以付梓人。我乃報謝，高義緩敦。待我耆艾，方可云云。君財既富，我學亦醇。今年書來，平章歸計。十萬買鄰，將卜此地。鹿門夫妻，河汾師弟。來遊來歌，以終身世。我又覆君，君齒猶未。賢者出處，蒼生攸繫。況又受恩，政傳三異。名書御屏，方將遠至。勿學老夫，自甘暴棄。嗚呼呂君，夢盡今宵。早知永訣，悔不相招；早知不歸，我亦來邀！千條萬端，一旦冰消。黑色而頎，非君貌耶？陂聲而散，非君笑耶？使此人亡，寧余料耶？泉路交期，尙何道耶？

趙舍人誄

余二十一歲，鴻詞報罷，居長安大難。句容王郎中琬招往，與其兒子通書。未三月，王公出守興化，挈家行，余傫然無歸矣。同客王氏者趙舍人奮曰：「子無憂，郎中雖去，其屋吾賃之，其竈吾炊之。」因共臥起，出詩文相礱切。亡何，予受今大宗伯嵇公聘，乃別舍人。當是時，無嵇公，舍人終余食也；無舍人，余幾不能待嵇公矣。

舍人故貧士，出鄂文端公門下。將薦予于文端，而爲他客所尼，不果薦。舍人詩文豪健，如其人。與御史仲永檀同年。仲劾九門提督鄂善贓，天子以爲直，超遷副都御史。舍人與書，以爲薦賢受上賞，古有之矣。劾人罪受美官，于古未前聞也。此位公宜辭，宜薦賢者。如薦賢，則吾鄉王次山先生可。次山者，諱峻，嶷嶷有立者也。仲覽書，頗不可于意，不答，終以他事敗。

舍人名貴朴，字再白，江南常熟人。以某年月日卒京師。乙卯孝廉，官止中書舍人。壽四十餘。

誄曰：子之意氣，呑一世兮；而止于斯，時不副其志兮。子之文章，萬口推兮；而止于斯，學不盡其才兮。雪紛紛兮長安，雨瀟瀟兮虞山。誰攬予袪兮，誰授予餐！嗚呼！子壽短兮，子情則長；我不能報兮，亦不能忘。

小倉山房文集卷十五

與從弟某論釋服作樂書

聞弟釋服有日，邑之客有強余賀者云：「南中風俗，是日設酒作樂。」余聞之瞿然。夫服中月而禫，再期而除，非孝子所得已也。先王制禮，賢者不敢過，愚者不敢不及。天下賢者少，愚者多。然如禮而除，其哀忘否，未可知也。未可知，則禮外之意存，而先王教孝之心，亦終不沒。今將欣欣然曰：「某服釋，可賀。」受賀者亦欣欣然曰：「既釋服，可作樂。」賀者若逆知其哀之已忘而薄待焉。受賀者又若惟恐人不知其哀之已忘而故以酒食歌舞自章明焉。凶禮畢而賀，得毋嘉禮畢則弔乎？

夫衰麻苴絰，非先王以之苦人也，念孝子哀痛之心，誠于中，形于外，其服食起居有不至于是而不安者，故爲之制，而又爲之節。非若囚拘束縛，身受者，得早脱一日爲快。故禮曰：「親喪外除。」言外除者，明乎其内未除也。

且凡云賀者，皆人人危得之，不可必得而竟得之，故賀也。如遷官，如介壽，如獲重器、異寶是也。若夫三年之喪，轉瞬而除。衰麻終身，世無其事。有何慶羡慕悦而爲之賀之地，不內自訟，而使外人笑且彈耶？弟思之。

哉？魯人有朝祥而暮歌者，子路笑之。晉梁龕明日當除父服而奏伎置酒，劉隗彈之。天性

上兩江制府請停資送流民書

枚伏見聖朝嘉惠元元，隆天重地，每遇賑災，動費水衡百萬；又念天下一家，流亡者窮而無告，故復定多留春送之例。枚奉揚仁風，方愧不能宣布，敢議成憲以屯膏哉！但意美而法未良，或法立而弊生，均宜變易增改，以扶政體而厚風俗。

從來州縣勘災，親歷村廬，尚多匿飾；若外來流民，無從核辦，惟有遵例資送而已。送回後，本籍官又不必核辦，惟有遵例補賑而已。于是游惰之民，明知村落無災，本籍必難入賑，不如預行外出，以求資送；又借資送文書，以罔本籍：是兩相冒也。鄉保不得問其名，丞尉不得詰其僞也。

定例，夏災不出五月，秋災不出九月。所以然者，以夏秋麥禾未枯，尚可耕穫故耳。今民橫此例于胸中，雨暘偶愆，早已奔馳；田災未成，心災先定。定例，賑銀月給錢二分，資送者日給錢二十。兩者相較，其利孰倍？彼負戴之民，自食其力，每日所獲，未盈此數。然

其妻子自養，其行李自備。今束手無事而所得相讐，有司又爲之養家室，僱舡驢，護送出境。假使去而復來，周而復始，當商賈之經營，則奈何？

州縣胥役在經制者，多至百名，少不過五六十名。流民所集，少亦千計。以一役送十人，千人必得百役。一縣之中，征徭集訟，皆役事也。正役無暇，必僱白役；白役無費，必塡虛名。就有聰強州縣，督率叫呼，極意澄肅。然以十人而當一役，役不能管束也；以一官而解千人，官不能彈壓也；以江河之風信不齊，不能保其前後之不聚積也；既聚有千人，不能保其不能爲風塵也。且其男婦嚕啫，故廉恥喪矣；子女遠攜，故略賣多矣；喧雜嘔穢，故疫癘起矣；相引爲曹，故勢力横矣。

當其時，船戶之避流民也，甚於避風波；而村鄉之畏流民也，甚于畏盜賊。何也？船戶載客，按路計資。一家之命，惟船托焉。今例，載流民船，百里十錢，不敵民價之半；阻風數日，價不能增。或被流民，據爲廬舍，焚桿毁篷，船戶莫敢誰何。惟有一聞資送之信，橋藏港伏，以致舟楫不通，百貨滯積。村鄉防盜，偶然禁嚴，流民則絡繹而來，大者篡糧，小者伐樹。在鄉民以爲告官懼累，姑且隱忍；而流民自以爲朝廷尙且資送，以客待之，故任意鴟張。

枚愚以爲古之多流民也，其病在恩之過少，本地無賑，故迫而爲餬口之謀；今之多流民也，其病在恩之過多，遍地皆賑，故轉而生游惰之志。孟子曰：散而之四方者幾千人，其病在有司莫以告也。今皇上愛民如子，誰敢不告？災民自當靜守本鄉，聽官賑勘，毋得出境。其不得已而出者，亦不必遏抑阻禁之也；其無所資而來者，自無所資而去，何必紛紛官辦！譬如人家子弟偶有疾苦，捨其父兄不相號呼，而遠投千里外之賓客，其子弟必非善良矣。四方賓客，又不問其子弟之是否良莠，而栩栩焉概爲設餐授館，以歸其父兄，其賓客亦太豪舉矣。資送之宜停，亦猶是也。

枚請公嗣後辦災，一以根本爲主，而枝節莫與焉。所謂根本者，災民之本州本縣也。與其設賑于四方，以引其流離；不如加恩于原籍，使安其水土。申報寧速，查勘寧周，糶糴宜廣，撫恤寧厚。如有不軫民艱致凍餒死亡者，嚴加劾奏。如此，則于養民之仁心，治民之政體，兩無所妨。而枚于負子之責，亦庶幾免戾焉。謹白。

上陳撫軍辨保甲狀

枚聞：爲政之道，將以便民也。然求民便，必先求官便。何也？官便則其心樂而爲之，雖殫精竭思而不自知，故所爲之政，亦致精而不苟。若張一法，而先使奉法者愕然而阻懽，求捨去之不暇，則雖肺附以副上意，而徒文具之爲，其便於民也亦希矣。雖然，使果便於民，卽強吏而行之亦可也；若名便民，而實擾民，則雖大府所行，例不格于末吏，而明公忘其尊而聽焉，亦足彰大君子納諫之雅。

公督造保甲一檄，枚竊惑焉。江南戶口，大縣百萬有奇，小縣十萬有奇。十家爲甲，百家爲保，其甲保無算。甲置一牌，保置一册，其刊刻紙張繕寫之費又無算。來檄以不給丁漕費給之，每縣僅數十金，如何得足？然猶謂逾數歲而一行，官吏猶可支吾，而保長無苦，或不至有驚擾而求免者。今檄文曰：立循環二簿，一在縣，一在民。遇有遷移，註明册下。每逢朔日，保長送衙繳換，毋許差擾。如不行新查，則所造册一二年內，卽爲無用云云。此斷不可行也。

卽以江寧論之。城內居伙房者，一宿輒去；上河爲簰夫者，風順輒去。一日之內，其遷流來去，變動改換者，難更僕數也。既不能逐時逐刻而爲循環，則甲日之簿，乙日已無用矣，況以三十日爲一月乎？更何所謂一二年也？一郡中，自鄉至城，遠者一二百里，近者亦不下數十里。保長非農工卽商賈，一日廢業，十日凍餓。今令巡簷仰屋執途之人而詢曰：某來去，某生死，某販脂，某賣醬。無論良民不肯爲，必紛紛告退；就令拘迫萬方，應其名而任其事，隣里鄉黨亦將怪而叱之。及至月朔，則又將裹糧騎驢，奔趨縣堂，抱册者慮損傷，投宿者需旅店，苦累甚矣。且州縣之司閽無幾，而官衙之啓閉有常。册衆人雜，舛錯必多。授受既親，關防必弛。其間數百人者，或罹于寒暑之故，或中乎風雨之災，能無怨乎？保甲中奸良不一，勤惰不齊。勤者來，惰者不來，將聽其壞法乎？將終不免于差擾乎？良者直書，黠者加之變亂，其能坐照以知之乎？抑將假書吏以耳目乎？簿經數塡，必易新册。重重之費，將以累其子孫乎？抑亦官捐而吏償乎？

夫保甲之行，將以弭盜也。盜賊日攫貨而匿之，捕擒官拷，猶呼寃誣。今使其戚隣爲鈎距，蹤跡未形，難以白官；蹤跡既形，且畏反噬。恐姦民不服而良民反罹于辜。且既不能責之以事前之稽查，而徒責之於事發之連坐，雖商鞅、韓非亦復不忍。又謂保甲之行，便災賑也。不知愚民避力役，平日報口多減；災民貪賑，臨時報口多增。官縱聰強，不能記人妻女，識人親朋。勢必聽其指東畫西，詭對強認。而平日所存之册，與異日所賑之册，多少懸殊，終難爲準。

然則弭盜察賑，將聽其漫無稽考乎？曰：保甲者，弭盜察賑之一端，而非其本務也。本務何在？在州縣官得人而已。得其人，桁楊刀鋸，皆仁民之物也，何必保甲？不得其人，詩、書官禮，皆毒民之具也，何況保甲？此其說嘗讀論語而知之。子貢問政，子曰：「足食足兵。」其如何足兵食，不言。子路問政，曰：「先之勞之。」其先勞何事，不言。冉有問加衛之庶，曰「富之」、「敎之」。其如何富敎，又不言。曰：「如有用我者，期月而已可也，三年有成。」

其期月三年之何政何令，又不言。他若子路自命治賦，冉有自命足民，其如何治賦足民法，亦不質之於孔子。彼聖賢者，豈好爲空言而不一核實事哉？人各有才，地各有宜，時各有當，民各有俗，不可執一爲兢兢也。

兩漢循吏最多。所以然者，皆行其所欲行，不行其所不欲行，故權一而事立。後世一切伍符尺籍，皆張死法以束生人。陸機曰：爇火于灰，不見洪壯之烈。今所行古人之法，皆古人之灰也。枚方望公一切捐之，專心察吏，擇一二賢者與共治民，庶幾有濟。今縱不能如此，而轉生法外之法，不已過乎！

且保甲亦未嘗不可行也，十室之邑，烟戶無幾，吏能周巡，原可瞭然。然總在其人之自爲辦治，從容有成，不在上之約束驅迫之也。若公檄嚴催，臺使必到，限期孔迫，逐層核轉。生無數搜駁，書吏饕食，自上下下，如葉至根。究其所極，終累百姓。枚豈不知陽爲遵奉，虛張册籍，塗改姓名，明公必不能案覆而料檢之。然欺公公喜，而枚心不安；逆公公怒，而枚心安。故敢布其區區。

答李穆堂先生問三禮書

先生以大儒總裁三禮，命諸翰林條對所見。枚年少不學，何所妄言？但自幼讀禮而疑，稍長泛覽百家，而疑乃益深。

夫三代遠矣，今之微文大義，幸不絕如綫者，賴有孔子。孔子之言又雜矣，今之可信者，賴有論語。引孔子爲斷，而三代之禮定；引論語爲斷，而孔子之言定。孔子贊周易，正雅、頌，志欲行周公之道，形於夢寐，豈有周公手定之書，竟不肄業及之之理！子所雅言，詩、書外惟禮加一執字，于石經爲藝字。蓋詩、書有簡策之可考，而禮則所重在躬行，非有章條禁約也。故孺悲學喪禮於夫子，而夫子亦常問禮於老聃。使儀禮有書，周禮有書，則人人依書而習之足矣，又何執禮、學禮、問禮之紛紛耶？

孔子拱而尚左，弟子皆左。子曰：「甚矣，二三子之好學也。丘也，有姊之喪故也。」使尚左尚右，禮有明文，則諸弟子早已習之，不從書而從師，何也？子曰：「周監於二代，郁郁乎文哉。」曰：「周因於殷禮，所損益可知也。」此數語者，夫子舉周之盛時而言也。周公兼三王，思四事，必有宏綱巨旨在人耳目者。故夫子於夏、殷言不足，而於周則願從焉。子曰：「文勝質則史。」曰：「如用之，則吾從先進。」曰：「禮與其奢也，寧儉。」此數語者，夫子舉周之衰世而言也。春秋禮壞樂崩，必有繁文縟節增飾已侈者，故夫子以先進正之，而於奢儉文質三致意焉。若使周禮、儀禮當時具存，則籩豆臐膮，升降裼襲，其嚴若彼，其細若此。周德雖衰，天命未改，自上下下，習慣自然。又安得有先進後進、從奢從儉之分哉？

後儒以禮證之詩、書不合，以禮證禮又不合，於是附會以爲周公未成之書。夫周公相成王，夜以繼日，猶恐天下不治，何暇仰屋梁傝傝著書！其門下士亦必無呂不韋、淮南王諸客也。後世學孔子者莫如孟子，證春秋者莫如左傳。孟子言周室班爵祿，其詳不可得而聞，言井田經界，亦以意爲之，而引詩及龍子之言爲證。使當日周禮尚存，則郊遂川澮之名，歷歷可數。孟子守先王之道以待後之學者，而竟目不一見此書，其所守者何道也？子產爭承於晉，子服景伯却百牢於吳，不引大行人之職以折之。郤至懼金奏，知罃却桑林，亦不引大司樂之職以謝之。諸賢皆博物君子，而所學乃不如鄭、馬，其所博者又何物也？仲孫湫曰：「魯秉周禮。」未知周禮何指。韓宣子聘魯見易象與魯春秋，曰：「周禮盡在魯矣。」然則易象、春秋卽周禮也，非別有所謂周禮也。昭公名知禮，太叔儀曰：「是儀也，非禮也。」古之人且賤儀而尊禮矣，而何儀禮爲經之說乎？

若魯所守先世之禮，與他國所存周家之書，亦未嘗無一二可考者。史克對宣公曰：「先君周公制周禮，曰則以觀德，德以處事。」又：「作誓命曰：竊賄爲盜，盜器爲奸。」單子稱周制曰：列樹以表道，列鄙食以表路。周之秩官曰：敵國賓至，關尹以告。申無宇曰：文王之法曰：有亡荒閱。此數書者，考之今之周禮，絕無其詞。豈左氏之所引者亡而左氏之所未引者反存耶？抑左氏、孟子均不足信，而惟今之周禮、儀禮爲足信耶？夫禮與其過而廢之也，寧過而存之。此亦好古者之苦心。然不辨其眞僞，不摘其純疵，而概以爲先王之書，莫敢睇視，則所關於世道人心者甚鉅。劉歆、新莽無論已。荆公、方正學俱以此書誤世。而當時爭之者，俱就事論事，而未嘗有一二豪傑之士，直指周官、周禮之非聖，破其所挾持；以致人主不悟，而天下陷於敗亡，爲可歎也！

總而論之，今之周禮，今之管子、晏子也。管子相桓公，才最大；晏子事景公，學甚正。今所傳之書殊駁，必非管、晏所作。夫以雜霸之才，後人擬之而不類，況周公乎？以無關重輕之管子、晏子，後人尙附會之，況周禮乎？當今堯、舜在上，禮樂明備，願先生纂修之際，存疑多，存信少，方可以質聖人垂後世而不惑。枚故以先儒之疑三禮者陳之於前，而以枚之疑三禮者附之於後。其中或有與先儒暗合而枚目所未見者，亦不免爲無意之雷同。謹條列于左：

疑儀禮者，謂班氏七略，劉歆九種，尙無此書。聘禮芻禾之數，與周官掌客不合。先儒敖繼公、湛若水俱疑之。若枚之所疑者不止是焉。

按大射卽燕射，鄉射卽鄉飲酒禮。君之燕臣，非其大夫卽其卿士。鄉之賓介爲鄉大夫、鄉先生，皆雍容揖讓，非若後世之考兵校武也。乃大射禮曰：司射者，搢朴，升堂乃去朴。鄉射稱射者有過則撻之。以行禮之場，爲行刑之地，過矣。聘禮，賈人啓櫝，取圭。鄭註：賈人在官，知物價者。夫聘以通兩君之好藉圭將敬，而乃令賈人與之。以廉讓之堂，爲交易之所，過矣。覲禮，蓼蕭之詩，康王之誥，是何等華飾，而儀禮則云：諸侯肉袒于廟門之外。當嘉禮之行，作受刑之狀。不祥可憎！作僞更可憎。篇首不言告祖禰，告社稷、宗廟、山川，以及在道習儀，而竟始于郊勞。其後享獻諸禮，亦不見于篇中。二鄭援周禮爲解，謂諸侯有四時之見，朝宗禮備，覲遇禮省，此春秋見天子之禮也。夫諸侯非能一歲而四見天子也，將各以其方，而各趨其時，是在西北之諸侯，終不見備禮矣。司馬、司寇惟國君有之，大夫家無有也。春秋魯三家僭妄，叔孫有司馬鬷戾，一見而已。乃少牢饋食禮曰：「司馬刲羊，司士擊豕。」是卿大夫家皆有一司寇司馬也。周禮：「凡射王以騶虞爲節，諸侯以貍首爲節，卿大夫以采蘋爲節，士以采蘩爲節。」鄉射大夫士之禮也，其終竟奏騶虞！左氏曰：「肆夏，天子所以享元侯也。」乃大射禮，公卽席亦奏肆夏！燕禮賓及庭公受爵，亦奏肆夏。又稱諸公席三重。按尚書顧命王席三重。鄉射之公，安得相同？且周制，天子置三公，二王之後爲公，諸侯以下，于其國稱公。乃燕禮侯國之臣有所謂公者，位在卿大夫上，若楚之棠公、葉公者然。何其僭也！喪禮，諸侯縣壺代哭。士代哭不以官。夫父母之喪，創巨痛深，發乎不得已，所謂哀至則哭，何常之有？乃竟有代哭之文。南朝王秀之，一達人耳，猶禁子孫代哭，曰：「喪主不能淳至，故欲多聲相亂。魂而有靈，吾當笑之。」豈周公乃秀之之不若耶？大射有樂，而燕禮無之。鄉飲有樂，而少牢饋食、特牲饋食無之。是重其所輕，而輕其所重也。稷在某，黍在某，祭醴始扱一祭，又扱再祭，牲體有腸五、胃五、一脊二骨之分，此詳其所不必詳也。冠于廟而不及其祖禰，既冠見君，見母，見鄉里士大夫，而不及其父。國君享卿大夫只屠一狗，此略其所不當略也。天子率士之尊，諸侯一國之尊，其服之重如一，宜也。今卿大夫有采地者，貴臣重臣無不服斬，是與國君無別也。國君之尊，其絕旁親，宜也。大夫之世父母，叔父母，子昆弟，昆弟之子爲士者，既以期而降大功矣，而尊同又得服其親服，大夫之子亦遞降如大夫，而尊同者不降。大夫之妻於夫之姑姊妹在室既嫁皆小功，惟嫁于大夫者不降，若不爲大夫妻，又降緦麻，不幾于無服乎？周道親親，而喪服之貴貴，又何至于此極耶？又，庶子爲父後者爲其母緦。夫與尊者爲一體，不降不可也；而竟使人無其母，亦不可也。喪服曰：「有死于宮中者，爲之三月不舉祭。」夫宮中之所死，其爲妾媵無疑。以妾媵之微，廢祀典之大，豈禴祠烝嘗竟可廢耶？慈母無服而乳母亦緦，豈乳母以名服，而慈母反不可以名服耶？士相見禮賓五請，主人始出，又不升堂，止于大門外一拜，太傲；盛服行禮，忽而袒衣，旋襲又袒，又襲，如是者數十次，太煩；孫爲祖尸，父拜其子，明日賓尸，子爲父客，太戲；贊何人斯，而見婦酌婦，婦東贊西，相面也，相拜也，太瀆。一主耳，而有練主，有虞主，有苴，有重，有墮，有鉤袒，有纚笄，有纊極，有棘心，又有銘旌；一祭耳，有尸，有祝，有茅蒩，有雍正，有佐食，有賓，有上利，有下利，有上餕，有下餕，有侑，有司宮，有司馬，有司士；一昏耳，而有贊，有御，有娣，有媵，舅有宰，姑有司：紛紛擾擾，殊非大樂必易，大禮必簡之旨。

按漢初高堂生始傳士禮十七篇，而今書不止于士禮，若燕禮、大射、聘禮、公食大夫、覲禮五篇，皆諸侯之禮也。喪服一篇，總包天子以下之服制。然則所謂士禮者，僅十一篇耳。或后蒼及門人慶普等取諸他禮以應其數，而非高堂之原本，亦未可知。而其可疑，則大概相似。周禮、戴禮較儀禮紕謬更甚，先儒捃摭亦更多，故所疑百十條不錄。

答金震方先生問律例書

公以先君子擅刑名之學，故將郵罰麗事，採訪殷殷。枚趨庭時，年幼無所存錄，但略記先君子之言曰：「舊律不可改，新例不必增。舊律之已改者宜存；新例之未協者宜去。」先君之意以爲律書最久，古人核之已精，我朝所定大清律，聖君賢臣，尤加詳審。今之條奏者，或見律文未備，妄思以意補之，不知古人用心較今人尤精。其不可及者，正在疏節闊目，使人比引之餘，時時得其意于言外。

蓋人之情僞萬殊，而國家之科條有限。先王知其然也，爲張設大法，使後世賢人君子悉其聰明，引之而議，以爲如是斷獄固已足矣。若必預設數萬條成例，待數萬人行事而印合之，是以死法待生人，而天下事付傀儡胥吏而有餘。子產鑄刑書，叔向非之曰：「先王議事以制，不爲刑辟。」武帝增三章之法爲萬三千，盜賊蠭起。大抵昇平時綱舉而網疏；及其久也，文俗之吏爭能競才，毛舉紛如，反乖政體。

蓋律者，萬世之法也；例者，一時之事也。萬世之法，有倫有要，無所喜怒于其間；一時之事，則人君有寬嚴之不同，卿相有仁刻之互異，而且狃于愛憎，發于倉卒，難據爲準。譬之律者衡也，度也，其取而擬之，則物至而權之度之也。部居別白，若網在綱。若夫例者，引彼物以肖此物，援甲事以配乙事也，其能無牽合影射之虞乎？律雖繁，一童子可誦而習。至于例，則朝例未刊，暮例復下，千條萬端，藏諸故府，聰強之官，不能省記；一旦援引，惟吏是循。或同一事也，而輕重殊；或均一罪也，而先後異。或轉語以抑揚之，或深文以周內之。往往引律者多公，引例者多私；引律者直舉其詞，引例者曲爲之證。公卿大夫，張目拱手，受其指揮。豈不可嘆！

且夫律之設，豈徒爲臣民觀戒哉？先王恐後世之人君，任喜怒而予言莫違，故立一定之法，以昭示子孫。誠能恪遵勿失，則雖不能刑期無刑，而科比得當，要無出入之誤。若周穆王所謂刑罰世輕世重，杜周所謂前王所定爲律，後王所定爲令，均非盛世之言，不可爲典要。謹以先君子所私核者數條，列狀于左，伏候採擇。

一、調姦不成本婦自盡者，擬絞。此舊律所無而新例未協也。事關風教，無可寬弛。然和與調無異，調者和之未成者也。其調者，和在意中；其自盡者，變生意外。其意內之杖，尚在難加；而意外之絞，忽然已至，誠可哀憐。夫調之說，亦至不一矣，或微詞，或目挑，或謔語，或騰穢褻之口，或加牽曳之狀。其自盡者亦至不一矣，或怒，或慚，或染邪，或本不欲生而借此鳴貞，或別有他故，而飾詞誣陷。是數者，全在臨時詳審，分別辦治。若概定以絞，則調之罪反重于強也。強不成止于杖流，調不成至于抵死，彼毒淫者又何所擇輕重，而不強乎？彼毆詈人，人自盡者，罪不至絞；則調人，人自盡者，亦罪不至絞。何也？毆詈與調，均有本罪。而其人之自盡，皆出于意外。孟子曰：「可以死，可以無死，死傷勇。」女不受調，本無死法。律旌節婦，不旌烈婦，所以重民命也。調姦自盡，較殉夫之烈婦，猶有遜焉。而既予之旌，又抵其死，不教天下女子以輕生乎？俗傳有年少某悅鄰女，揖而自媒，女拒之，再揖而謝，女歸縊死。某竟擬絞。合郡之人，以爲三揖三讓而死，莫不掩涕。愚以爲羞忿自盡者，照罵毆人而人自盡之條，飭有司臨時按閱，作何調法，以爲比擬，其情重者，別請聖裁。

一、律註內始強終和者，仍以和論。此本律所無而增例未協也。按註曰：裂衣損膚，及有人聞知者爲強。此說是也。然既以裂衣毁膚有人聞知爲始強之據，又何所見衣破復完，膚創仍復，爲終和之據耶？夫相愛爲和。女既愛之，又何恨之而誣以爲強耶？在被姦者必曰以強終，在強者必曰以和終。信彼乎，信此乎？事屬暗昧，訊者茫然，勢必以自盡者爲強，而不自盡者爲和，是率衆強而爲和也。夫死生亦大矣，自非孔子之所謂剛者，誰能輕死！女果清貞，偶爲強暴所汚，如浮雲翳白日，無所爲非。或上有舅姑，下有孩稚，此身甚重，先王原未嘗以必死責之。而強者之罪，則不可不誅也。今之有司，大抵寬有罪、誣名節以爲陰德。然則不肖之人，逆知女未必能死，將惟強之是爲。而到官後，誣以終和，則其計固已得矣。或曰：終和之據，以叫呼漸輕，四鄰無聞者，爲和。不知啼呼之聲，果聞四鄰，則姦且不成，而强于何有！强者，大率蓽門蓬戶，四鄰無聞，而後敢肆行者也。四鄰之人，卽或聞之，又誰辨其聲之始終乎？又誰質證之以陷人于死地乎？然則始强終和，亦終于無據而已矣。律曰：强者斬，未成者流。語無枝節，何等正大。註中增以終和二字，而行險徼倖者，多按律文强者誅，和者並杖。凌暴之徒，旣已辱人，而又引與同杖以衆辱之，惡莫甚焉！就使婦志不堅，自念業已被汚，而稍爲隱忍以免傳播，其心亦大可哀矣。較夫目挑心與，互相鑽踰者，罪當末減。是始强終和，就使確鑿有據，而男子擬杖猶輕，女子擬杖已重。愚以爲律重誅心，强者女當死，調者女不當死，然而或死或不死，則其所遭者異也。在强者之心，業已迫人于死，雖女子不自盡，其罪重；調者之心，本不迫人于死，雖女子自盡，其罪輕。今例註重其所輕，輕其所重，似有可疑。

一、犯罪存留養親，載在名律，始于北魏太和五年。金世宗引醜夷不爭之禮以除之，極爲允當。然律稱奏請上裁，是猶未定其必赦也。今刑部或不上請，但依例允行。愚以爲殺人者死，雖堯、舜復生，不能通融。孔子曰：「一朝之忿，忘其身以及其親，非惑與？」可見三代無留養之文。若此者，非聖人之所矜也。夫殺人者之父母，何與于彼殺者之寃魂？忘其親殺人，其不孝宜誅；恃其親殺人，其心術宜誅。按律內知有恩赦而故犯者，加本罪三等。惡其有所恃也。彼恃有留養之例，而故犯者，何以反得寬其本罪乎？父母不能教子，致陷于惡，雖老而凍餒，亦所自取。或聖王仁政，務出萬全，則按其情罪，臨期請旨亦可。

一、尊長殺卑幼，律無明文，尊名分故也。考史冊亦頗不然。漢賈彪不按盜賊而先按母殺子者，曰：「盜賊殺人，事之常有，母子相殘，違天悖理。」竟按致其罪。是母不得殺子也。趙廣漢以丞相夫人殺婢，曳夫人跪庭下受訊，是夫人不得殺婢也。唐敬宗時姑鞭婦至死，有司請償，是姑不得殺媳也。馬端臨曰：子有罪，父不得而生；則子無罪，父不得而殺。世宗憲皇帝特斬胡瑰芳姦子婦者，皇上特絞徐某烹家奴者，此皆聖明獨斷，非凡所及。愚竊以爲父母之于子女，家長之于奴婢，俱不應非理而殺，其尤甚者，姑殺婦，妻殺妾也。婦與姑本非天屬，或待年之女，幼住夫家，受姑淩逼，力難抵擱；或悍妻嚴妒，動用非刑。地方官拘于名分，擬以杖贖，費金錢，許人命，較之雞狗，所值尤微。不知服制婦死姑報以期，是殺婦者卽殺期服親也。士妾有子而爲之緦，是殺妾者卽殺夫緦麻親也。在民家爲婦爲妾，在國家皆爲百姓，在天地皆爲蒼生，皇上不忍殺一無辜之百姓，而惡姑悍妻乃能殺無罪之蒼生，其得罪于卑幼者小，其得罪于天地皇上者大。請嗣後將尊長非理殺卑幼者，别將寃酷情形，分别治罪。所保全者實多。

與是仲明書

尹司空來金陵，道足下廬墓講學不應試，與海昌相公書累數千言，以道自任。僕始聞而驚，繼而惑，不敢不通書於足下。

嘗聞君子不與名期而名至，名不與爭期而爭至。名者，君子之所樂受；而爭者，君子之所甚危也。然同乎人以得名，名難得而難敗；異乎人以得名，名易得而易敗。莊子曰：「爲人之所爲者，人亦無疵焉。」今之人有廬墓者乎？有講學者乎？有不應試者乎？人所不爲，而足下爲之，其得名也宜。然人所不爲，而足下爲之，則是異乎人以得名也，恐爭之者至矣。古之君子，不招人之爭，而常有以待人之爭。待之云者，非謗至而爲之辨也，期於理足而名不可敗也。

天下大矣，九州之人才衆矣，古人之書亦至多矣。書能使人智，亦能使人愚；能使人欿然不足，亦能使人傲然自恃。善讀書者常不足而智，不善讀書者常自恃而愚。足下廬墓，無乃愚乎？講學不應試，毋乃自恃乎？且三者之名，又不容兼收也。講學必講禮，禮不墓祭，而何廬爲？不應試必隱，隱不與人接，而何講學爲？孔子一則曰從周，再則曰從周。既講學矣，必遵時王之制，而何以不應試爲？以子之名，考子之行，吾爲子之危之也。

雖然，廬墓近孝，可行；不應試近高，亦可行；惟講學近僞，且大妄，斷不可行。蓋嘗信孔子而疑宋儒矣。孔子編詩不作詩，贊易不擬易，修春秋不自爲綱目。今所傳論語，乃孔子死，有子、曾子之徒追記之，非孔子朝作某語，暮命某人作語錄也。三月無君則皇皇然，六十返魯，述而不作。使孔子貴且顯，或早死，至今無講學名。論語曰：「學之不講。」講之云者，謂講求在己之學，審問明辨，益其身心，故與「德之不修」同憂，非如後世聚徒立舍者之所爲。今顯宦者猶閉門絕迹，庭無人焉。而足下一布衣，乃拔皐比，坐南面，擁弟子數百人。身賤而道貴，名隱而實彰，於己不安也。縱安于己，其安于人乎？必有憎且忌者，爲處士橫議之說以摧敗之。前代鵞湖、東林，無俚已甚。足下從而效之，過矣。

當今堯、舜在上，足下爲臯、夔可，爲巢、由可，爲孔、孟則不可。何也？孔、孟之與堯、舜，不並立者也。不知此，亦不足以爲孔、孟。幸三思，毋悔。

覆兩江制府策公問興革事宜書

某月日，明公公牒到縣，命將地方應興應革事宜，明析敷陳。具見大君子尊主隆民，卓然有所建立之意。枚伏念江南州縣七十有奇，其間剛柔異俗，風土異宜，印官爲所得爲，不必煩稱于大府。若冒陳細事，在上爲侵官，在下爲塞責，非所以副盛意也。其所應陳者，或同是恩施，而應分緩急；或名爲成憲，而實可變通；或事關全省，而非敷奏不爲功；或效在百年，而非賤俗不能辨。此則責難君子之事，明公其有意乎！

夫從古蠲租賜復之恩，未有隆于本朝者也。皇上登極未久，已兩免天下全租。含哺熙熙，貧富共之。獨不免累年積欠者，非聖心有所吝也，以爲蠲者上之特恩，稅者國之正供。兩不相假，政體宜然。然積欠有應徵者，有不應徵者，有雖應徵而不能徵者。民欠吏侵，此應徵者也。坍荒水旱，此不應徵者也。吏雖侵而吏亡，民雖欠而民亡，此雖應徵而不能徵者也。今一例徵之，勢必屈笮而行，或命後來業戶爲前人代償，或取現在田廬，將坍糧飛入。官雖逼認而不能言其理，民雖強認而無以服其心。此處似宜分別詳勘，奏請聖裁。與其寛百萬應納之稅以恩富民，孰若免錙銖不應納之稅以恩貧民乎？

常平者，漢時良法也。東漢劉般傳中已極言其弊，而今更甚。某地登穀，官往買，商亦往買。商買而穀仍賤，官買而穀必貴者，何也？商東買而西賣，官一買而不出故也。當其買時，運工若干，潑撒若干。及其貯也，雀鼠耗之，鬱蒸耗之。一縣貯三萬石，十縣便三十萬石矣。十縣之地，不滿六七百里，而虛糜三十萬石，此米貴之本也。及至新穀已升，例應平糶。大府慮州縣巧爲出脱，一駁不許，再駁不許。或竟許之矣，則又牢守糶三之例，溢米不增，挈其盈餘，上輸司庫。仍發奏定之價，嚴督買補。州縣明知糴易買難，則寧坐視米價翔貴，而姑且貯之以省累。夫錢穀之在民間，猶血脈之在人身也；商賈之在民間，猶氣之行血脈也。氣一日不行，血一日不流，則人病。今欲人之強健，而故意約束之，壅遏之，則其有餘者爲疽癰，而其不足者爲瘠瘵。攸愚以爲錢之所在，即穀之所在也。今之民，未聞有抱靑蚨而餓死者。商之所在，即倉之所在也。今之商，未聞有積死貨而不流通者。爲積貯計，宜存穀價于庫，待本地豐收，隨糴隨補。成災時，有穀賑穀，無穀賑錢，于鄰省之撥賑亦然。其輓輸便，故無糠沙糅雜之弊；其除放明，故無升斗侵削之弊。四方之商，聞某地之錢多而米少也，雖萬千石往矣。至于糴價盈縮，本無一定，原非公家之利，應交州縣，仍歸原額，不必上輸。如此則錢穀流通，而政體亦得。

社倉者，宋時良法也。金華社倉記已極言其弊，而今又甚。社何穀？民穀也。爲貧民借者計也。今貧者求借不得，富者不肯借而必強與之。所以然者，慮借者不償，而社長代償；慮社長不償，而官將代償故也。然則非社長過矣，并非官過矣，是督撫之誤民穀爲官穀而奏入交代者之過矣。州縣敷衍成例，不得不詭立姓名，申于上曰：某也借，某也還。其實終年屹然存社長之家而已。有若無，實若虛，與民何益？而且社長一與官接，費累不支。素封之家，寧賄吏以求免。而里胥知其然也，則又故報多人爲索賄計。是社倉于貧民無角尖之益，而于富民有丘山之累。枚愚以爲鄉閭任恤，非官所強。每一邑中，或應捐應借應還，或竟不必捐不必借不必還，聽州縣自爲區畫。待至災年，然後核其成效，以定課最。所謂良藥期于利濟，不期于古方也。

訪漕者，上游剔弊之苦心。不知訪不足以禁弊，而徒生訪之弊。州縣者，命官也，尚疑其非賢而訪之；所遺訪之人，非命官也，何以知其爲賢而信之乎？況業已舉百里之倉庫人民而付之矣，忽于征漕時，探刺捉搦，待以非人。意若曰：漕固有利云爾。夫先以利徒待之，彼固將利徒自爲也。然而徵收累萬，升斗稍餘，此雖大府之所震驚，而實小民之所竊笑者也。何也？民不畏有形之浮收，而畏無形之勒索。雖極貧者，負粟而來，莫不多帶升合，備耗折之需。今操之已蹙，邏察成羣，風影未來，消息已到。料量掩覆，仍取之民。從來弊不生于法中則生于法外。法中之弊易見，而法外之弊難稽。上之所禁者浮收也，不禁其撑米也。其應否揄簸，米難自言矣。上之所察者，斛面也，不察其抑勒也。其誰爲後先，無從察覈矣。于是有行賄爭先者，有暗價折帛者，有囑紳衿譁譟者，有罄其行李資糧而號呼于路者。嘻！好除弊而不善除弊之效，乃至此乎？枚以爲訪官者，宜訪之于平時，而不必專訪之于收漕；察漕者，宜察之于民間，而不必專察之于倉內。王道蕩平，不先逆詐；果有橫征，聽民上控；嚴禁抑勒，而寬假于浮收：如是則大體立而民氣和矣。

蝗爲天災，春秋書有蜚，未書捕之之法。晉劉蘭不捕蝗，關中轉豐。唐姚崇始議捕之，而白居易詩中已極言其弊。今捕蝗之處分太重，督捕之官太多。一蟲甫生，衆官麻集。車馬之所跆藉，兵役之所轥轢，委員武弁之所驛騷，上官過往之所供應，無知之蝗，食禾而已；有知之蝗，先于食官，而終于食民。捕虱而裂其衣，熏鼠而拆其屋，固不如勿捕勿熏之爲愈也。且蝗之捕，果可盡乎？凡所謂捕蝗而蝗盡者，皆欺也，皆待疾風暴雨而後殲旃者也。聽民自捕而官不與焉，民間之禾，蝗食者半，存者半。強民分捕而官督焉，民間之禾，蝗食者盡，蝗不食者亦盡。故凡生蝗之處，雖良民無不諱匿。彼有疾而拒醫者，非不欲醫也，知醫之無益于疾也。夫行三軍者，尙以有聞無聲爲貴；而爲民除害者，乃先使之毛澤盡而老弱啼乎？枚愚以爲嗣後捕蝗之法，宜專責有司，不必多差官弁。果匿災耶，自有輿論；果成災耶，自有王章。若因其所小不便，而轉生其所大不便，固不可也。

今大府訓州縣者，輒曰爾其察吏乎？勸民乎？除盜乎？枚以爲上之所以相詔，與其所以相率者，事事相反也。夫州縣之胥所恃以剝民者無他，文檄而已；上官之胥所恃以剝州縣者亦無他，文檄而已。夫判文檄而行之者，官也，非胥也。官旣縱之互相蠶食矣，而又禁其取于民，是使州縣之胥，將捐家鬻產以供也。無端而取遵依，無端而取册結，無端而款式不合，無端而印文不全，此固若輩別騙之故智，無足怪也。所不解者，上官不信人而信法，偏好立規條敎令，畀之權以濟其姦。卽以江邑近年論之。一行版圖順莊，再行保甲循環簿，再行印契之三聯、完糧之版串，再行道府之提比、約正之値月。當其始也，明罰勑法，若不可終日，而意在必行；及其終也，形格勢禁，亦自悔其初心，而視爲故紙。枚愚以爲督撫之使吏治民，如使工人之製器也。物勒工名，以考其成足矣；何必爲之製一斤，造一削，代斲而迫驅之乎？又如田主之督佃也，予之牛種，待其菑穫，足矣；何必爲之隔疆越界，揠其苗而助之長乎？遂古以來，未有多令而能行，多禁而能止者也。詩曰：「誰能亨魚，漑之釜鬵。」言烹魚煩則碎，治民煩則散也。荀勗曰：「省官不如省事，省事不如省心。」上行文書，能省尤善。其必不能省者，挈其最凡，月行若干。行少則大府之體尊，必行則朝廷之法立。其在上也，官與官共事，而不使吏與吏共事；其在下也，官與民共事，而不許吏與民共事。捐死法而任生人，隋劉炫對楊素之語，深可思也。

左氏有之曰：「非德莫如勤。」尚書曰：「六府三事惟勤。」勤之益于政也如是。今公亦知州縣中有求勤而不得者乎？赤緊之地，四衝之衢，嚴上官之威，以及其妻孥子姓，以及其傔人別奏，若行轅，若水驛，若廚傳酒漿，若閽錢雜賜，瑣屑繁重，其能得上意者稱賢，其不能得上意者稱不賢。其得不得，又非上下之情相通也。爲大吏者，率皆盱衡厲色，矜矜自持。餽芻禾不受，餽牲牢不受，然而不受之費，往往更甚于受者。何哉？在大府以爲吾既不飲若一勺水矣，其所應備之館舍夫馬，當無誤也。而不知扈從之人，所需不遂，則毁精舍而汚之，鞭人夫而逸之，詭程途而誤之。入山縣則索魚，入水縣則取雉。臨行，或并其供應之屋幕、几帘、銀杯、象箸而滿載之。訴之長官而聽，未敢必也；訴之長官而不聽，是徒結怨于胥小而拂上意也。雖忠直之士，亦多畜縮隱忍，佯爲不與較之說以自寬，而不知爲政之精神已消磨于無益之地矣。

其在會城者，地大民雜，事務尤多，不知每日參謁之例，是何條教。天明而往，日昳而歸。坐軍門外聽鼓吹者幾何時，投手板者幾何時，待晉旨之下者幾何時，忍渴飢、冒寒暑而卒不知其何所爲。以爲尊督撫耶？至尊莫如天子，而未聞在京百官終日往宮門請安者。以爲待訓誨耶？一面不侔，何訓誨之有？而父之教子，亦無終朝嚾嚾者。及至命下許歸，而傳呼者又至，不曰堂廡瓦漏，則曰射堂須圬，不曰大府宴客，則曰行香何所。略一停候，一籌畫，則漏鼕鼕下矣。雖兼人之勇，其尚能課農桑而理獄訟哉？不知當其雜坐戲謔，欠申假寐之時，卽鄉城老幼毀肢折體而待訴之時也；當其修垣轅、治供具之時，卽胥吏舞文匿案而逞權之時也。朝廷設州縣，果爲督撫作奴耶？抑爲民作爹耶？清夜自思，旣自愧又自笑也。

枚以爲國家設佐貳丞尉，本屬閒曹，一切雜徭，宜委辦治，使州縣得盡心于民事。如此而田野不闢，獄訟不理者，宜亟亟劾去，以讓賢路。除盜之法，自當責成捕役。然庶民在官，久無下士之祿，吏胥分潤良民，猶之可也，捕役之財，取之盜賊，取其財而捕之，無是理也。而大府一行提比，則來往有需，經承有需，行杖者有需；彼方跼膝跪足供張之不暇，而何暇禽盜？且以忠恕之道待捕役，勢有不得不取盜財者。就江邑論之，額設捕三十，法當領八十金。以八十金養三十捕，每名約得二金有奇。而其所謂二金者，制府之鳴鉦者分焉，揚旗者分焉，巡道之擊柝而張繖者分焉，名下之白役又分焉。其足不足，尚待問哉！及至詣府受遣，踐更遞換，莫不鮮衣肥體，稱娖而前；遞解軍流，莫不器械資糧，犂然具備。思其所以謀生，所以應官，與其所以甘心敲朴之故，而不禁心寒髮指矣。雖然，彼養盜者，名捕也；能養之，必能擒之。今之充捕者，乞匄類也，不能養盜，而盜亦不屑供養之。然則何以自給？曰：賴朝廷有樂戶、捕博、宰牛等禁，彼取月例，嚇飛錢以度其日。而攘獄遏訟，以及爲盜囮者，亦間有之。彼之所藏身立命者，仍在朝廷禁令之中。然則禁者何以禁，而令者又何以令乎？枚以爲欲擒盜，宜先養捕；將嚴罰，宜先重賞。嗣後請核縣庫司庫，一切贓罰閒款，合計若干，增爲稟假，充爲賞費。俾此輩守法度于平時，買細作于臨事，則路不拾遺，非難事也。

天下人才，本于學校。學校之設，多在州縣。選士，學臣一過便已；造士，校官率多頹廢。與士相親，非州縣而誰？今執州縣問曰：爾所治某士賢，某士不肖，大率不知也。其所知者，非巨紳卽大賈而已。其病亦自上率之也。州縣進見，大吏無問文風士習者，上有不好，下必有甚焉者矣。

且夫國家武學之設，似可省也。天下之民，秀者爲文，勇者爲武。其勇者既有兵丁行伍收而用之矣，其秀者又有郊庠生貢收而用之矣。國家養兵，業已多費；復爲之設武學而三年一大比焉，糜各省錢糧萬計，其所得者率多非文非武之人。臨試則習趫張，具櫜鞬，平時棄之，倚符鴟張，一邑之中，破敗者十之六七。大抵驍勇之人，無所拘束則必橫行。兵之不敢橫行者，訓練多而管約衆也。武生卽兵類也。督學遠，教職卑，其誰訓練約束之？按武舉始于武后，武學始于宋紹興，本屬權宜之制，公盍題革此科，以其費爲各省養士養兵之用，未嘗非盛舉也。

凡上數條，明知日不增燭，晝有餘光，然春雷既聲，百蟲難嘿。亦尚有明知不能強公，而又不敢不告者，則莫如用人。夫用人何以不能強也，以荀令之明，而失之嚴象；以諸葛之明，而失之馬謖。公羊曰：「聽遠者，聞其疾，不聞其舒；望遠者，察其形，不察其貌。」此之謂也。然竅要亦有可言者。大凡居高位者能識同體之善，而忘異量之美，故使人得以揣合倖進。願明公起而矯之。己高明，則必加意于沉潛之士；己厚重，則必寬容夫倜儻之人；己苛察，則不可輕信讕言；己靜鎭，則不可竟無耳目。己不迎合天子，而後能覺人之諂諛；己能力追古人，而後能識人之庸俗。病百姓者，雖小必誅；誤頓遞者，雖大必赦。工獻納者，雖敏非才；昧是非者，雖廉實蠹。龔、黃不同術，而同歸于治；周、來不同虐，而同歸于亂。要在觀其大節之所在，而審其性情之眞而已。

枚所見如是，未必皆當。然于大君子之前，布露所畜，或不以人廢而采其言，或即以言觀而知其人，幸甚。

小倉山房文集卷十六

與湖北巡撫莊公書

古聖人迅雷風烈必變，所以然者，非不修儆于平時也，借天變以加惕焉，則無之焉而不順。日者明公有意外譴，又有意外恩，是亦聖人必變時也。其將狠天而自足歟？抑將翼翼修省而有采于野人之言歟？

大學稱「知止而後有定」，是定之不難，而知之難也。若無所知而先定，則其定愈甚，而其知愈蔽，其過愈深。夫子教顏回克己，王子敬譏孔明未能忘己。兩賢之己豈尋常私欲之己哉！其或有小小束脩之意氣，是卽己也，是卽所當克當忘者也。古之人非水火則兵農，弊弊然以天下爲事，非好其名也，適逢其所當爲者耳。

巡撫之所當爲，莫如察吏以安民，而立功垂名不與焉。何也？一吏之不察必有數十萬人不安者，十吏之不察必有數千萬人不安者。以數千萬人之未安，而爲巡撫者，方且增倉儲，浚河渠，改棘闈，以爲吾勤大勳以施于烝彝鼎。氓之蚩蚩笑且詫曰：吾儕朝不保暮，而何儲倉穀爲？吾儕怨氣壅塞，而何通水路爲？目擊士林沮喪，而何修試院爲？宜祝而詛，宜喜而怒，非民之無良也，緩急不稱故也。

且此數者，非財不辦。今天下之至不足者，財也。財不足而強爲之，勢必有勸捐勸罰之舉。捐罰一行，而不察之，吏因緣爲姦。然公勇于自信，故違物情而持之愈堅。卒以罰朱聃事受譴。譴亦何足爲公累也？譴而宜，乃累公矣。使公仍在吳，僕未敢言；或六月暫息，又不必言。今幸而忽仆忽起，如俔之見風，定不終日。以小人之心，度君子之腹，恐公益自信所守眞可以歷夷險經大故而不動，從此孤行一意，立功名愈勇，察吏愈疏，再一失足，不深負遭逢而爲好己者所戚乎！

昔張曲江居憂，奪情秉政；富鄭公居憂，五徵不起。公此時不師富公師張公，必非得已，然即此可以見天下義理之無窮，而執持之難定也。伏願公先致知而後誠意，先察吏而後立功。知果致，則意自誠矣；吏果察，則功自立矣。孫興公稱劉尹云：「居官無官之事，作事無事之心。」宋神宗與韓維論及功名。維曰：「聖人功名，因事始見，不可先有此心。」此二語者，所見俱超，願公察之。

許、趙兩公，均以公故得罪。今首事者還朝，附和者未起，似宜引罪辭位，以召復兩人爲請。在兩人果君子，同其退不同其進，可也。而公居上臨下之道，不如是則心不安。日後用人，亦難得力。貧賤之交，蕭閒之筆，故敢布其腹心。

書札後

前書成，託岳水軒寄公。水軒曰：「子所言，公固知之，毋庸寄也。」余答之曰：「子非公，安知公之業已知之也？公非我，安能怪我之不知其業已知之也。雖然，所貴乎知之者，爲其能行之也；知而不行，故疑其猶未知也，而喋喋焉。夫知而不行，是知如不知也；吾雖言焉，又安知其非言如不言乎？然而吾之心卒不能已于言者，何哉？以爲吾若言其所未知耶，恐彼非不能知也，或不屑知也；持其所不屑知者而強之知，是吾過矣。若果言其所已知耶，彼必以爲所當知而知之也；而吾取其所當知者而使之重知，則縱不行已耳，而吾何傷于言哉？而又安知其必不行哉？」水軒曰：「然。」乃卒寄之。

上兩江制府黄太保書

嘗聞天子有諍臣，而不聞督撫有諍吏者，何也？蓋忤天子旨，天子卽以忤旨罪之。雖得罪，而所以被罪之故，天下共知；好名之士，或優爲之。忤督撫意，督撫不能以忤意罪之，必摭別事方登白簡。雖得罪，而所以被罪之故，天下不知；好名之士，亦不肯爲。況以明公之威重，視天下才若踞泰岱而臨丘陵，較諍尋常督撫，更有難焉。然枚一乞病吏耳，公獨勤勤咨詢，豈非知其難而欲聞所未聞耶？

伏見公撫甘肅時，天子命公提兵勦邊，公毅然不動，封還詔書，卒至邊民大安。此公之以識量抗天子也。鄂西林當國，人多目懾之。公以一總兵官，獨不爲屈。此公之以氣節抗宰相也。夫公之識量氣節可以抗天子、宰相，而人之進言，乃不敢抗一制府，此亦公所深悲而日以己之所能者望天下也。然則公來江南三年矣，未嘗鷹鷙毛擊，而民怨；未嘗彈劾貶竄，而官愁；未嘗偏聽喜事而武弁放紛；未嘗鬻獄賣爵，而幕府受謗。是誠何故哉？夫本無愛民憂國之心，而悖于行事，以傳于此名者，勢之無可奈何者也。實有愛民憂國之心，而忘其流弊以傳于此名者，事之立可改移，而豪傑旁觀之所深惜者也。

竊以爲公之度可以得小人，不可以得君子；公之威，可以治邊防，不可以治中土；公之察事，明於遠而暗於近；公之敬君，知其小而忘其大。是數者，不可不察也。夫黜陟賞罰，先王治世之大權也。先王有治世之大權，足以制天下矣。然必推心置腹以要之，笙簧酒醴以文之，委曲繁重若是者，何哉？孔子曰：「賢者避色。」孟子曰：「禮貌衰則去之。」古之君子，雖君父前倘爭此區區者，以爲重其身而後道可行也。況同食天祿，同供天位者乎？夫南面而臨，能薦人，能劾人，此天子之所托于督撫者也。若夫剔蹴之，奴叱之，斜睨而唾涕之，此非天子所托於督撫者也。在公以爲不輕劾一官，不輕誅一吏，惟于聲音笑貌故爲峻厲，使人憚而不敢爲非；殊不知彼小人耶，刻之非刻，而辱之何足以爲懲？彼君子耶，薦之非恩，而慢之徒足以爲怪。天下固有受千金而不感，得一言而馳驅者；又有見微色而深恥，受刑罰而恬然者。人之不齊，或相什百，或相千萬。故先王以禮貌待君子，以爵賞勵中才，以刑戮加小人，猶懼勿給也。明公乃欲以區區之聲色，取天下之智、愚、賢、不肖而一例陶鎔之，先推之于廉恥以外，而後置之于腹心以內，不已過乎？一切大府出巡，舟車廚傳之飾，僚寀入謁，磬折趨拜之爲，皆吏治之末節，臧獲之能事也。人之精神，必無兩用。悃愊無華者，必不能供張儲偫；奔走捷給者，必不能愷悌宜民。公之奬許，往往在彼而不在此。故曰可以得小人，不可以得君子也。

公治西川，又治甘肅，皆邊地也。苗夷相隣，機貴神速，故耳目宜周；麾下將校，纖悉必報，非得已也。若南民柔弱，無所用之。明公偵事，委之武弁，武弁受委，託之兵丁。此輩不知是非，實固有賞，虛亦無罪。朝匭一投，暮符立下。東馳西突，所在驛騷。在公以爲仍付有司鞫訊，然後裁之以法，當無頗戾；不知督撫之威，有雷霆萬鈞之勢，從空而下，訊詳拘解，逐層核轉，縱或深明無罪，立釋頌繫，而被訪之人，已棄產破家而不可救。萬一委訊官，人本傾危，以有事爲榮，以深文爲技，妄控揣公意，張口輒曰：「大人詗察，寧有誤哉！」其幕客亦曰：「縱十事九虛，亦須坐實一二，爲制府光顏。」在公澄剔之苦心，爲小人迎合之捷徑，豈不可惜！夫州縣屈法，有公可申訴也；公屈法，誰北走長安以申訴乎？而兵丁者，習慣于刺探，經營于恫喝，勢必相引爲曹，挾持有司，文武交惡。詩曰：「無縱詭隨，以謹惛怓。」又曰：「無易由言。」「言不可逝矣。」言誤聽詭隨之言，政令一發，便不可挽。故曰公之威可以治邊防，不可以治中土也。

遠莫遠于僚寀之家庭，近莫近于明公之左右。今屬吏床笫詬誶，公能知之；文牒宣揚，及至衙前之散從，養馬之健兒，謥詷不法，而公不知。所過州縣，掉磬叫呼，在公不過一榻之安，一飯之適，而乘高勢而爲邪者，如雲而起。易稱「威如之吉，反身之謂也」，言自治貴嚴也。今反其道而爲之。故曰：公之察事，明于遠而暗于近也。

主上南巡，所治橋梁山川，原許開除正供，何必門徵戶罰。況詔書重疊，惟恐累民。而公故欲反之，以爲心知微旨，君行制而臣行意，非所以待堯、舜也。公之言曰：「南民狡獪，無忠愛之心，故一大創之。」不知忠愛者，民之油然自生者也，非可以威力取也。然而望君之來，江南人心，未必不如公；公正不妨鼓舞以成其美。今聞紳士設綵棚經壇，公聽之可，止之亦可；乃嚴拘爲首，將置之法；及紳士懼而星散，又大逆公意，而牽持洶洶。公之心，以爲彼紳士者，當捆載而來；爲有司者，當拒絕而去。陰用其費，而陽不受其名，然後天子不知，而其道兩便也。然紳士既欲獻媚于天子，必不肯捐費于無名之地；天子尙不肯累百姓，又豈肯加罪於獻媚之人？此理之易明者也。彼納手坐而禍至，醵錢効忠而禍又至，進退倀倀，其能無怨乎？古人先庚先甲，革言三就，皆所以帥民趨事也。公于迎鑾大典，而無「匪怒伊教」之思，故曰：公之敬君，知其小而忘其大也。

以上四者，皆公之過，而無人敢言者也。枚之意，公當行者，蓋不在是焉。

其一曰：遵定制以肅官方。夫屬吏見督撫，會典甚明。府以上法不當跪，道、州、縣以上，法不當自唱名。先王制州、縣，卑其職而不卑其禮者，何也？卑其職，所以使民親也；不卑其禮，所以防民輕也。公何不體此意，敬士尊賢，其不法者劾之，不使跪拜營求而得免，曰：「爾固得罪于天子百姓也，非得罪于我也。」其賢者薦之，亦不使感恩，曰：「爾固有益于天子百姓也，非有益于我也。」如是則正人出，人才得矣。

其一曰：總大綱以扶政體。朝廷官職，各有攸司。丞、尉之權，縣不可侵；州、縣之權，府不可侵。苟非其人，寧劾去之。官果冗，寧奏裁之。禮尊不親小事，卑不施大功。今宰牛捕博之事，動煩公訪，過矣。枚聞雷霆之威，不輕擊人，然一旦虺虺而下，未有能跪而求免者。公之訪漕也，檄張七縣，及其終也，不劾一官。使七縣不當訪而訪，爲失明矣；當劾而不劾，爲失刑矣。疑者曰：「是何若蒿火之暴怒而無繼也？」黠者曰：「是公之用詐也。」公明知七縣漕政之不善而利其多費，以辦供張。恐其不喻意也，故威脅之；又恐御史之糾之也，故先爲訪案，以待奏對地步，非眞欲剔其姦也。」在公未必有此意，而形跡固已如是，可不戒哉！

其一曰：遠僉壬以停羅織。夫官之爭名，猶商之爭利也。善爲商者，不居奇貨，則物價不騰，人心亦靜；不善爲商者，挾奇邪譎觚以來，則街巷聚觀矣。公一則曰振作，再則曰鋒利。于是在位者莫不嚴乎如有急色，兩袪高蹶而張之曰：某賦功，某屬役，某熏一豪，某速一訟。及考其實，雖尋常簿書尙茫如也。要知事果當爲，君子雖日行數百端，必不肯煩稱于上以炫其才。今之事未行，而言先至者，公亦可知其故矣。有事然後可藉端求見，求見然後有言可陳，有言可陳然後有恩可冀。其同寅僚友，往往互相攻發，以求見悅于公，而代其位。又憚公之明而難欺也，故司馬謀太守之位，必假別駕以擠之；縣、丞謀州、縣之位，必假簿、尉以擠之。何也？使公之不疑也。然公之不疑，而去其一，用其一，則固已墮其術中而不悟。公亦知樹荆棘者徒受其刺，樹桃李者終飲其甘乎？舉錯之間，故宜愼也。

其一曰：去權術而歸至誠。公之盱衡厲色、呵官吏而忤朝貴者，豈公之性哉？蓋公之術也。從來英明之君，惡人沽名，尤惡人立黨。主上之英明，冠百代者也。公知之深矣，務在孤行一意，時時爲猝作興事，毫無顧忌之狀。使官民詛我詈我，而我之不好名也明矣。內而九卿、六曹，外而撫司、提鎭，從不以寒暄相接，使人人盻目相視，齊其口都無好語，則我之絕攀援而無黨也又明矣。縱有過失，難免彈射，而一托之于招怨有素，使天子若曰：黃某者，孤立之臣也，彼只知有君耳。愚民憎之，同列忌之，是寧足相排笮耶？愈毁之，乃益所以深譽之。久而人人知其毁之無益，則亦不復有以蜚語上聞者矣。公數十年來，得主之專，未必不由于此。古大臣則不然。不求名，亦不避名；不與人爲同，亦不與人爲異。周官註所云和載六德，容包六行者，公何不勉而進焉！伏念公官宮保、尚書，子作監司，年屆六旬，天子之恩可爲極矣；人臣之榮可謂至矣。自此以往，雖爵上公，加衮服，於公亦何加增哉？惟願公聲名流千萬歲，揖讓于古大臣間，而不以挾術固寵自足，則于枚所傾盡陳說者，或不無采取焉。死罪，死罪！

答陶觀察問乞病書

公不察僕去官之意，謂如枚乘、汲長孺曾待詔金馬門，故恥爲令；又謂僕擢秦郵牧不遷，褊心不能無少望，有所激而逃。是二者，皆非知僕者也。夫蒙恥救民，昔人所尚。牧之與令，奚足區別？漢人五十舉秀才，未名爲老。僕纔三十三，前途正長，敢遽賦士不遇以退哉？

凡人有能有不能，而官有可久與不可久。即以漢循吏論，桐鄉、渤海，專城而居，此官之可久者也。龔遂、朱邑能之至于久，道化行，生榮而死哀。京兆、三輔多豪强，兼供張儲偫，此官之不可久者也。趙廣漢、韓延壽能之久，果不善其終。江寧類古京兆，民事少，供張儲偫多。民事，僕所能也；供張儲偫，僕所不能也。今强以爲能，抑而行之，已四年矣。譬如渥洼之馬，滇南之象，雖舞於床，蹲於朝，而約束勉强，常有跅弛泛駕之虞。性好晏起，於百事無誤。自來會城，俾夜作晝，每起得聞鷄鳴以爲大祥。竊自念曰：苦吾身以爲吾民，吾心甘焉。爾今之昧宵昏而犯霜露者，不過臺參耳，迎送耳，爲大官作奴耳。彼數百萬待治之民，猶齁齁熟睡而不知也。於是身往而心不隨，且行且愠。而孰知西迎者，又東誤矣；全具者，又缺供矣；恍人之先者，已落人之後矣。不跪膝奔竄，便瞪目受嗔。及至日昳始歸，而環轅而號者，老弱萬計，爭來牽衣，忍不秉燭坐判使寧家耶？判畢入內，簿領山積，又敢不加朱墨圍略一過吾目耶？甫脱衣息，而驛劵報某官至某所，則又蘧然覺，蹩然行。一月中失饍飲節，違高堂定省者，旦旦然矣，而還暇課農巡鄉如古循吏之云乎哉？

且一邑之所入有限，而一官之所供無窮。供而善，則報最在是；供而不善，則下考在是。僕平生以智自全，得不小小俯仰同異。然而久之，情見勢屈，非還取其不肖之心而喪所守，必大招夫違俗之累而禍厥身。及今，故宜早爲計也。若得十室之邑，肆心廣意，絃歌先王之道以治民，則雖爲游徼嗇夫，必泰而安之終身焉。今有乘怒驥而馳炎衢者，雖賁、育必偃息于樹陰之下。夫僕亦偃息之遲者也，公毋見怪也。

再答陶觀察書

嘗謂功業報國，文章亦報國，而文章之著作爲尤難。掖之進，知己；勸其退，亦知己，而勸退之成全爲尤大。公疑僕祿有餘贏，故欲退居以自怡，似又非知僕者。僕進有事在，退有事在，未必退閑于進。

且所謂以文章報國者，非必如貞符、典引刻意頌諛而已，但使有鴻麗辨達之作，踔絕古今，使人稱某朝文有某氏，則亦未必非邦家之光！僕官亦緊以來，每過書肆，如渴驥見泉，身未往而心已赴。得少休焉，重尋故物。或未干賢者之譏乎？

若謂上游矜寵方盛，故宜緩去，則不知僕之所以欲去，乃正爲此。何也？官之不能無去，猶人之不能無死也。死亦何福之有，而洪範以考終命爲福，則聖人之意也深。人之親有如伯叔、妻子、兄弟者乎？所狎近有如戚友、傔從者乎？之數人者，他事可與謀，而惟出處之際宜獨斷焉，先乞身而後告焉。何也？之數人者，皆受居官之樂，而不分任職之苦者也。唐相蕭嵩求去，明皇留之曰：「朕未厭卿，卿何求去？」嵩曰：「待陛下厭臣，臣安敢求去？」僕讀史至此，深慕嵩之爲人。僕蒙大吏薦剡，百姓知感，脫然去，上或留之，下或惜之。人非去之爲難，去而取此留之惜之之意爲難。以其間交倉庫，辭吏民，身閒而慮周，時乎時乎，有餘味焉。馬伏波云：「居前不能令人輕，居後不能令人軒。援實恥之。」言士君子貴以身關天下之重輕也。今僕在官，官未必重；去官，官未必輕。州縣中豈遽少僕哉？非特州縣也，就令僕一歲九遷，驟膺公卿之位，自問何以立功，何以報主？亦復捫心納手，未知所措。事君者量而後入，不入而後量。漆雕開不能自信，夫子不知，而開獨知之。僕之不能自信，亦公所不知，而僕自知之也。夫是，故知難而退也。

若夫僕之所自信者，則固有在矣。周官三百六十，謂非其人莫任者，今無有也。唐、宋來幾家文字，非其人莫任者，誠有之矣。僕幼學徐、庾、韓、柳之文及三唐人詩。每搖筆，覺此境非難到，苦學植少，讓古人之我先，靦焉以早達爲悔。行且就去，將從事焉，盡其才而後止，不比立功名束手而聽之天也。舍得爲不爲，當可去不去，公其謂我何！

答和觀察書

郵遞中接公手書，讀三過，殷然以天下爲己任。數年來，得此於上游極寡。第書中稱德爲貴，才爲賤。是說也，狂夫阻之。

公而不以天下爲己任也，則廢才可矣；公而以天下爲己任也，則天下事何一非才所爲乎？忠于君，德也；而所以忠之者，才也。孝于親，德也；而所以孝之者，才也。孝而愚，忠而愚，才之不存，而德亦亡。古以天地人爲三才。天之才，見於風霆；地之才，見於生物；人之才，極於參贊，其大者爲聖賢，爲豪傑，其小者爲農夫，爲工匠。百畝之田，人所同也；或食九人，或食五人，而才見焉。冶埴之事，人所同也；爲燕之鎛，爲秦之廬，而才見焉。使農一日不食人，工一日不成器，則子不能養其父，弟不能養其兄，而顧囂囂然曰：「吾有德，吾有德。」其誰信之！

孔子論成人，以勇藝居先，而以思義授命者次之。論士以使於四方不辱君命者居先，而以稱孝稱弟者次之。曰：「高陽氏有才子八人。」曰：「才難。」曰：「如有周公之才之美。」若是乎，才之重也！降至戰國，縱横變詐，似才之爲禍尤烈。故孟子起而辨之曰：「若夫爲不善，非其才之罪也。」孟子之意，以爲能視者，目之才也；雖察秋毫，不足爲目病。而非禮之視，非其才之罪也。能食者，口之才也；雖辨淄、澠，不足爲口病。而非禮之食，非其才之罪也。若因其視非禮而必矐目而盲之，食非禮而必鉗口而噎之，是則罪才賤才之説，而非孔孟意矣。

駉之三篇曰：「斯馬斯才。」馬尚非才不可，而況于人！今天下非無德也，然而有所謂僞德；非無才也，然而有所謂僞才。公與其貴此而賤彼也，毋寧兩辨而求其眞！枚謹覆。

與吳令某論罰鍰書

漢張敞以三輔穀貴，請民入粟贖罪。蕭望之等以爲粟可贖罪，是貧富異情，而法不一也，爭之甚力。考其時，張敞寛民罪以活民，非取民財以利己；然望之以爲事當權其輕重，不宜以苟且計，損萬世法。

今聞足下治吳郡，凡富人有過，輒煅煉拘繫之，逼令出家財佐公費，一日之間，凡六七輩。此大不可也。冉有曰：「既庶矣，又何加焉？」孔子曰：「富之。」孟子曰：「易其田疇，薄其稅斂，民可使富也。」古之聖賢，求貧民之富；今之有司，求富民之貧。不知富民者，貧民之母也。其能施與者無論矣。縱紈袴驕奢，未嘗不病於己而利於民也。被綺縠，食珍羞，而鬻販者利；婚喪僭侈，好歌舞博弈，而方外雜技與肩摩背負者利。今使之畏首畏尾，動觸機阱，富民累，貧民傷矣。

說者曰：「爲富不仁，孅嗇傲上，致其罪，罰其鍰，足以儆之。」夫爲富不仁，陽貨爲作吏者言之也，非爲百姓言之也。我不取之，何以知其吝？我不接之，何以知其傲乎？誠有罪焉，是富人之恃財而爲惡也。恃財者，使之百萬其財而莫贖，然後天下之爲富者懼。若以財肆，復以財免，小富之人，或傾其性命，大富之人未損其毫毛。設有狡獪豪猾，捐一二年租爲罰費，便可恣縱無所不至，是罰鍰非禁惡也，乃助惡也。謝安曰：「陶公雖用法，恆得法外意。」不知公之罰，法外當是何意？

今夫貪吏之取贓也，避其賓朋，胠篋暗投，其羞惡之心猶然存也。能吏之行罰也，明目張膽，持籌而算之，其羞惡之心淡然忘矣。彼富人者，明知其意不在罪也，一有風聞，便賫貨鬻産，治具而待。匍匐棘槐，不辨其罪之有無，而但訴其家之有無，勒增丐減，形同賈販。旁觀之士，心竊鄙之。上有好者，下必有甚焉者矣。在官則胥吏強索，在鄉則無賴詐取。自上下下，相緣爲姦。而況所罰者大半不出於告發，而出於訪聞。於是鉤距者，誣陷者，設局而羅織者，朝稟午入，暮符已下。官爲訟魁，吏爲佐證。所罰無幾，而徒使中飽之人，雲翔而四布。荆棘滿眼，殊覺寒心。

或曰：「罰鍰非入己也，置之公所充公用耳。」審是，則足下之爲此尤拙矣。夫君子之廉，爲潔己也；小人之貪，爲肥己也。今足下故入人罪以取利，其不爲君子也明矣。復不橐存之，而以公同官，是汚己而肥人，既爲君子所悲，重爲小人所笑。足下又何樂乎此？

或曰：「此大府意也，故不得不爾。」是更不然。繩愆糾謬，方稱賢僚。大府果有罰鍰之明文，君子尙宜抗詞而爭。今絕無明文，而以爲不師其令而師其意，一旦敗露，爲上所知，恐大府今日借君以集事，未必異日不劾君以解謗。明者不可不察也！枚再拜。

答任生書

邱生來，接手書，多所抗懷卓論，文筆岸然，有介而馳焉之意。年少才健，今之吳武陵也。第稱許過當，繩其美弗甚其過，弱顏難以卒讀。既又自解曰：昔揚子太玄，高不儷荀、管，而門人侯芭以爲過周易，則愛之者過焉。

僕遇生于淮，倉卒以師命僕，僕所不當得爲，而靦然不以慚，蓋有故矣。夫師道之壞也，韓子已昌言之。而爾時以位卑足羞，官盛近諛爲解，是其人猶有潔然自好之意。雖無師，師道存也。今之時，惟百工伎藝能以其術相傳，而弗涉于利。其他衣冠縉紳，率有所利其人，而後以師奉之。師亦有所利其人，而後以弟子屬之。其所謂講道明義者，百不一聞。是今之有師，不如唐之無師。師日多，道日壞。僕掛冠歸行萬里，儼然在衰絰之中。爵不足以榮生，財貨不足以潤生，聲氣門戶不足以利生之毫末。今闖然而造門，藹然而進詞，徒以愛吾文故耳。然則吾之文足以爲師與否，且勿具論；而生求師之不以利也，明甚。僕固宜受之以成生之高義，而因以存師道于萬一也。

雖然，昔人謂實中其聲者謂之端，實不中其聲者謂之竅。又曰：君子有言，非苟顯其理，將以啓天下之方悟者；君子有爲，非苟行其志，將以引天下之方動者。生以文師僕，僕受之。天下之人，未嘗見人如是其肯師人也，又未嘗見人如是其肯以師自任也。倘其實不中其聲，而一蹈于欿，則天下人方且迂生嗤生，而師道又轉因生而廢。僕故還山後，誓不再出。讀書，運深湛之思，將副生所以師僕之意，而明其善擇師之未有過于生也，使天下見之。生聞，謂何如？

答衛大司空書

枚隸公屬下，蒙訓儉以養廉，引身相率，意良厚也。第平素讀書覽古所得者，似與君子意旨有殊，請聲之於左右。

公昔刺海州，衣布含脫粟，後居高位如故。可謂不欺其志者。然枚以爲公之所以率性者，當在是；所以自足與教人者，當不在是。孔子曰：「奢則不遜，儉則固。與其不遜也寧固。」是時卿大夫歌雍舞佾，多不遜者，故夫子有爲言之。若子之服食起居，鄉黨一書甚具，蓋未嘗儉也。考史，管仲奢，晏嬰儉，皆君子。元載奢，盧杞儉，皆小人。然則君子小人之分，不在奢與儉也明矣。

人之好尚不能盡同。文王嗜菖蒲葅，曾皙嗜羊棗。天下之嗜菖蒲葅、羊棗者，必不止文王與曾點也。因文王、曾點而菖蒲葅、羊棗特傳，非菖蒲葅、羊棗之能傳文王、曾點也。

奢儉之適情，亦猶食味之適口而已矣。

雖然，朝廷有體，聖人有經，不可以好尚異也。禮，享宴、肴饌、弁帶、革舄，有公侯卿大夫士之別。本朝會典尤詳言之。先王豫知後之人必有奢以亂制，儉以沽名者，故戒奢黜儉，而一束之于禮。孔子曰：「非禮勿視。」非特奢于視者非禮也，其過儉之視，亦非禮也。曰：「非禮勿聽。」非特奢于聽者非禮也，其過儉之聽，亦非禮也。公爲大臣，宜率天下歸于禮，不宜率天下歸于儉。若積俸錢以遺所不知誰何之人，而徒取朝廷倚賴之身，而惡衣惡食以僇苦之，是爲子孫計，貪甚矣，而何儉焉？若曰，非此恐清名不立。是爲好名計，貪甚矣，而何儉焉？檀弓曰：「國奢則示之以儉。」今朝廷節用愛民，國未奢也，而公又何儉之示焉！

本朝湯潛菴、陸稼書皆以儉名者也。然兩人之所以成名，公當深求之，勿貌襲之。如敝車羸馬，皆可以爲湯、陸，則凡食不厭精，膾不厭細者，亦皆可以爲孔子矣。夫不趨至樂之境，以貌襲孔子；乃趨至苦之境，以貌襲湯、陸：擇術者不若是拙也。

公巡撫廣西，劾謝濟世子，並劾濟世，枚以爲過矣。昔令尹子文、王猛、房、杜皆賢相，其子皆不肖，當時不咎其父。謝雖迂怪，非中行之士，然當田文鏡隆赫時，朝臣嘿嘿，而謝爲三日御史，露章批鱗，卒戍窮邊，口無二辭，可不謂豪傑哉？有人如此，不爲之全其晚節爲後世勸，而使衰年纍絏，塡死牢戶，天下之人，聞而悲之。以公所爲，得毋奢于刑而儉于德乎？然則公之所奢，枚之所儉，盍亦兩勉之而已。

與孔南溪太守書

僕在蘇二十餘日，凡六見閣下。每見，則牽裾而不忍別，置精饌以款之，選笙歌以樂之，分淸俸以惠之，忍老泪以送之，未嘗見閣下肯如是其待人也。亦未嘗有人焉，肯以閣下之待我者見待也。不期其然而然，身受者疑，旁觀者亦疑。不知天下之發于眞性情而不容已者，皆求其故而不得者也。

文王嗜菖蒲葅，菖蒲葅之味安在？嵇康好鍛，鍛之趣安在？閣下好僕，僕之當好者安在？以爲重其同科乎？則當今己未進士尚多也。以爲重其文學乎？則天下以詞章稱者無萬數也。然而閣下何以捨他人而我好也？所以然之故，不特僕不知，旁人不知，卽問之閣下，閣下亦不知。惟其不知，所以發之誠而行之篤。以天合不以人合，其斯之謂歟！

且受知于道廣之人不足感，而受知于量狹之人始足欣。子張曰：「君子尊賢而容衆，嘉善而矜不能。」得交子張，安知其不在矜之容之例也！矜之容之，是以衆人待之也。子夏曰：「其可者與之，其不可者拒之。」得交子夏，其爲所與而非所拒也明矣。閣下干飾廉隅，秩秩見于面目，今之子夏也。僕得交焉，幸矣。

閣下官吳下，枚寓白下，路不甚遠，非不可見者。閣下年六十二，枚年五十九，年不甚衰，非不能見者。然而臨別時，閣下瞿瞿然以不再見爲慮。此豈眞不再見哉？願見之心過切，而未必見之心乃生。蓋患得失于官職則甚鄙，患得失于師友則甚賢。昔陸放翁與范石湖晚年吳下作別，輒失聲而慟。古之賢人，何獨不然？奉上留別詩六章，希省覽不備。

小倉山房文集卷十七

與清河宋觀察論繼嗣正名書

枚歸自蘇，將公所稱子姪一體、不必易名之意，述之方公。據云，曩議婚時，公曾面宮保云某無子，以公所定之婿卽某之子云云。枚昔未在旁，難身質言語，退竊自思，以爲合兩門公之好，事至重也，不願有纖芥抵攔，致損和愛，故將繼嗣正名之義，爲明公詳說之。

謹按六經無「姪」字。左氏曰：姪其從姑。雷次宗以爲謂吾姑者，吾謂之姪，故「姪」字從女。漢疏受是疏廣兄子，班史兩稱父子同日辭官，不稱叔姪。杜氏通典以爲小功無甥名，周服無姪名。明公狃俗稱而忘古義，固已傎矣。從來父母之與子，生與養並稱，而養功尤重。孔子曰：「子生三年，然後免於父母之懷。」詩曰：「長我育我，顧我畜我。」凡此所嘆，皆養功也。故周逸繼左兒，徐淑續秦祀。古人以養爲功，竟有立異姓，而君子不以爲非者。明公兄嫂早卒，撫育兩孤，養功可謂重矣。年巳服官，麟趾未育，於此續宗祀之重而綿詩書之澤，立賢立長，誰曰不宜？

且男子之慶，父母存也；女子之祥，舅姑在也。新婦纚笄宵衣，執醬而饋，蓋生而學之，故嫁女者，動以尊章具慶爲榮。宮保遠宦保陽，聞宋氏有舅姑則心安，無舅姑則心不安。何也？嫁其亡兄之女，較嫁所生尤當慎重。君子之用心，理宜如此。古人崔、盧、李、魏，貴門第相符，宮保身爲正卿，當時締姻，爲監司乎，爲監司之兄一布衣乎？此不待辨而知也。今一旦游移其詞，以爲稱子婦可，稱姪婦亦可。不特與求婚初意相違，而且以無定之親疏，聽之於弱顏之新婦。強親則諂，強疏則悖。爲新婦者難，爲新婦母而教之者更難。在公之意，以爲存姪之名，有子之實可也。不知名之不存，實將焉據？使明公早正繼嗣之名，猶慮他年賀喬生纂，斥還賀率，未必諸葛生瞻，仍留伯松！若復不肯正名，如有所待，則世俗之情，驚惶必甚。以爲不沾寶惠之名字，執之甚堅，則將來通共之家資，更難擬斷。在明公行仁履禮，必無慮此，而長者爲行，不使人疑。心迹之間，實難遽白。枚以爲明公春秋鼎盛，簉助多人，就使日後子嗣振振，而此時先得長男，豈非盛事？況郎君秀出班行，爲戚里所嘖稱者乎？

或慮長房長子，次房承立爲嫌，則尤不然。古有封建，故有大宗。今無封建，其所謂大宗者，皆小宗也。小宗議繼，何分支庶？古人貴貴之禮，於宗祀尤重。故賤可祧，貴不可祧；士三鼎，大夫五鼎，祭以士，不如祭以大夫。公之兄縱是長房長子，主祭時尙當推公執爵，而況于公行爲長，于公族未必爲長。父非大宗，子非宗子，卽以俗論，不爲越繼。漢伏蘊嗣伏恭，宋謝弘微嗣謝峻，唐杜正倫、戴胄等，各嗣兄子爲子。考之史書，雖不明言爲兄之長子，亦並不明言爲兄之次子。何也，均屬小宗，便不必分長子與次子也。本朝律文稱繼嗣者聽其立愛，不許宗族以次序告爭。尤爲明確。明公官居三品，幾有奪宗之貴。兩子留一，足祀其兄。仁至義盡，當無他說。

若謂因婚方氏而立嫡，似以榮勢爲嫌，則又不然。婚姻，外戚也；立嫡，族事也。兩者不相爲謀。使公與農氓爲婚，豈遂漠視三廟而不慮及身後之烝嘗耶？要知宋氏以宗廟爲重，不爲聯姻顯宦然後立宗；方氏以嫁女爲重，使配監司嫡子，才覺得所。人情天理，彼此昭然。何嫌何疑，而有不決？

再謂立嫡之後，恐賢兄兩子，互有猜心，則更不然。古人讓爵而逃，及門無異姻者，章章史册。是在兩子之賢與不賢，家訓之善與不善，不在嫡嗣之立與不立也。

枚忝周官媒氏之職，性不耐雜，於瑣細儀文，無能爲役。兹聞稱名，議久不決，以爲非曉古今明經術者，不足以關俗人之口，而釋公之疑。故敢布露所懷，爲方氏者小，爲宋氏者大。

答蔣信夫論喪娶書

接來札，爲婿持所生服，有達權之請。僕以爲婚與喪，人生有數事也。一有缺失，則終身玷焉。所以持之者無他，上稽諸經，中質諸史，下考之本朝律文而已矣。

庶子持生母服，經稍輕，史或輕或重，明律改爲斬衰遂大重，而本朝因之。其既重之後勿論也，其最輕時亦未有以婚聞者。禮，庶子服生母，父在練冠麻衣，既葬而除，此指諸侯之庶子也。此卽孟子所謂雖加一日愈于已者是也。諸侯爵尊，故有降殺之禮。若大夫士則遞加而重。然爾時父子異宮，諸侯雖尊，猶使庶子居其室而遂焉，君與正嫡，不得以尊壓也。彼側室貳宗者，端可知矣。

周天子喪穆后宴樂，叔向譏之曰：「王一歲而有三年之喪二焉。」夫妻喪，非三年也，然禮必三年後娶，所以達子之志也。父尚不娶，而況於其子乎？然此猶云妻耳，非妾也。齊侯使晏子請繼室於晉，叔向辭之曰：「寡君在衰絰之中，是以未敢請。」時晉侯喪少姜，姜固妾也。叔向賢者，豈不知士妾有子方爲之緦，諸侯已絕緦矣，乃藉以辭昏，況其妾所生之子乎？然此猶考諸經，未質諸史也。

晉文學王藉之有叔母服，未一月，納吉娶妻，爲劉隗所彈。唐建中元年，縣主將嫁，供奩備矣，而襄王之幼女卒，上從妹也，上命改期，曰：人惜其費，我愛其禮。古期功之喪，帝王之家，其不苟如此。蘇子瞻，宋之放于禮者也。然其爭許民喪娶表曰：「臣不願使後世史書男子居父母喪得娶妻自元祐始。」明瀋王佶焞惑於陰陽之說，大祥乞爲弟妹嫁娶，嘉靖竟命執問如律。歷覽古昔，喪娶之禁，班班可考。

然經史之宜遵，終不若律令之可畏也。唐律喪娶者徒，金章宗加以聽離，本朝依明律定主婚者杖。僕與足下，以舐犢之情，受朱木之困，已堪齒冷。而況人情愛其子女必爲之計久遠焉？郎君讀書登科，他日將立朝廷議大典禮，而先使之蔑情干義，抱終身之憂，殊非所以爲愛也。

說者豈不曰：蘇州喪娶，民間有之，爲人之所爲者，人亦無訾焉。然每見葱坊餅肆之氓，髮且禿矣，偶道其少時喪娶，必赬顏而禁聲。何也？天良之夭閼，雖無法律經書，而此中怦怦，終不安也。

說者又豈不曰：以兩公之賢，必無人敢持短長者。不知禮義由賢者出，惟我兩人賢也，四方將于我乎觀禮。倘觀禮而禮有違，則人人乖其所望，而詆娸者將更甚于丘里之庸庸者矣。

然則處禮之變，爲萬不得已計奈何？曰：曾子問：親迎女在途，而婿之父母死，如之何？孔子曰：女改服布深衣縞總以趨喪。徐氏註云：女改服者，以婿親迎之故。雖未成婚，而婦之分已定故也。不言此後所處。意者女在婿家，若今童婦，除喪而後成婚。此禮開元因之，著爲令典。今婿已來親迎矣，小女已在途矣。或倣而行之，亦亡于禮者之禮乎？吳下多儒者，精通五禮，足下何不將僕手書付之覈議？見覆，幸甚。

與江蘇巡撫莊公書

王荆公曰：「今州縣之災相屬，民未病災也；有治災之政出焉，而民始病。」是言也，向常疑之。今春吳民來，道明公治災有訪罰、勸捐兩事。方信荆公之不吾欺焉。

夫訪與罰，不並行也。元惡大憝，交通王侯，爲府縣所不敢發，然後督撫訪之，大都非誅卽徙矣。若可以金贖者，小罪也。小罪而大府訪之，若曰苦一人以活衆人云爾，是殺人以養人也，非政體也。或其人竟有大罪，而以荒故末減而罰之。若曰寬一人以活衆人云爾，是縱姦以養人也，非政體也。且訪豈可數行哉？懸鏡以待照，應敵之兵也，妍媸長短，罔勿呈焉。操火以燭物，挑戰之兵也，彼靜我動，常交睫而失之。以巡撫之尊，江南之大，必不能龜卜籌算而知惡人也，必假耳目焉。所假者，又有所假耳目焉。然則其所訪者，亦甚危矣。

周官大司徒以荒政救萬民，其六曰安富。富之安與不安，似與荒政無與。而先王慮之者，何也？夫物之不齊，物之情也。或相千百，或相倍蓰。雖三代上不能有富民無貧民。

洊饑之年，忮者，求者，爭且奪者，紛然四起。不有以安之，則貧者未必富，而富者已先貧。今不特不能安之，且更擾之，囂囂然曰：而捐百，而捐千，而捐萬。其能捐與不能捐，雖隣里之近，姻婭之密，友朋之往來，非指其困，搜其私橐，不能知也。公乃高牙大旆，崇轅深居，而曰：余既已知之矣。其所謂知之者，大抵得之於府，於縣，於吏役，於里胥，而搜考之，抑勒之，逼而驅之，拘苦而僇辱之。彼其所得者，祖父之遺也，非公所賜也。其若是，何哉？天災流行，國家代有。富民之免於死者，天之所赦也。天赦之，而公不赦，亦已過也。今三吳吏胥，多悇憛㥄心，妄有所稱報。民恫疑虛喝，聞叩門聲，便啼呼走匿。公亦知夫弟當養兄，子當養父乎？雖下愚不肖，有不知此義者乎？以此義之易知，而加以在位者之督教，宜若孝弟之人充衢塞巷焉。今公治江南五年矣。大江南北，其子有餘財而不養父，弟有餘財而不養兄者，比比也。公能家諭戶曉而強之乎？夫以天經地義之事，尚不能強，而忽以博施濟衆，堯、舜猶病之事強之於商賈負販之民，其不樂從者情也。聽其不從，則法撓；罪其不從，則刑濫。

且吝嗇非罪也。以老聃之賢，鼠壤有餘蔬而棄妹。以子夏之賢，而不肯假蓋于孔子。今以老聃、子夏之所不能，而責庸人爲大俠，悖之甚矣。孔子曰：「民可使由之，不可使知之。」鄉里善人，聞諸朝表其門閭，偶得一二，故爲貴也。今令曰：捐十石者，予之旌；捐百石者，予之旌。揭朽木而書金字者，在城滿城，在鄉滿鄉。其虛誘之名，富民知之矣；其勸捐之寶，貧民又知之矣。富民知之，必不肯以無益之虛榮，損室家之實惠；貧民知之，必謂爲富不仁，上之所惡也，刼而取之，上將我寬，勢必揭竿而起，呼號成羣，害之所至，豈有底止？

古堯洪湯旱，無勸捐之名。惟左傳載臧文仲有務穡勸分之說。宋子罕餼國人粟，戶一鍾。魯之季氏，隱民多取食焉。當時圭田私邑，豪富有餘，故得行其豆區釜鍾之惠，非今所可行也。且使縉紳之家，與主上操活民之柄，亦非國家之利也。

然則訪與捐竟不可行乎？曰：訪宜行於亂世，捐宜勸於豐年。而今非其時也。亂世上下相蒙，豺狼當道，嚴明之吏，偶一爲之，如天雄烏喙，治奇疾也。今吏治肅清，無大豪足當公訪。豐年富戶熙熙，不知穀之可貴，迎其機而導之，爲義倉，爲社倉，尚可舉行。然亦不過杯酒是論，鄉人是托而已。至於量戶而計，按畝而搜，必如張巡之守睢陽，臧洪之守陳留，危亡在卽，去則齎寇糧，留則同歸于盡，然後涕泣行之，以救旦夕，而人亦相諒。明公視今日之江南，豈其時乎？刲他人之股以行孝，刼隣里之財以市恩，竊爲明公不取也。

然則見民之饑而死，爲之奈何？曰：今天子之賑饑，自堯、舜以來，未之有也。公逢盛世，操大權，夫復何憂？勘災寧早，入告寧實，定數宜寬，糶濟寧速。撫綏加賑多其名，留養資送廣其例。撥外省之豐者以濟之，擇有司之賢者以托之。周、孔復生，如是而止矣。

答沈大宗伯論詩書

先生誚浙詩，謂沿宋習，敗唐風者，自樊榭爲厲階。枚浙人也，亦雅憎浙詩。樊榭短於七古，凡集中此體，數典而已，索索然寡眞氣。先生非之甚當。然其近體淸妙，于近今少偶。先生詩論粹然，尙復何說。然鄙意有未盡同者，敢質之左右。

嘗謂詩有工拙，而無今古。自葛天氏之歌至今日，皆有工有拙，未必古人皆工，今人皆拙。卽三百篇中，頗有未工不必學者，不徒漢、晉、唐、宋也。今人詩有極工極宜學者，亦不徒漢、晉、唐、宋也。然格律莫備於古，學者宗師，自有淵源。至於性情遭際，人人有我在焉，不可貌古人而襲之，畏古人而拘之也。今之鶯花，豈古之鶯花乎？然而不得謂今無鶯花也。今之絲竹，豈古之絲竹乎？然而不得謂今無絲竹也。天籟一日不斷，則人籟一日不絕。孟子曰：「今之樂，猶古之樂。」樂卽詩也。唐人學漢、魏，變漢、魏，宋學唐變唐。其變也，非有心於變也，乃不得不變也。使不變，則不足以爲唐，不足以爲宋也。子孫之貌，莫不本於祖父，然變而美者有之，變而醜者有之。若必禁其不變，則雖造物有所不能。先生許唐人之變漢、魏，而獨不許宋人之變唐，惑也。

且先生亦知唐人之自變其詩，與宋人無與乎？初、盛一變，中、晚再變，至皮、陸二家，已浸淫乎宋氏矣。風會所趨，聰明所極，有不期其然而然者。故枚嘗謂變堯、舜者，湯、武也；然學堯、舜者，莫善於湯、武，莫不善於燕噲。變唐詩者，宋、元也；然學唐詩者莫善於宋、元，莫不善於明七子。何也？當變而變，其相傳者心也；當變而不變，其拘守者迹也。鸚鵡能言，而不能得其所以言，夫非以迹乎哉？

大抵古之人先讀書而後作詩，後之人先立門戶而後作詩。唐、宋分界之說，宋、元無有，明初亦無有，成、弘後始有之。其時議禮講學，皆立門戶以爲名高。七子狃於此習，遂皮傅盛唐，搤掔自矜，殊爲寡識。然而牧齋之排之，則又已甚。何也？七子未嘗無佳詩，即公安、竟陵亦然。使掩姓氏，偶舉其詞，未必牧齋不嘉與。又或使七子湮沉無名，則牧齋必搜訪而存之無疑也。惟其有意於摩壘奪幟，乃不暇平心公論。此亦門戶之見。先生不喜樊榭詩而選則存之，所見過牧齋遠矣。

至所云詩貴溫柔，不可說盡，又必關係人倫日用。此數語有褒衣大袑氣象，僕口不敢非先生，而心不敢是先生。何也？孔子之言，戴經不足據也，惟論語爲足據。子曰：「可以興。」「可以羣。」此指含蓄者言之。如柏舟、中谷是也。曰：「可以觀。」「可以怨。」此指說盡者言之，如「豔妻煽方處」、「投畀豺虎」之類是也。曰：「邇之事父，遠之事君。」此詩之有關係者也。曰：「多識于鳥獸草木之名。」此詩之無關係者也。僕讀詩常折衷於孔子，故持論不得不小異於先生。計必不以爲僭。

再與沈大宗伯書

聞別裁中獨不選王次回詩，以爲豔體不足垂教。僕又疑焉。

夫關雎卽豔詩也，以求淑女之故，至于展轉反側。使文王生于今，遇先生，危矣哉！易曰：「一陰一陽之謂道。」又曰：「有夫婦然後有父子。」陰陽夫婦，豔詩之祖也。傅鶉觚善言兒女之情，而臺閣生風。其人，君子也。沈約事兩朝，佞佛，有綺語之懺。其人，小人也。次回才藻豔絕，阮亭集中，時時竊之。先生最尊阮亭，不容都不考也。

選詩之道，與作史同。一代人才，其應傳者皆宜列傳，無庸拘見而狹取之。宋人謂蔡琰失節，范史不當置列女中，此陋說也。夫列女者，猶云女之列傳云爾，非必貞烈之謂。或賢或才，或關係國家，皆可列傳，猶之傳公卿，不必盡死難也。詩之奇平豔朴皆可采取，亦不必盡莊語也。杜少陵，聖於詩者也，豈屑爲王、楊、盧、駱哉？然尊四子以爲萬古江河矣。黃山谷，奥於詩者也，豈屑爲楊、劉哉？然尊西崑以爲一朝郛郭矣。宣尼至聖，而亦取滄浪童子之詩。所以然者，非古人心虛，往往舍己從人；亦非古人愛博，故意濫收之；蓋實見夫詩之道大而遠，如地之有八音，天之有萬竅，擇其善鳴者而賞其鳴足矣，不必尊宮商而賤角羽，進金石而棄絃匏也。

且夫古人成名，各就其詣之所極，原不必兼衆體。而論詩者，則不可不兼收之，以相題之所宜。卽以唐論，廟堂典重，沈、宋所宜也；使郊、島爲之，則陋矣。山水閒適，王、孟所宜也；使溫、李爲之，則靡矣。邊風塞雲，名山古跡，李、杜所宜也；使王、孟爲之，則薄矣。撞萬石之鐘，鬭百韻之險，韓、孟所宜也；使韋、柳爲之，則弱矣。傷往悼來，感時記事，張、王、元、白所宜也；使錢、劉爲之，則仄矣。題香襟，當舞所，絃工吹師，低徊容與，溫、李、冬郎所宜也；使韓、孟爲之，則亢矣。天地間不能一日無諸題，則古今來不可一日無諸詩。人學焉，而各得其性之所近，要在用其所長而藏己之所短則可，護其所短而毁人之所長則不可。豔詩宮體，自是詩家一格。孔子不刪鄭、衞之詩，而先生獨刪次回之詩，不已過乎？

至於盧仝、李賀險怪一流，似亦不必擯斥。兩家所祖，從大招、天問來，與易之龍戰，詩之天妹，同波異瀾，非臆撰也。一集中不特豔體宜收，卽險體亦宜收。然後詩之體備而選之道全。謹以鄙意私於先生，願與門下諸賢共詳之也。

尊選明詩別裁有劉永錫行路難一首，云：「雪漫漫兮白日寒，天荆地棘行路難。」先生評：「只此數字，抵人千百。」噫，異矣！上句直襲荆軻傳之唾餘，下句「行路難」三字卽題也。永錫苦湊得

「天荆地棘」四字耳。三尺村童，皆能爲之，而先生登諸上選，蒙實不解。願敎之！

答施蘭垞論詩書

足下見僕答沈宗伯書，不甚宗唐，以爲大是。蒙辱讜言，欲相與昌宋詩以立敎。嘻，子之惑，更甚於宗伯，僕安得無言。

夫詩，無所謂唐、宋也。唐、宋者，一代之國號耳，與詩無與也。詩者，各人之性情耳，與唐、宋無與也。若拘拘焉持唐、宋以相敵，是子之胸中有已亡之國號，而無自得之性情，於詩之本旨已失矣。子與人歌而善，必使反之而後和之。其歌者爲齊人歟？爲魯人歟？孔子不知也。其所歌者爲夏聲歟？爲商聲歟？孔子又不知也。但曰善則愛之而和之。聖人之和人歌，聖人之敎人學詩也。

雖然物必取其極盛者而稱之。詩之稱唐，猶曰宋之斤魯之削云爾。僕之不甚宗唐，不欲逼天下之人盡遷居於宋於魯而後爲斤削也。然宋斤魯削之善，不可誣也。子之不欲尊唐，是欲逼居宋居魯之人遠適異國，而後許其爲斤削也，則好惡拂人之性矣。是奚可哉！

來書云：唐詩舊，宋詩新。更不然也。夫新舊可以年代計乎？一人之詩，有某首新，某首舊者；一詩之中，有某句新，某句舊者。新舊存乎其詩，不存乎唐、宋。且子之所謂新舊，僕亦知之。前有人焉，明堂奥房，襜襜焉盛服而居；後又有人焉，明堂奥房，襜襜焉盛服而居。子慮其雷同而舊也，將變而新之。則宜更華其居，更盛其服，以相壓勝矣。乃計不出此，而忽窪居窟處，衣昌披而服藍縷，曰吾以爲新云爾。其果新乎？抑雖新而不如其不新乎？五尺之童，皆能辨之。

揚子曰：斲木爲棋，梡木爲鞠，皆有法焉。唐人之法，本乎漢、晉；宋人之法，本乎三唐。終宋之世，無斥唐人者。子忽欲尊宋而斥唐，是率其子弟攻其父兄也。恐詩未作，而教先敗也已！

答蘭垞第二書

來書極言唐詩之弊，故以學宋爲解。所陳諸弊，僕不以病唐人，乃以病吾子。何也？子亦知孔子之道，歷萬世而無弊者乎？然鄉之氓，有學孔子者，終日食不厭精，膾不厭細，人但呼爲飲食之人，不呼爲孔子也。是豈孔子之弊哉？子之弊唐，毋乃類是！

且弊有多寡，學者當擇其寡者而趨之。程、朱講學，陸、王亦講學。其于聖道，互有是非。然天下士多遵程、朱，少遵陸、王。故何也？程、朱流弊，不過迂拘；陸、王之弊，一再傳而姦猾竄焉。其弊大，故其教不昌。唐詩之弊，子既知之矣；宋詩之弊，而子亦知之乎？不依永，故律亡；不潤色，故采晦。又往往叠韻如蝦蟆繁聲，無理取鬧。或使事太僻，如生客闌入，舉座寡懽。其他禪障理障，庾詞替語，皆日遠夫性情。病此者，近今吾浙爲尤。雖瑜瑕不掩有可傳者存，然西施之顰，伯牛之癩，固不如其勿顰勿癩也。況非西施與伯牛乎？

說者曰：黄河之水，泥沙俱下，才大者無訾焉。不知所以然者，正黄河之才小耳。獨不見夫江海乎？清瀾浮天，纖塵不飛，所有者，萬怪百靈，珊瑚木難，黄金銀爲宮闕而已。焉覩所謂泥沙者哉？善學詩者，當學江海，勿學黄河。

然其要總在識。作史者才、學、識缺一不可，而識爲尤。其道如射然。弓矢，學也。運弓矢者，才也。有以領之，使至乎當中之鵠，而不病于旁穿側出者，識也。作詩有識，則不狗人，不矜己，不受古欺，不爲習囿。杜稱多師爲師，書稱主善爲師。自唐、虞以來，百千名家，皆同源異流，一以貫之者也，何暇取唐、宋國號而擾擾焉分界於胸中哉？吾子亦先澄其識而已矣，毋輕論詩。

與盧轉運書

月之十七日，陳生歸。又三日，公手書至，道生操觚率爾，不克受公恩，并戒枚毋再薦士。枚聞，頗惑焉。

昔養由基善射，百發百中，識者猶慮不以善息，致棄前功。生之射才一發耳，弓撥矢墜，其以金注昏耶？不然，何命之窮也。生誠寠人子，器小，邂逅不自珍，以爲倚馬磨盾，將以見才。不知楊修敏捷，作暑賦彌月不獻；王粲初征，記他文未能稱是；韓安國賦几不成，罰酒三升。古之士，不以此定賢否也。夫公廨甚迫，步韻甚難，爲大儒握管甚鄭重，生皆不知，貿貿然不請間，不稟意旨而爲之，其得棄絶之罪於門下也固宜。

雖然，公之所以接士者，枚尚有進焉。今夫金之色，豈止三品哉？統命之曰金而已。士之才，豈止九等哉？統名之曰士而已。其爲良金與良士歟？夫人而知之也；其爲不純之金、未成之士歟？則將鎔其渣滓而加之淬厲，非大賢與大冶不能。公，大賢也；陳生，士之未成者也。其所以位置之者，當自有道矣。昔劉叉以詩干韓，杜溫夫以文干柳。叉之陋，至於攫金；杜之妄，至於用虛字不當律令；視二公如山嶽之與塵埃，然二公接之，不甚決絶。以爲天下士惟享大名、據高爵者，足與治耳。若夫擔簦躡蹻之士，所歷不過窮巷，所望不過餓口，就有不及，則三熏三沐，非我其誰！暴摧折之，將傳笑四方，終身毁棄。

且古之君子，惟薦人于朝爲至慎也。故曰：惟器與名，不可以假人。若夫區區之財，如棄涕唾，無甚關係。己財且然，而況順風吹噓，借他人財爲豪舉者乎？今天下郡無閒田，田無餘夫。故游民相率而爲士者，勢也。其利市三倍者，惟商耳。商行周官睦婣之義，裒多益寡，意良厚也。明公居轉運之名，要在轉其所當轉，而不病商；運其所當運，而不病天下。不必頭會箕斂，知有商而已也；亦不必置喜怒於其間，以會計之餘權取天下士而榮辱之也。枚嘗過王侯之門，不見有士；過制府、中丞之門，不見有士。偶過公門，士喁喁然以萬數。豈王侯、制府、中丞之愛士，皆不如公耶？抑士之暱公、敬公、師公、仰望公，果勝于王侯、制府、中丞耶？靜言思之，未嘗不嘆士之窮而財之能聚人爲可悲也。

當明公未來時，其所謂士者，或以勢干，或以事干，或以歌舞、卜筮、星巫、燒煉之雜伎干，未聞有以詩干者。自公至，士爭以詩進，而東南之善聲韻者，六七年間亦頗得八九。盛矣哉！大君子之轉移風氣，固如是哉！然則使公或晉擢他去，誠恐詩之十倍陳生者，亦未必一至門下，而何有于生？生遇公，公遇生，誠兩不可再，而卒齟齬以窮，媒勞恩絕，何耶？夫途本寬，則核之也宜嚴；徑愈狹，則收之也宜寬。如生者，徑之至狹者也。惟公能收之，而惜其不寬也。生休矣，恐生之外尙有其人，枚將終薦之，以補公過。枚謹覆。

答袁蕙纕孝廉書

時文之病天下久矣，欲焚之者，豈獨吾子哉？雖然，如僕者焚之可耳，吾子固不可也。

僕科第早，又無衡鑑之任，能決棄之，幸也。足下未成進士，不可棄時文；有親在，不可不成進士。古之科有甲乙，有目；今之科無甲乙，無目，其途甚隘。古進士多至八百人，今進士率三百人，其進甚難。以至難之術，而就至狹之境。士之低首降心，知其不可而爲之者，勢也。勢非聖賢豪傑之所能免也。知勢之不免，而能擇其本末緩急而致吾力焉，是則聖賢豪傑而已矣。

且子之捐科第、絶時文，將以蘄乎古之立言者耶？夫立言，非古人意也，所不得已也。古人之意，重仕不重隱，貴立德功，不貴立言。孔子述而不作，爲季氏宰。韓愈下筆大慚，卒以詞賦進。毛義捧檄爲親屈，歐、曾皆科第中人。此其證也。子皝皝有志氣，果仕，可以行所學，羞當世之公卿；其次，官一鄉，可以具魚菽養其親，爲古循吏。較夫踽踽喔咿，矜不可必之傳者，宜誰先焉！就使入世難合，退而求息，然後積萬卷以成一家言，其時非獨心閑而力專也；既已磨礲乎世事，閱歷乎山川，馴習夫海内之英豪，則其耳目聞見，必不沾沾如今已也。

夫士有鄉黨自好之士，文亦有鄉黨自好之文，不可不察也。僕幼學今、古文，兩無所就。不得已，專乎今者一年，始成進士。今雖棄今而專夫古者二十餘年，終未敢自以爲信也。何也？今人易悦，古人難求故也。足下未能乎其所易者，而遽欲能乎其所難者，僕亦未敢爲足下信也。昔有未婚而憎其媒者，或告之曰：「子之憎媒，子之所以婚遲也。子之婚遲，媒之所以病子也。子不能以憎媒故而勿婚，則不如速婚焉而絕媒氏。」僕勸吾子勿絕時文，乃正所以深絕之也。

代劉景福上尹制府書

福觀古君子之于人才也，有必用，有必不用。而其介于或用或不用者，則未嘗不相其時勢之便，與其人之緩急而進退之。福待罪江南十餘年，公不薦擢之，亦勿劾去之，似公之待福其亦在用與不用間乎？然明知其必不用而妄求，與明知其未必不用而不求，是皆昧于君子用人之道者也。福何敢然？

福以疎脫漕弁故免官。捕得後，例應復官。恭逢皇上南巡，凡白衣領職如某某，俱蒙奏留。福聞之，不覺殷殷其有望者。何也？十六年，福辦治華山甚瘁，司馬匹、音樂甚費，於今三年，脯資竭矣。內無戚里周給，外無僚友牽挽，舊長官中，所恃者惟公在。公駕馭衆材，呵叱惟命，其不以一謭劣之福置心中者，情也。在福閒居愁瞢，無俚已極，而不能不號呼於仁人之前者，亦情也。

然使福去官非公罪，則不敢求；未復職，不必求；不逢虞巡盛典，而無奏留之例，又無可求。今何時哉！六龍將來，萬物懽噪。凡在江南大小臣工，莫不後先奔走，儦儦然率作而興事。下至執斲執鍼，餘須匽養，侏儒庖翟，亦各奮其肘足，伸襟揚眉，爭効傾葵之志。而福食皇祿二十年，覲聖顏三四次，反不能自比於輿臺之列，側身於工匠之間，衆裏嫌身，能無閔嘆！

即公之所以其難其愼，而不肯輕用人者，福亦深知其故矣。才不足以供指麾不用，不久在江南不用，冀復官不用，冀領公家財物不用。數者，福均有說焉。福雖非棟梁，或可備榱櫨之任，不支稟假，當無冒侵。所不能已于言者，實以謁選尚遠，而人情以有事爲榮。大府目色所及，頓增光采，藉此支吾，或不致佂伀無托耳。且夫天子巡狩，一切清宮剗草之事，凡有血氣者，皆分所當爲。而我皇上一遊一豫，起廢錄舊，恩施尤隆。公當其間，如山澤之通氣，正須誘掖之，鼓舞之，有以大展乎羣策羣力尊君親上之心，則士氣伸而天心亦喜；不比平時課吏薦賢，必爲之嚴覈而深稽也。至於或賜一縑，或賚一級，或就近召見，或仍歸銓曹，大抵臨期酌奏，恩出上裁，公亦不過相其勢而覷其便耳，福敢一辦供張，便别嬲長官，冀無妄之福而強公以難行之事哉？古人有言曰：盡一子之孝，何如盡羣子之孝？福與公同一君父，同一迎鑾，而公有百事之盡，福無一事之盡，此心缺然，故乞一牒以自効，亦非專爲阨窮已也。仰希駁示，不宣。

或問：雙名單稱古人有否？曰：見春秋傳。踐土之盟曰晉重者，重耳也；曰衞武者，叔武也。此雙名單稱之證也。自記。

答某山人書

書來，責僕不相見，詞甚煩，氣甚盛，僕敢不覆一函以開足下。孫子曰：「知彼知己。」記曰：「量而後入，不入而後量。」足下知己而不知彼，能入而不能量，非所以測交也。夫君子之道無他，出與處而已。出則有陶冶人才之任，於天下人無所不當見；處則安身藏用，於天下人無所當見。足下視僕，出乎處乎？苟能知之，必能量之。

雖然，處者亦未嘗無友也。有長沮必有桀溺，有張、邴必有羊、求。論其徒，大率處者流也。處者多，其足友者少。僕故欲窺覩足下，而遲遲乎晉接。足下不解其意而迫之，過矣。然女欲自媒，劍欲自鳴，猶夫人也。不意足下又舍其區區之文墨，而忽挾賢挾貴以臨之，一夸門地，再夸交游，此正僕年來所亟亟避者。持其所避者而招之，則足下求友之術疎矣。

鄭康成曰：「回、賜之徒，不稱官閥。」魏李沖曰：「魯之三卿，孰若四科。」友也者，不可以有挾也。僕少未嘗學問，挂冠後稍知文章利病，覺此道中有似是而非者，有終身由之而不知其道者，有借此衒市游大人以成名者。僕誠私心痛之，發憤雪此弊。俛焉日有孜孜，當悅學時，雖妻孥來猶厭，奚況外客！性又趨人之急，求而不應，彼貌未變，我顏已慚，胸中輒大不適。因自念，與其開門友近人，孰若開卷友古人？與其不副人望，欿然病乎己，孰若不使人望，悠然樂其天？古之人欲讀書先閉門，誠不得已也。

士相見禮，先之以介，繼之以贄，至鄭重也。此外則胥史農工，召之而後至耳。戰國時，乃有曳裾侯門者，爲報恩揚名之說，以惑紈袴之公子。今非其時也。朝廷清明，賢者在上，不肖者在下，「邦有道，貧且賤焉，恥也」。君子不惡其窮，而惡其所以窮。安得如書中憤懣語以悖教而傷化哉！僕自知不肖，甘心入山。山中產物，惟白雲耳，甚無補於足下。慮足下方憎絕之不暇，而忽以願見爲請，殊駭人意。然武陵漁人，無心得津；有心求之，轉不可得。若足下一付以無心，則僕見亦可，不見亦可；見不見，何足重輕？荓蜂鳴鳩，跂蹺蟲豸，尙登山人之堂；況足下世宦之家，文人自命者乎？明月清風，開門則入，閉門則去，入而不喜，去而不怒者，何哉？彼無所求故也。今足下乃悻悻然以不見爲愠，或者其有所求乎？

僕昨者雖相謝，終不能決足下之果有他腸，而預築堅城以待，意嘿嘿頗自悔。今接書，略見意旨，乃竊喜前此之相謝，果計老而謀得也。藏己之拙，養人之高，何嘗不兩得耶？要之，雖不見如見，雖見如不見。請足下再擇之。

再答某山人書

客歲以一函開足下，謂足下讀其書，將知其人矣。不意猶未也。足下前書文而不慚，有叱叱氣。當今士習婞阿，得足下振之，無所爲非，第不宜施於僕耳。僕惜足下藥甚良，於病不合，故以己之沉廢，學問之難，門第之不可以傲人，與夫古今異宜之時勢，悃款敷奏，期足下深思而善取之。過後，亦不復省矣。

乃來書慮僕故相暴張，以將不利于足下，似誤聽蜚語而測僕者，過焉。僕老矣，覽書得古人姓名，尚不省記，何暇置足下于胸中而項項然愠哉？且既已掃轍作野人矣，又肯爲敗一足下之名而出山揖客哉？僕與足下，素無睚眦，何所窮怒而必極之於既往？趙孟所不能貴，趙孟又惡能賤之？足下不信僕可也，不自信何也？

昔昌黎答呂、河東答杜二書俱存，較僕奉酬者詞較嚴焉。然二公卒未深絶之，且殷殷然進之于道。蓋前賢接後進，理固宜然。僕審己未必如韓、柳，而所以絶人者，必欲過之。使僕返而自思，亦覺執德不宏，爲可憂矣。於足下何傷焉？

僕自恨無顯位盛名如孔北海一流可以嘘枯吹生，使足下衎衎然心喜；又不能滅聲跡若朱桃椎、焦先輩，使足下棄而忘之；并不能如羊叔子使足下信其必不酖人：此皆僕不修身之過也。省書大慚，無則加勉而已。

代潘學士答雷翠庭祭酒書

前以一家言求教，書來如發蒙。且云由周公而上，道統在上；由孔、孟以至程、朱，道統在下，漢、唐君臣無與焉。是説也，蒙不謂然。

夫道無統也，若大路然。堯、舜、禹、湯、孔子，終身由之者也。漢、唐君臣履乎其中，而時軼乎其外者也。其餘則偶一至焉者也。天不厭漢、唐而享其郊祀，孔子不厭漢、唐而受其烝嘗。亦曰：彼合乎道，則以道歸之；彼不合乎道，則自棄乎道耳。道固自在，而未嘗絶也。後儒沾沾于道外增一統字，以爲今日在上，明日在下，交付若有形，收藏若有物。道甚公，而忽私之；道甚廣，而忽狹之。陋矣！三代之時，道統在上，而未必不在下。三代以後，道統在下，而未必不在上。合乎道，則人人可以得之；離乎道，則人人可以失之。昔者秦燒詩、書，漢談黃、老，非有施讐、伏生、申公、瑕丘之徒負經而藏，則經不傳；非有鄭玄、趙岐、杜子春之屬瑣瑣箋釋，則經雖傳不甚明。千百年後，雖有程、朱奚能爲？程、朱生宋代，賴諸儒說經都有成迹，才能參己見成集解；安得一切抹撥，而謂孔、孟之道直接程、朱也？

夫人之所得者大，其所收者廣；所得者狹，其所棄者多。以孔子視天下才，如登泰山察丘陵耳。然於子產、晏嬰、甯武子等，無不稱許。至孟子於管、晏，則薄之已甚，此孟子之不如孔子也。孟子雖學孔子，然于伯夷、伊尹、柳下惠均稱爲聖。至朱子則詆三代下無完人，此朱子之不如孟子也。王通稱孔明能興禮樂，邵伯温作論駁之。康節怒曰：「爾烏知孔明之不能興禮樂乎？」此伯温之不如邵子也。夫堯、舜、禹、湯、周、孔之道所以可貴者，正以易知易行不可須臾離故也。必如修眞煉藥之説，以爲丹不易得，訣不易傳，鍾離而後，惟有呂祖。愈珍秘愈矜嚴，則道愈病。我皇上文集中不遠稱堯、舜而屢舉漢文帝、唐太宗者，亦以言漢、唐則年代近而政事易于核實，言唐、虞則年代遠而空言難以引據。先生來書尊皇上爲堯、舜，堯、舜之言，先生又不以爲然，何也？

書中斥陸、王爲異端，亦似太過。周易曰：「仁者見之謂之仁，智者見之謂之智。」子曰：「仁者樂山，智者樂水。」夫道一而已，何以因所見而異，因所樂而異哉？然仁者之樂山，固不指智者之樂水爲異端也。顏淵問仁，曰：克復。仲弓問仁，曰：敬恕。樊遲問仁，曰：愛人。隨其人各爲導引。使生後世，則仲弓必以顏淵爲異端，顏淵又必以仲弓爲異端矣。

大抵古之人以行勝，後之人以言勝。以行勝者，未之能行，惟恐有聞，不暇爭也；以言勝者，矜矜栩栩，守一先生之言，無所不爭也。聖人知其如此，故諄諄戒之曰「先行其言」，曰「訥于言」、「敏於行」，曰「君子無所爭」。宋儒之語錄，皆言也；所駁辨，皆爭也，非聖人意也。士幸生宋儒爭定之後，宜集長戒短，各抒心得，不必助一家攻一家。今有赴長安者，或曰舟行，或曰騎行，其主人之心，不過皆欲至長安耳。蒼頭、僕夫，各尊其主，遂至戟手嚷詈。及問其路之曲折，而皆不知也。今之排陸、王者，皆此類也。願先生勿似之也。

小倉山房文集卷十八

答程魚門書

僕無秋不病，七月間又痁作而伏矣。小愈輒復，瘠若槁木之枝。書來道稚威、定宇化爲異物。病中聞此，悲何可支！惠子湛深經術，僕愛而未見；稚威則少相狎，長相敬也。懷奇負氣，賫志以沒。所著繁富，聞其兒子以爲不祥，都拉雜摧燒之。其人舉於鄉，識道理，或不宜有此。魏文帝云：「既傷逝者，行自念也。」陸雲與楊彥明書云：「昔年少時，見五十公去此甚遠。今日冉冉，已覺近之。」思二公言，益人悽愴。

記前年與足下約毋刊所作詩文，比來思之，此語終竟未是。豈不知學與年兼，深造可喜。古人文字無自爲開雕者，然彼此一時，正難泥論。求心苟足，待後無期。孔子稱七十從心，哲人竟萎。倘再登大耋，必不以七十自足也。學者如牛毛，傳者如麟角。先爲之傳，以待後人可也。若四十未足，曰待五十；五十又未足，曰待六十；云云不已，溘然早至，有子如彼，無子可知！其卒誰能紀傳之耶？道家以形骸爲宅舍，神明爲眞吾。文章者，吾之神明也，可不存哉！曹子建云：「文之佳惡，吾自知之。」少陵亦有「得失寸心」之言。先哲餘論，當不我欺！僕詩兼衆體，而下筆標新，似可代雄。文章幼饒奇氣，喜於論議，金石序事，徵徵可誦。古人吾不知，視本朝三家，非但不愧之而已。足下詩才幾抗絳雲，文太紆餘，仲宣同累，然南雷下可雁行矣。他學淹貫，過僕遠甚。願足下著一書垂之不朽，正是成其所長，非因足下勸我止其觴而還酢之也。

介眉侍講來此，執後進甚恭。八十頹翁，得此於天蓋寡。綿莊衰甚，烟視媚行，非復如前所見。今且臥病，精神欲辭之而去。海內儒者，又弱一个焉。人何以堪！僕與足下離七百里，一晤輒三四年，彼此髮有二色矣。才難之嘆，知音之孤，中夜彈指，幾人尚在！私心拳拳，覺骨肉妻孥不如文字之交關愛較重。近舉一男，寤生氣絕。區區者而不予畀，天道可知！然使有一卷書傳後，則幽冥魂魄，長逝無憾，功勳子嗣，都無所關。此語要惟足下信耳。西風滿天，伏惟珍重。不備。

與某刺史書

寄示詩四卷，俱衰經中哭中丞公之作，具見純孝發于心聲，然區區之見，有不敢不白之左右者。

禮：「大功廢業。」又曰：「嬰兒哭其母，何常聲之有？」足下斬衰之喪，非止大功；有韻之詩，非止常聲。以禮律之，似足下在服中，不得爲詩；縱爲詩，不得哭父。古惟傅咸、孫綽有服中哭母詩。是時東晉淸談，禮教陵遲，不可爲訓。自唐以來，詩人林立，孝子亦林立，未聞有以哭二親爲題者。

蓋至親無文，詩固言之文者也。不文，不可以爲詩；文，則不可以爲子。兩者相背而馳。故從來畫家無畫天者，輓詩無輓父者。劉晝作六合賦，昔人以爲大愚。若以罔極之恩，而鋪陳之于聲調之末，是卽畫天賦六合之類也。

子夏免喪，彈琴而不成聲。足下未免喪，握筆而已成韻。異乎僕所聞。僕方慮足下性躭吟咏，或三年中不能忘此結習，偶有所作，亦必假其年月于服前服後，以免于君子之譏。而不意足下之卽以禮所禁者，而自暴章之也。韓昌黎于十二郎從子也，其祭文獨不用韻。蓋雖期功之喪，亦有不忍文之之意焉。足下孺慕不已，故長言之；長言不已，故咏嘆之。原非以此爲名也。然果合乎禮以得名，尚非孝子之心所願；乃背乎禮以累名，又豈孝子之心所安？公羊曰：「仁不勝道。」記曰：「詩之失愚。」此之謂矣。

足下盍取服中所作，哭而焚之。中丞公有知，必以愚言爲是。諛足下者豈不曰三百篇中亦有陟岵、蓼莪諸作。不知陟岵者，孝子行役之詩，其親存也。蓼莪者，刺幽王之詩，毛傳可考也。

答門生王禮圻問作令書

書來問作令之道，甚勤且摯。僕老矣，隱空山十年，向所行爲，不復省記。然滋頴病馬，久不知鞍韉爲何物。或放而前之，俾引其生平經歷之處，則雖龍駒乘黄，未之或先也。夫吏治有不可學者，有可學者。天之生才，敏鈍各異，或應機立決，或再三思而後決；或臥而理，或戴星出入而後理。此豈可學哉？然行政之方，與安吏民之道，則循吏不同，同歸於治。今以縣令所當知，與僕行之而有效，且與才性無關者，爲足下告焉。

夫治民者，州縣之職也。然治民不自民始。胥吏者，官民交接之樞紐也。家丁、戚友，又胥吏交接之樞紐也。不治胥吏，不能治民；不治家丁、戚友，不能治胥吏。治家丁、戚友、胥吏奈何？曰：用之而勿爲所用是已。其用之而勿爲所用奈何？曰：通之而勿隔是已。官與吏終日見，而無勞家人之轉通；官與民又終日見，而不許胥吏之壅遏，則彼胥吏、家丁、戚友者，不過供奔走佐使之職而已矣，而何弊之能爲？且夫用戚友，不如用家丁；用家丁，不如用胥吏；用胥吏，不如用百姓。戚友果賢，何所不可；如其不肖，法難遽加。若家丁則利在前，法在後矣。然家丁之來去無常，胥吏之曹缺永在。其畏法媚官，甚於家丁，較可用也。胥吏之職，大都拘人集衆。若受訟時，朱書牒尾，即令某甲喚某乙，寧不省需索而免稽遲乎？是百姓尤可用也。

吾不解今之爲政者，一則曰嚴胥吏，再則曰嚴胥吏。夫胥吏，卽百姓也，非鬼蜮禽獸也。使果皆鬼蜮禽獸，宜早誅之絕之，而又何必用之而嚴之？周官所謂「陳其殷，置其輔」，輔卽胥吏也，雖聖人不能不用也。然三代上有庶人在官之祿，今既無之，則上之人宜爲若作設身想，而何嚴之爲？彼嚴者，豈不曰胥吏舞文乎？病百姓乎？夫使之舞文、病百姓者，官也，非胥吏也。試問已舞之文，判行者誰耶？加印者誰耶？彼舞而我亦隨而舞之，不自責而責人，何也？胥之權在行檄，役之權在奉檄。今之縣令，檄行若干不知，檄書云何不知，某當理不知，某當銷又不知。如是而欲除弊，雖日殺百胥吏無益也。

夫欲大權在我，莫如手記而手銷之。以州縣之繁，而謂事必親記，似屬迂闊之論。不知訟牒極多，每日所進，能過百紙乎？百紙中，其理者能過十事乎？每日記十事，未爲難也。次日再收百紙，大半覆詞訴詞，其應記者，又減十而得五矣。受牒十日，書所記而召之訊，訊吏何以不行檄，則吏窮；訊役何以不集犯，則役窮。窮則免冠謝罪，請嗣後十日內行檄集犯，永爲例矣。檄行犯集，隨判而隨銷之。任胥役之需索，奸匪之侜張，而不出十日之期，則所費有限，枝節不多。其初情未改，訊斷亦易。彼百姓者，知十日之必結也，又何畏乎吏役而賄之？法立半年，可十日中竟無一事，此胥役之所大懼也。

然民不告贓，上不訪吏。有提吾胥吏者，官自當之。不許胥吏索百姓之錢，亦不許上官胥吏索吾胥吏之錢。彼胥吏者，不懼于始而感于終乎？康誥曰：「要囚，服念五六日，至于旬時。」非速結之義乎？夫可以探喜怒，轉關鍵者，胥稟也。有減增，有株引者，檄稿也。有移換，有竄入者，供詞也。有暗阻，有明催，忽早忽遲者，訊期也。吾一切目覽而親裁之，許一檄，不許重檄；檄中人數空之，而待親裁；差某役亦空之，而待親裁。內銷外結，檄焚卷撤。彼胥吏何權焉？于胥吏又何誅焉？

今之州縣，非不勤也，所惜者，精神在上，而不在下耳。不知上行不答，則嚴飭，至內幕外胥，俱能相促。惟夫寡妻弱子，鄉民村戶，不遠百里而來，槃汝之糧，望官如望歲，而又無門探刺，不爲之結于挾日以內，吾心安乎？

政綱既舉，首清刑罰。清之云者，非寬減之謂，得當之謂也。皋陶曰：「罪疑惟輕。」言罪之疑者輕之，其不疑者不輕也。孟子曰：「省刑罰。」言省察之，不使刑罰繁也。蓋刑以戒惡也。刑繁則不足以懲惡，而轉生刑之惡；以爲吾既已受刑而無所損矣，尚何懼哉！以此午疻痏而逞毒淫者，比比焉。要知刑具而部頒之，亦無庸也。夫物之不齊，物之情也。彼衣冠孱民，加細荆而呼號不勝，何事于部頒之具？積蠹大猾，其筋骨皆習練之餘，當巨梏而含笑，囊三木而無聲，何畏乎部頒之具？吾以爲其畏刑者，雖應笞亦宜寬省，以洒其恥；其玩刑者，法止杖四十，而吾以二十當之，其酷則更甚于四十，使彼知二十之委頓如此也，況四十耶！乃凜凜乎懼心生，而惡念除矣。凡判尾必親書讞，非炫才也，以便日後展卷而了然也。判事必坐堂皇，非矜衆也，以觀國人之顏色，而是非使共見也。勿輕置人于獄，非徒仁也，所以清狴犴而防雜處之不虞也。勿輕申詳，非專擅也，所以免捉搦而成難結之案也。勿問坐獄者之貧富，恐有成見而誤大公也。勿故反聽請者之句求，恐事未可知而矯枉過正也。勿勸捐以安富，恐抑勒者多。勿罰鍰以遠嫌，恐狥財者惑。勿交鎖練于胥役，必內存之。當用者，加朱墨圍，使不得開；不當用者，不署鎖字，使不得混。勿委監獄于典史，必躬臨之。審其輕重，辨木索之有無；觀其氣色，知衣糧之尅扣。

孔子曰：「聽訟吾猶人也，必也，使無訟乎！」此聖人甚言無訟之難，非言聽訟之易也。今之人不能聽訟，先求無訟，不過嚴狀式，誅訟師，訴之而不知，號之而不理，曰：「吾以息訟云爾。」此如防川，怨氣不伸，訟必愈多。不知使無訟之道，卽在聽訟之中。當機立決，大畏民志，民何訟耶？所謂側弁垢顏，不投于明鏡是也。然而一閧之獄，情僞萬出。或在案中，或在案外。聽之者，恃才恃氣，恃廉恃公，皆不足以聽也。虛以受之，靜以應之，周詳以求之，旁見側出以察之：庶足以聽也。大凡事過而嘗自悔其誤者，其誤常少；此所謂政如農功，日夜思之者也。事過而常自信無一事之誤者，其誤必多；此所謂氣矜之隆，秦人視越人之肥瘠者也。對簿之民，宜分爲六：重者獄，其次繫，其次管守，其次保釋，其次待喚，其次聽其所之。數者能臨事料量，而不容胥吏持之，則聽訟之道，思過半矣。和息非不可允，但須書明曲直，以防日後之終凶。狎邪非不當嚴，但須戚屬投明，不許匪人之恫喝。律設大法，而通融者存乎人；否則傀儡而已。案無確據，而闕疑者法乎史；否則武斷而已。觀漢江充之巫蠱，而知贓之可栽也；觀南史傅琰之斷獄，而知凶器之難據也。天性之親，桀而不殊，雖父訴子，亦使自咎，否則傷慈愛矣。墳田之事，勘而後斷，雖風霜寒暑，不可辭勞，且借以巡鄉村矣。

刑名之外，則有錢穀。錢穀役侵者多，民負者少。比役無益也，役又借比以索民錢。善催科者，不輕比役，但擇其負多者召花戶而欲見之，吾未見眞花戶來而稅不登者也。慮飛洒，則細刊科則，昭示鄉氓；防重耗，則突取衡平，辜較一二，漕無抑勒，則浮取皆恩；糶果應時，則盈虛有備。所謂催科中寓撫字也。

百姓之上，尙有紳士。凡今之閉門塞竇而不見客者，其中有所不足也。古人于一邑中有鄉先生、鄉大夫，歲時伏臘，飲酒習射。當其時，豈有苞苴、竿牘之嫌乎？作吏者，日對里魁伍伯而不親賢士大夫，不特夭閼下情，亦自覺其不雅。記有之曰：貴貴，爲其近于君也。尊縉紳，即所以尊朝廷。其他生童，皆吾子弟，亦宜月課季試以無失黨庠術序之義。漢與公治行號第一，而史只載其薦賈生一事。此其故，可思也。

總而論之，爲政在外，尤須爲政在心。心正則羣邪消，心和則衆善集。心周於庶務，而法令不必苛煩也；心淡于榮祿，而上官無所挾持也。大府一過，而傔從之誅求無厭；知我之巡鄉，亦猶是也。崇轅一入，而守候之飢渴無時；知民之望我，不甚殊也。威可使人畏，不可使人恨；恩可使人感，不可使人狎。廉不自知者，廉之眞；公不自恃者，公之大。民信則順風而呼，吏服則指臂可用。告示爲吾之仁言，不必輕發，而發必手書；訪聞非政之大體，行或偶然，而行必眞確。求心安，不求名重；察物議，並察邇言。仁無術而不行，政師古而毋泥。吾之所行者，在是矣；吾之所能言者，亦止於是矣。若夫神而明之，化而裁之，則在吾子矣。

答惠定宇書

來書懇懇以窮經爲勗，慮僕好文章，舍本而逐末者。然比來見足下窮經太專，正思有所獻替，而教言忽來，則是天使兩人切磋之意，卒有明也。

夫德行本也，文章末也。六經者，亦聖人之文章耳，其本不在是也。古之聖人，德在心，功業在世，顧肯爲文章以自表著耶？孔子道不行，方雅言詩、書、禮以立教，而其時無六經名。後世不得見聖人，然後拾其遺文墜典，強而名之曰「經」。增其數曰六，曰九，要皆後人之爲，非聖人意也。是故眞僞雜出而醇駁互見也。夫尊聖人，安得不尊六經？然尊之者，又非其本意也。震其名而張之，如托足權門者，以爲不居至高之地，不足以躪轢他人之門戶，此近日窮經者之病，蒙竊恥之。

古之文人，孰非根柢六經者？要在明其大義，而不以瑣屑爲功。卽如說關雎，鄙意以爲主孔子哀樂之旨足矣。而說經者必爭爲后妃作，宮人作，畢公作，刺康王所作。說明堂，鄙意以爲主孟子王者之堂足矣。而說經者必爭爲卽清廟，卽靈臺，必九室，必四空，必淸陽而玉葉。問其由來，誰是秉關雎之筆而執明堂之斤者乎？其他說經，大率類此。最甚者，秦近君說「堯典」二字至三萬餘言；徐遵明誤康成八寸策爲八十宗，曲說不已。一鬨之市，是非麻起；煩稱博引，自賢自信，而卒之古人終不復生。于彼乎？于此乎？如尋鬼神搏虛而已。僕方怪天生此迂繆之才，後先噂喈，擾擾何休，敢再拾其瀋而以吾附益之乎？

聞足下與吳門諸士，厭宋儒空虛，故倡漢學以矯之，意良是也。第不知宋學有弊，漢學更有弊。宋偏于形而上者，故心性之說近玄虛；漢偏于形而下者，故箋註之說多附會。雖捨器不足以明道，易不畫，詩不歌，無悟入處。而畢竟樂師辨乎聲詩，則北面而絃矣；商祝辨乎喪禮，則後主人而立矣。藝成者貴乎？德成者貴乎？而況其援引妖讖，臆造典故，張其私說，顯悖聖人，箋註中尤難僂指。宋儒廓清之功，安可誣也！

僕齔齒未落，卽受諸經。賈、孔註疏，亦俱涉獵。所以不敢如足下之念茲在茲者，以爲六經之于文章，如山之昆崙、河之星宿也。善遊者必因其胚胎濫觴之所以，周巡夫五嶽之崔巍，江海之交匯，而後足以盡山水之奇。若矜矜然孤居獨處于昆崙、星宿間，而自以爲至足，則亦未免爲塞外之鄉人而已矣。試問今之世，周、孔復生，其將抱六經而自足乎？抑不能不將漢後二千年來之前言往行而多聞多見之乎？夫人各有能不能，而性亦有近有不近。孔子不強顏、閔以文學，而足下乃強僕以說經。倘僕不能知己知彼，而亦爲以有易無之請，吾子其能舍所學而相從否？

答定字第二書

覆書道士之制行，非經不可。疑經者非聖無法云云。僕更不謂然。

夫窮經而不知經之所由名者，非能窮經者也。三代上無「經」字，漢武帝與東方朔引論語稱傳不稱經。成帝與翟方進引孝經稱傳不稱經。六經之名，始於莊周；經解之名，始於戴聖。莊周，異端也；戴聖，贓吏也。其命名未可爲據矣。桓、靈刊石經，匡、張、孔、馬以經顯。歐陽歙贓私百萬，馬融附姦，周澤彈妻，陰鳳質人衣物，熊安稱觸觸生，經之效何如哉！

六經中，惟論語、周易可信，其他經多可疑。疑，非聖人所禁也。孔子稱「多聞闕疑」，又稱「疑思問」。僕既無可問之人，故宜長闕之而已。且僕之疑經，非私心疑之也，即以經證經而疑之也。其疑乎經，所以信乎聖也。六經者文章之祖，猶人家之有高、曾也。高、曾之言，子孫自宜聽受，然未必其言之皆當也。六經之言，學者自宜參究，亦未必其言之皆醇也。疑經而以爲非聖者無法，然則疑高、曾之言，而爲之幹蠱，爲之幾諫者，亦可謂非孝者無親乎？

漢王充曰：「著作者爲文儒，傳經者爲世儒。著作者以業自顯，傳經者因人以顯。是文儒爲優。」宋劉彥和曰：「傳聖道者，莫如經。然鄭、馬諸儒，宏之已足，就有闡宣，無足行遠。」唐柳冕曰：「明六經之義，合先王之道，君子之儒也；明六經之註，與六經之疏，小人之儒也。今先小人之儒，而後君子之儒，以之求才，不亦難乎？」此三君子之言，僕更爲足下誦之。

足下謂說經貴心得，不以沿襲爲工。此言是矣。然而一人之心，卽衆人之心也；一人之心所能得，卽衆人之心所能得，不足以爲異也。文章家所以少沿襲者，各序其事，各値其景，如烟雲草木，隨化工爲運轉，故日出而不窮。若執一經而說之，如射舊鵠，雖后羿操弓，必中故所受穿之處；如走狹徑，雖跦跦小步，必履人之舊迹也。

前賜讀大禮議、六宗說俱精確，然一則毛西河曾言之，一則郝京山曾言之，其書俱在，其說更詳。此豈足下有意襲之哉！足下之心得之，彼二人之心先得之；足下之識雖在二人之前，而足下之生已在二人之後。則不襲之襲，二人傳而足下不傳矣。且僕固疎於經者也。甫得二義，已覺其襲，倘從足下之言，而惟經之是窮，則足下之終日仰首屋梁所自矜獨得者，不俱可危乎？要之，足下自問不能購盡天下說經之書，又不能禁絕天下說經者之口，姑毋以說經自喜也。

答滋圃中丞論推命書

公以撫軍之尊，而手書勤勤，求馬叟推命。僕心大不喜。夫命，孔子之所不知也。馬叟何人，其聖于孔子乎，而能知也？子曰：「不知命，無以爲君子。」知卽知，其不可知者而已知其不可知，故其所可知者不惑也。堯之時，皐、夔隆貴，人不言其命達；共、驩流放，人不言其命窮。及西伯戡黎，紂無以自解，乃嘆曰：「我生不有命在天。」非唐、虞時無命，桀、紂時有命也，理不足而後求諸數也。公生堯、舜之世，身爲皐、夔，理宜顯貴，理宜平善，何嫌何疑，而欲數之求！

古之神于命者，首稱唐李虛中。然虛中餌金丹，疽發背亡。其于知命，果何如也！世之人村氓里媪，厄屯已極，偶一啼求之，冀異日亨嘉，當亦人情所應有；乃往往貧賤之人，轉不爲此，而愈顯貴者，則愈爲之，幷愈信葬禁宅忌之說。此無他，射黃金注者，外重則內惑故也。然藉此爲趨避計，則方寸中乍冰乍火，何以稱職任事，勤施於四方耶？

且彼言吉歟，公如命何？彼言凶歟，公如命何？倘吉可趨，凶可避，是無命也，不必知也。吉不可趨，凶不可避，是有命也，知如不知也。福善禍淫者，天也；求之于命，是無天也。賞善罰惡者，君也；求之于命，是無君也。

古大撓定支干，毫無義意，猶之一二三四，紀數名云爾。一二三四無可推，則甲乙子丑亦無可推。費補之言一時生一人，一日夜生十二人。以卒歲計之，只四千三百二十人。以一甲子計之，只二十五萬九千二百人。今一郡中戶口不下數百萬，則年月日時同者多矣，又何貧富貴賤之紛紛乎？文文山贈朱斗南序、宋景濂祿命論亦稱命只五十一萬八千，而四柱盡矣，餘皆雷同。古所稱知命者，邾文公、楚昭王，皆以不知知之。天道遠，人道邇。捨人而言天，大半恍惚。凡一切時日小數，陰陽雜家，愈神奇則愈受禍。史册中如郭璞、郭譽輩，何可勝數！

然天下無業之氓太多，不得已托九流雜技以謀其生，當亦先王所不禁。仁人君子，妄言妄聽，優俳畜之，亦無所爲非。若竟倚奉如神，而且有抑抑求敎之意，則此輩無識，或借此喝鄉閭，誣謗公事，靦然與士大夫抗禮，是則王制所謂假鬼神時日以惑衆者，殺可也。

易稱「樂天知命」，子思稱「居易以俟命」，孟子稱「修身以立命」，陸贄稱「君相造命」，孔子則「罕言命」。公之命亦知之，俟之，立之，造之，罕言之而已，何必推！

答某明府書

書來，愠僕不序足下之詩，過矣。僕豈特不爲足下作序，并不願足下作詩。詩之道主溫柔，足下作令，能柔其民，卽詩人矣，不必于政外求詩。若就足下之詩論之，尙非索序時也。以足下才敏，不傲然行世，而必僕序之求，意中似有僕者。然則僕不序足下，足下必湛思而自省曰：「是區區者，而不余畀，何耶？」不求之于僕，必求之于詩，詩將日進。僕序足下，足下覽鏡自臧，從此不求之于詩，并不求之于僕，而詩將日退。愛足下者，不當如是？若夫隱約其詞，陽許而陰非之，又非朋友直諒之道也。

且足下亦知序所由昉乎？爾雅序疏云：序者，序陳此經之旨也。杜牧答莊充亦云：凡夫序者，皆其人已亡，門生故吏尊師其人而序之，非生同時者也。僕與足下同時生，足下未亡，僕又無所尊師。僕縱欲序足下，足下尙宜拒而辭之，何反以不得爲愠耶？

大抵古人多自序，求人序以重其文者，自皇甫之序左思始。至于李漢序韓，則又序人文以自重矣。足下之詩自作之，自序之，誰曰不宜！若果能重僕，僕將求序足下，不待足下求僕。若云倚僕爲重，則僕位庳望狹，何足以重足下？而當代之爲皇甫者，峩冠林立，足下解愠處甚多，其速往可也，勿疑。

寄蔣苕生書

書來示樂府四章，當即手絃而口歌之。緣西行人稀，缺然未報。書中有奉太夫人之長安將泊石城之語，小人洒掃敝廬，瞻望弗及，何子之忘之也？比來聞足下成進士，入翰林，如獲殊慶大祥，不覺姎姎然距躍三百。

伏念天之生才，與國家之設官，義本相因而起；而往往才自才，官自官，此無可如何之勢也。然僕謂自斗食以上至于卿貳，皆可假借，惟翰林一官，必待其人而後居之。何也？簿書期會，因事見才，期於適用，故流品不嫌其雜；若清秘之職，爲天子潤色雅頌，裁制謨誥，非學古人官者，不宜一朝居。且居是官者，必已能爲文章然後克稱；非如膠庠子弟，博習親師，尚可期以三年五年也。

僕壬申歲過揚州，愛足下僧壁詩，思其人，苦不得見。幸熊安亭爲道區區。夫崇鼎大璜，夏后氏之龍簨，僕亦未之見也。然聞其尚存，則喜；聞存某所，更喜；聞其登明堂而陳清廟，尤大喜。喜之情，公也。以爲惟我能先識，則亦未嘗不出于私。足下之入詞林也，才與官合，僕之喜也；私與公俱，故因秦樹舍人來，而通書以賀。

小倉山房文集卷十九

慰王麓園喪子書

足下毋以喪子爲戚。按洪範九疇道五福六極甚詳，無道子嗣者。孔子衰年喪鯉，哀遜顔淵。儀禮傳曰：大宗不可絕。公羊傳註曰：小宗無後當絕。喪大記曰：喪有無後，無無主。夫當絕與無後，古人明言之而不諱，是有子與無子，非聖賢意也。

說者動以無後爲不孝云云，不知孝者人所爲，有後無後者天所爲。待天而後成孝，非教也。商臣、盜跖，皆有後者也，得謂之孝乎？鄧攸、羊祜，皆無後者也，得謂之不孝乎？天下蟲豸雀鼠，跂行喙息之物，靡不喣嫗鞠育，孳孳愛其雛，其心豈以爲後哉？陰陽之生機使然耳。人爲萬物之靈，當以禮節之。

聞足下喪愛子，毁過盲夏，過矣。足下之齒猶未也。爲邑令，邑中人皆足下子；使子孫祀我，不如使桐鄉人祀我。于足下何憂？且聞足下慈幼之道，亦頗未善。郎君甫周晬，衣之貂，食以參朮，又引其痘瘍而投以諸猛厲藥。此其愛也，乃其所以害也。夫明珠美玉、天下之至寶也。愛而篋藏之則全，佩之戴之亦全，卽棄之野田草露無不全也。若朝則濯於水，暮則弄諸掌，夕又捧而摩諸席，目營手撥，必有一朝之敗。兒寵過則驕其性，養過則弱其身。不可不察也。足下異日有子，當思我言。

舜不告而娶之說，僕嘗疑之。安有帝女下降，九男同來，而瞍竟茫然乎？瞍卽以瞽故爲舜欺矣，彼象母與象獨不目擊而告瞍乎？堯爲何如天子，而瞍能禁其妻舜乎？瞍能禁之于娶前，獨不能黜之于娶後，而胡不卽以不告爲舜罪乎？此與「二嫂治朕棲」之說，同一無稽。偶因論無後之說，而并質之高明。

與楊生書

僕壹不知夫論士者輒曰：某也聰，惜不說學耳；某說學，惜不虛己耳。此其說殊不然。論語曰：「敏而好學。」惟其敏，故好學。記曰：「學然後知不足。」惟其學，故知不足。背者反是。雖然，有天焉。天生林林者千百萬人，不甚經意也；生一人焉，將使之不朽于千百萬人之中，則必有意鄭重而以其全與之。故過人之資，嗜學之癖，極虛之心，三者常兼。古傳人如列大坐席，參錯相望，誰則不然！

賢叔笠湖以生詩來，讀之知生非偶然生者。且云，錫山俗好博揜，生居其間，不一遊目，而惟詩書之娛。愈知生非偶然生者。僕不忍負天所以生生之意，故觖摘來詩，毫髮不假，意不能毋怯生之惋之也。昨接手書，相從如轉圜。然後知生之得于天者大矣。生年才十七耳，僕如生年時，絕不如生；然則生如僕年時，豈止勝僕也！晉文公年十七，得賢士五人；枚皋年十七，赴闕上書。生非其等夷耶？

學琴者，下指不協，終身不能音。天下事，非天所寵者，人不能強而襲之也。生已寵于天，慮未寵于人，而書詞慊慊，勺僕爲知己。嘻，過矣！夫從古前賢後賢，相須而益彰者，勢也。然後賢之須前賢可緩，而前賢之須後賢甚急，何也！崑山之璧，雖無卞和，其終發露寶貴無疑也。若沉檀死後之芬，無餘風揚之，則幾乎息矣。「夫道若大路然，豈難知哉？」即如僕所告生者，非有所受于人也，而忽自得之。然則以生之才，而學之不已，安知其所自得者不更進于僕之所告耶？

僕老矣，然私心若不欲其老者，豈其愚而有所戀于光陰哉？良以著述粗成，傳之其人之難也。今而後僕其可老矣乎！孔子「畏天命，畏大人，畏聖言」，而又畏後生。以童稚後生，而躋之于天命、大人、聖言之列，得毋小過？然試思當日若無七十子，則孔子亦不得有今日矣。後生可畏耶？不可畏耶？生今之後生也。挾可畏之具，而又遇畏後生之人，其將何以報畏者？

答戴敬咸孝廉書

東鄉先生殉節前朝，其人原無假文傳者也。既以文傳，則不得不以文論。僕前日摘其文之非，還書時興到語耳，草草塗抹，過亦不復省矣。足下書來護持東鄉，不將前所摘者爲之指辨，而但敍述明季處士之弊，文體之荒蕪，以推尊東鄉不惑之功，可謂善尊東鄉者也。僕尚何言！

雖然，僕釋褐早，時文之學淺，所見明季時文尤少。如足下所引爾時讕語，今年近六十始得聞之。東鄉能拒而排之，誠善。惜其所排者，乃不過李卓吾、何心隱一流。識人所共識之妖魅，逐人所共逐之盜賊，在昔文運晦冥時，或以爲難；而在今日觀之，似亦戴天履地之民，秉夷同然，不足爲東鄉異也。足下善善從長，爲護持古人起見，僕敢再多言以自走不仁之域哉？

乃來書因論東鄉而詆及蘇子美。一賢未起，一賢又顚，使僕不得不瞿瞿然駭且疑。孔子曰：「有德者必有言。」孟子觀遠臣以其所爲主。子美天災三疏，侃侃正言，似有德者。其少也，杜祁公婿之；其官也，范希文薦之；其罪也，韓魏公救之：其所爲主也賢矣。所傳得罪詩甚悖，本傳無之，與其集中諸咏亦頗不類。安知非當時忌者如王拱辰輩，爲一網打盡之計，造作蜚語，以相誣陷，與歐公帷薄不修之謗同一寃酷。而足下信爲口實，欲以大辟當之，恨其貶官猶爲漏網。嗟乎，嗟乎！子美以一醉飽之過，既不獲雪于生前，更不獲申于死後，尤仁人之所痛也。

且足下以尊東鄉故，波及子美；因子美故，怪及歐公。亦知當時愛子美者，寧止一歐公耶？歐公所謂擊而去之者，意不在子美，蓋指祁公及范、富諸賢也。子美去，而祁公罷；祁公罷，而范、富諸賢亦罷。是子美一身之黜陟，關慶曆一朝之盛衰。而足下以護持東鄉之故，忽生異議，并諸賢一切抹摋，恐東鄉有知，亦必踧踖不安于地下也。再考「周公孔子驅爲奴」，乃是王直柔之詞。即使眞有此詩，與子美無涉。而況詩人放歌，多不可爲典要。杜少陵，聖于詩者也，亦有「孔丘盜跖俱塵埃」之句。夫齊孔、跖，亦何異于奴周、孔？然而未聞古之人有罪少陵者，則亦不以辭害義也。從來人心之不同，論古尤甚。一孟子也，而皮日休尊之，温公非之；一揚雄也，而昌黎尊之，東坡非之。誰從乎？誰信乎？孰是乎？孰非乎？

鄙意以爲尙論者，必發千古不可不發之難，而後可以自存其説。其他小小是非，有傷賢者，則或爲時代所隔，或因稗史而訛。我輩疑于心，不必見于口；見于口，不必形于筆；形于筆，不必垂爲文。東鄉文字之疵，自有公論。僕因未面足下，故率意筆之，誠過也。而足下洋洋千言，將爲可傳之文，以痛斥子美，則是效吾尤而又甚之，「是亦不可以已乎！」願足下卽以愛東鄉者愛子美可也，僕之心卽足下之心也。

答尹相國書

枚恐，不能愼厥身，使公絕投杼疑；又不能以自隱無名爲務，累公思心潭潭，屢寄危言讋慄震動之。枚始而瞿然曰：公恩我不知我。繼而愴然曰：長者大人之愛嬰兒也，豈待其有疾而後憂耶？其平時之燥濕寒暑，蓋無時不兢兢也。且近前猶可耳，離之愈遠，則憂之愈深。公之于枚，毋寧類是！

雖然，兒壯矣，有疾以貽長者憂，不可；無疾而不能以無疾之故曉長者解其憂，尤不可。枚固不然。孔子曰：「君子坦蕩蕩。」孟子曰：「王者之民，皞皞如也。」公之不欲枚坦皞也，將以枚不足爲君子乎？抑不知今爲王者之世乎？枚乞養山居，原不敢望履舄于公之門矣。而公挾師傅之尊，強召之，宿留之，出詩文以唱喁之。所以然者，牙琴相應，啓予者商。公之近枚者，公之所以自爲，而非爲枚也。世人不察，但見公紆尊降貴，有意其存之，遂謂公寵枚，縱枚，過譽枚，聽從枚；而枚于公前之不乞一恩，不干一事，不妄一語，不受一賜者，則非外人之所得而知也。于是眈眈然環起而辟倪焉。嗟乎，嗟乎！是何異闌猿檻鶴，偶一玩弄于王公貴人之前，旁觀者疑若奇榮極耀；而孰知猿鶴之心，以爲有苦而欲逃也久矣！枚爲公故，招人多言；公又爲人多言故，加枚訓詞。恩勤不已，祇益爲累，盍亦淡置夫夫也而聽其相忘于江湖之爲安也哉？

說者又謂，窮居故宜加謹。是言也，枚尤非之。夫因窮居而加謹，將必因顯貴而大縱也，是奚可也？今聖世雍熙，草木羣生之物，皆有以自樂，而士君子乃戚戚嗟嗟，如含瓦石，不與無病而自灸者等乎？然而公之心，枚亦知之。公出入中外垂四十年，小心謹慎，未嘗有過，猶抱安不忘危之志，乾乾日昃。師弟契深，吉凶同患。枚倘顚蹶，必先累公。公之戒枚者，又公之所以自爲，而非爲枚也。然枚每見焚輪之風拔木而不拔草者，何哉！其質微，故其身易安耳。而況天下禍福榮辱之權，操之者天子，贊之者相公。公爲相公，贊天子，自有大中之道，稱物平施。海內人方倚公如泰山之安，而奚有于一閉門垂老之門下士？夫何憂何懼！

倘公不見其大，不深悉其人，而徒抱慈心苦口，逢寄聲人便諄諄聒耳。彼不知者將疑枚必有大無狀事積于公心，而代之憂危不已，未爲人所陷，先爲人所輕，殊非愛人以德之義。昔人疑孔明文采不豔，而過于丁寧周至。陳壽以爲孔明與衆人凡士語，不得不然。枚固衆人凡士，而公之丁寧則已過矣。孔子雖聖，而子路不悅，故不覺率爾一言。

與邵厚菴太守論杜茶村文書

詩文之道，寧苟作，毋苟許。不知而作，烏知其不後有進也？非所許而許焉，將惑於是矣。是不可不辨也。

枚嘗核詩寬而核文嚴。何則？詩言志，勞人思婦，都可以言，三百篇不盡學者作也。後之人雖有句無篇，尚可采錄。若夫始爲古文者，聖人也。聖人之文而輕許人，是誣聖也。六經，文之始也，降而三傳，而兩漢，而六朝，而唐、宋，奇正駢散，體製相詭，要其歸宿無他，曰顧名思義而已。名之爲文，故不可俚也；名之爲古，故不可時也。古，人懼焉，以昌黎之學之才，而猶自言其迎而距之之苦，未有絶學捐書，而可以操觚率爾者。

枚前席間貶茶村文，太守色不許。我以見彼文絶少，未敢爭之固，辨之疾。今賜變雅堂集讀之，文之未是，又安論其古不古也？然茶村至今尚不至于草亡木卒者，亦有故焉。

當鼎革時，諸名士流離江湖，結社羣居，足己而不學。其諸老先生，多晚節不臧，欿然病乎己，遇勝國士人，爭羅致燠咻之，冀免其清議。而其時冒稱逸民者，遂乘其虛而劫焉。往往躧破履，登高座，居之不疑，以爲李、杜、韓、蘇，搖筆便是。既無劌怵之苦心，又無畏友之礲切，借國家危亡，盜竊名字，蓋不止茶村然也。使生今日文教覃敷之時，荆楚一傖，拔止此乎，久沒沒矣！

孔北海曰：「今之後生，喜謗前輩。」所以然者，爭名故耳。枚雖不肖，必不爭名於茶村。願公且置茶村之得失，而先考古文之源流，久後見覆，何如？

答友人某論文書

人必有所不能也，而後有所能。世之無所不能者，世之一無所能者也。和之弓，垂之矢，非古之能者乎？垂非不能爲弓，和非不能爲矢也。然而可傳者，一人一物而已也。伯夷典禮則棄樂，孔子學射則舍御。分爲四科，判爲六藝，不以其所能者傲人，不以其所不能者病己。秦學不兼方，漢亦然。宋以後人心不古，喜多爲之，沿其流而不溯其源。夫是故雖能之，而與夫不能者，亦無以異也。

僕不敢自知天性所長，而頗自知天性所短。若箋註，若曆律，若星經、地志，若詞曲家言，非吾能者，決意絕之。猶恨其多愛而少棄也，學杜、韓，亦爲元、白，好韓、柳，亦爲徐、庾，汲汲顧影，如恐不及。方欲捐兩鶩以求其精，而不謂足下之就其病而深之也。

足下來教曰：詩不如文，文不如著書，人必兼數者而後傳。此誤也。夫藝苟精，雖承蜩畫筴亦傳；藝苟不精，雖兵農禮樂，亦不傳。傳不傳，以實求，不以名取，安在其兼不兼也！然僕意以爲專則精，精則傳；兼則不精，不精則不傳。與足下異矣。若謂詩文不如著書，僕更不謂然。周、秦以來，作詩文者無萬數，誠如尊言矣。著書者亦無萬數，足下獨未知之乎？撷藝文志，未必文集俱亡，而著書獨在也。僕疑足下於詩文之甘苦，尚未深歷，故覺與我爭名者，在在皆是。而獨震於考訂家瑣屑斑駁，以爲其傳，較可必耶？又疑詩文之格調氣韻，可一望而知；而著書之利病，非搜輯萬卷，不能得其癥結。故足下渺視乎其所已知者，而震驚乎其所未知者耶？

要知爲詩人，爲文人，談何容易？入文苑，入儒林，足下亦宜早自擇，寧從一而深造，毋泛涉而兩失也。嗟乎！士君子意見不宜落第二義。足下好著書，僕好詩文，此豈第一義哉？古之人，其傳也，非能爲傳也，乃不能爲不傳也。何也？使人謀傳我則易，而我自謀其傳則難也。僕與足下生盛世，不能爲國家立萬里功，活百姓；又不能伏丹墀，侃侃論天下事；并不能爲游徼嗇夫，使鄉里敬之信之，而乃欲爭名于蠹簡中，狹矣！

然僕竊喜自負者，王荆公云："徒說經而已者，必不能說經。"僕固非徒爲詩文者也，或與夫足下所引終身著書諸人，其容有間乎？

答友人論文第二書

客多蒙寄古文七篇，讀畢，思有所獻替，怱怱少暇。入春來，歸妹於揚州，筮日賓婿，勞不可支。比來稍閒，敢自所懷以諍足下。

竊謂足下之爲古文，是也；足下之論古文，非也。足下之言曰：「古文之途甚廣，不得不貪多務博以求之。」此未爲知古文也。夫古文者，途之至狹者也。唐以前無古文之名，自韓、柳諸公出，懼文之不古而古文始名。是古文者，別今文而言之也。劃今之界不嚴，則學古之詞不類。韓則曰：「非三代、兩漢之書不觀。」柳則曰：「懼其昧沒而雜也，廉之欲其節。」二公者，當漢、晉之後，其百家諸子未甚放紛，猶且懼染於時。今百家回冗，又復作時藝弋科名，如康崑崙彈琵琶，久染淫俗，非數十年不近樂器，不能得正聲也。深思而愼取之，猶慮勿暇；而乃狃于尨雜以自滑，過矣。

蓋嘗論之，古書愈少，文愈古；後書愈多，文愈不古。商書渾渾爾，夏書噩噩爾。作詩者不知有易，作易者不知有詩。下此，左、穀以序事勝，屈、宋以詞賦勝，莊、列以論辨勝，賈、董以對策勝。就一古文之中，猶不肯合數家爲一家以累其樸茂之氣，專精之神，此豈其才力有所不足，而歲月有所偏短哉？荀子曰：「不獨則不誠，不誠則不形。」天下事，不徒文章然也。鄭康成以禮解詩，故其說拘。元次山好子書，故其文碎。蘇長公通禪理，故其文蕩。之數公者，皆抱萬夫之稟者也。偶有所雜，其弊立見，而況其下焉者乎？今將登騷壇，樹旗幟，召海內方聞綴學之徒而談論角逐以震耀乎口耳，此非煩稱博引不可也。邯鄲淳之見東阿王，李鍇之遇梁武帝是也。若夫傳一篇之工，成一集之美，閉戶覃思，不蹈襲前人一字，而卓然爲行遠計，此其道誠不在是矣。

足下擅鹽莢名，居淮南之四衝。四方之士，于于焉來請謁者，或經或史，或詩或文，或性理，或經濟，或蟲魚箋註，或陰陽星曆醫卜，日呈其伎於左右。足下不涉獵而遍覽焉，幾懵乎爲酬應。而又以好賢之心，好勝之氣，日習於諸往來者之咻染，不覺耳目心胸，常欲觀五都而遊武庫。然藉此多聞多見，使人一談論一晉接，驚而詫於四方曰名士名士，則可也；竟從此以求古文之眞，而拒專門者之諫，則不可也。

足下之答綿莊曰：「散文多適用，駢體多無用，文選不足學。」此又誤也。夫高文典册，用相如；飛書羽檄，用枚皋：文章家各適其用。若以經世而論，則紙上陳言，均爲無用。古之文，不知所謂散與駢也。尚書曰：「欽明文思安安。」此散也。而「賓於四門，納於大麓」，非其駢焉者乎？易曰：「潛龍勿用。」此散也。而「體仁足以長人，嘉會足以合禮」，非其駢焉者乎？安得以其散者爲有用，而駢者爲無用也？足下云云，蓋震于昌黎「起八代之衰」一語，而不知八代固未嘗衰也。何也？文章之道，如夏、殷、周之立法，窮則變，變則通。西京渾古，至東京而漸漓。一二文人，不得不以奇數之窮，通偶數之變。及其靡曼已甚，豪傑代雄，則又不屑雷同，而必挽氣運以中興之。徐、庾、韓、柳，亦如禹、稷、顔子，易地則皆然者也。然韓、柳亦自知其難，故鏤肝鉥腎，爲奥博無涯涘，或一兩字爲句，或數十字爲句，拗之，鍊之，錯落之，以求合乎古。人但知其戛戛獨造，而不知其功苦，其勢危也。誤於不善學者，而一瀉無餘。蓋其詞駢，則徵典隸事，勢難不讀書；其詞散，則言之無物，亦足支持句讀。吾嘗謂韓、柳爲文中五霸者，此也。然韓、柳琢句，時有六朝餘習，皆宋人之所不屑爲也。惟其不屑爲，亦復不能爲，而古文之道終焉。且賢者之大患，在乎有意立功名；而文人之大患，在乎有心爲關係。古之聖人，兵農禮樂，工虞水火，以至贊周易，修春秋，豈皆沾沾自喜哉！時至者爲之耳。若欲冒天下難成之功，必將爲深源之北征，安石之新法；欲著古今不朽之書，必將召崔浩刊史之災，熙寧僞學之禁。今天下文明，久已聖道昌而異端息矣。而于此有人焉，褒衣大袑，猶以孟軻、韓愈自居，世之人有不怪而嗤之者乎？

夫物相雜謂之文。布帛菽粟文也，珠玉錦繡亦文也，其他濃雲震雷，奇木怪石，皆文也。足下必以適用爲貴，將使天地之大，化工之巧，其專生布帛菽粟乎？抑能使有用之布帛菽粟，貴于無用之珠玉錦繡乎？人之一身，耳目有用，鬚眉無用。足下其能存耳目而去鬚眉乎？是亦不達于理矣。韓退之晚列朝參，朝廷有大著作，多出其手。如淮西碑、順宗實錄等書，以爲有絶大關係，故傳之不衰。而何以柳州一老，窮兀困悴，僅形容一石之奇，一壑之幽，偶作天說諸篇，又多譎詭悖傲，而不與經合，然其名卒與韓峙，而韓且推之畏之者，何哉？文之佳惡，實不係乎有用與無用也。

卽足下論文如射之有志，可謂識所取舍者矣。而何以每見足下于莊、屈之荒唐，則愛之而誦之；于程、朱之語錄，則尊之而遠之。豈足下之行與言違哉？蓋以理論，則語錄爲精；以文論，則莊、屈爲妙。足下所愛在文，而不在理，則持論雖正，有時而嗒然自忘。若夫比事之科條，薪米之雜記，其有用更百倍于古文矣。而足下不一肄業及之者，何也？三代後，聖人不生，文之與道離也久矣。然文人學士，必有所挾持以占地步，故一則曰明道，再則曰明道，直是文章家習氣如此。而推究作者之心，都是道其所道，未必果文王、周公、孔子之道也。夫道若大路然，亦非待文章而後明者也。仁義之人，其言藹如，則又不求合而合者。若矜矜然認門面語爲眞諦，而時時作學究塾師之狀，則持論必庸而下筆多滯，將終其身得人之得，而不自得其得矣。竊爲足下憂之。

綿莊文多說經，絕不類選體；而以之勗足下者，彼見足下筆氣近弱，不宜散文，故以六朝綿麗之體進，非得已也。足下不善用其短而拒之過堅，僕愛足下過于綿莊，安得不再爲忠告！

答友人論文第二書

初一日接手書，所論駢體已是，不復置辨；論古文與博學，猶有蠡之見存，安得不再申之？

夫古文之宜博，非足下之所謂博也。韓子稱「其書滿家」，而六經外不過子雲、相如、屈原、太史而已。柳自矜旁推交通，而六經外不過穀梁、孟、荀、莊、老而已。此外非所博也。足下之言曰：「昌黎以陰陽、土地、星辰、方藥未通爲愧，故將通之以合乎昌黎之說。」不知昌黎果通之而後爲古文乎？抑終於未通，而所以爲古文者，固自有在乎？其詞曰：「未有不通此而爲大賢君子。」非曰必通此，而後爲古文也。僕所論者古文，非論大賢君子也。足下能爲大賢君子而又能爲古文，僕豈不更敬且畏！然而有以知足下之不能也，何也？足下之博不博，未可知；而足下文之古不古，則可見也。求其不古之故而不可得，則不得不咎其所務之駁，所貪之多。譬如侍病者見其沉疴之未痊，必疑某藥眩耶，某食哽耶；若果平善，必聽其放飯流歠而不問矣。僕苦勸足下勿務雜學，足下亦宜深自反，而猶執前說爲齗齗，是何不相悉之甚也！

古徐之才、裴子野、僧贊寧能通雜家，而古文無有；韓、柳、歐、曾不能通雜家，而古文實傳。僕知足下二十年，知足下之能爲裴、徐爾，能爲韓、歐爾；必謂足下能裴、徐又兼韓、歐，則未敢也。張平子學窮造化，而其言曰：「官無二業，事不並濟。晝長則宵短，天且不能兼，而況于人乎？」傅武仲身列文苑，而其言曰：「二志靡成，聿勞我心。如彼兼聽，則溷于音。」陸士龍文患才多，而其言曰：「夸目者尚奢，愜心者貴當。」荀子曰：「藝之精者不兩能。」大戴禮曰：「君子知不務多，而務審其所知。」尸子曰：「同能不如獨勝。」管子曰：「雜物不爲牲，雜學不爲儒。」足下方務博以爲古文，而于諸君子之言，如尚未見者，又奚以博爲？

與薛壽魚書

談何容易，天生一不朽之人，而其子若孫必欲推而納之于必朽之處，此吾所爲悁悁而悲也。夫所謂不朽者，非必周、孔而後不朽也。羿之射，秋之弈，俞跗之醫，皆可以不朽也。使必待周、孔而後可以不朽，則宇宙間安得有此紛紛之周、孔哉！

子之大父一瓢先生，醫之不朽者也。高年不祿，僕方思輯其梗槩以永其人，而不意寄來墓志，無一字及醫，反託于與陳文恭公講學云云。嗚呼，自是而一瓢先生不傳矣，朽矣！夫學在躬行，不在講也。聖學莫如仁，先生能以術仁其民，使無夭札，是卽孔子老安少懷之學也。素位而行，學孰大于是！而何必捨之以他求？陽明勳業爛然，胡世寧笑其多一講學。文恭公亦復爲之，于余心猶以爲非。然而文恭，相公也。子之大父，布衣也。相公借布衣以自重，則名高；而布衣挾相公以自尊，則甚陋。今執途之人而問之曰：「一瓢先生非名醫乎？」雖子之仇，無異詞也。又問之曰：「一瓢先生其理學乎？」雖子之戚，有異詞也。子不以人所共信者傳先人，而以人所共疑者傳先人，得毋以藝成而下之說爲斤斤乎？

不知藝即道之有形者也。精求之，何藝非道？貌襲之，道藝兩失。燕噲、子之何嘗不託堯、舜以鳴高，而卒爲梓匠輪輿所笑。醫之爲藝，尤非易言。神農始之，黄帝昌之，周公使冢宰領之，其道通于神聖。今天下醫絶矣，惟講學一流轉未絶者，何也？醫之效立見，故名醫百無一人；學之講無稽，故村儒舉目皆是。子不尊先人于百無一人之上，而反賤之于舉目皆是之中，過矣！

即或衰年無俚，有此附會，則亦當牽連書之，而不可盡沒其所由來。僕昔疾病，性命危篤，爾時雖十周、程、張、朱何益？而先生獨能以一刀圭活之。僕所以心折而信以爲不朽之人也。慮此外必有異案良方，可以拯人，可以壽世者，輯而傳焉，當高出語錄陳言萬萬。而乃諱而不宣，甘捨神奇以就臭腐，在理學中未必增一僞席，而方伎中轉失一眞人矣。豈不悖哉！豈不惜哉！

答某生書

春間寄所鐫雕蟲樂府來，僕至今未答。隨接手書，至于再，至于三。不知僕所以不答之故，而以前書未到爲疑。然則僕敢再不答，以陷足下終身不知之過哉？

古之人無自鐫其文者。今所傳諸集，皆當時之門生故吏尊師其人，而代爲鐫傳之，非夫人之所自爲也。晉相和凝鏤集百卷，人多非之。足下齒猶未也，不必爲和相之所爲。然既已不求益而欲速成矣，則必使字帖句妥，可幾于成而後卽安，不可使人聞其集名而先啞然笑也。夫使人笑其命集之名，則將不復觀其集而束之高閣。求名失名，爲計已左。「雕蟲」二字，見考工記，「樂府」二字，見霍光傳。足下合而名之，於義何當？若曰謙詞云爾，則將來足下之詩日多，謙日甚，名樂府曰「雕蟲」，名五古、七古、五律、七律又曰「雕蟲」乎？莊子蟲天之道，何太紛紛也。

是諍也，僕久已墨之尊集矣。足下不以爲然，亦宜往復辨難，使僕噤無所答而後仍其原名，固未晚也。今一無商榷而卽鐫傳之，又寄以曉示之，疎耶？愎耶？揭吾前言以爲大愚耶？半閒堂一首去後二句，味較深，亦曾墨之尊集矣。足下又不以爲然，而仍鐫其舊，則是僕所獻替于左右者，竟一無可也。

夫人心之不同，各如其面。孔子雖聖而子路不悅。以鄭康成之名之學，而邴原終不以爲師。此固兩無所妨。乃足下既不遠千里而來師僕矣，凡所褒揚語，全鑄之以耀于人。師其所是，而不師其所非；將毋足下之取師，在于標榜阿諛而不在于聞道袪惑也？古之師人者不如是，古之爲人師者不如是。

學問之道，若涉大海，其無津涯。僕老矣，不復求名，然文字間苟有一字之商，雖幼子童孫，必虛己師之，而不敢自恃。足下拒吾言，果別有意義，可以佐晚聞而啓老聵者，幸其未死時早敎之，俾得返束脩，改名紙，趨門外以俟焉。文中子年十四，王孝逸白首北面，僕之師，安知不在足下！

與朱竹君學士書

枚不才，不能枉其身小留館閣，與當代之賢人君子黼黻隆盛；又早乞歸，不復策駑長安，望見名公卿履舄。每項項不得意，然聞聲而遙相思者，若動于天焉，亦不自知其所以然也。

公昆季以文學卓行，同翔天衢，爲海內所讋服。公又束修其躬，志古人之所志，學古人之所學，士林中齗不齊其口異音同歎。江南高才生，爲枚所目色者，不北行則已，苟北行試京兆、禮部，必一一被公羅取。枚聞之讙噪起舞，以爲文章之公論，果如是其有定也；文章之主持，果如是其有人也。

雖然，枚當知公，公不當知枚。何也？天之卿雲，朝陽之鳴鳳，雖山澤之癯，仰面窺所共見者也。若夫江湖間老物散材，要惟耦居者知之，其高而麗於天者，未必降階越境以存之也。

不意秀才陳熙來，道公問枚甚悉。進士程沅來，又道公爲護持枚故，挺身說人。噫！枚之與公，名紙未嘗通也，謦欬未嘗接也，縱左右之人，妄有稱引，又安知非阿所好以誑公？而胡乃眷私若是！然則使枚竟幸而得近顔，行布露所畜，抱三十年著述拜獻於中衢之車下，不知公之矜寵而教督之者，又將何似也？

昔孔北海爲楊彪緩頰，裴監州爲傅藺碩通兩家之好，皆卓卓史册間。然皆先狎交之，後覆露之。較公之未見其人而爲之道地者，果孰賢也？

枚年逾五十，齳然而齒墮矣。當事風稜言言，亦無所于加。委化任天，百事頹廢。惟敬賢感知己之意，老而不衰。恐旦暮溝壑，死抱受恩不知之憾，又恐公掛念猿鶴，未審諈諉效否，仁心拳拳，故通一函告平安而抒報謝。顧見無日，我懷如何！

答朱竹君學士書

仲夏讀執事書，錯落奧衍，愛執事之文之古；苦言至意，敬執事之心之古。道枚冠長纓，試京兆時，曾早目之；正如執事之仁風，枚亦早耳之也。三十年來，兩相思兩不知。天若欲兩人者相見，而使執事持節來，又若欲兩人者不輕相見，而使見訪時枚又避宅他適。毋乃故鬱其心，支閡其意見，以誘其所欲言者，而俾之兩相益乎？

書中以隱目枚，似非知枚者。當今天下有道，枚何敢隱？即或希踪巢、由，而巢、由者，聖世之惰民，非枚所喜。枚鮮兄弟，母老，以是辭官，非隱也。若勗以韜晦，使人不知其美云云，斯言也，得毋有緄息嫣以眩楚子者乎？枚聞之赧然，不覺汗之竟趾也。枚伏荒山中，朴蒙孤陋，與村氓居，如女子然，既未嘗搔頭弄姿，招塗之人而曰余美，勢亦不能漆身毀形，赫塗之人而曰余不美也。而隣母見愛，猶寄孼闥中而訓之曰：汝何故冶容？汝得毋誨淫？彼姝者子，將犂黶而何所謝過耶？枚犬馬齒載，月食斗米不盡，夫何爲哉？亦安居以適性，覃思以卒業而已矣。

若夫避傷之說，枚不謂然。傷非周、孔之所能避也。枚何人，能避傷乎？夫被甲者，所以防矢之至也。未登矢石之場，而家居被甲，固不可也。古今來叔夜傲而傷，韋玄恭而亦傷；安仁富而傷，摯虞貧而亦傷。宇宙間皆傷機也。聖人知其如此，故以未濟終篇。而于乾之文言則曰：「知進退存亡而不失其正者，其惟聖人乎！」言雖聖人，不能不退，不能不亡，但能不失其正而已。宋明帝戒王景文云：「有心于避禍，不若無心以任運。但人生自應卑愼，行己用心，務思謹惜。」斯言也，枚終身誦之，執事無憂焉！

雖然，枚亦何足當執事注存哉！傷一匹夫，與世何損！王者之民，皥皥如也，聽其自存自沒，可矣。執事官清要，負萬夫之望，正須隆赫彰施。使天下人共仰其美，沾其美，而後可以酬主知，不負所學。倘亦匿美避傷，而欽欽作自全謀，則盛業叢脞，人望休矣，豈所期于長者大人哉？

枚聞訾我貨者，願與我市；刺我行者，願與我交。枚感執事願交之義，而愈引其願交執事之心，故借執事規我者以規執事。

附來書

戊午之秋八月十日，先生冠長纓，立貢院牌坊下，自誦其試文。時常熟趙先生貴彤自龍門出，就先生語，時𤦩年甫十齡，一望見識之。後長大相聞，不復見。二十五六，獲爲館中後進，先生方出官江之南，聞其風采，所至治聲。旣聞抽手板引去，卜築于古金陵。以金石圖書，豪于江山之間，自謂循吏、儒林、隱逸三者兼之。筠心慕其意趣，以爲近今未嘗有也。筠自問無所知識，然聞志乎古，不逐逐于流俗者，身雖不能，未嘗不心敬之。而流俗之人，猶薰不同，反輾轉與之爲難。身雖無權與勇，未嘗不欲毅然起而辨且正之。此筠之天性，北方之愚，出于同然，不知先生何所聞而曲奬之也！筠比來得聞先生梗概于魚門略詳，竊願有所進者。君子之處世，不可示人；隱而示人，尤未可也。雒場之鷁，集于林而人或傷其羽，縱其未傷，知其羽之美而傷之者至。若夫鵂鶹鴛鴻，人孰從而知其美耶？筠竊願先生之使人不能知其美也。昨冬過訪隨園，不得見，投刺悵悵而去，如有所失。大著固願見，尤願得侍坐于左右，一談其累年之未得見也。辱再賜手書，秦學士所寄者，筠出都始獲讀之。孟陬所寄，又未遑卽答。往來于心，欲一致其區區而言之，不知其起止。頃將往徽、歙間，不能已于言，輒敢陳之，餘再以書奉。

答尹似村書

書來，怪僕背宋儒解論語，若欲關其口而奪之氣者。僕頗不謂然。

孔子之道大而博，當時不違如愚者，顔氏子而已。有若、宰我，智足以知聖人，終有得失。趨庭如子思，私淑如孟軻，博雅如馬、鄭，俱有得失。豈有千載後奉一宋儒，而遽謂孔子之道盡是哉？易曰：「仁者見之謂之仁，知者見之謂之知。」孟子曰：「夫道若大路然。豈難知哉！」苟其得，雖滄浪之童子，歌之而心通；苟其失，雖亞聖之顏回，瞻之而在後。宋儒雖賢，終在顏、曾以下；僕雖不肖，或較童子有餘。安見宋儒盡是，而僕盡非也？西漢傳經，各有師承，各自講解，以相授受，最爲近古。東漢好名，何休、鄭玄、趙岐之流始爲箋註，門戶儹興，然猶在名物象數間耳，未有空談心性而不許後人參一議者也。

中庸曰：「博學之，審問之。」書曰：「好問則裕，自用則小。」使宋儒而果賢也，有不審問者乎？有肯自用者乎？若一聞異己者而卽怒，是婞佷木強者耳，烏乎賢？今有將鬻貨至長安者，雖五尺之童適市，聽其擇價取庸而問路可也。有賤丈夫焉，壟斷而把持之，以爲非出乎己不可，淸明之吏，必嚴禁之。今之仁義道德，貨也；聖賢，長安也；周、孔之書，路之昭昭者也；漢、唐、晉、宋諸儒，皆可以擇價取庸而問路者也。必欲抹摋一切，而惟宋儒是歸，是亦田儓市儈之把持者而已矣。古之人往往有始願不及此，而後人報之已過者。關忠武忠于漢室，此其志也。豈料後之隆以帝稱哉？宋儒闡宣周、孔，此其志也。豈料後之垂爲令甲哉？且安知其著書時，不望後世賢人君子爲之補過拾遺，去其非，存其是，以求合聖人之道乎？

自時文興，制科立，大全頒，遵之者貴，悖之者賤，然後束縛天下之耳目聰明，使如僧誦經、伶度曲而後止。此非宋儒過，尊宋儒者之過也。今天下有二病焉，庸庸者習常隸舊，猶且不暇，何能別有發明？其長才秀民，又多茍且涉獵，而不肯冒不韙以深造。凡此者，皆非尊宋儒也，尊功令也。功令之與宋儒，則亦有分矣。僕幼時墨守宋學，聞講義略有異同，輙掩耳而走。及長，讀書漸多，入理漸深，方悔爲古人所囿。足下亦宜早自省，毋硜硜抱宋儒作狹見謏聞之迂士，幷毋若僕聞道太晚，致索解人不得。

再答似村書

來書道爲後學者不宜排前儒，此又誤也。夫排之云者，擠而奪之之詞也。將立說而先懷擠奪之心，則其心術已傾，而其說必悖。僕雖貪，月食斗米不盡，尙何羨于兩廡特豚之饋而爲是喋喋哉！所以然者，「是非之心，人皆有之」。周公大聖，召公大賢，尙不相悅。孔融執子孫之禮事康成，而于麟鼓郊天之說，則直斥其臆造。「君子和而不同」，理宜如此，非所謂排也。

足下又問，似村背宋儒，將何以應試，弋科名？則更誤矣。科名者，出身之末也；學問者，立身之本也。三代後，立身之與出身分也久矣。學校廢，言揚行舉廢，辟召徵聘又廢，士君子出身，舍科目其奚從？求科目，舍功令其奚從？今孔、孟復生，其務科目而尊宋儒無疑也，況似村乎？要其胸中之黑白，必有昭昭然不同于俗學者矣。韓昌黎，唐進士也。其言曰：爲今進士文章，下筆大慚。昌黎肯慚，所以爲昌黎；雖慚肯下筆，所以成進士。似村且慚且下筆，法昌黎可也，而何指南之問焉？

宋儒之學，首嚴義利之辨。講學，義也；決科，利也。宋儒當時早知後世以其學爲干祿之書，則下筆時必恥爲之。似村乃因科第而尊宋儒，豈善尊宋儒者乎？竊以爲今之善尊宋儒者，莫僕若耳。夫善交友者，忠告善道，有過必規；善事君者，繩愆糾謬，納之于堯、舜。僕讀宋儒集註，決科名，得有今日。常慮無以報古之賢人，故有一知半解，必標出之，爲宋儒補偏救弊，以俟後之君子。子產曰：「從政有所反之，以取媚也。」孟子曰：「齊人莫如我敬王也。」果起宋儒于九原，必以僕爲諍臣畏友，感謝不暇，而似村乃訾其好翹人過，以爲名高，不已誤乎！

總而論之，漢、唐、晉、宋諸儒，俱有功于孔子，俱爲僕所敬畏。宋儒立身，亦卓卓可師。然僕于漢、唐諸儒無所辨，而于宋儒有微詞者，何也？譬如易牙烹調之味，其不強余食者，亦淡而置之矣。若朝饔夕飧，非此不可，則不能震其名以爲彼治味者易牙也，惟有縮額猛吞，而不敢一加擩嚌。僕之不能不擩嚌道味，僕之過也。若夫以決科之私心，作衛道之公論，非僕之所敢出也。願似村尊宋儒可，不尊宋儒亦可；尊宋儒而不善尊宋儒，則大不可。幸三思毋忽。

與程蕺園書

綿莊寄足下與彼之札來，道顏、李講學有異宋儒者，足下以爲獲罪於天。僕頗不謂然。

宋儒非天也，宋儒爲天，將置堯、舜、周、孔於何地？過敬隣叟，而忘其祖父之在前，可乎？夫尊古人者，非尊其名也，其所以當尊之故，必有昭昭然不能已于心者矣。若曰人尊之，吾亦尊之云爾，是鄉曲之氓逢廟必拜者之爲也，非眞知所尊者也。足下尊宋儒，尊其名乎？尊其實乎？尊其名，非僕所敢知也；尊其實，則必求其所以可尊之故，與人所以不尊之故，兩者參合而愼思之，然後聖道日明。不宜一聞異詞，如聞父母之名，便掩耳而走也。

黃氏日抄稱呂希哲習靜，其僕夫溺死不知。張魏公自言有心學，符離之敗，殺人三十萬，而夜臥甚酣。宋學流弊，一至于此。恐周、孔有靈，必歎息發憤於地下。而不意我朝有顏、李者已侃侃然議之。顏、李文不雅馴，論均田封建太泥。其論學性處，能於朱、陸外別開一徑，足下不詳其本末，不判其精粗，不指其某也是，某也非，而一言以蔽之曰：詆宋儒如詆天。吾以爲足下非善尊宋儒者也。

孟子曰：「子路人告之以有過則喜。」宋儒而子路也，聞顔、李之告，必喜。而足下代爲之怒者，何也？且足下并非善尊天者也。中庸曰：「天地之大，人猶有所憾。」人憾天地，而子思許之；人憾宋儒，而足下不許，又何也？足下之言曰：「無宋儒，吾輩禽獸而木石矣。」尤謬也。足下亦思漢、魏、晉、唐無宋儒，其間千餘年，皆禽獸木石乎？亦思以孔子之聖，不能挽戰國之末流；而以宋儒之賢，乃能救後世之習俗乎？足下懼獲罪于宋儒，而甘心獲罪于漢、魏、晉、唐之儒，并甘心獲罪于孔子者，又何也？夫至獲罪于孔子，乃幾幾獲罪于天。然而豪傑之士，無文王猶興，足下無宋儒，乃自比於禽獸木石；僕能決足下之必非禽獸木石，猶之能決宋儒之必非天也。恭而無禮，悖莫甚焉！

足下與綿莊辨，僕過而有言者，非助鬭也。僕以爲聽訟者，必使兩造畢其詞而後斷焉。若抽戈結縭，勢若將訟，聽者便關其口而奪之氣，雖父子相訟，亦不必若是之袒且遽也。足下守宋儒太狹，詆顔、李太遽，竊以爲不可。故布其區區。

黄東發親傳朱子緒餘，而日抄中頗有微詞。其他門人朋友，各有異同。劉静菴大不喜中庸注，自爲論以駁其師曰：「天地之性，人爲貴，混人物而一之者，非知性者也。」慈湖楊氏疑大學誠意註悖論語毋意之說，陳止齋以爲千百年女史之彤管，與三代之學校，而一概以爲淫奔偷期之所，竊所未安。南軒以註費隱爲牽強。伯恭以任道統爲吝驕。宋金華尤恪遵朱子而深不取劾唐仲友一事，以爲唐乃台之循吏，特爲補傳以補元史之缺。此皆于一門戶中，和而不同者也；況門戶以外者乎？顏淵曰：「舜何人也，予何人也，有爲者亦若是。」大賢于堯、舜且然，而況宋儒乎？善尊宋儒者宜知之。枚再白。

再與蕺園書

第二書論宋儒得失，論正而氣和，方知前札未盡，招人之疑。然朋友切磋，不嫌往復。僕以爲後之貶宋儒者，皆講學而欲爭其席者也。僕非講學者，於宋儒乎何爭？然胸中之是非，不尊宋儒宜辨，尊宋儒尤宜辨。事父母、事君且幾諫矣，而況古之人乎？

足下所引宋儒謬誤者數端，皆昔人陳言，不必再摘，吾以此知足下之心得者少也。就中所稱格物宜兼窒欲一語，僕又非足下而是宋儒。夫聖賢學問，自有條次，所貴乎格致者，如人行路必先問程途郵驛。當問路時，雖至愎者有何成見？雖至貪者，有何越思？而何欲之可窒乎？窒欲，即正心誠意也。若格物之功已兼窒欲，則誠意正心爲贅語矣。要知聖賢格致之時，未嘗非誠意正心時也，亦未嘗非修身齊家時也。恐其誤誠，誤正，誤修，誤齊，故格物以致其知耳。若必待其理窮知致而始正心誠意修身齊家也，固已晚矣！天下有心不正，意不誠，家不齊，身不修，而囂囂然曰吾方格物，吾方致知之人哉？然則大學曰「而后」，曰「必先」者，其行文之道如是，讀者不可泥也。

王文成格庭前竹七日不悟，生疾，遂求良知而詆宋儒。不知物有本末，大學已明言之。文成不格其本，而格其末，於宋儒乎何尤？

若謂有宋儒而死節者多，則與孩童之見無異。史册所載死難之人，或出于武夫悍卒，或出于匹夫匹婦，其人皆耳不聞宋儒名，目不覩宋儒書者也。而何得以爲宋儒功也？人動稱六朝爲放達，不知說禮家如賀循、袁準、范平、摯虞輩，精深該博，劉超、鍾雅于蘇峻上殿時猶授孝經、論語；劉阿稱不束帶不敢答兄之呼。其實學如彼，其實行如此，乃不能與宋儒一較伯仲，吾之所不解者一也。

六朝尊蔣帝至於南郊，晉、魏尊康成，至於王弼一詆而死。今蔣侯無廟，學者不知康成爲何人，而其鬼亦不靈，此僕之所不解者二也。

古無詩韻，毛詩、周易，醇不含嚼宮商。周顒、陸慈偶創一家之韻，數傳失眞。唐人遵爲功令，以一天下之音。而宋儒竟遵之以叶文王、周公之詩，此僕之所不解者三也。

時會所趨，氣運所關，功令所束，習俗所囿，但順其當然，而不必叩其所以然，則僕與吾子之辨息矣。

答洪華峯書

頃接手書，讀古文及詩，歎足下才健氣猛，抱萬夫之稟；而又新學笥河學士之學，一點一畫，不從今書，駁駁落落，如得斷簡于蒼崖石壁間。僕初不能識，徐測以意，考之書，方始得其音義。足下眞古之人歟！

雖然，僕與足下，皆今之人，非古之人也。生今反古，聖人所戒。然而古有當反者，有不當反者。假作篆籀，寧不溯所由來，此古字之當反者也。既作行楷，何忽變其面目，此古字之不當反者也。足下作楷法，而以從爲𨑢，以夏爲夓，此在冷唐人碑中，容或見之，而在歐、虞諸大家所必無者也。韓昌黎云：「欲作文必先識字。」所謂識者，正識其宜古宜今之義，非謂捃摭一二，忍富不禁，而亟亟暴章之。今南海碑尚存，昌黎書法，班班可考。三代上重文不重字，保氏所掌，原無異同。自秦失其道，斯、邈之徒，紛然造作。漢儒寫經，竟有賄蘭臺令史以偷合其私文者。故叔重進說文，伯喈刊石經，垂爲令甲，原非得已。卒之篆變隸，隸變楷，楷變行，行變草，風氣所趨，日就簡便。使許、蔡生于今日，亦難執所刊定以相拘閡。孔子曰：「麻冕，禮也，今也純儉，吾從衆。」以聖人之尊，冠冕之重，尚且從時；足下爲唐、宋以後之文，而作唐、宋以前之字，是猶短衣楚製，而猶席地摶飯，捧魯人之梲巘，不已悖乎？

且夫古字之與今字固有分，而古俗之與今俗亦宜辨。如寫「雙」爲「䨇」，今俗也，誤也；若以「娭」爲「嬉」，則古俗矣，庸何傷乎？寫「裏」爲「裡」，今俗也，誤也；若以「迻」爲「移」，則古俗矣，庸何傷乎？足下厭故喜新，必欲泥古以相恫喝，勢必讀穆天子傳寫「長寶」爲「[illegible]瓚」，讀詛楚文寫「親戚」爲「敊戚」。讀書愈多，矜奇愈甚。他日對策王廷，諸衡文官必無好古如笥河者。少見多怪，徒遭駁放。顔元孫最辨字體，而干祿字書首言說文難據。宋子京最精小學，亦嘗笑楊備模做古文尙書、釋文，人呼怪物。足下之病，得毋相類！且足下文果傳耶，雖字畫小差，而後之人必有爲之考據字書，校正重刊者。足下文果不傳耶，雖筆筆古法，而後之人必無因此相欽，肯當作字書讀者。足下不古其文，而徒古其字，抑末也。

上笥河學士一百十韻搜盡僻字，僕尤不以爲然。詩重性情，不重該博，古之訓也。然而如足下詩，不足以爲博。何也？古無類書、志書、韻書，故三都、兩京，各矜繁富。今三書備矣，登時闌入，無所不可；過後自讀，亦不省識，卽識之，亦復何用！韓魏公稱王荆公頗識難字，荆公終身以爲恨。中庸曰：「人之爲道而遠人，不可以爲道。」然則人之爲詩而遠人，獨可以爲詩乎？要知五味六和十二食，非不多也，而工于爲易牙者，不盡調也。本草九千九百種，非不備也，而精于爲俞跗者，不盡用也。畫鬼魅易，畫人物難。足下能思其故而有得焉，則于道也進矣。

答彭尺木進士書

來書教以禪學，引文文山詩語云云。似乎文山不遇楚黃道人，便不能了生死者。僕不以爲然。古豪傑視死如歸，不勝屈指，倘必待禪悟而後能死節，則佛未入中國時，當無龍逢、比干。居士之意，以爲必通禪而後能了生死耳。殊不知從古來，不能了生死者，莫如禪。夫有生有死，天之道也。養生送死，人之道也。今捨其人道之可知，而求諸天道之不可知，以爲生本無生，死本無死，又以爲生有所來，死有所往，此皆由于貪生畏死之一念縈結於胸而不釋，夫然後畫餅指梅，故反其詞以自解。此洪罏躍冶，莊子所謂不祥之金也。其于生死之道，了乎否乎？子路問死，子曰：「未知生，焉知死？」當時聖人若逆知後之人必有借生死以惑世者，故于子路之問，萌芽初發而逆折之。

來書云：生死去來，不可置之度外。尤謬。天下事有不可不置之度內者，「德之不修，學之不講」是也。有不可不置之度外者，「死生有命，富貴在天」是也。若以度外之事，而度內求之，是卽出位之思，妄之至也。雖然，「富而可求也，雖執鞭之士，吾亦爲之」。使佛果能出死入生，僕亦何妨援儒入墨！而無如二千年來，凡所謂佛者，率皆支離誕幻，如捕風然，視之而不見，聽之而不聞，禱之而不應。如來、釋迦與夏畦之庸鬼，同一虛無，有異端之虛名，無異端之實效，以故智者不爲也。試思居士參稽二十年，自謂深于彼法者矣。然而知生之所由來，能不生乎？知死之所由去，能不死乎？如僕者自暴自棄，甘心爲門外人矣。然而不知生之所由來，便不生乎？不知死之所由去，便速死乎？生死去來，知之者與不知者無以異也。盍亦聽其自生自死，自去自來而已矣。

易曰：「乾坤毁，則無以見易。」言乾坤有時而生死也。詩曰：「高岸爲谷，深谷爲陵。」言陵谷有時而來去也。生死去來，天地不能自主，而況于人？居士寧靜寡欲，有作聖基，惜于生死之際，未免有己之見存，致爲禪氏所誘。有所慕于彼者，無所得于此故也。獨不見孟子之論生死乎曰：「夭壽不貳，修身以俟之。」陶潛之論生死乎曰：「浮沉大化中，不戀亦不懼。」士君子縱不能學孟子，亦當法淵明。名教中境本廓然，奚必叛而他適！昔曹操聘虞翻，翻笑曰：「孟德欲以盜賊餘贓汚人耶？」居士招我之意，有類孟德，故敢誦仲翔之語以奉謝。

附來札

拙詩承不鄙棄，爲正其得失。仰見先生接引後𫎇惓惓無已之盛心，敢不拜受！經世出世，趣各有在。昔文信公在燕獄時，遇楚黄道人受出世法，始得脱然于生死之際，故其詩云：「誰知眞患難，忽遇大光明。」又云：「莫笑道人空打坐，英雄斂手卽神仙。」其語具集中，可覆按也。先生英雄根性，所未留意者獨此一着耳。生從何來，死從何去，其可以人生一大事而置之度外乎？願先生之更有以教之也。

再答彭尺木進士書

前書言一身之生死，覆書變而爲一念之生死，如被追者，捕東竄西，急則推墮洸洋中，佛書伎倆，大槪爾爾。所云生死者一念之積也，今之徵聲逐色者是也。必窮極之至于無思無爲，而聖人之下學上達，卽在于是。是尤惑之大者，不可不辨。

夫生之所以異于死者，以其有聲有色也；人之所以異于木石者，以其有思有爲也。孔子曰：「非禮勿視，非禮勿聽。」其所視所聽可知也。又曰：「學而不思則罔。」「見義不爲無勇。」其有思有爲又可知也。居士必欲屛聲色，絶思爲，是生也而以死自居，人也而以木石自待也。

雖然，居士其果能未死而死，非木石而木石乎？夫槁木死灰，不自知其爲槁爲死也，以其爲灰爲木故也。人則何能哉？自覺其爲死灰，便非死灰矣；自覺其爲槁木，便非槁木矣。而其似死非死，求槁不槁之心，終日湮鬱強制而不能自禁，則方寸中乍冰乍火，天之僇民，莫大于是！周、孔之教，出則事公卿，入則事父兄。學射御，習絃歌，不一日放廢其心。是以多學而識，下學也，一以貫之，則上達矣。強恕而行，下學也，從心所欲，則上達矣。下學上達，未有捨倫常日用而高談玄妙者。宋儒先學佛，後學儒，乃有教人瞑目靜坐，認喜怒哀樂未發時氣象。此皆陰染禪宗，不可爲典要。

居士道僕未能寡欲，未能立大體，且緩爲儒釋之爭。嘻，過矣！夫論天下之是非者，不計其人之賢否也。孔子曰：「攻乎異端，斯害也已。」孟子曰：「能言距楊、墨者，聖人之徒也。」孔、孟此言，專爲中人說法，大爲之防，猶之春秋之義，亂臣賊子人人得而誅之。若必待孔子而後絕異端，必待孟子而後距楊、墨，則一聖一賢，孤鳴嘐嘐，無父無君之教，將充衢塞路，而人無是非之心，亦不得謂之人矣。今有禁人食野葛者，或且訾之曰：「汝未啖八珍，而何禁我爲？」有笑人衣棘刺者，或且訾之曰：「汝未衣狐貉，而何笑我爲？」夫八珍非不當食，狐貉非不當衣也。而野葛之不當食，與棘刺之不當衣，更有甚于八珍、狐貉之當食當衣也。則盍聽其忠言，而且緩其反擊也？

且寡欲之說，亦難泥論。孔子「食不厭精，膾不厭細」，未嘗非飲食之欲也；而不得謂孔子爲飲食之人也。文王「悠哉悠哉，展轉反側」，未嘗非男女之欲也；而不得謂文王爲不養大體之人也。何也？人欲當處，卽是天理。素其位而行，如其分而止。聖賢敎人，不過如是。若夫想西方之樂，希釋梵之位，居功德之名，免三塗之苦，是則欲之大者，較之飲食男女，尤爲貪妄。僕願居士之寡之也。

居士又以死生之際，不戀不懼，諄諄相勉。所見尤非。張楚金，唐之逆賊也，臨斬謳歌；趙鼎，宋之忠臣也，貶嶺南淒然出涕。「子之所愼齋戰疾」，曾子臨深履薄，懼莫甚焉。前誦陶潛之語奉答者，因居士借生死相恫喝，故引而破之，而非敢以爲理之至足者也。鴻鵠高飛，而羅者猶視于藪澤，悲夫！至于由、求，實在曾點之上。有論語解四篇，他日寄覽。

附來札

儒、佛之相爭久矣。儒之不能援佛而歸儒，猶佛之不能援儒而歸佛也。則亦各行其志可也。然來諭所云實有未盡鄙懷者，敢復粗陳其說。前所進生死之說，非謂生前死後云爾也，乃謂現前一念生死之心耳。生死者，一念之積也。一念者，生死之本也。何者是現前一念生死心？卽今之徵色逐聲，種種分別，乍起乍滅者是也。所謂了生死者，非謂其不生不死也，乃窮極現前一念生死，以至于功積力久，一旦豁然起滅情盡，則無思無爲之體可得而復也。在昔聖賢所爲下學者，學此而已矣；所爲上達者，達此而已矣。先生于佛所不喜聞，請言儒者之道。儒者之道，以寡欲爲基。先生已能寡欲否？「先立乎其大者，則其小者不能奪也」。先生已能立乎其大者否？若猶未也，且可勿論儒、佛之是非，而姑先究吾心之是非可也。郭、李功名，豈必無補于世，然而君子所性不存焉。不然，顏氏劣于管、晏，由、求過于曾點矣。了此，則文山之語，又何疑乎？承示孟、陶兩言，誠能實而體之，于生死之故，亦思過半矣。雖然，不以寡欲爲基，而立乎其大者，其遂能殀壽不貳乎？其遂能不喜不懼乎？先生既以言之，惟先生始之終之。紹升不敏，願執鞭以從。

答洪稚存書

明吳中行劾座主江陵，僕心不喜，道師有過當諫，諫而不聽，當避位。斯言也，下筆後頗知其非。位受之於君，非受之於師，不得以孟子論異姓之卿之禮援爲事師之則。繼而思之，位雖受之于君，而所以能受之于君者，未嘗非師之力。飲水知源，不爲無理。以故仍而不改。

昨接手書，果招足下之規，夫復何辨！然足下尚有未悉者。書中道座主輕于舉主說，良是也。舉主知其人，其恩重；座主知其文，其恩殺。然唐、宋以後，科目盛，辟舉衰，士大夫舍座主無由進身，則座主之恩，不得不同于舉主。東漢舉主有喪，門生衰麻避位，亦何嘗不以君臣之義行之師弟之間？若曰：座主取士，彼自奉功令耳，于士無與也。然則父母生子，彼自感情欲耳，亦與子無與也。忘本之言，伊于胡底？

衛庾公之斯以學射孺子之徒之故，叩輪而反，孟子與之。夫追寇，君命也；學射，小伎也。學于其徒，非學于孺子也。然卒不忍以夫子之道反害夫子。孟子以爲端人，且引以證逢蒙之惡。然則使孔、孟爲人門生，必不劾座主以爲名也可知。唐蕭遘扶王鐸上殿，昭宗見之甚喜，曰：「卿待座主如此，待朕可知！」李夷簡劾楊憑，楊遠貶，其門客徐晦送之，夷簡表晦爲御史，曰：「君不負楊公，肯負國乎？」古明君賢臣，往往觀過知仁，十不爽一。而足下乃慮禁劾座主，將有植黨之虞，則尤與僕言相背，何也？

僕言事師之道，有過則諫，諫而不聽則避位。果如僕言，則門生多，諫者愈多，避位者愈多。大臣不善，朝廷且爲之一空矣。彼座主者，獨無所懾于心而不改絃易轍乎？又安見植黨滿朝，而不可動搖也？所引楚棄疾、李懷光事，尤爲不倫。楚王將殺子南，三泣其子。王之心，豈不欲其子之諫父耶？然而棄疾之諫與不諫，傳無明文，卒與父同死，或其間必有委曲難全之故。遥遥千秋，難以臆斷。至于懷光謀反，李璀大義滅親，自無兩全之術。使當日江陵果謀反，則中行劾之當也。足下書中所謂緩不及待，是也。乃江陵並非謀反，所劾者不過奪情一節，則是江陵一身之私罪，與宗社安危毫無關閡，有何緩不及待之有？而況中行上疏之明日，趙疏入矣；又明日，艾疏入矣；又明日，沈疏入矣。明目張膽攻江陵者，如雲而起，何勞門下士急急爭先？古名臣如漢之趙熹、耿恭，唐之房、杜、褚遂良、張九齡，俱有奪情之事。彼諸君子者，豈無門生故吏，略知大義之人？而何以史册寂然，不聞有彈之者何耶？史稱江陵相萬曆二十餘年，四夷賓服，海內充實，有霍子孟、李贊皇之遺風。然則中行果有愛國之心，方宜留護江陵，爲賢者諱過，可矣。中行本傳稱中行既上疏，以副封白江陵。江陵大驚曰：「已上耶？」曰：「不上，不敢白也。」審是，則中行不但不諫其師，并欺蔽之使不知過，而突出其不意，以相攻擊。其心術尚可問乎？左氏曰：「人之欲善，誰不如我。」中行好名，江陵亦好名。觀其驚問疏上否，頗有悔過掩覆之思，使中行不廷爭之而私執門生之義，愛人以德，造膝婉陳，未必不動其天良，而自行求去也。及聞疏已上，則大名已裂，狀如被逐，剛愎之性，遂至倒行而逆施。程子所謂吾黨激成之禍，儒行所謂賢者之過可徵辨不可面數，正謂此也。

且中行爲他人父，爲他人母，忍使自己父母之遺體毀傷廷杖，尤爲可嗤。而此後臺臣閣臣，水火僨興，互相排詆，無一日休，必至國亡而後已。如庸醫治病，專務鬪藥爭方，而不顧其人之元氣命脈也。揚其波者，中行與有罪焉。

僕山居，老矣，未必有爲座主之日。而足下高才少年，爲門生，爲座主之日正長。言之者無私，聞之者有益，故不覺其傾盡云。

小倉山房文集卷二十

公生明論

或問:公生明,荀子之言,非歟?庸醫之治人也,覃精竭思,公矣,而人不治;庸相之治國也,引經法古,公矣,而國不治。以是觀之,公安能生明歟?

袁子曰:子亦知夫荀子之所謂公,非今之所謂公乎?夫公者,對乎私而言之也。必先知何者謂之私,然後知何者謂之公。所謂私者,非貨利而已也。自賢自智,强不知以爲知,私矣;矯俗矜廉,避嫌好勝,私矣;喜功名之己出,懼他人之我先,私矣;氣質之粗,學術之偏,私矣。私卽不公,不公則不明。貨利之私,知其不可而犯之者也,其害於明也淺;意見之私,不知其不可而犯之者也,其害于明也深。彼無私者,非聖人耶?然而聖人不自知其無私,故邇言必察,昌言則拜,舍己從人,以求其明。其求明之心,卽公也。既公矣,焉得不明?彼有私者,非庸人耶?然而庸人不自知其有私,故不咨于人,不詢于衆,悻悻然惟所欲爲。其自以爲無私之心,卽私也。既私矣,又焉得明?

天下林林而生,總總而羣。先王所以設君相而治焉者,慮其父子不相親,兄弟不相愛故也。他人之父子兄弟，私也，與先王何與？而爲之立政設教，以求其親愛，則先王之公也。周官論刑曰：議親議貴。孔子於賢曰「舉爾所知」，於親曰「父爲子隱」。詩曰「遷其私人」，曰「言私其豵」。古之聖人不自諱其私，又惴惴焉若懼人之忘其私，而爲之代遂其私。嗚呼，何其公也！惟其無有己之見存，而萬事萬物無不文理密察，以措之於至當。公之所至，明自生焉。

或曰：子之言公，是矣。今之明者，多流于刻，何歟？曰：刻，非明也，卽昏也。夫明者，明乎其所當明也；刻者，明乎其所不當明也。當明與不當明，亦了然易曉矣。而尙且懵焉，非昏而何？「日月之明，容光必照」，然容其光則照，不容其光則不照也。若夫螢火鬼燐，糞溷中猶營營然照之爾。大學曰：「在止於至善。」明乎所當止之處，故曰明。彼貿貿然抉摘不已者，是不如止於丘隅之黃鳥也。囿禽獸之不若也，而得謂之明乎？

人不小慧者，不大愚；不小忠者，不大詐。故憒憒之昏淺，而察察之昏深。見於一偏之明小，而攬其全局之明大。仁而不明者有矣，未有明而不仁者也。可以寬，可以嚴，可以生，可以殺，惟其當耳。當，斯公矣。然則謂明生公也可。

佛者九流之一家論

韓子闢佛太迂，白傅佞佛大愚。折衷者，其北朝高謙之乎？謙之之言曰：「佛者九流之一家耳。」夫九流者，君子之所不得已而存焉者也。三代下，四民不足以盡天下之民，于是陰陽、星巫、佛老諸家興焉。如人身之有胼指贅疣，如人家之有羸僕、有惰遊子弟，亦皆不得已而存焉者也。倘必欲灸除而攻去之，奚能哉，奚必哉？

然予以爲佛之非，佛自知之，不待人攻也。惟其自知，故所以備攻者無所不至；而所以自衞與誘人者，亦無所不周。天下有非其力而可以美食者乎？佛知之，故茹素；有非其財而可以厚葬者乎？佛知之，故火化；有僇民而可以留種者乎？佛知之，故不娶。此皆佛之本意也。然其說則託之于慈悲矣，示寂矣，不婬矣。且慮其坐而食則病，乃禮拜以勞之；死而焚則熄，乃塔廟以神之；無子孫則絕，乃招徒衆以續之；取于人而自利則術破，乃爲祈爲禱，以利益之；城市居則褻，乃踞名山勝境以崇耀之。曼衍其書，一波窮一波又起，故聰明者悦焉；含宏其教，元惡大憝，立可懺免，故下愚者悦焉。嘻！使佛而果自信其說，則飲食男女可也，旌別淑慝可也，直指其理以示人可也，又何必左支右絀，廣招濫受，而爲是汶汶者哉？

彼九流者，其誕與佛同，而不自知其非，故且肉食矣，婚葬矣，取人之財以自奉矣。宜其教之行于世者，不如佛也。然不如佛而能與佛常存者，何也？則以無業之民，非此不養，與佛同故也。且以吉凶禍福之說動人，亦與佛同故也。夫吉凶禍福，無人而不動心者也。因人所易動者動之，乘其虛，匄其餘，裒多益寡，以暗輔井田封建之窮，以補周官閒民之職，此天地之所以爲大也。周、孔復生，必不信九流，而何肯信佛？必不去九流，而何獨去佛？若夫吉凶禍福，命也；不因吉凶禍福而爲善者，知命者也。孔子知命，自言年且五十矣。孟子「夭壽不貳，修身以俟之」之說，是何造詣，而謂常人能之乎？韓子以知命之君子望天下之常人，而白傅又甘以常人自待，吾以爲所見皆出高謙之下矣。

劉後主可比齊桓論

李密謂後主可比齊桓，人疑其阿舊君。余謂非阿也。人君之道無他，用人而已；用人之道無他，勿疑而已。孔明之賢足用，後主之用孔明不疑。然則用伊尹卽爲湯，用太公卽爲文王矣，何區區之齊桓而震之？先主歿後，不聞後主下一詔行一事，一則曰丞相，再則曰丞相。以爲形迹無可疑乎？則全蜀之兵，孔明主之；在朝之臣，孔明黜陟之。鞅鞅非少主臣，漢宣之芒刺，此其時也。以爲時事不足疑乎？則街亭一敗，陳倉再遁，魏之君臣，豈無反間之縱，廉頗之失亡，此其時也。居可疑之時，操獨信之識，雖先主家法，孔明忠誠，有以致之；而要非後主之賢不及此。

且吾以爲後主不特比齊桓，且勝齊桓。齊桓多內寵，管仲不能裁；後主妃嬪之數，董允能裁之。管仲死，勸除易牙、豎刁、開方，桓公不能從；孔明死，勸用蔣琬、費禕、董允，後主能從之。其不顚覆典刑也，賢于太甲；其不惑流言也，賢于成王；其不改父之臣與父之政也，賢同孟莊子。嗚呼！使後主生守文之世，臣如孔明者輔之，致太平，興禮樂，未可量也。丞相先亡，而諸賢短命，獨勸降之譙周老而不死，豈非天哉！

且世之稱孔明者，亦非知孔明者也。稱孔明者疑若聰強廉悍，目無朋輩者矣；不知孔明之賢，卽後主之賢也。其賢奈何？曰：用人而已。其用人奈何？曰：勿疑而已。夫馬謖一用而敗，似乎孔明非能用人者。不知此正孔明之能用人也。帝堯不以一縣之故，而疑舜、禹；孔明不以一謖之故而疑諸賢。觀其推雲長，奬馬超，拜許靖之虛名，用秦宓之利口，恕簡雍之倨床，聽子龍之還絹，縱法正之報恩怨，泣楊顒之諫辛勤，交元直而求啓誨，平交州而問得失，勤勤懇懇，樂取于人。孟子所謂好善優于天下者是也，秦誓所謂「斷斷猗無他技」者是也。後之人誤褒孔明而妄譏後主，宜其不知爲政歟！

荆軻書盜論

綱目荆軻書盜，倣春秋之書齊豹也，誤矣。豹爲衞司寇，艱難其身，以險危大人，故曰盜。荆軻非秦臣也，爲天下除虎狼，其見大處，遠過豫讓，非豹比也。

夫周之亡天下，非若桀、紂之亡天下也。亡桀、紂，亡獨夫也。爲獨夫報仇者，頑民也。周積德累仁，千有餘年，子孫衰弱，無暴虐之迹，不過尾大不掉，以亡于強秦。而秦反有桀、紂之暴，以滅文王、周公、召公之社稷。以大義論之，凡爲周之臣民者，復仇而義；爲六國之臣民者，復仇而義。彼荆軻者，獨非周之遺民乎？雖無燕太子，軻誠勇士，亦宜行也。

嗚呼！軻之刺秦王，豈眞以燕太子飲食供奉之美，而遽以身試哉？軻雖下愚，自待如螻蟻，亦不應以區區之恩爲之死也。蓋天下之苦秦久矣，其憐六國而思周也更久矣。如姬之變，侯生之老，仲連之達，張良之智，田光之深沉，樊將軍之慷慨，高漸離之窮且瞽，皆不能一日忘秦者也。彼俱欲刺秦王，蹈東海而甘心者也。軻與田光、樊將軍、高漸離交最善，其畜此志也久矣，不過少督亢圖與匕首耳。

彼太子者，亦人豪也。刺亦亡，不刺亦亡。與其坐而待亡，不如刺之，所謂順正以行其義也。當六國盡亡，秦兵旦暮渡易水之時，而責以行仁義，張三軍，此凶年勸食肉糜之說也。假使橤囊不至，武陽不驚，殿柱不中，刺死秦王，軻一身當之；扶蘇尙幼，秦大將擅兵于外，其時張良、田橫、魏豹之徒，必有環視而起者。秦、燕之存亡，未可知也。天之曆數必歸于秦，而召公之血食終于兢斬，豈軻與丹之心哉？

且軻固非暴虎馮河者也。待客與俱，何嘗非「臨事而懼」之意？而丹臨孤城待盡之時，勞心焦思，皇皇促行者，亦人情也。國勢倉皇，旣少同心，又懼漏洩，故軻不能將己意達之于丹，丹又危且怯，計無再復，而遂爲白衣冠之送。君臣上下，出萬死不顧生之計，圖存社稷。君子讀史至此，將涕泣哀傷之不暇，而反加以盜賊之名，此又丹與軻所不料于千秋萬世之後者也。

或曰：然則張良之擊，與軻同乎？曰：張良之擊，報于事後也；軻之刺，救于事前也。軻事成而燕且不亡，是軻更賢于良也。宋儒以良遇高祖，義而尊之，見軻敗丹斬，賤而貶之。論成敗不論是非，穴隙之見，可以謂春秋法耶？

駁侯朝宗于謙論

侯氏曰：于謙非社稷臣也，故不諫易儲。袁子曰：于謙社稷臣也，故不諫易儲。侯氏欲論于謙，先讀孟子。孟子曰：「民爲貴，社稷次之，君爲輕。」又曰：「大臣者，以安社稷爲容悅者也。」宣宗以社稷人民付正統，正統不能守；付景泰，景泰能守之。然則彼正統者，固得罪於社稷人民，而孟子之所謂甚輕者也。其君輕，則君之子更輕。當其時，正統既棄其天子之位而北狩矣；譬如吏棄城，將棄軍，遺敵之擒，而僥倖返國，幸矣。復欲償其官，蔭其子孫，此何理也？

晉惠公曰：「孤雖歸，辱社稷矣。」光武曰：「使成帝復生，天下不可復得。」唐肅宗即位靈武，明皇西歸，唐賢如顏平原、郭汾陽無請上皇復位者。何也？至尊之位，非如弈棋，可朝暮易也。若論太子之當廢不當廢，先當論景泰之當讓不當讓。景泰不當讓，則太子非天子之子，廢可也；景泰當讓，則羣臣當爭之於上皇返蹕之年，不當爭之於景泰易儲之日。景泰，非周公比也。周公抱成王，未嘗踐天子位；而景泰固已建元改號矣。就使衛叔武有迎兄之美，宋穆公有立兄子之文，春秋責備賢者，以之責景泰可也，責于謙不可也。

夫謙固社稷臣也。「以安社稷爲容悅者也」。但願其君有治世之大功，不願其君有謙讓之小節。金英，婦寺之忠，爭太子生日，景泰默然，知其譎諫，亦不加罪。在謙，固聞之矣。就使博一諫名，未必遽干帝怒。謙誠迂儒，宜諫；謙誠巧士，亦宜諫。以謙之才，卒不出此者，其所見者大，而用心純故也。

謙見殺時，徐珵等誣其迎立襄王世子。王文力爭，謙不辨。人以爲于公必無此事，故笑而不辨。予謂尤不足以知公之心也。景泰廢太子見深，立太子見濟，未逾年，見濟亦亡。當是時，儲位未定，上躬不豫，外寇猶存。謙之心，又恐社稷之危也。必有密啓景泰爲社稷計者：或仍迎上皇，或仍立上皇之子，或擇藩王之賢者而立之。君臣魚水，所論事秘，外人不得知也。故景泰聞鐘鼓聲，疑曰：「是于謙耶？」以謙之忠，帝豈疑其篡哉？帝必深知謙之心惓惓於社稷之不可無人，故疑其有所迎立耳。然則景泰無子，襄王世子果賢於上皇，果賢於上皇之子，則迎立之謀，幷不必爲謙諱也。謙但知有社稷而已，遑知其他！

吾又嘗讀宋史而歎明之不亡，非謙之賢，實景泰之賢也。宋南渡時，有相如李綱，將如宗、岳而不能用，終於二聖不歸。景泰用一于謙，遂使社稷人民危而復安，而上皇亦得生入國門。及再竊大位，而反戮其勳臣，革其年號，嗚呼寃矣！然而公論卒難泯沒，故成化爲上皇之子，而特旨褒公之忠。王弇州亦當時臣子，而深不以易儲爲非。侯朝宗隔二百年始生異議，魏叔子從而附和之，此非持論之苛，由其學識之小故歟！

書後

或難曰：「子以社稷爲重，然則死建文者非與？」曰：「一則社稷有人而奪之，篡也；一則社稷無人而守之，禮也。景泰得國，豈永樂比哉？」本朝王山史、方望溪俱謂公之不諫，以身握兵權，恐諫則景泰將忌公而轉戕太子故也。所見亦高，然鄙意以爲委曲以取大臣之心，不如直捷以論大臣之道。

魏徵論

魏徵者，才智士也，非賢臣也。徵以諫得名，而所諫不得與古諫臣比。古之諫臣，婉諫與直諫不同，受賞與受誅又不同，要在問其心而已。其心純，雖好貨好色，孟子親勸其君，而爲君子。其心雜，雖攻擊上身，谷永日諫其君，而爲小人。魏徵之諫，魏徵之心何如乎？太宗鋭意太平，頗事粉飾，名言讜論，史不絕書，縱因呑蝗之事，靡所不爲，其不肯殺諫臣以自累也明矣。當其諫也，太宗有故縱魏徵之心，魏徵有挾制太宗之意。太宗示其意以引誘徵，而博納諫之名；徵反其迹以迎合太宗，而彰能諫之直。是君臣之交相籠絡以成名也，曷足貴也？使太宗有納諫之實，徵有忠諫之心，則太宗不應貳過，徵諫而不聽，亦當去矣，何君臣之喋喋不憚煩乎？徵臨卒以諫草付史官，太宗大怒，踣其碑，停其子之尙主。蓋至此而君臣爭名之心，彼此露矣。不然，諫草何與于史官？而付諫草，又何損于太宗哉？

太宗退朝怒甚曰：「會須殺此田舍翁。」長孫皇后具簪珥以賀，乃免。夫太宗者，英主也。果欲殺徵，殺可也，何必退而詛咒，如兒女子然？蓋不如此，不足以彰皇后之賢。此太宗詐魏徵以取名也。太宗引徵望昭陵，曰：「臣以爲獻陵耳。」太宗臂鷂，徵奏事故遲，鷂死懷中。夫魏徵者，直臣也，果人主不當念亡后、玩禽鳥，諫可也，何必佯爲不知，而刻薄其趣？不可施于友者，而竟施于君，以爲不如此，不足以動人之傳聞。此魏徵詐太宗以取名也。太宗納元吉妃，殺張藴古、盧祖尙，較望陵、臂鷂二事，過孰重焉？而徵既無諫章，又不去位。其故何哉？蓋徵固才智士也，知其說之可以行，卽不行亦無害，則諫；知其說之必不能行，而又犯上之所忌，則不諫。其事太子建成時，屢勸殺太宗，建成不能用。夫高祖之天下，太宗之天下也。以徵之才智，豈不知以吳泰伯勸建成，亦豈不知以修身睦弟勸建成？而忍爲此羽父、華督之計者，徵蓋深知建成昏暴，不可以正言諫故也。其諫太宗之心，卽其諫建成之心而已矣。

徵曾爲李密官，爲竇建德官，再爲建成官，終乃爲太宗官。女之四醮，而以克家稱者也，謚之曰「貞」，愧矣！

魯肅論

孫權以荆州資劉備，肅勸之；荆州不還，權深爲肅病。或曰：「肅心不忘漢，故資蛟龍以雲雨。」或曰：「是肅之失計。公瑾在，必不爲此。」是二說者，皆不明天下之大計而熟籌夫當日之形勢者也。

肅果忠于漢，則去孫歸劉可矣，何必懷二心以事君？若以爲失計，則當日之深于爲吳而得計者，莫如肅，淺于爲吳而失計者，莫如呂蒙、陸遜。惜乎孫權之智短量小，而不能用也。三國時，最強者操耳。赤壁之戰，權能獨力以破曹乎？抑合力于劉以共破曹乎？荆州得矣，權能兼取蜀以獨立乎？抑終不免于依草附木以自立乎？孔明之謀蜀也，先結孫權而後攻魏；魯肅之謀吳也，先結劉備而後攻魏。魏可滅，操可誅，天下事未可量也。魏未可滅，操未可誅，而唇齒已固，外難不侵，大丈夫將三分鼎足，南面而稱帝耳，安肯受人封拜，屈節一朝，局促如轅下駒哉？英雄所見，大抵同也。惟孫權見不及此，然後襲取荆州，通和于魏，而從此稱臣質子無虛日矣。亦惟昭烈見不及此，然後因荆州之故而白帝稱兵，一敗嘔血矣。

不特此也，曹操據形勝之地，擁百萬之衆，又得孫權爲之外應，宜若無所却顧者。然趙儼襄陽之役，不肯窮追關公，勸留之爲權害。操深然其說。權請擒關自效，操發露其奏，射以示關而使之走。夫以操之強，猶欲學戰國兩利而俱存之說，使自樹其敵；而以區區之吳，乃欲外絕蜀援，孤軍當操，不已悖乎？力不能當操，勢不得不稱臣；旣稱臣，勢不得不納貢而受封爵；心有所不甘，又不得不詭詞阿諛而陰爲反覆。邢貞一匹夫耳，敢于稱詔倨傲，坐車自若，而權以江東兩世之王業，至于俯首都亭，羣臣流涕。此皆伯符父子之所傷心于地下，而魯肅之所逆料者也。得十荆州，足償其辱否？

肅之言曰：「宜相輔協，與之同仇。」曰：「總括九州，先成帝業。」權雖有負此言，然黄初以後，魏好不繼，蜀使仍通，事到無可奈何，終不出肅之所料。而徒然掛叛名于魏國，竊尊號于暮年。先王之姊妹不終，合肥之號令不遠。自埋自搰，形同狐鼠。不用良謀，祗取辱焉。古者虞假道而借虢亡，韓、魏肘而智伯滅。陳涉不聽張耳、陳餘立六國後以敗，馬超受曹公反間，離韓遂以敗。權不能效韓、魏、張、陳之謀，而甘心于虞公、陳涉、馬超之下，誤矣！

且權絶蜀好之後，其不亡于魏者，幸也。蜀修關公之怨伐吳，吳求救于魏，劉曄勸襲之，賴魏主不從以免。出兵後，魏僞助討備，仍欲襲之，賴陸遜收兵以免。及至鍾會伐蜀，吳不力救，遂致兩亡。此皆日後之明驗也。

然則知此者，孔明、子敬而外無人乎？曰：史稱曹操方作書，聞權以荆州資劉備，不覺筆落于手。夫荆州已非曹有矣，以一家物與一家，與操何與？而乃駭然震驚者，正恐魯肅之計行，兩雄相倚，而天下難爭故也。嗚呼，操之才所以終出孫、劉上哉！

高帝論

用天下之兵，不如用天下之鋒，鋒卽兵也。合時與勢，而鋒出焉。敗國之氣，累世不復；勝國之兵，所向無敵。兵之勝敗，鋒之利鈍實使之。項羽以輕用其鋒，而計失于高祖；高祖以早藏其鋒，而計失于匈奴。均失也，人皆知項羽之失，而不知高祖之失者，誤于史稱規模宏遠而不熟計夫當日之時勢也。

時莫利于相良、平，將彭、韓；勢莫利于誅秦滅項。平城置酒高會，自取敗耳，何至一蹶不振？祖宗弱于前，而欲子孫振于後，吾知其難也。嘗謂高祖之得天下也晚，故其爲子孫謀也太早，而其除功臣也太速。高鳥盡，良弓藏；狡兔死，走狗烹。匈奴尚在，而功臣已盡，何也？當是時，使高祖下詔曰：朕有積怨深怒于匈奴，諸公輔朕平天下，共安輯之，與諸公約，王齊王楚，世世享之。遣韓信數千出酒泉，彭越數千出上黨，黥布數千出張掖；其士馬皆百練之餘，其器械皆摧堅之舊，其父老習聞兵而不爲怪，其將校玩于兵而無所苦。冒頓雖強，不如項籍；其將雖強，不如龍且。諸將或分或合，或擊或守，逞其誅秦滅項之餘威，不數年而坐見匈奴之弱矣。

說者謂冒頓狡獪，難與爭鋒。夫楚、漢方拒滎陽，中原無帝，彼以精騎長驅而進，誰敢禁之？徒恣睢于外地，其無能爲可知。或謂匈奴地遠阨塞，非秦、項比。不知武帝時衛青、霍去病才出韓、彭下，尙能浮西河，絕大漠，封狼居胥以還。其不難深入，又可知。

且夫功臣之不善終，亦高祖有以啓之耳。諸臣既已列土爲王，精兵奇策，無所復用，血氣方剛，人人皆欲帝制自爲。使當日者英雄疲老消磨于沙漠之場，遣腹心如良、平者監其軍，高祖擁全兵而坐制關中，諸臣既欲立功，且釋疑懼，誰敢結黨而西向？此一役也，匈奴服而功臣亦全。卽使弓以彈鳥折，狗以逐兔死，其與殺之醢之，亦迴殊矣！服強胡而開國，東夷、南越莫不震恐，稽首于漢，其爲子孫計不遠且大哉！文帝之卑辭厚幣，武帝之黷武窮兵，皆高祖不用其鋒之過也。

晉郭欽請及平吳之威，徙邊郡內戎于雜地。晉主不從，啓五胡之亂。劉裕克關中，急圖篡事，旋卽棄歸，致子孫受索虜之害。唐太宗定天下，擒突厥，伐高麗，厥後回紇且來助順。宋藝祖欲復幽、燕，有志未成，子孫寖弱。此皆後世開國之明驗也。

天生五材，民並用之。誰能去兵？高祖縱欲與天下休息，亦宜使猛士守邊，待其至而與之戰，何至聽齊虜之言，以女乞和！爲天子不能庇一兒女，以付虎狼，又乞兒女之靈，以安天下，何其悲也！使單于據天下，豈少乃女乎？且項王得太公不能爲質，匈奴應聞之矣，則又何有于公主？始則談笑而棄父于鼎鑊，終則涕泣而棄女于絕域，失天性之恩，納外夷之侮，暮氣至矣，悖莫甚焉！厥後匈奴貽書呂后，備極醜詆，蓋已視高祖爲齊景公也。然則季布諫伐之言非乎？曰：今有遠行者，足疲勿輟，數十里尙可致；息以坐，則肉騰筋顫，難舉趾矣。不于高祖用兵之日，一勞永逸，乃于惠帝息兵之日，死灰復然。觀釁而動，布誠老將言也。唯十萬橫行之說，不斬樊噲而斬婁敬，庶可以謝天下哉！

此與郭巨論同作，年甫十四，受知于楊文叔先生。雖于事理未協，而筆情頗肆，存之以志今昔之感。自記。

宋論

宋之病，不病於小人，而病於君子；不病於君子之少，而病於君子之多；不病於君子之私，而病於君子之公。

易曰：「君子道長，小人道消。」孔子曰：「道二，仁與不仁而已矣。」三代、漢、唐，惟有君子爲朋，專攻小人，常懼不勝；未有君子與君子自相攻，而置小人于度外者也。有之者，自宋始。

宋君子太多，故意見雜出，而各自以爲是；其自信太堅，故躬自薄而厚責于人；其居心太公，故厚於責君子而薄于責小人。夫國事蘩蘩然，非一人所治也；一人孑孑然，非獨力所支也。古之君子，知其如此，故「人之有技，若己有之；人之彥聖，其心好之」，「非其類者，鋤而去之」。推其心，非以便乎己也，期有濟於吾君吾百姓；而便己之形迹，亦受之而不辭。當其時，豈無意見學術與吾爲異者乎？要在審其大，略其小，降心以相從耳。又豈無仇怨之積，怙權之譏，側目于其側者乎？要在「除君之惡，惟力是視」，而不顧其後焉耳。此古大臣道也，宋之君子則不然。以相爭爲公，以乞退爲高，以責備賢者爲春秋法，以釋有罪爲「犯而不校」。是故歐公攻狄青，唐介攻彥博，伊川、東坡互相攻。所攻者，君子也；攻君子之人，亦君子也。王曾欲誅丁謂，楊億救之；太后欲竄蔡確，范純仁救之。所救者，小人也；救小人之人，則非小人也。嗟乎！君子小人，昭昭然判若冰炭，猶慮人主狃而不察，況自相淆混，反眼如不相識，而欲人主能識之乎？

孔子曰：「吾未見好仁者，惡不仁者。」蓋不于惡之之嚴，不足以見好之之切。劉向曰：「月雖暗，明於星之光；君子雖非，賢于小人之是。」宋之君子，皆汲汲而不察也。且刻覈太至，必有不肖之心應之。富公欲誅高仲謀，希文曰：「恐朝廷手滑，日後吾輩亦不免。」富公自河北歸，中夜旁皇，歎曰：「希文眞聖人也。」夫希文爲宰相，刑賞天下，惟其當耳，不應爲日後吾輩計。富公識深力定，亦不應怵於利害而悔持前日之法。當宣仁時，司馬當國，熙、豐小人，眈眈虎視，乘間欲發，形迹已露。諸君子不以此時聯同人之歡，行決之決，而乃洛、蜀互爭，代人自攻，過矣！

其進調停之說者，又知調停小人，而不知調停君子，何也？今有鄉民掩廬，盜賊環伺，其家不磨刃外向，而惟聞夫妻反目，父子責善，盜賊聞之，寧不大快？

古者召公求去，周公留之；廉頗不悅，藺相如下之。蕭、曹不同道而相和，丙、魏不同術而相薦。唐玄宗將幸洛陽，太廟災，宋璟奏天災宜停巡幸，姚崇曰：「太廟乃苻堅舊材，故壞，無害于行。」璟遂無言。以璟之剛，知崇之詖而不復爭者，不肯以小妨大，而傷賢者之心，爲國故也。宋則不然。臣爭於朝，而洛、蜀分；儒爭于野，而朱、陸分。欲國無亡，得乎？

郭巨論

吾聞養體之謂孝，養志之謂孝，百行不虧之謂孝。巨孝人也，卽慈父也，卽廉士也。兒可埋，金可取耶？不能養，何生兒？既生兒，何殺兒？以兒奪母食，故埋。似母愛兒也，以愛及愛，見請所與者矣，見撫杯棬者矣。殺所愛以食之，是以犬馬養也，母投箸泣矣，奈何？抑以埋聞，母弗禁。似母勿愛兒也，以惡名懟母，而以孝自名，大罪也。是兒者，寧非乃母之血食嗣乎？其絕之也。殺子則逆，取金則貪，以金飾名則詐，烏乎孝？

雖然，僅折其理，未發其術也。爲之奈何？曰：知某所有金，僞攜兒掘，駭于衆曰：金也，金也，天哀予孝，故余畀云爾。蚩蚩者見其金則驚；臨以天則又驚，相與傳其孝不衰。不然，禁兒食可也，棄若兒可也，鬻之以濟母食可也，殺之亦無不可也。而埋則何說？

設當日者巨不生兒，無可埋；巨多兒不勝其埋，則奈何？使巨見金，揮鋤不顧，如管寧然，則奈何？或掩其處，別掘之，以卜天心，則又奈何？韓愈書鄠人對以其刲股欲腰諸市。若巨者，其尤出鄠人上哉！

張巡殺妾論

張巡可謂忠矣，然括城中老幼食之，非訓也；殺妾，非訓也。孟子曰：「獸相食，且人惡之。」又曰：「民爲重，社稷次之。」子貢曰：「必不得已而去，于斯二者何先？」子曰：「去食。自古皆有死，民無信不立。」孔、孟之言，以爲有民而後有社稷，民秉三綱五常之性，寧使之死而安，不使之苟免以生如禽獸也。睢陽危急，是去食時也；食去民死，率其妾而死之，禮也。縱百姓食人，已失信矣；并食其妾，是朱粲、趙思綰之爲，非忠臣訓也。臣事君，猶子事父也。父餓且死，殺子孫以奉之，非孝也。

或謂巡之殺妾，激軍心也。然軍人食之，不足濟一日之窮；敵人聞之，適足爲急攻之計。或謂巡之殺妾，望成功也。然巡有功則爵爲上公，妾無罪而形同犬彘，于心不安；請于朝而旌之，于事無濟。樂羊食子，吳起殺妻，其所以忍者殊，而忍則一也。孟子曰：「殺一不辜而得天下，不爲也。」殺一不辜而號忠臣，君子爲之乎？

然則鄧攸之拋從子而棄子，亦非歟？曰：子與姪，天性也。濟則並生，不濟則並死。廢一不可，理之經也。至于兩盡，事之窮也。吳吾粲與魏戰，遇水，人攀其船，船重將覆，船人以戈撞擊。粲止之曰：「我求生，彼亦求生；俱生不得，俱死可也。」嘻！此言也，足以證巡與攸之過矣。

殺妾饗軍，按三國志臧洪已爲之，不自巡始也。巡得重名，故論之。後見池北偶談載巡妾報冤事。撫青雜志載巡顯靈見何兪賓，解說妾係自縊非殺云云。稗史言雖不經，然足證人心之所同。自記。

徐有功論

生人仁也，殺人勇也。然生人之勇，甚于殺人。何哉？殺人者，侃侃類公，縱乖于理，君上無所疑焉。生人者，迹類徇私，往往人未援而已先不免。非勇過賁、育，其孰能之！余讀唐書至徐有功傳，而不覺涕之淫淫也。

當武后朝，酷吏僨興，獨有功能持平法。人皆稱有功寬厚長者，而不知非以知有功也。有功上與武后爭，下與酷吏擠，屢瀕于死而不懼者，其中有所守也。所守惟何？曰：法而已矣。法者，聖人制之，祖宗定之，原非徒爲天下臣民設也。誠恐後世爲人君者，寬則弛，嚴則濫，惟予言而莫違，故設一定章程，以平天下之罪，以制一人之喜怒，而又付之廷尉、司寇，俾抱此以與天子爭。奈天下之爲廷尉、司寇者多，而如有功者少也。則亦有法如無法而已矣。孔子曰：「吾未見剛者。」曰：「守死善道。」如有功者，不愧其言。

雖然，有功豈果縱朝廷法，以失出爲名譽哉？昔徐邈在魏武時，人稱爲通。及在涼州，人稱爲介。或以問毛玠。玠曰：「當魏武時，人皆毀車服以崇儉，而徐公不改其常，故名爲通。今士大夫風流相尚，而徐公不改其常，故名爲介。是世人之無常，而徐公之有常也。」當武后時，賢如魏元忠、薛季昶，俱以嚴見憚，而有功獨多平反。然則史稱其多失出也，非眞失出也。舉世失入，則有功以失出聞矣。猶之舉世尚通，則徐公以介稱矣。有功但知奉法而已，不知出與入也。

且夫君子之救時也，不可守其經而不達其變也。孔明當劉璋後，治尚嚴；有功當武后時，治尚寬，此因時而變者也。崔鄲治鄂則寬，治陝則嚴，此因地而變者也。古之君子以矯時救俗爲達變，後之君子以隨時狥俗爲達變。使有功生于梁武之朝，以麪爲犧牲，殺人不抵罪。吾知涕泣好生迎合上意者，周興、來俊臣輩俱能轉而爲之；而此時之引律固爭必以殺人爲事者，安知非有功耶？君子自道其常，而世人自異其耳目也。小人可使爲善而君子必不可使爲惡也，可勝歎哉！

吾又嘗疑惻隱之心人人有之。武后殘酷，人人知之，然而如有功者絶少。則非寬厚長者之難，而守死善道之難也。使有功稍有畏葸之見爲后所挾持，必不能霽威屈己，屢躓屢起。惟其殺之不憂，赦之不喜，后雖鷙毒，天性感動而不得不重其人，不得不從其請。向之所喜酷吏，誅殺殆盡，而有功三坐大辟，卒能晏然以官壽終，其初心必不自意至此；而卒其所以至此者，其中又有天在故也。嗚呼！嘉慶本下有「世之爲大臣而司法律者可以鑒矣」句。

小倉山房文集卷二十一

高歡宇文泰論

取天下者，馬上也；治天下者，非馬上也。開國者必使其治天下之心，勝其取天下之心，而後可以固本而垂基。予觀高歡、宇文泰之廢興，而愈信古人之不我欺也。歡與泰出處相若，才相若，勝敗相若，鄴下、關中之形勢亦相若。乃歡死，齊無一令主，而齊卒滅于周者，何哉？蓋歡知所以取，不知所以治；泰知所以取，兼知所以治故也。夫取天下者，武也；治天下者，文也。取天下者，將也；治天下者，儒也。歡有十庫狄干不能抵一蘇綽。泰得劉璠，比之陸機，擬人其倫；歡得陳元康，稱爲孔子，令人嘔噦。歡父子奪妃，啓文宣、武成之亂；泰明經講學，啓武帝之好儒。夫當兩雄相角時，譬如艾㫋爲防，其旁伺以千鈞之弩，稍有間，則破且入之矣。以父子兄弟淫虐之朝，而當數世重道崇儒之主，其能無敗乎？

雖然，泰非知道者也。泰親酖其君，較歡尤逆。其所行均田、府兵、大誥、學校，亦不過附會古方于萬一而已。然爲田于大旱之時，畢竟有桔槔一日之功者，其苗後枯。若鹵莽而種之，則亦鹵莽而報之，理固然矣。

或謂高洋虐過梟獍，殊難化誨。然其爲世子時，見射堋畫人形，責高隆之曰：「堋土習射，作獸形可也。何爲終日射人？」是其初心未嘗不愛人也。使歡善教之，因其不忍之心而推廣之，安知非令主也！縱之不敎，而瞿瞿然以侯景爲憂，不以家法爲念，可謂不知本矣。隋文帝亦曰：「常恨高歡不能敎其兒子。」當時早有此論。然文帝知教兒子，而不知其所以敎，故其視宇文也亦愧焉。嗚呼，宇文且足倘，而況乎眞能行聖人之道者哉！

張良有儒者氣象論

伊川稱良有儒者氣象。余甚惑焉。若良者，范蠡、范睢之徒耳，何儒之有？謂其能報仇與？則荆軻、聶政皆儒；謂其能決勝與？則蕭何、陳平皆儒。在良，豈忠于韓哉？酈生勸立六國時，良果爲韓，正當成人之美，使韓有後矣。發八難以阻之，則韓絕。

且良亦豈忠于漢哉？良見高帝春秋高，思自託于呂氏，故詭爲太子樹羽翼。其子辟彊，年才十五，童子何知，而說丞相授諸呂以兵。非良之貽謀而何？倘太尉不得入北軍，則劉氏又絕。儒者絕兩國，可乎？

或謂良善藏其用，明哲保身，類儒。不知良之用久已盡矣，其中無所藏也。良教高祖誅降背約，智囊已竭，此外不聞有久安長治之道告高祖而高祖不用者。叔孫制朝儀，陸賈作新語，旁人紛紛自附于儒。良居其間，漫無可否。其所藏者果何用耶？若僥倖免禍，則爾時不將兵者俱善終，不獨良也。

然則伊川最重儒，而偏許良，何與？豈以其狀貌悔悔類婦人女子之故與？

駁唐鑑李德裕論

報恩類喜，報怨類怒。喜怒者，皆性情之所必不容已者也。然喜怒以類者，鮮矣。故聖人不禁人之報怨，而但教之以直。若曰怨其所當怨，亦報其所當報可耳。若必矯其情而姝姝然曰：我但恩報，不怨報也。則淆黑白而蔽天良，其所謂報恩者，亦僞也。

唐鑑稱李德裕、裴度俱爲賢相，而李以報怨故，致竄死海上，不能如裴之善終。又曰：李之黨多君子，牛之黨多小人。李報牛，是以燕伐燕。陋哉，范氏之說也！孔子曰：「未見好仁者，惡不仁者。」李既爲君子，牛既爲小人，以君子攻小人，所謂惡不仁也，非報怨也。若不問其何以怨，何以報，而但以爲有怨無報，是文王聞崇侯讒己，不當伐崇；周公聞管、蔡流言，不當誅管、蔡也。漢蓋勳救正和，曰：「我爲梁使君謀，非爲蘇正和也。」怨之如初。設蘇有當死之罪，勳必殺之。穆宗用裴度不專，故度不得行其志。度果大用，則李宗閔、皇甫鑄輩，度亦必殺之。何也？不惡不仁，不足以爲仁也。夫刀鋸者，聖人之所不能已也；虎豹者，造父之所不能馴也。純臣愛君之國，甚于愛己之名，故除小人如農夫之除草，惟力是視。苟有避嫌之心，調停之説，與「寬一分爲將來餘步」，「恐朝廷手滑，吾輩亦不免」，凡此者，皆私心也，皆中人以下語也。

宋之天下所以不振者，正坐當朝大臣少一德裕耳。温公作通鑑以德裕受維州爲非，故棄米脂四郡以與西夏。范氏作唐鑑以德裕報怨爲非，故于熙、豐小人，不勸誅戮。兩賢之意，自謂薄德裕而不爲，宜若國安身安，俱如裴度之善終矣。卒之國不安，至淪沙漠；身不安，幾至剖棺。較德裕之禍只一身，罪止一竄者，反較酷烈。豈非識力不純，斤斤于禍福論人之故哉？

若夫黨，又不可槩論焉。洛黨、蜀黨、朔黨，皆賢人也，其道宜散，宜解，而不宜結。牛、李二黨，一君子，一小人也。爲君子者，宜報，宜殺，而不宜寬。宣宗居藩，受武宗狎侮，故登極後，復僧寺，貶石雄，專改舊章；不用毛髮淅灑之李太尉，自有汗透重裘之令狐綯至矣。然一則威服三鎮，一乃郊迎龐勛，捨騏驥而策駑駘，其效不彰彰可覩乎？厥後周墀入相，韋奥戒曰：「願相公無權。」蓋亦有戒于德裕而爲此言。不知門生天子之日，權終不在相公也。善乎宋尹源之答客問曰：「人臣不忠孰大？」曰：「無過爲大。」嗟乎！若德裕者，固人臣之有過者歟！

姚崇宋璟論

唐姚、宋並稱，而議者多優宋而劣姚，余謂不然。夫仡仡矜矜，萬仞壁立，立于朝，使百辟消其邪心，此臣道之如山者也。宋璟是也。靜深有謀，涵蓋一切，「惟幾也能成天下之務」，此臣道之如海者也。姚崇是也。然而山雖高，蛟龍不居；海雖渾，變化不測。余故曰崇勝也。

夫人主之愎諫而暱小人者，情也。所貴爲大臣者，不逆其情，而善誘之以歸於道。不必有排斥小人之迹，而能使之與人主日疎。崇之對幸東都，與其黜姜皎、罷魏知古者，皆璟之所不屑爲，而亦璟之所不能爲者也。吾嘗謂天寶之禍，宋璟在猶可憂，而姚崇在則無慮。何也？彼明皇者，英主也。其畏璟而愛崇也，素矣。源乾曜奏事稱旨，必曰姚崇之謀；不合，則曰何不與姚崇議之？自崇死，而天下無如崇者，李林甫始得以才見用，然臨軒之禮，卒不相假者，終知林甫之非崇也。知其非崇而必用之者，太平日久而樂用才臣以自暇自逸，則姑任之爲快。而張九齡者，宋璟儔也。有其道無其術。道不合則爭，爭不得則去。九齡去而天下無爭之者，李林甫始得以才見用。使其時有若崇者，爲之內娛主意于所甚安，而陰以計擠小人于外，則終玄宗之世，林甫不得專政，而祿山不得入宮矣。

且人但知爲璟難，不知爲崇難；但知用璟難，不知用崇尤難。張易之譖魏元忠，使張說爲證。說許諾。宋璟要之，卒以敗悔。崇告謁十餘日，諸事委積，盧懷慎不能決，惶恐入謝。夫以張說之反覆，而一旦效璟，卒爲正人；以懷慎之忠淸，而終身效崇，不能決事。豈非德易及而才難強者乎？人主雖非甚聰，皆能涉獵書史，審察邪正。若璟之犯顔諫諍，公罪也，中才之主，雖重違其意，而心固識其忠；若崇之細行不矜，所使者以賄敗，此私罪也，苟非大度之主，又安能用之而不疑？今有棟梁之材而不免贅疣之形，此固衆人之所棄，而大匠之所取也。

嗟乎！從來君子之自爲，往往多疎；小人之防身，往往多密。以姚、宋之賢，開元之治，兩人皆以微罪行，不久于其位。李林甫獨專相二十餘年，君臣魚水。彼其罪過，必十倍姚、宋萬萬矣。然而明皇甘以天下付之，至于高力士諫而猶不悟。豈其工于防君子，而拙于防小人哉？要知姚、宋之過易于見聞，而林甫之惡難于發露故也。讀史至此，不能不掩卷而深感慨焉。

此己未館課題也。時習翻譯，不與課。溧陽相公嫌諸翰林多優宋而劣姚，特授意命作，似亦未乖于正。姑存之。自記。

宋儒論

古今來尊之而不虞其過者，孔子一人而已。其他則尊之者略溢其分，則攻之者必損其眞。過尊者迂，過攻者妄。此吾宋儒之論之所以作也。

今有飛隼集于高墉，天下之善射者，皆操弓挾矢而至。非射隼也，射其集于高墉也。不知隼果高，射之亦何傷于隼？然必以高墉爲惟隼所居，而不敢一窺其巔，則又誤矣。夫宋儒之講學而談心性者，際其時也，氣運爲之也。今之尊宋儒者亦際其時也，氣運爲之也。是何也？漢後儒者有兩家，一箋註，一文章。爲箋註者，非無考據之功，而附會不已；爲文章者，非無潤色之功，而靡曼不已。于是宋之儒舍其器而求諸道，以異乎漢儒；舍其華而求諸實，以異乎魏、晉、隋、唐之儒。又目擊夫佛老家譸張幽渺，而聖人之精旨微言反有所閟而未宣，於是入虎穴，探虎子，闖二氏之室，儀神易貌，而心性之學出焉。

夫創天下之所無者，未有不爲天下之所尊者也。古無箋註，故鄭、馬尊；古無詞賦策論，故鄒、枚、鼂、董尊；古無圖太極而談心性者，則宋儒安得不尊？然而箋註帖括，明經之科變矣；詞賦策論，進士之科變矣。元仁宗以經義取士，以程、朱爲式，則至今猶未變也。明祖開國，又首聘婺之四先生，勸頒朱註以取士，而宋學從此大昌。易所謂「窮則變，變則通」，正此之謂。吾故曰：宋儒之講學，人之尊宋儒者，皆際其時也，氣運爲之也。

雖然，講學在宋儒可，在今不可；尊宋儒可，尊宋儒而薄漢、唐之儒則不可；不尊宋儒可，毁宋儒則不可。又何也？曰：孔子之道若大海然，萬壑之所朝宗也。漢、晉、唐、宋諸儒，皆觀海赴海者也。其註疏家，海中之舟楫桅篷也；其文章家，海中之雲烟草樹也；其講學家，赴海者之郵驛路程也。路程至宋，定矣盡矣，但少一行者耳。「未之能行，惟恐有聞」，何暇再爲之貌其迹而拾其瀋乎？有源而無流，溝井之水也；有本而無末，槁暴之木也。安得不考名物象數于漢儒，不討論潤色于晉、唐之儒乎？若夫「仁者見之謂之仁，智者見之謂之智」，「豪傑之士，雖無文王猶興」；學者果能望道有見，殊途同歸，當亦宋儒所深望，又何必乘間抵隙，摘其過，没其功，眈眈然妬其兩廡之餐而思攫之也？

然則宋儒之於聖道，其果至矣乎？曰：難言也。觀高堅前後仰鑽之歎，則知顏淵之于孔子有間矣；觀性命誠明迂遠之說，則知思、孟之于顏、閔又有間矣。此無他，生知、學知、困知之次第終不可泯，而可語上、不可語上之說，夫子已明言之。宋儒雖賢，其能在顏、閔上哉？其能符聖心而毫釐不失哉？後世學者未必能勝宋儒，亦未必不如宋儒。要惟是其言，而不必迂拘墨守；非其言，而不必非薄詆呵。則所以論宋儒者定矣，所以論漢、唐、魏、晉諸儒者，亦定矣。

駁公羊氏宋宣公議

宋宣公知其子之不賢，立穆公。穆公感宣公之義，立殤公。二君能行古人之道，足以風世。公羊曰：「宋之禍，宣公爲之。」東萊氏比之燕噲。此悖理傷教，惑之大者也，不可不辨。

宋，殷後也，兄終弟及，殷之先王有行之者矣。傳曰：「宋殤公立，十年十一戰，民不堪命。」是殤公非令主也。華督殺孔父，淫其妻，殤公平日之政刑可知矣。使宣公居正而立之，其禍尤速也。華督先有無君之心，而後動于惡；非先有立公子馮之心，而後弑殤公也。督既懼誅，必有所弑；督既弑君，必有所立。是時雖無穆公，殤公不免于禍；雖無公子馮，殤公亦不免于禍。宋之禍，華督爲之，殤公自爲之，而謂宣公爲之乎？使穆公在，督必不敢爲惡，殤公亦得終其天年矣。宋之禍，謂宣公弭之，可也；謂宣公爲之，不可也。

穆公之立殤公，非宣公意也。督之立公子馮，非穆公意也。督之弑殤公，亦非公子馮意也。惟馮立而不正討賊之義，且寵其位，以督爲宰，則馮之不賢又可見矣。與其立不賢之子，以墮社稷，不若立兄之子，以成先君之義。穆公可謂賢矣。宣公可謂知賢矣。

春秋時弑君三十有六，彼皆父子相傳，公羊所謂「大居正」者也。其禍又誰爲之乎？後世宋太宗殺德昭，立其子，爲萬世誚。君子曰：執居正之說，以濟其不仁之心。太宗之禍，公羊爲之也。

駁蘇子屈到嗜芰議

屈到嗜芰，臨卒，命薦芰，子木不從。國語是之，柳子非之，蘇子作論陋柳子。袁子曰：「是蘇子之陋，非柳子之陋也。」

蘇子之言曰：父子平日可以恩掩義，死生之際不可以私害公。謬矣。父子之間，有私而無公。禮曰：「子不私其父，則不成其子。」孟子曰：「父子之間不責善。」果芰非禮，萬不可薦。當父彌留諄囑之際，子木早宜涕泗而諫，不欺其父於地下矣。不幾諫於生前，而責善於死後，是欺其將盡之魂，而餒其求食之鬼也。

蘇子曰：恐其父以飲食之名聞於諸侯。則更謬矣。夫籩豆之事，其昭告於鄰國者，古未有也。即儀禮所載，膮臐鼎俎，雖有定數，然考之三傳，徵之史册，未聞有列國之諸侯大夫爲增一果減一牲而受美惡名。惟屈建之煩稱博引，以禮奪情，然後其父嗜芰傳於人間，其子撤芰又傳於人間。揚其父爲飲食之人，而顯其身爲守禮之士，致千百世後，有蘇子者猶嘵嘵然陋其父而孝其子，是皆子木之使之聞之也。使屈到嗜之，子木薦之，則家庭常事，人間比比然矣。民不及知，而書亦必不載也。

且先王已立廟矣，復爲之立寢者，原以伸人子之私，使之思其所嗜，思其所欲也。中庸曰：「設其裳衣，薦其時食。」裳衣豈有一定之衣，而時食寧有一定之食哉？月令以含桃羞寢廟，南朝以筍臛薦帝后，猶能做而行之。使子木抑其禮於廟，而申其情於寢，未爲不可也。蠻夷大夫，楚氛甚惡，原不足責。而丘明、蘇子，身爲文人，不知孝，並不知禮，何也？然則魏武子、陳子車之索殉，其亦從之歟？曰：殺人以成孝，吾未之前聞。彼則所謂亂命也。然則何以不諫？曰：諫，則其父必命殉者先死矣，是又宜將順以幹其蠱也。君子之於孝也，審其大小輕重而已矣。

書院議

民之秀者，已升之學矣；民之尤秀者，又升之書院。升之學者，歲有餼；升之書院者，月有餼。此育才者甚盛意也。然士貧者多，富者少，于是求名賒而謀食殷。上之人探其然也，則又挾區區之稟假以震動黜陟之，而自謂能教士。嘻，過矣！

夫儒者首先義利之辨。又曰：「不爲威惕，不爲利疚。」聖人訓也。今疚之以至微之利，而惕之以至苛之法。其謀入焉者，半苟賤不廉者也。苟賤不廉之人，養之教之，何所用之？夫養士與養兵不同。兵，非民之秀者也。然今養兵者，習騎射擊刺，不過月有考，歲有稽而已，固未嘗闌其出入，禁其居處也。教士者加苛焉，是視士不如兵也。

然則書院宜如何？曰：民之秀者，已升之學矣；民之尤秀者，升之書院。民之尤秀者，一郡中不數人，吾寧浮取之以備數，則亦不過郡二三十人而已。以餼數百人之費，餼二三十人，既可贍其家，絶其旁騖，而此二三十人者，師師友友，絃歌先王之道以自樂；則又安得有害羣之馬侜張佻險于其間耶？爲之師者，無多弟子，博習相親，以故憤易啓，悱易發，經義易傳，治事易治。國家他日用人，捨書院其焉取之？中庸曰：「忠信重祿，所以勸士。」孟子曰：「堯、舜之仁而不偏愛，急親賢也。」卽此意也。漢州郡貢士，戶二十萬以上，才舉一孝廉。以京師之大，而太常弟子不過五十人。以吳公之賢，洛陽之盛，而所舉秀才僅賈誼一人。其慎重何如！

然則彼之舊隸書院而藉以養者，將汰之歟？曰：養士與養孤寡不同。彼哀其終而收之，此謹其始而擇之也。而云何不汰也？然則何以知其尤秀者而擇之？曰：取人以身，擇士者秀，則所擇者亦秀。所謂規有摹，而水有波也。嗟乎！今之寬于養士者，既視之如無告之窮民，而嚴焉者，又視之出兵以下，且不知己先求知人，此予之所以嘆也。不然，書院在在有也，而不聞受其益者，何也？

小倉山房文集卷二十二

愛物説

婦人從一，而男子可以有媵侍，何也？曰：此先王所以扶陽而抑陰也。狗彘不可食人食，而人可以食狗彘，何也？曰：此先王所以貴淸而賤濁也。二者皆先王之深意也。先王有治世之權，不必明言其故，而但定其制，使民由之。後世不察，見孟子訓愛物，佛家戒殺，于是人與物幾溷淆而莫分。蕭子良之慧，蘇子瞻之聰，皆惑焉。

夫愛物與戒殺者，其心皆以爲仁也。然孔子論仁曰愛人，不曰愛物。又曰「仁者己欲立而立人」，不曰立物。此意惟呂覽得之。曰：「仁于萬物，不仁于人，不可謂仁。不仁于萬物，獨仁于人，可以謂仁。仁也者，仁乎其類也。」此可謂善言仁者也。愛人不難，知所以愛人爲難。孔子敎弟子「泛愛衆」，必曰「而親仁」。孟子稱堯、舜之仁，必曰「急親賢」。人之中尚宜擇仁者賢者而愛之，況物乎？古者執雉執雁，四靈爲畜，愛其物之類人也。誅盜賊，刑僉壬，惡其人之類物也。廏焚，子曰：「傷人乎？」不問馬。衞侯之馬啓服死，公命爲櫝，子家子請食之。以不愛爲愛，而愛乃大；以不仁于物爲仁，而仁乃純。

然則孟子稱「數罟不入洿池」；禮大夫無故不殺羊，士無故不殺犬豕，奈何？曰：此非愛物，正所以愛人也。懼魚之不繁，將不足于食；懼大夫士之有故，將不得殺羊犬豕，故儉惜畜養之以待其食與殺耳，爲人計，非爲魚鼈羊犬豕計也。

然則君子何以遠庖廚？曰：此非愛物，亦所以愛人也。恐近庖廚，則不忍，不忍則不食；遠庖廚則忍，忍則食。然此亦寓言耳，與勸好貨好色同，不可以詞害意也。孟子欲充齊王不忍之心以保民而王，故因牛而戒及庖廚。覼下文權輕重、度長短之言，則賤禽獸而重百姓之意，昭然若揭。不然，孟子非不食庖廚者也，見其死、聞其聲則不食，不聞不見則食之，是後世鄉曲之儇，掩耳盜鐘之説也。彼齊王之興甲兵，危士臣，民之死于鋒鏑者，皆在數百里外，齊王所不見其觳觫，不聞其哀號者也。比之庖廚，不更遠耶？而得謂之君子耶？

牡丹説

冬月，山之叟擔一牡丹，高可隱人，枝柯鄂韡，蕊蕤蕤以百數。主人異目視之，爲損重貲。慮他處無足當是花者，庭之正中，舊有數本，移其位讓焉。冪錦張燭，客來指以自負。亡何，花開，薄若蟬翼，較前大不如。怒而移之山，再移之牆，立枯死。主人慚其故花，且嫌庭之空也，歸其原。數日亦死。

客過而尤之曰：「子不見夫善相花者乎？宜山者山，宜庭者庭。遷而移之，在冬非春。故人與花常兩全也。子既貌取以爲良，一不當；暴摧折之，移非其時，花之怨以死也，誠宜。夫天下之荊棘蔾刺下牡丹百倍者，子不能盡怒而遷之也。牡丹之來也，未嘗自言曰：宜重吾價，宜置吾庭，宜黜汝舊，以讓吾新。一月之間，忽予忽奪，皆子一人之爲。不自怒而怒花，過矣。庭之故花，未必果奇。子之仍復其處，以其猶奇于新也。當其時，新者雖來，舊者不讓，較其開孰勝而後移焉，則俱不死。就移焉，而不急復故花之位，則其一死，其一不死。子亟亟焉，物性之不知，土宜之不辨，喜而左之，怒而右之。主人之喜怒無常，花之性命盡矣。然則子之病，病乎其己尊而物賤也，性果而識暗也，自恃而不謀諸人也。他日子之庭，其無花哉！」

主人不能答，請具研削牘，記之以自警焉。

清說

清、愼、勤三字，司馬昭訓長史之言也。後人奉之，不以人廢言耳。然以畏葸爲愼，以瑣屑爲勤，猶之可也；以谿刻爲清，所傷者大，不可以不辨。

民之初生，無不淸也，茹毛而已，巢居而已；民之初生，又不能淸也，不能不食而茹毛，不能不居而搆巢。中有聖人焉，增之以玩好，文之以器用，懼其過也，以禮節之。自夏桀酣歌恆舞，而伊尹有儉德之戒；周末文勝，三家者以雍徹，而夫子有寧儉之戒。皆有爲言之也。

後世不然。或無故而妾織蒲矣，或無故而與蠐爭食矣。彼所好者，在乎矜名以自異，則不得不權其輕重，舍此以易彼。是儉其外而貪其中，潔其末而穢其本也，烏乎淸？且天下之所以叢叢然望治于聖人，聖人之所以殷殷然治天下者，何哉？無他，情欲而已矣。老者思安，少者思懷，人之情也；而老吾老以及人之老，幼吾幼以及人之幼者，聖人也。好貨好色，人之欲也；而使之有積倉，有裹糧，無怨無曠者，聖人也。使衆人無情欲，則人類久絕而天下不必治；使聖人無情欲，則漠不相關，而亦不肯治天下。後之人雖不能如聖人之感通，然不至忍人之所不能忍，則絜矩之道，取譬之方，固隱隱在也。自有矯淸者出，而無故不宿于內；然後可以寡人之妻，孤人之子，而心不動也。一餠餌可以終日，然後可以浚民之膏，減吏之俸，而意不回也。謝絕親知，僵仆無所避，然後可以固位結主，而無所躊躇也。彼不欲立矣，而何立人？己不欲達矣，而何達人？故曰不近人情者，鮮不爲大姦。

然則孔子何以有恥惡衣惡食之誚？曰：惡衣惡食，嫌之者，人之情也；恥之者，心之陋也。不曰嫌，而曰恥，則是以衣食爲重輕，故賤之也。不然，色惡不食，臭惡不食，夫子非甘于惡衣惡食者也，而何以傳于此言也？且當賤貧時，而以惡衣惡食自輕；則當貴富時，必以惡衣惡食自重。子路衣敝緼袍，非可以衣狐貉而故爲緼袍也，素貧賤行貧賤也。若可以狐貉而故爲緼袍，則必有緼袍狐貉之心，交戰于中，而忮求起。伯夷以餓死稱淸，而陳文子有馬十乘亦稱淸，淸以心求，不以迹取也。

然則，奢儉宜何從？曰：聖賢以禮爲歸，豪傑惟情自適。徐邈當魏武崇儉時，不改其奢；當魏文崇奢時，不改其儉。此衷之以禮也。武元衡當楊綰朴素之時，盛飾如故；孔思遠得珍玩服用不疑，及其屢空，蕭然自得。此自適其情也。此三人者，眞淸者也。

淸，美名也。有大力者以美名震之而不移，則有大力者以惡名誘之而更不動。知此者，可以立身，可以觀人。

玩古者說三篇

人老而尊，物古而玩，宜也。人壽不如物，而以物之壽者爲娛，人之情也。罍盧澡盤，古而粗者也，不妙于目。山河日月，古而虛者也，不私于我。于是求之于玉，于銅，于磁，于硯，于琴，于竹漆，于紙墨，于書畫，此必至之勢也，非好事者之爲也。

或曰：是非聖人之道歟？余曰：不然。魯糖、衞柯、夏璜、殷琥、封父之繁弱、鍾叔之離磬，此見于三代前者也。任后爭罍尊，欒大辨齊器，竇憲取仲山父鼎，此見于三代後者也。古物之興，由來尙矣。

然則物古皆足玩歟？曰：亦非也。未古貴眞，已古貴精。有古玉焉，其得于天者如截肪，成于良工者如切泥，然後開其渠眉，礲以礛諸，而又不渫于壤，不燀于火，不齧于鉏銚，不攫揳于後起者之錐刀，然後艶耀其精，樸屬其形，稱至寶矣。猶人有絕德雋才，長于朱門，遇于聖明，推排于世故，而又不爲萋菲之所傷，然後器成而品尊，非徒以齒尙也。其他物例是。

今瞽覽之人，牽弄古物爲娛，靳拳膠目，絕欲得之。然而或寶康瓠，或欽燕石，呰窳行濫，齺然自以爲信矣。及至昵于知音，斥于內府，奇賞不得，僂售不可。乃不速眏其目，醜其手；而反相與憑怒啐詬，以爲世物無古也。古物聞之笑，識古者聞之悲。

或曰：古物之遇不遇，果有數乎？曰：不遇者，其常也；遇者，其偶也。雖然，世之人不求不珍，于古物無懵也；求之而不以誠，珍之而不甚至，于古物亦無懵也。何也？不求不珍，其可求可珍者自在也；一旦而求之珍之，不可知也。惟其求之誠，珍之至，自以爲無所不用其極，而卒與僻且馳，則所謂瞀而字伯明者也。于是果于自信，輕于誣物，而古物當其前，或拉雜摧燒之矣。其病一在于好其名，一在于強爲解。

夫「漢」之爲言含也，古以美玉爲死者之含。莊子所謂「死何含珠」是也。或曰汗也，玉入土久則汗出而斑頳。今訛其音以爲「漢」，豈非漢則無玉乎？「商」之訓嵌也，刻鏤也，鄭箋所謂「鶬金飾貌」是也。今昧其義以爲「商」，豈非商則不飾金銀乎？「碧瓷」見鄱陽賦，「花瓷」見宋廣平語，「越窰翠色」見陸魯望詩。今釣奇者，以爲始于柴世宗，誤矣。瓦無硯理，而該而托之曰未央宮，曰銅雀；宣德無庫焚鑄鑪事，而昨而見之曰宣鑪，又誤矣。此所謂好其名也。

括異志曰：銅入土千年而青。今見啓、禎、嘉、萬錢才百年，已如翠曾者何？青箱志曰：書畫千年而絕迹。今見韓滉畫五牛、顏魯公自書告身，雖千年赫然新者何？志林曰：世無眞玉，勿熯于火者方是。然尚書云「火炎崑崗，玉石俱焚」者何？此所謂強爲解也。

夫古器非什百爲沓者也，非折閱不市者也，又非鉛人使好鉥人使解者也。既好矣解矣，而又似好非好，似解非解，好不如不好，解不如不解，不病乎其所不知，而病乎其所已知。然則古器之坻伏不出，甘心朽壞以終也宜哉！宜哉！

或曰：古物奚用，而子若是其重之？曰：有用之用小，無用之用大。鳳不司晨，麟不服軛，周鼎不烹飪，固不可賤也。且陳彝敦，而見升降裼襲之禮焉；佩環珮，而想采齊、肆夏之度焉；對翰墨，而忘塵氛温蠖之擾焉。其重之也，亦猶行夫古之道也。

曰：士大夫既不知古，盍假長耳飛目以矩之？曰：愛古者非富卽貴，富則陜輸，貴則佷用。賈者牟大利以羼其僞，識者媒餘人以赫其獨。夫古不古，于理無所關也。今之于理有所關者，欲求一操執款款之小丈夫而不得也。而古物之爲銅，爲玉，爲磁，爲竹，爲紙、墨、爐、硯、書、畫者，又不能門扇戶吹，嘐嘐然自命曰：我良也，彼楛也。則奈何？曰：尙以潰治，五采惠之。彼窶求者，必交貿相競矣。曰：此所謂文而不采，如俔之見風，不終日定也。

曰：博古有圖，書畫有譜，其將循是以迹之歟？曰：此函冶氏所謂獨知之貨，輪扁所謂糟粕之書也。其不可傳也，死矣。圖譜造于宣和，南渡後物已淪于沙漠，烏乎循？然則子何獨玩之？曰：好生解，解生誤，誤生悔，悔生懼，懼生辨，辨生疑，疑生慮，慮生明。八者缺一焉不可也。然則今之升奥濼庋華几者，皆非古歟？曰：是何言也！制科百年，而謂其中必無才也，固不然。然則古物存者幾何？曰：物隨年古，今與古環流無窮，則物亦環流無窮也。然而古弇今侈；古繁重，今輕訬；古嶹而廉，今庛而挐；古奇侅而攫䋦，今薜暴而堙替。今以往其佻巧傒變，又不知其何所極也！

黃生借書說

黃生允修借書，隨園主人授以書，而告之曰：

書非借不能讀也。子不聞藏書者乎？七略、四庫，天子之書，然天子讀書者有幾？汗牛塞屋，富貴家之書，然富貴人讀書者有幾？其他祖父積子孫棄者，無論焉。非獨書爲然，天下物皆然。非夫人之物而強假焉，必慮人逼取，而惴惴焉摩玩之不已，曰：今日存，明日去，吾不得而見之矣。若業爲吾所有，必高束焉，庋藏焉，曰：姑俟異日觀云爾。

余幼好書，家貧難致。有張氏藏書甚富，往借不與，歸而形諸夢。其切如是。故有所覽，輒省記。通籍後，俸去書來，落落大滿，素蟫灰絲，時蒙卷軸。然後嘆借者之用心專，而少時之歲月爲可惜也。

今黃生貧類予，其借書亦類予。惟予之公書與張氏之吝書若不相類。然則予固不幸而遇張乎？生固幸而遇予乎？知幸與不幸，則其讀書也必專，而其歸書也必速。爲一說，使與書俱。

後出師表辨

後出師表非孔明作也。夫兵，危事也；伐國，大謀也。張皇六師者有之，一鼓作氣者有之，拊馬而食、以肥應客者有之；未有先自危怯，昭布上下，而後出師者也。若果爲亮作，是亮之氣已餒，而其精已消亡矣。

其前表曰：「興復漢室，還于舊都。」「不效則治臣之罪。」何其壯也！後表曰：「坐而待亡，不如伐之。」「成敗利鈍，非臣所能逆覩。」何其衰也！當是時，街亭雖敗，猶拔西縣千家以歸。蜀之山河，天險如故。後主任賢勿貳，非亡國之君。亮再舉而斬王雙，殺張郃，宣王畏蜀如虎，大勢所在，有成無敗，有利無鈍，已較然矣。何至戚戚嗟嗟，遽以才弱敵強，民窮兵疲之語，上危主志，下懈軍心，而又稱難憑者事，以豫解其日後無功之罪，雖至愚者不爲，而謂亮之賢而爲之乎？

表中六難，屢言曹操之敗，再言先帝之敗，以歸命于天。此日者家言也。將軍出師，而爲此言無謂；己不解而欲後主解無益。胸中抱六不解，而貿貿出師，悖矣！按此表上于建興六年，亮此時年未五十，非當死時也。後死于十二年，天也，非亮之所當知也。諸賢死盡，而勸降之譙周老而不死，天也，又非亮之所當知也。亮不特知漢之必亡，且知己與諸賢之中年必死，豈理也哉？

當鄧艾入蜀時，使後主聽姜維之言，早備陰平及陽安關口，則艾不能入；縱入後，其時羅憲、霍弋猶以重兵據要害。故孫盛以爲乞師東國，徵兵南中，則蜀不遽亡。將士在劍閣者，聞後主降，咸怒拔刀斫石。然則亮死後十餘年，蜀猶未可亡。而亮出兵時，乃先云坐而待亡者，何耶？

然則此表誰作？曰：此蜀亡後好亮者附會董廣川明道不計功之說，以夸亮之賢且智，而不知適以毀亮也！裴松之稱此表本集所無，出張儼默記。陳壽削之，眞良史哉！

金縢辨上

金縢雖今文，亦僞書也。孔子曰：「不知命無以爲君子。」又曰：「丘之禱久矣。」三代聖人，夭壽不貳。武王不豫，命也。豈太王、王季、文王之鬼神，需其服事哉？以身代死，古無此法。後世村巫里媼之見，則有之矣。廣陵王胥曰：「死不得取代。庸身自逝。」周公豈廣陵之不若乎？二公欲穆卜，公拒之，以爲「未可以戚我先王」。臣與子，一也。他人戚先王不可，而已戚先王則可。非伯尊之攘善而何？

禮：去祧爲壇，去壇爲墠。又曰：士大夫去國，爲壇位，向國門而哭，爲無廟也。當是時，太王、王季、文王赫赫寢廟，周公非去國之時，雖曰支子不祭，然公爲武王禱，非爲身禱也。舍太廟而爲野祭，不祥孰甚焉！方命卿士勿言，隱諱其迹，而乃登壇作墠，以自表揚者，何也？「周人以諱事神，名，終將諱之。」故禮卒哭乃諱。其時武王雖病，並未終也。不稱元孫發以禱，而稱元孫某以諱，是先以死人待武王也。某某者，後世之俗諱，三代所無也。商人曰帝甲、帝乙，此不稱名之證，不稱某也。周人所謂諱者，以謚代名，故禮凡祭不諱，臨文不諱，臨之以高祖，則不諱曾祖以下。晉荀偃禱，稱平公爲曾臣彪，此稱名之證，不稱某也。詩曰：「一之日觱發。」曰：「駿發爾私。」皆公作也。尋常咏歌，不諱于其子成王之前；而一旦禱祀，反諱於祖、父太王、王季、文王之前，於義何當？

治民事神一也。故曰：「未能事人，焉能事鬼。」元孫既無才無藝，不能事鬼神矣，又安能君天下、子萬民乎？贊周公之材之美，始于論語。造僞書者，竊孔子之言，作公自稱語，悖矣！「湯武革命，應乎天而順乎人。」武王克商已二年，縱有不諱，與天之降寶命何傷？劉先主草創西蜀，即位二年，遽崩，仗一孔明，猶能支持強敵。而周家積累千餘年，「以至仁伐至不仁」，十亂猶存，八百諸侯尚在，周公不必憂危至此。

且周公既不告廟而私禱矣。武王已瘳，己身無恙，公之心已安，公之事已畢。此私禱之册文，焚之可也，藏之私室可也。乃納之於太廟之金縢，預爲日後邀功免罪之計。其居心尚可問乎？禮：「祝嘏詞說，藏於宗祝，非禮也，是謂幽國。」豈周公有所不知而躬蹈之乎？

中庸曰：「事死如事生。」孟子曰：「人能充無受爾汝之實，則義不可勝用也。」又曰：「享多儀，儀不及物。」然則爾汝者，古人挾長之稱；而圭璧者，所以將敬之物也。公呼先王爲爾，不敬；自夸材藝，不謙；終以圭璧要之，不順。若曰許我則以璧與圭，不許我則屏璧與圭。如握果餌，以刼嬰兒，既驕且吝，慢神蔑祖；而太王、王季、文王甘其爾汝之稱，又貪其圭璧之誘，於昭于天者，何其啓寵納侮之甚也！

夫周公，古之達孝也。孝父與孝兄，孰切？當文王崩，何以不禱？或曰：武王得天下，主幼國危，關係甚大，公故急而爲之耳。然則文王大勳未集，年又九十七歲，周公以爲老耶賤耶，直當死時耶？

金縢辨下

周人重卜。國有事，卜于太廟，禮也。金縢藏後，武王在位四年，公又居東二年。六年中，周人竟不一卜太廟啓金縢乎？此說也，括蒼王氏曾言之。然康成以爲金縢者，古藏秘書者皆然，不自周公始，猶可支吾。

按經文曰「公乃自以爲功」云云，是并二公不告，且不知也。二公尚不知，百辟卿士，何以知之，曰：「嘻，公命我勿敢言！」百辟卿士既知之，則二公必知之久矣。在百辟卿士，位卑分遠，難以進言，容或有之。二公爲國元老，明知公之精忠靈感，至于如此，而乃耳聞流言，目擊去國，相與坐視，寂若吞炭，何其忍也！倘風雷不作，金縢不啓，王竟誚公誅公，彼二公者，律以左儒、杜伯之義，尚何顏坐而論道乎？及至天已反風，禾已盡起，方瞿瞿焉命邦人起大木而築之，以愚夫愚婦所共曉，里胥田畯所不屑爲者，二公乃自以爲功。不扶帝室之懿親，而扶田中之偃木，何其不知大體也！

經文曰：「我之勿辟，則無以見我先王。」訓「辟」字爲誅辟，則二叔倘已稱兵，周公征之宜也，不必爲此言；二叔尚未稱兵，僅流言而已，周公不可以王師報私忿也。訓「辟」字爲逃辟，使公能自信，居東與居洛一也；公不能自信，則率土之濱，孰非周土，「亂臣賊子，人人得而誅之」，非越境可免也。周公豈將爲武仲之據防、秦鍼之適晉乎？

然則二叔流言奈何？曰：此尤不足信也。當時叛者武庚，非二叔也，監之者不早發覺，又從而助之，自宜同罪，亦成王、周公之不得已也。武王克商，遷九鼎于洛邑，義士猶或非之。武庚爲紂嫡子，興復商之社稷，名正言順，何必以討周公爲詞？不比後世王敦、蘇峻起兵冒清君側之名也。若欲縱反間害公，使周國無人，則周公雖死，而鷹揚之太公，平格之君奭，巍然尚存，皆足以奠周邦，誅頑民而有餘；又不比趙止一李牧，北齊止一斛律光，去其人，即可圖其國也。況兄終弟及，商法皆然。即使周公代成王而踐其位，在武庚視之，亦不過如盤庚、陽甲，外丙、仲壬之相承而已矣，何不利孺子之有？何流言之有？

若夫鴟鴞，惡鳥也。周公憂盛危明，借綢繆未雨之意，君臣交儆，可也。若爲王信流言而作，是以惡鳥比君父矣。擬人不倫，指斥已甚，周公其不聖矣乎！康成解「既取我子，毋毀我室」，以爲既捕我黨羽矣，宜還我土地爵位。何蚩妄乃爾！

總之，漢求亡經過甚，致僞書雜出。梅福曰：「成王以諸侯禮葬周公，而天動威，風雷交作。」魯世家曰：「周公薨，大風拔木。成王乃啓金縢。」尚書大傳曰：「成王葬周公，遇風雷，追念前事，序而記之。」蒙恬曰：「成王有疾，周公揃爪沉河，書而藏之。二叔作亂，周公奔楚。成王讀記府之文，乃迎周公。」四說者，言人人殊，皆與金縢不合。善乎譙周之言曰：「尚書遭秦火，多缺失。學者談金縢，都難憑信。」斯得之矣。

六宮辨

六宮非古也。周內宰以陰禮敎六宮，女御掌進御于王所。鄭氏八十一人當九夕之說，皆漢儒舊言，不可爲典要。

夫一陽而二陰，君子之道也。自天子至于士大夫，有妃有妾，禮也。貴者多，賤者少，亦禮也。其制則難稽矣。考之六經：在易曰：「貫魚以宮人寵。」曰：「不如其娣之袂良。」在詩曰：「抱衾與裯。」曰：「諸娣從之。」不過泛指姬媵，無六宮之名。尙書顧命陳設瑣屑，冏命訓飭侍御，均無六宮。左氏以公薨路寢爲正，以小寢爲卽安，明是一宮一寢。而公羊以西宮災，疑有東宮，明是揣度之詞。于他書，則說苑曰：天子諸侯正寢三：高寢者，高祖之寢，子孫不得居；其二寢則路寢，左右，其實一寢。國語曰：內官不過九御。襄楷曰：古無宮官，文王十子，一妃所生。荀爽曰：天子娶十二，帝嚳四妃，舜三妃。此皆無六宮之證也。

或曰：一命之士，父子異宮。儒者有一畝之宮，何天子而靳乎六？夫所謂宮者，居室之稱，非必居婦人也。若天子遊觀偃息之所，又豈止于六哉？或曰：天子六宮，象六卿；諸侯三宮，象三卿；故王后亦有六宮六寢，所以理陰政也。夫陰亦何政之有？以爲具粢盛乎，既有膳夫膳宰若干人矣。以爲修蠶桑乎，又有典絲典枲若干人矣。天子致敬乎外，后致敬乎內，足以奉烝嘗、頒蠶政而有餘。若夫衾裯幃幄，瑣屑之務，則事因人生，人多事多，非宮中所固有也。

宮既無六，則妃御有限。然先王卒無明文爲之立制者，何哉？子嗣有多寡，氣稟有強弱，非可逆定也。且使吾子孫淸心寡慾固善，卽或有縱欲而不能自克者，亦不必祖宗先爲之極明言章理，道天子立六宮，御百婦，禮應爾也。

然則六宫何始？曰：自秦始。秦滅六國，必取其宫人美女，列爲六宫，以宣淫而夸盛。然猶不敢自以爲禮也。漢興，高祖樂因秦舊，而叔孫制禮，又稱古制以阿諛之。故帝則有五，廟則有原，鬼神則千二百所。武帝衍其緒，元成暢其流，無涓、娱靈，遞增名目。而唐、宋目論之儒，又震于禮經，闕口而不敢議，以致開元宫人六萬，宋寧宗一夕御三十九人。巫蠱禍生，宦官毒流，僞作禮經之人，蓋實爲之先矣。

又嘗考禮而不覺失笑也。禮稱天子羞用百二十品，醬用百二十甕，其物又合蠃醢、蜱析、蠯蚳以足其數。無論食前方數十丈，使天子對案若海，無下箸所；而且蚳蠃皆穢蟲也，今之乞人不食，而當時天子食之，尤可怪矣。又鄭註：天子冕旒玉用二百四十物，加以金飾。豈非巨鰲戴石，頭岑岑幾壓死耶？夫食色性也，而天子亦人也。一食而二百四十味，九夕而八十一女，一冠而二百四十玉物，寧有是哉？寧有是哉？

征苗疑

人多疑古文尚書，而不疑其征苗者，何也？夫舜之德可以舞百獸，寧不可以格苗？若苗既不如獸，又豈干羽之所能格？惟德動天，常人之所知也。舜、禹不知，不智；伯益知之，而不早諫于用兵之時，不忠。豈以舜、禹之聖，必待困于心，横于慮，而後作乎？

孔子曰：「樂云樂云，鐘鼓云乎哉！」干羽鐘鼓，樂之儀文也；聲教德化，樂之精神也。精神未孚，而忽以儀文孚之，豈理也哉？瞽瞍雖頑，舜之父也。伯益諫禹，引瞍爲證，是以逆苗擬天子之父也。君子一言以爲智，一言以爲不智。禹之失兵機，其過小；益之傷國體，其罪大。魏張郃亡，羣臣嘆息，辛毗解之曰「當建安時，天下不可一日無武帝。然武帝崩，魏固無恙」云云。裴松之責其擬人不倫。然則伯益之聖，乃不如後世一裴松之乎？

且夫「竄三苗于三危」，舜典也。「三苗丕敍」，禹貢也。「苗民淫刑以逞，是用勦絶」，呂刑也。苗既竄矣，何事于征？苗既敍矣，何必再征？苗勦絶矣，又何會格？其他「分北三苗」、「何遷乎有苗」，皆無來格之說。以尙書證尙書，而眞僞定。

然則「瞽瞍允若」之言，孟子何以引之？曰：此尙書之逸文也，非征苗語也。孟子稱吾于武成取二三策而已，今之武成可取者何止二三策？蓋均非其舊本也。止「血流漂杵」四字，猶其逸文爾！

韓非子五蠹篇：「有苗不服，禹將伐之，舜曰不可。」說苑亦載其詞。淮南子繆稱訓曰：「禹執干戚舞兩階間，而有苗服。」吳起曰：「三苗氏左洞庭，右彭蠡，德不修，禹滅之。」呂氏春秋曰：「舜行德三年，而三苗服。」是數說者，亦俱與尙書不合。自記。

小倉山房文集卷二十三

書鄂人對後

唐鄂人剔股奉母，有司旌之，昌黎欲腰諸市。二者吾俱非之。夫非禮之孝，旌與誅，律無明文，非先王之闕也。先王若曰：將旌之與，世固有僞爲名者；將誅之與，世固有愚爲孝者。將誅其僞而旌其愚，人藏其心，不可測度也。不如淡而置之，聽其自致，明乎上之所重不在於是，而教孝之大體立焉。未嫁之女，爲夫守志，律勿旌，亦勿禁，卽此意也。孔子曰：「苟志于仁矣，無惡也。」曰：「可以爲難矣，仁則吾不知也。」持此二義以律過中之行，始無偏陂。不然，彼之制行既過矣，而我之持論又過焉。是上下交相過也。卒何以得大中哉？故大學不曰治天下，而曰「平天下」。

書王荆公文集後

荆公上仁宗書通識治體，幾乎王佐之才。何以新法一行，天下大病。讀其度支廳壁記，而後嘆其心術之謬也。

夫財者，先王以之養人、聚人，而非以之制人也。今其言曰：「苟不理財，則閭巷之賤人，皆可以擅取與之利，以與人主爭黔首，而放其無窮之欲。」然則荆公之所以理財者，其意不過奪賤人取與之權；與之爭黔首，而非爲養人、聚人計也。是乃商賈角富之見，心術先乖，其作用安得不悖？三代聖人，無理財之官，但求足民，不求足國。其時黔首熙熙，一心歸附。譬之臧獲婢妾，仰食于家主，然所以畜之者，恃有恩意德教維繫其間，不徒恃財力以相制也。後世秦、隋兩朝，專求足國，不求足民。卒之與爭黔首者，陳涉、竇建德之流；貧民乎，富民乎？

夫物之不齊，物之情也。民之有貧富，猶壽之有長短。造物亦無如何。先王因物付物，使之強不淩弱，衆不暴寡而已。春秋時阡陌未開，豪強未并。孔門弟子，業已富者自富，貧者自貧，而聖人身爲之師，亦不聞裒多益寡，損子貢以助顔淵，勸子華使養原憲者，何也？

宋室之貧，在納幣、郊費、宂員諸病。荆公不揣其本，弊弊然以賒貸取贏。考其所獲，不逮桑、孔，而民怨則過之。以利爲利，不以義爲利，爭黔首反失黔首矣。悲夫！

書權文公郅都論後

郅都廉直，史遷以冠酷吏。權文公作論雪都，訾史遷。嘻，是烏知遷之心哉！古無酷吏，名之者遷也；漢無酷吏，首之者都也。當秦殘暴，高祖易以寬仁。文、景繼之，天下熙熙然安昇平也久矣。忽都以嚴得寵，立聲名。從此甯成、義縱踵至，殺人流血，動至數萬。都作俑之罪，遷所深惡也。

遷既惡都，何難并其生平公廉直諫之事，删而不書；然而遷書之反詳者，何哉？以爲史者，所以戒天下萬世也。使天下萬世見公廉如都，直諫如都，而一爲苛暴，即首蒙惡名；且身斬家破，爲天下快；庶幾曉然于小善之不足以掩大惡，而相趨爲長者。此遷立傳之心也，此遷之所以爲良史也。曉一孔者，何足以知之？

唐人好排古人，持高議。都不足雪，而權公雪之；申生、季札未可貶，而獨孤及、白居易貶之。皆過也。凡言必究其所裨，而事必稽其所敝。三代後，父子兄弟間，恩寖薄矣。得過厚者矯之，而立言者又從而奪之，于世有所裨，無所敝也。孔子曰：「觀過知仁。」申生、季札之過，申生、季札之仁也。都之過，其足觀也哉？

書柳子封建論後

柳子之論封建，辨矣，惜其未知道也。夫封建可行乎？曰：不可。封建不可行而何非乎柳子？曰：道可行而勢不可行，勢，吾所無如何也。柳子不以爲勢無如何，而竟以爲道不宜行，是父老堯、禹之說也。

夫封建，非勢也，聖人意也；郡縣，非聖人意也，勢也。「天生蒸民，作之君，作之師。」一人之力，不能君天下，必衆君之；一人之教，不能師天下，必衆師之。其亶聰明作元后者，中天下而立焉。非有圭田世祿，不能正經界，行井田；非有諸侯卿大夫不能有圭田世祿；非有井田經界，不能有鄉廬郊遂、選車出卒、言揚行舉之法；非有諸侯之公子、羣公子，又不能有大宗、小宗。故井田、學校、軍政、宗法，其事皆因封建而起，謂封建非聖人意，勢也，然則井田、學校、軍政、宗法，亦非聖人意，勢乎？

封建始於何皇，都不可考。柳子之說，似民之自爲封建，擇其智者而君之，若蟻之穴、蜂之巢者然。不知上古諸侯，雖有萬國，然史册所載，人皇定三辰，地皇畫九州，伏羲、黃帝垂衣裳，神農教耕稼，堯、舜治曆明時，禹治洪水，皆一聖人開天獨倡，非仗衆諸侯助也，亦非聽諸侯百姓之自爲謀也。以舉世不知耕，不知織，不知天時地利，不知舟車服用之際，而一人如天如帝，先知先覺，其威靈神武，何萬國之不可兼并，而乃俱才出秦始皇下乎？然而聖人不爲者，公天下之心，治天下之法，以爲非封建不可故也。柳子謂湯借諸侯伐夏，周借諸侯伐殷，故不敢變易其國。是知有商、周，而不知有黄、農、虞、夏。井隙窺天，陋矣！

且夫秦之失天下，制政俱失；周之失天下，則在政不在制。何也？封建，非周制也。夏封建四百年，商封建六百年。制失而能千年者，未之有也。禹誅防風，啓伐有扈，湯伐冢韋，高宗伐鬼方，周烹齊哀公。誅殺之權，操之天子，何嘗無指臂之使？自昭王溺楚，穆王忘戴天之仇，且耄荒遊覽，而大事去。幽王被弑，平王忘戴天之仇，且戍申遷都，而大事又去。周之天子，不知有父子，而欲周之諸侯知有君臣，得乎？然以無父之人，卒不至於國亡身滅者，雖文、武、成、康之遺澤在人，亦賴衆諸侯維持而拱衛之，不可謂非封建力也。夫穆王、平王不知有父，此豈武王、周公開國時所能逆料而爲之立制乎？是周之政失，而非制失也明矣。

父子之倫廢，君臣之道失，然後強侵弱，衆暴寡，諸侯蠶食，大夫兼并。左氏曰：「其餘四十縣，長轂四十。」曰：「分趙氏之田爲七縣。」曰：「其俘諸江南。」「夷於九縣。」周書曰：「千里十縣，一縣四郡。」春秋、戰國時，凡稱郡縣者無算，蓋不待秦并天下，而海內之國駸駸乎半化爲郡縣矣。吾故曰：郡縣非聖人意也，并非秦之所能爲也，勢也。秦因循苟且，因其勢而導之，較之宋解兵權、唐靖藩鎮事更易焉。有叛人無叛吏，非一朝一夕之故，而歸功于郡縣，何耶？使封建不廢，則諸國有君，秦雖暴，不能毒流天下。彼揭竿而起者，亦終有所格而不便。惟其爲郡縣也，在始皇尊無二上，然後可以殘民以逞；在陳、項彊索無阻，然後可以直趨關中。是秦之失，雖在政，而尤在制也，又明矣。

然則封建可行乎？曰：道可勢不可。今之阡陌盡矣，城郭改矣，稅法變矣，其所封者非紈袴之子弟，卽椎埋之武夫也。其能與三代比隆乎？且不特無其勢，并無其道。漢興，矯秦弊，大封諸侯王，天下亂。晉封八王，互相殘殺，天下亂。明太祖大封諸子，天下又亂。是何故哉？先王有公天下之心，而封建親親也，尊賢也，興絕國也，舉廢祀也，欲百姓之各親其親，各子其子也，故封建行而天下治。後世有私天下之心，而封建，寵愛子也，牢籠功臣也，求防衞也，其視百姓之休戚，如秦人視越人之肥瘠也，故封建行而天下亂。無先王之心，行先王之法，是謂徒政。子之之讓國，宋襄、徐偃之仁義，師丹、王莽之均田、限田，王安石之周官、周禮，無所不敗。蓋不徒封建然也。因其敗轍而訾其成規，奚可哉？

古論封建者，荀仲豫、陸機、劉頌、顏師古、魏徵、李百藥、劉秩、杜佑，皆能言之。而後人獨愛柳子之說，吾故駁之。其封建之利，諸儒俱已備言，茲不具論。

再書封建論後

或曰：子言封建之非勢，固已，然如子孫何？柳子曰：尾大不掉，則子孫徒建空名於公侯之上矣。

曰：柳子亦知先王之愛百姓甚於愛子孫乎？周公之命龜曰：賢則昌，不賢則亡。武王滅殷，欲作宮于五行之山，周公不可，曰：五行之山，天下之險也。使我有德，則天下之納貢者遠矣；無德，則天下之伐我者難矣。此意也，非獨周公意也，卽堯、舜、禹、湯所以封建意也。當其時，天子不仁，則湯、武至；諸侯不仁，則齊桓、晉文至。千八百國中，苟有一賢君，則民望未絕。師曠曰：天之愛民甚矣，豈其使一人肆於民上？先王亦愛民甚矣，豈其使子孫一人肆於民上？尾大不掉之說，皆後世云云，非先王意也。

雖然，夏亡矣，杞不亡；殷亡矣，宋不亡。卽以子孫論，而封建之天下雖亡不亡者何哉？蓋公極而私存，義極而利存，天道然也，亦非先王意也。

或曰：封建之世，如人才何？柳子曰：封建者繼世而理。上果賢乎，下果不肖乎？又有世大夫之世邑、世祿，聖人生於其間，亦無以自立于天下。

曰：以若所云，則柳子不知今，并不知古矣。古者有國學，所以教胄子也；有鄉學，所以教野人也。彼言揚而行舉者，其果專在國而不在鄉乎？若夫舉舜于畎畝，膠鬲於魚鹽，傅說於版築，伊尹於耕，太公於釣，管夷吾於士，百里奚於市，此并不在學校者也。安見聖人生而無以自立於天下乎？柳子之說，爲孔、孟言也。夫孔、孟之不能自立者，道不行也，非封建爲梗也。然賴有封建，然後栖栖皇皇之衞，之陳、蔡，之梁，之齊，之滕，幾幾乎有可行之勢。而諸侯敬，弟子從，則聲名愈大，千萬年後猶知遵奉爲師。使聖人生於郡縣之世，三試明經不第，則跼促一邦，姓氏湮沉，亦「遯世無悶」已耳，安見其有以自立於天下耶？然則孔、孟之删六經，垂俎豆，傳食諸侯，雖無以自立，而有以自顯者，封建力也。

且惟封建，故君多臣亦多，王臣公，公臣卿，卿臣大夫，大夫臣士，士臣皂，皂臣輿，輿臣僚，僚臣僕，僕臣臺。此十人者，皆不耕而食在官之祿者也。然不虞其不足者，何也？其時大夫有采地，民有受田，累世菑畬，尺土無曠，故十一之稅重於後世，而所出足供所食。又大小其才爲十等用，則游惰者無有也。雖有佛老，無所容身其間；雖欲建浮屠立刹院，而萬國鱗列，經界劃然，亦無此隙地。縱有楚材而晉用者，其爲得展其才、受其利濟則一也。後世以天子養羣臣，故制祿之數恆虞其乏；以人才副定額，故放廢之士日見其多。而且賢人君子官如傳舍，所懷迄不得施。或老死牖下，欲越一步棲一椽不可得；而非士非農非工非賈之氓，從而雜之，且據享其土木山川之奉。若是者，皆秦之罪也。

若夫有治人無治法，自古然矣。試問柳子之時，彼懷印曳紱、有社有人者，上果賢乎？下果不肖乎？必曰：朝拜而夕斥之矣。其拜者果賢乎？斥者果不肖乎？柳子將何詞以對？

書唐介傳後

無其事而誣之，讒也；有其事而言之，直也。然直之爲道，有禮焉，無禮則絞矣；有學焉，不好學則蔽矣。子貢曰「惡訐以爲直者」，訐未嘗非直也。無禮而不學，則訐矣。宋唐介論文潞公以燈籠錦獻張貴妃，其訐者歟，其無禮而不學者歟？諫官退不肖，職也。所謂不肖者，必誤國蠹民，然後可以明白指列，不宜抉曖昧、制宰相也；亦不宜因甲事遷怒乙事，而悻悻求勝也。介忌張堯佐，遷怒潞公；因潞公，遷怒貴妃。無論所劾無有也；就令有之，而宮省甚密，進奉甚秘，介何從知之？介如探聽於宦寺，訪求於捷徑，則介亦行險儌倖之人而已矣。言人之邪而已不得爲正；發人之私而已不得爲公：此類是也。

禮曰：「疑事毋質。」又曰：「內言不出于閫。」宮闈之地，內言也，亦疑事也；可昌言之而身質之乎？王鳳陷王商，發陰事，而丙吉笞官婢誣汚衣冠。此君子小人之辨也。

或曰：介黜潞公薦富弼，亦爲宦官宮妾不知姓名故歟？曰：此宋人之陋說也。舜察邇言，湯立賢無方，樊姬進孫叔敖，長孫后譽魏徵，未嘗不得其人。若夫鄉曲之儇，鈴閣之卒，皆宦官宮妾不知名者也，其可以爲相乎？宋史以趙抃與介並傳，爲其抗直相似。不知抃之言曰：「君子有過，當保護愛惜之；小人雖小過，當力遏絶之。」此言正介之藥石也。與同傳焉，介愧矣。

其同時有孫甫者與介齊名，而不學尤甚。奏仁宗曰：「天子之妻，后一而已，餘皆婢也。」余按鄭康成秋官註：古無奴婢，女子之入于舂稾者爲婢，婢乃罪人之稱也。然則士大夫之妾，尚不可以稱婢，而天子之妃可以謂之婢乎？歐公書入墓志，似亦歐九不讀書之過。富公爲相，滕達道用官錢，杜公欲罪之，范公欲寬之，富公介兩賢之間，有難色。甫責富公曰：是不知有法也云云。又悞矣。周官議賢議貴，夫子有赦小過之説，豈周、孔皆不知法者乎？法者獄吏蠹胥皆能知之，不獨甫也。（按：附文嘉慶本作另一篇，題作再書唐介傳後，文大異，今不一一臚列。）

書復性書後

唐李翺闢佛者也，其復性書尊性而黜情，已陰染佛氏而不覺，不可不辨。夫性體也，情用也。性不可見，於情而見之。見孺子入井惻然，此情也，於以見性之仁。嘑爾而與，乞人不屑，此情也，於以見性之義。善復性者，不於空冥處治性，而於發見處求情。孔子之能近取譬，孟子之擴充四端，皆卽情以求性也。使無惻隱羞惡之情，則性中之仁義，茫乎若迷，而何性之可復乎？孟子曰：「乃若其情，則可以爲善。」記曰：「人情以爲田。」大學曰：「無情者不得盡其辭。」古聖賢未有尊性而黜情者。喜、怒、哀、樂、愛、惡、欲，此七者，聖人之所同也。惟其同，故所欲與聚，所惡勿施，而王道立焉。己欲立立人，己欲達達人，而仁人稱焉。習之以有是七者故情昏，情昏則性匿，勢必割愛絕欲，而遊于空。此佛氏剪除六賊之說也，非君子之言也。

孔子曰：「性相近，習相遠。」繼之曰：上智下愚不移。性有上中下之分，斯情亦有上中下之別。見舟車焉，賢者曰可以濟人，其次曰可以遊息，不肖者曰可乘以作賊。見美色焉，賢者曰勿使怨曠，其次曰勿惑爲戒，不肖者曰吾昵之而且鬻以取利。其情之動而不同者，皆隨其性之昏明高下而流露者也。情何累性之有？

且「夫子之言性與天道不可得聞」，夫子之情，則無行不與矣。弗狃召則喜，館人亡則悲，論戰則懼，聽韶則樂，思周公則夢，終其身循環於喜、怒、哀、懼、愛、惡、欲而不已也。堯舉十六相，未必非喜；舜除四凶，未必非怒。喜怒不必爲堯、舜諱也。孟子不以好貨好色爲公劉、太王諱；而習之乃以喜怒爲堯、舜諱，不已悖乎！文王赫斯，顏淵不遷，子路聞之喜，皆喜怒也。後世惟晉惠帝流乃無喜無怒，童然若初生之犢，其性學之深，果賢于堯、舜、文王、顏淵、子路乎？孟子曰：我四十不動心。言當大任而不懼，卽齊王反掌之意，翺誤認爲堅忍虛寂，則亦北宮黝、告子而已矣，奚稱爲孟子！

然則習之水火之喻何如？曰：尤誤也。夫水火性也，其波流光燄，則情也。人能沃其流而揚其光，其有益於水火也大矣。若夫汚而爲泥沙，鬱而爲烟霾，此後起者累之，所謂習相遠也。于情何尤哉？

書留侯傳後

四皓，高祖故人也。當高祖除秦苛法，天下如出炎火登春臺，四皓不拔羊裘受物色，其行徑過高，非人情。一旦震于金幣，齊其足雙雙而俱至，不爲高祖用，乃爲惠帝用，失人，又不類高士。既來之則安之，惠帝可與遊，宜少留焉，若伯夷、太公之就西伯。卒奄奄無聞，偕行耶，同日死耶，何沒沒也！不賢惠帝而來，不智；賢惠帝而不輔，不仁；不在其位而與人家國，不義。四皓亦陋矣哉。

高祖謂戚夫人曰：「彼羽翼已成，不可搖動。」其言尤可疑。四皓無碩德重望，塡輔東宮，苟搖動之，彼冢中枯骨，何足介意？呂后時產、祿封王，惠帝搖動者數矣，不得已而痛飲求早崩，爲可悲也！彼四皓安在？羽翼又安在？

然則四皓何如人？曰：史遷好奇，于留侯傳曰滄海君，曰力士，曰黄石公，曰赤松子，曰四皓，皆不著姓名，成其虚誕飄忽之文而已。温公作通鑑删之，宜哉！宜哉！

惠帝爲四皓立碑，爲後世人臣賜葬之始。見任昉文章緣始。而通典、通考、金石録皆無之。方知文章緣始亦僞書。趙世家屠岸賈事亦相類。通篇以妖夢神鬼事雜之，則史公欲以鈞奇，而非爲實録也明矣。惠帝時無司徒官，碑稱夏黄公爲惠帝司徒，尤可笑。自記。

書宋均傳後

或問：宋均之言曰：吏能弘厚，雖貪無害；惟廉察之人，爲毒最甚。是何言歟？曰：子不見夫犬馬乎？芻豢糟粃，受人畜養，可謂貪矣；然而利于人。又不見夫蛇蝎乎？餐風露飲水，可謂廉矣；然而害于人。夫蛇蝎非與人有仇也，犬馬非與人有情也，其氣之一良一毒，天早有以付之，使爲其性，而在彼亦不能自克也。用人者，畜犬馬不畜蛇蝎，此宋均意也。

曰：然則何以有用人之仁去其貪之説？曰：仁與貪雖有公私之分，而皆起于一念之愛，其生機皆未絶也。惟夫一無所愛之人，生機盡絶，而無可用亦無可去，此申、韓之所以原于老子也。且仁而貪，不如仁而廉；不仁而廉，則不如不仁而貪。何也？均一不仁耳，貪則心怯，廉則膽粗；貪則易敗，廉則難傾。吾恐郅都、張湯、盧杞之殺人，必多于甯成、義縱、元載之殺人也。莊子曰：「察士無凌誶之事則不樂。」夫凌誶亦何樂之有，而察士當之？則以人之不樂爲己之樂也。果以人之不樂爲己之樂，則其殘民以逞，又何所不至！漢東平王以爲善爲樂，齊南陽王以聚蝎爲樂，此其證也。

然則子路贖人受謝，夫子是之；子貢贖人不受謝，夫子非之。又何歟？曰：太上貴德，其次務施報。太上者，上智也，其次者，中人也。天下上智少，中人多，聖人立教，不以上智相期，而以中人爲斷。以爲天下人非一己所能盡贖也，使人人知贖人之有謝而共爲之，則人之不贖者寡矣；使人人知贖人之無謝，而讓吾獨爲之，則人之受贖者寡矣。且索謝與受謝，又不同也。吾之贖人，原非爲謝；而彼之以是心至者，吾從而受之，亦所以安其心也。必使彼之心抱不安于我，而我之廉名乃播于遠邇，則是贖名非贖人也。可以欺庸人，不可以欺聖人。

書顧覬之傳後

沛郡唐賜飲比村唐氏酒，還，得病，吐蠱二十餘物。賜妻張從賜臨終言，刳驗五臟，悉皆糜碎。尚書顧覬之議，張忍行刳腹，子副又不禁止，論母子棄市。劉勰爭之不能得，詔如覬之議，垂爲科例。

君子曰：法可執也，而情不可不原也。夫殘屍者誅，此法也；問所以殘毁者，情也。唐賜之子若妻，愚民也。愚則以遵先人之命爲孝，且急欲得先人致死之由以爲孝；孝且獲誅，設有悖逆之人殺父與夫，剖屍以逞毒，覬之何以律之？仍以棄市論，是孝與惡同罪也。求之于棄市之外，則法已盡矣。比村之酒，毒酒也；吐蠱碎臟，毒既驗矣。不誅行毒之凶人，而誅受毒之妻子，何也？覬之以爲儆生人乎？世之行毒者多，而無故而剖其夫與父之屍者，鮮也。以爲愛死人乎？則死人且命之矣，既受毒以死，而又沒其冤，滅其家，絶其血食，鬼之呼號可知也。

先王之所以重毁支體者，愛人故也。然上之愛人，不如人之自愛也。人自愛，莫如身；而有時劆癰彈疽者，蓋以不愛爲愛故也。況加于無所知之身，以驗其所以致死之故？哀痛迫切，遵命遽行，若是者，爲理其冤，可也；冤得而後責其不告于官擅自毁割，以過失論，可也。唐高宗患頭風，醫曰：刺血可愈。武氏欲高宗之不愈以死也，大言曰：醫欲刺天子頭，可斬也。覬之聞之，當賞武氏矣！

宋史：孫唐卿判陜州，有民盜母骨與父合葬者，有司論如律，唐卿釋之。與此論暗合。

書王文正韓魏公遺事後

孔子曰：「可與立，未可與權。」孟子曰：「是乃仁術也。」權、術二字，始於孔、孟。大臣經邦，權爲貴。宋名臣少可與權者，惟王文正、韓魏公可與權。然韓公之權正，王公之權不正，不可不辨。

夫正與不正，無他，亦辨之其心而已矣。其心爲國歟，正也；其心自爲歟，不正也。魏公知貢舉，爲蘇轍病，請改期；竄任守忠出空頭勅一道。此魏公之權而王公必不爲者也。王公薦寇準不使知，拒張師德不肯見，此王公之權而魏公必不爲者也。何也？進賢退不肖，非破常例，不足以得非常之才，而制小人之死命。然專擅之迹，中外共知矣。魏公以爲苟利國，雖冒不韙之名，亦所不計。王公以爲恩威者，天子之事也，事雖當，人臣冒而行之，寧獨無後咎餘責耶？當日當國之久，主眷之深，韓不如王。蓋一則見其大而自謀者疎，一則用心深而結主者巧故也。

然則凡焚諫草、絕私謁者皆非歟？曰：古之薦人，所謂讓于皋陶，讓于夔、龍者，彼皋陶、夔、龍豈皆不知歟？古之諫君，如周公陳無逸，召公作旅獒，彼豈私入告而又順之於外歟？沽諫名與沽不諫而諫之名，孰大？薦人市人恩，與不薦人而市君恩，孰深？是皆深於行權而不得其正者。

書鄒浩傳後

鄒浩以諫貶嶺南，將行，泣下。其友田晝責之曰：浩居京師，寒疾五日不汗，死矣。豈獨嶺海之外能死人哉？君毋以此自滿也。浩收淚謝之。

君子曰：浩固懦矣，而晝亦爲不仁也。君子之于朋友也，善則勉，過則規，有患難則恤其妻孥而慰其心志。浩既流竄，此患難時也，非平居有過時也，宜慰恤，不宜規諫。齊莊公之難，有陳不占者赴崔氏，餐則失匕，上車失軾，曰：「無勇，私也；死義，公也。」遂死崔氏。君子不以其懦而沒其忠也。浩之泣，懼乎？悔乎？憂國家乎？戀其祖父之丘墓乎？爲離別可憐之色乎？爲公爲私，均無傷于忠也。彼田晝者于死生之道了然如此，盍學陳東之救李綱，爲一疏以救其友？脫有不幸，其與寒疾之死亦相等也。不自責而責人，薄于情而午其直，君子所深惡也。

且浩不宜泣，晝宜泣耳。蔡元定遠竄時，朋友送之，有泣下者，元定夷然。朱子曰：「朋友相愛之情，季通不挫之志，可謂兩得矣。」然則，浩與晝可謂兩失也。

書通鑑温公唐維州論後

土蕃刼盟入寇，爲唐患久矣。得維州以控平川，永安中國，此韋皋、德裕之忠謀，而僧孺拒之，于義大乖。温公乃引荀吳拒鼓叛爲言。不知荀吳之拒鼓叛，卽孔明之縱孟獲也。知功將成，特使敵人盡其力，服其心，而毋勞再舉。卒之，鼓與孟獲，逃將焉往？若唐失維州，則百年爲戎路而已矣，不得以鼓與孟獲比。

又曰：土蕃新好，維州小而信大。不知維州未降前一年，土蕃已圍魯州。彼背盟在先，我納降在後，非失信也。

又曰：悉怛謀在唐爲向化，在土蕃爲叛臣，其受誅何矜焉。更誤矣。文王三分天下有其二，其二者，皆殷之叛臣也。伊尹去桀就湯，亦桀之叛臣也。文王與湯皆至忠大聖，其將執向化之人而歸之於桀於殷乎？

又曰：譬如隣牛逸而入家，曰彼曾攘吾羊矣，吾亦攘之。則又引喩之誤矣。當隣攘吾羊時，公將聽其攘而不問乎？將訴之官而求還吾羊乎？抑羊仍歸家而不認故物乎？維州者，唐人被攘之羊，非土蕃逸奔之牛也。石祁子曰：天下之惡一也。惡於宋而保於我，保之何補？此指宋萬弒君之賊，以隣國爲逋逃，與外夷慕化者不同。漢高已定天下，故斬丁公以求名。光武未定天下，故封子密以招遠。若悉怛謀者，封之可以招遠，而殺之自覺無名者也。禍莫大於誅降，悖莫甚於以怨報德，恥莫恥於殺人以媚寇。僧孺之論，温公之言，殆兼之矣。

祖逖鎮雍州，石勒畏之，逖麾下叛降勒者，勒送還之。逖感其意，亦送所降以報。君子以爲失計，且以爲不忠。何也？降者不受，境將日蹙。而逖奉天子討勒，非若敵國然，爲講信修睦計也。在易比之九五曰：「舍逆取順，失前禽也。」禽來趨己者尚舍之，而況于人？温公作相，契丹戒曰：「中國相司馬矣，毋生邊釁。」其時棄米脂四郡以與西夏，而又持論如此，然則公之所以服外夷者，如斯而已乎？

温公當王安石執政時，遣王韶經略西事，復熙河一路。又遣趙卨充招討使，冒暑討安南，官兵八萬，死者過半。公有鑒于此，故借論維州事以儆神宗，然于唐代事理殊不合。自記。

讀賈子

賈子，僞書也。天子御四夷，有五帝、三王之道在，未聞表與餌也。賈生王佐才，識政體，必無是言。若所云云，隋煬帝都已行之，其效何如也？

吾尤怪太史公謂生悲不用，故早折。非知生者。洛陽年少，內位大夫，外爲師傅，非不遇也。文帝肫誠，自驚不及，寧肯虚譽？其所議論，頗見施行。其未爲丞相者，將老其才而用之。賓門納麓，堯試舜且然。而遽謂文帝不用生乎？生不死，帝必用生；生用，其所施必遠過鼂、董。而卒之天奪其年，豈非命耶？

生自傷爲傅無狀，哭泣過哀，思文帝之恩，惜梁王之死，蓋深于情者也，所以爲賢也。爲鵩賦、弔屈原，皆文人之偶寄。顔淵不改其樂，亦三十而卒，烏得以其早亡爲有所懟乎？夫書既不足以傳生，而太史公又妄以己意測生，宜乎蘇氏之論生愈與生遠也。

讀左傳

向戌見孟獻子，尤其室，曰：「子有令聞，而美其室，非所望也。」獻子曰：「吾兄爲之，毀之重勞且有間。」嗚呼！此獻子之所以爲君子，而戌之所以爲小人乎！

夫君子之令聞不于室求也。戌恃有令聞以合晉、楚之交，卒至亂中國勞諸侯，而己受其封，曰：我一人之爲，非爲楚也。如賤媒然，彼此兩讐，非爲男氏也，非爲女氏也，于己有利焉耳。假使楚氛甚惡，爭盟起釁，晉人旋入于宋，楚迫而兵之，則宋先亡。然戌之爲人，不卑媮爲恭，不矯詐爲儉，則亦無以傾動兩國而行其説。其所以規獻子者，正其所以自爲也。左氏深惡之，故一記受封邑，再記受夫人之璽馬，以著其貪。貪令聞與貪璽馬，一也。

善觀人者，不薄之于受璧馬之時，而早覘之于規獻子之日。

或曰：堯、舜茅茨，禹卑宮室，何耶？曰：卑宮室者，異乎峻宇雕牆而言也。論堯、舜必折衷于二典、禹貢。今有人焉，衣山龍火藻之服，受璆琳琅玕之貢，而終日黯然居茅茨土階中，類歟，不類歟？此說蓋墨家者流也，尚待辨哉？

讀喪禮或問

名之于人甚矣哉！古之人有自隱其過以求名者，有自表其過以求名者。余讀劉古塘喪禮或問序而不覺驩然也。

某公居喪，屏妻，自期有七月之後，因見母故，見其妻而心動，強抑苦禁，諄諄然告人。夫禮禫而從御，御之云者，以上臨下之詞。黃帝御女云云，始于道家邪說，未聞以同藏無間之夫婦，而可言御也。杜預註爲射御之御，蓋從政也，義最正大。鄭氏以爲御婦人。不知禫在先，吉祭在後，孝子尚未復寢，而乃於堊廬中先御婦人乎？「君子出辭氣斯遠鄙悖」，床笫之言不踰閾。夫子告宰我以居處不安，所該無限，而卒不指爲與婦居，與婦處也。自漢儒創爲非時見乎母不入門之說，似乎君子一遇凶事，而母子有重關之隔，夫妻如盜賊之防，不已悖乎？

然某公之所以自言其私者，亦有所本。人問漢第五倫：公有私乎？倫舉二端，以不自隱飾，相傳爲美。不知倫之私，倫以爲自知之，而卒未嘗自知也。倫之言曰：有饋千里馬者，雖不受，後遇三公選舉，終不能忘，然亦終不用也。蓋以不忘饋馬爲私，而不知倫之私不在此。當饋馬時，倫當爲己身立想，不當爲國家立想。其人素無交歟？不受可也。與選舉無與也。其人素有交歟？受千里馬報以其值，可也。與選舉又無與也。當選舉時，倫當爲國家立想，不當爲己身立想。其人無益于國歟？不用可也，不必因其曾饋馬也。其人有益于國歟？不受馬可也，不必因其曾饋馬而故不用也。如因其曾饋馬而故不用，則倫但知立一己之名，而不知爲國家收用人之效。倫之罪大矣。又曰：兄子有疾，一夜十往，還竟安寢。己子有疾，終夜不往，夜竟不眠。蓋以眠不眠爲私，而不知倫之私又不在此。禮，兄弟之子猶子也。猶之云者，準子爲言，而固已親親之殺矣。倫于兄子疾十往，則己子疾更宜十往。己子疾不往，則兄子疾亦不必往。倫貪愛兄子之名，而至于一夜十往，則固已身往而心不隨，且既悉其病狀，加之勞苦，安得不眠！倫貪遠其子之名，而至于夜不一往，則未悉其病狀，情固未安，而欲往之情，卒難遏禁，又安得眠？倫不自知其矯情釣譽之私，而猶以爲與人共有之私，是所謂一言而再過者也。且倫亦幸而不忘不眠，其友朋父子間，天良猶未盡滅耳。若并此而無之，將遁天倍情，終其身爲德之賊矣。

某公之于妻也，將以妻待之乎，不以妻待之乎？以妻待之，則所居之喪，卽妻之喪也；喪中饋奠之事，霜露之感，率其妻而共致焉，雖日日見何害！不以妻待之，則專視爲媟褻蕩心之具，而此外無一事焉；雖終身不見何益？夫至于隔絕其妻，至期有七月之久，則早視其妻爲媟褻蕩心之具，而不以妻待之矣。一旦相見，勃勃然有男女之思，又何尤焉？

且某公不嘗敍黃石齋事乎？石齋爲其友所嬲，置妓而扃戶焉。石齋處之夷然。夫以妓之邪，而石齋視之如友朋；以妻之正，而某公畏之如鴆毒。其所以自待與所以待妻者，何太不倫至此！夫君子于倫理閒，自有中庸之道。必欲強爲直而僞爲名，其不可哉！

讀孟子

柴守禮殺人，世宗知而不問，歐公以爲孝。袁子曰：世宗何孝之有？此孟子誤之也。孟子之答桃應曰：瞽瞍殺人，皋陶執之，舜負而逃。此非至當之言也，好辯之過也。

夫舜之不能無父，卽皋陶之不能無君也。有父而後有君，有君而後有法。瞍能殺人，卽能殺皋陶；皋陶能執瞍，卽能執舜。彼海濱者，何地耶？瞍能往，皋亦能往。因其逃而赦之，不可謂執；聽其執而逃焉，不可謂孝；執之不終，逃而無益，不可謂智；皋陷舜爲逋逃主，舜容皋爲不共戴天之人，不可謂仁。中國無帝，皋將空天下而無君乎？抑自立而代舜乎？將求一無父之人而立之爲天子乎？以子之矛，陷子之盾，孟子窮矣。

然則皋陶、舜如之何？曰：舜不自信其孝之能格父，必不肯爲天子；皋陶不自信其力之能制瞍，必不肯爲士師。舜爲天子，皋陶爲士師，瞽瞍必不殺人。記曰：量而後入，不入而後量。漆雕開不肯仕，曰：「吾斯之未能信。」後世一介之士，猶知此義，而謂舜與皋陶肯貿貿然干天位哉？聖賢之所以自立者，「言前定，則不跲；道前定，則不窮」。若待事發而後籌之也，固已晚矣。桃應不知道之前定，故誤問；孟子不知言之前定，故誤答。

然則充類至義之盡如之何？曰：瞍果殺人，無論舜不執法也；卽舜欲執法，皋陶必諫。何也？不肯陷其君於不孝也。無論皋陶執法也；皋陶卽不執法，舜亦必逃。何也？殺一不辜而得天下，是不爲也。父殺人，卽已殺人也，安有一君一臣，各行其志，絕不相顧而爲此鹵莽之事哉！

秦商鞅用法嚴，太子犯法，鞅以爲太子不可加刑，乃刑其傅。鞅尙知國君有子，而皋陶乃不知天子有父，是不如鞅也。荆昭王之時，石渚爲政，廷有殺人者，追之，則其父也；還，伏斧鑕死於王庭。渚尙知廢法不可，而舜乃逃而欣然，是不如渚也。

然則周世宗宜如之何？曰：以舜律世宗，迂矣；以皋陶律周之司寇，又迂矣。昔朱子謂魯莊公不能防閑其母，宜防閑其侍從之人。此世宗平日之所當知也。及至無可奈何，世宗亦宜降服出次，減膳徹樂，三諫不聽，號泣從之，使守禮知所愧悔，而戒於將來，不宜以不問二字博孝名而輕民命也。不然，三代而後，皋陶少矣。凡縱其父以殺人者，皆孝子耶？彼被殺者，獨無子耶？

書柳子天說後

柳子曰：天地大果蓏也，元氣大癰痔也，陰陽大草木也。烏能賞功而罰禍乎？袁子曰：天地有功禍，而無賞罰。賞罰者，有心之用也；功禍者，無心之値也。漢高所居，五色雲起；諸葛將薨，大星墜地。是天地有功禍也。漢高何德以興，諸葛奚罪而亡？是天地無賞罰也。雷擊嬰兒，雹焚草木，以有知之威，罪無知之物，其威是也，其所以用威者非也。國政不修，兵荒水旱，以有忒之辟，殃無辜之氓，其罰是也，其所以行罰者非也。然則天之于人，猶人之于蟻乎？遺肉于地，聚者百族，負焉而趨，隆焉而居，利其身，肥其子孫。人之功，而非賞也。傾烈火，沃沸湯，卵傾巢覆，浮屍百萬。人之禍，而非罰也。彼蟻者豈無善惡功罪叫號呼切，曰辨論于人之側者乎？而人無見聞也。

天則大矣，龍蛇、虎豹、蠻夷、蟲豸、鬼魅，皆如人之呼籲叫號于其下，而天無見聞也。人與蟻俱遊于天之下，而人爲蟻禍福；人與天俱托于氣運之中，而天爲人禍福。有時人爲天所禍福，而并及于蟻；有時天地爲氣運所禍福，而並及于人。

書崔寔政論後

崔寔政論曰：「嚴之則治，寬之則亂。孝宣之治，優於孝文。」仲長統曰：「人君宜書此一通，置之坐側。」是二人者，教後世之君日以殺人爲事者也。

夫政者，正也，當其可則正矣。古之聖人，與其殺不辜，寧失不經。議貴議親，非寬也；刑人於市，與衆棄之，丕蔽要囚，非嚴也。亦曰當而已。當則無所不治，不當則無所不亂。安見嚴者皆治，而寬者皆亂也。

或曰寔之爲此言者，目擊元、成之衰，孝宣之中興故耳。是大不然。夫元、成之衰，是昏也，非寬也。果其寬，則蕭傅不殺，堪、猛不誅，王章不死矣。孝宣之中興，是明也，非嚴也。若果嚴則不弛酒食之禁，不除子匿父之條，不縱張敞之亡命矣。

或曰：寔此言爲桓、靈之柔懦言之。是又不然。善射者有志於殺人，其所殺者，其仇也。不善射者有志於殺人，則旁穿斜出，必殺數十人，而其仇猶未死也。教英主以嚴猶可，教庸主以嚴尤不可。當桓、靈之昏，黨錮牢獄，毒流海內。李雲、寇榮、張鈞、劉陶之死，寔猶以爲未足乎？

然則子產火烈之說非歟？曰：火，明象也，明其法使不犯而已，不以焦爛爲功也。古之人知英主不世出，昏主亦不世出，故爲中人說法，曰「御衆以寬」，曰「寬則得衆」，曰「寬而有制」，未聞以嚴教者。以宣帝之明，而有意於嚴，故趙、蓋、韓、楊之死，猶不厭衆心。況桓、靈乎？吳劉廙作先刑後禮論，陸遜非之，是矣。

書戾太子傳後

孟子曰：大人能格君心之非。又曰：求則得之。心之所求者，事之所有也。高宗求賢夢版築，孔子欲興周夢周公，呂后殺趙王夢爲祟，趙武靈欲取吳娃夢美人熒熒而歌。豈眞有鬼神哉？無他，心而已矣。人之心有所求，自知其不能得也而抑之，抑則靜，靜則心之不存焉者寡矣。天子之心有所求，自信其無不得也，而縱之，縱則蕩，蕩則心之存焉者寡矣。武帝好儒，得申公、董仲舒；好文學，得鄒、枚；好色及歌舞，得韓嫣、李夫人；好刑法，得張湯、趙禹、杜周；好財，得桑、孔；好邊功，得西夷、南越、蒲陶、天馬；好仙，得上林神君、嵩呼萬歲；好治巫蠱，得太子皇后牀下之木人。所謂求則得之，道固然也。今夫閭巷布衣，入則孝，出則弟，侃侃自信，雖有淫昏之鬼，不敢瞯其室也。武帝當漢全盛，享天下四十餘年，何巫蠱之能靈？就使希幸宮人，怨而詛帝，帝果不諱，宮人非殉葬亦徙居園陵耳，又何益于己而爲大逆？此其理皆易知也。以帝之明而卒不知者，帝之心在貪生耳。求仙既可以長生，巫蠱卽可以短壽。故太乙候神之外，平日所祀鬼神至千二百所。又令丁夫人、雒陽虞初等以方祠詛匈奴、大宛。是率天下而先爲巫蠱者，帝也。其爲江充所窺也久矣。帝年高少恩，慮後宮美人必有怨者，慮左右大臣必有交結皇后太子者，其又爲充所窺也久矣。故充者卽文成、五利流也。彼以長生誘之，此卽以巫蠱懼之。而田千秋者，又卽充術也。充以木人誣太子，千秋卽以白頭翁救太子。其邪正雖殊，而巧中則一也。

當其時，有臣如汲黯、賈誼者，爲之痛哭流涕，深言神仙之必無，淫祀之無益，怨女之宜省，使帝不以生死動其心，不以猜忌存于中，則巫蠱必不發；卽發，亦必不深治。雖有十江充，奚能爲？內而宮人，外而士大夫，未必不免死萬萬數也。帝之父子夫妻，未必不以天恩終也。然而在朝之臣，惟有驚惴怵惕，閉口奔竄者，何哉？蓋其時當嚴刑峻法之餘，公卿皆廝走下士，救過不暇，而天下之人才，固已盡矣。

古之賢君知其心之不可貪也，而操而存之；知人才之不可棄也，而禮而養之。人吾類也，殺一不辜，而得天下不爲也。鬼神非吾類也，非其鬼而祭之不爲也。內無怨女，外無曠夫，其所與居者，疑丞師保股肱心腹而已，淫詞邪說何從而入之？

然則帝之表章六經獨無功歟？曰：務其名不核其實，苟爲不熟，不如荑稗，轉不如文帝之好黄、老，宣帝之好申、韓也。使武帝好聖人之道如好神仙，畏小人如畏巫蠱，則唐、虞、三代，求亦得之矣。嗚呼，惜哉！

書韓子琴操後

韓子羑里操曰：「臣罪當誅兮，天王聖明。」自謂深得文王心事。此高視聖人，深求之而愈遠也。

夫聖人，中庸之極也；中庸，人情之極也。文王之囚胡爲乎？聞醢鬼侯而嘆也。文王之歸胡爲乎？閎夭、散宜生行路而免也。以嘆爲當誅，文王不宜自陷於刑矣；既陷於刑而自伏當誅，不當僥倖以免矣。以紂爲聖明，又不當嘆矣。若心口不相應而故反之以取媚，則迂曲已甚，「人之生也直」，文王之生也，獨不然乎？「無是非之心非人也」，文王其無是非之心乎？

大雅：「文王曰咨，咨汝殷商，女炰烋於中國，斂怨以爲德。」曰：「如蜩如螗，如沸如羹。」其非紂也至矣！豈平時非紂，而至羑里乃頌紂耶？抑羑里頌紂，而赦歸後轉非紂耶？或此詩非文王所作，諒亦不過周公、召公之詞云爾。豈周公、召公知文王之心，轉不如韓子耶？稱紂爲聖明，使文王遇堯、舜之君，其又將奚稱耶？當時譖文王者崇侯也。文王歸，遂伐崇。以當誅之罪幸免於誅，而又伐人以鳴懟，何耶？蓋文王深知臣罪之不當誅，與天王之不聖明。而大義所在，則三分有二，以服事殷；身命所關，則巽以行權，而以直報怨。「內文明外柔順」，易所稱盡之矣。孟子論小弁之怨甚是，而於舜則曰：「象憂亦憂，象喜亦喜。」然則象殺人，舜亦殺人乎？其深求聖人語，病與韓子同。

書後

嘗笑韓子不讀詩經，故有羑里操；子瞻不讀易經，故有武王論。易革卦繫詞明言：「湯、武革命，應乎天而順乎人。」安得謂孔子不稱湯、武也？論語：「周之德可謂至德也矣。」明指武王以應上文武王曰「予有亂臣」一語，所以統稱周者，兼文王而言。以三分有二之業，創自文王故也。不然武王十有三年中，何嘗非服事殷者耶？使文王遲至十三年之後，紂惡不悛，又安知其不伐殷耶？要知堯、舜、湯、武，易地皆然者也。而子瞻襲漢儒黃生之牙慧，尤覺無味。古琴操曰：「殷道溷溷，浸濁煩兮；炎炎之虐，使我愆兮。」此詩也，「三代之所以直道而行也」，過韓子遠矣。

小倉山房文集卷二十四

鏁硯銘

制硯如連鏁，欲維婁我，惟汝可。

斧硯銘

文事也，而武其制，取殺墨如鋒之義。

又

筆可爲刀，硯宜作斧。膏以隃糜，英雄用武。

朴硯銘

石祈子，朴而婉，交墨子，不受染。墨子遇之，日形其短。

師恩硯銘

吾師乎！以此爲田，授之于吾，而荒其莊，嗚呼！

鐘硯銘

有扁斯石，鳧氏爲鐘。不窕不槬，搏身而鴻。旋蟲爲幹，龍賓作宮。適用副墨，摹形者工。扣而鳴之，儒名翁翁。

鏡硯銘

石與之形，金與之貌。如玉如瑩，亦玄亦妙。十二龍賓，藉君作照。

方硯銘

面如田，長陌而方阡。潤如泉，細理而靡顏。居萬石之間，惟汝稱賢。得之偶然，不名一錢。使主人兮生愛憐。居吾語汝，假我數年。露滴硃研，染盡湘東八萬箋。愼勿隨無墨者，而與之周旋。

洯硯銘

石有洯，密密不罅，墨可永夜。

貨布硯銘

如貨如布，數硯以對，惟士之富。

井田硯銘

耕于田，夜得息；耕于硯，夜兀兀。問胡不休，曰期所收。千萬年後，乃始有秋。

竹節杖銘

寸寸節，毋乃太。杖者出，人盡怪。顚而能扶，始知其可愛。

方竹杖銘

其狀迂，其節拘。有欲規而圓之者，先生曰吁！

都盛盤銘

盧叟製器負重名，其漆欲測膠欲堅。朱色而昔粹而清，椋崴觥匡楤禁棨，飾雕所到罔勿精。曹王槃器五觚平，周君畫筴龍虵形，公然神妙能追爭。我製爲盤名都盛，邕支以載疊克勝，其大不槭欹不傾。陰花細縟珊瑚明，赬霞隱隱東方生。佩阿耀采龍賓馨，鱗羅布列瓊瑤英。文房靜對娛心靈，星回于天器始成，傳之子孫價連城。紀何年作歲在庚。

策秀才文五道

問：孔子刪詩、書，定禮、樂，修春秋，此說相傳久矣。然考之論語，惟從先進似定禮，正雅頌似定樂，其餘俱無明文。夫子自稱「述而不作，信而好古」，曰「多聞闕疑」，曰「吾猶及見史之闕文」。詩、書，古也，孔子所信，所好，所雅言者也。就有所疑，闕之可也。毅然刪之，而不學史之闕文，何也？春秋之「夏五」、「郭公」，至無謂者也。逸書之「升陑」、「亳姑」，逸詩之「棠棣」、「素以爲絢」，皆有意義者也。不刪無謂之春秋，而刪有意義之詩、書，又何也？今治春秋者，從經乎，從傳乎？必曰從經。然從經者，果束三傳于高閣？試問：春秋第一篇「鄭伯克段于鄢」，鄭爲何伯？段爲何人？克爲何事？鄢爲何地？開卷茫然，雖鬼不知也。必曰不得不考于傳矣。然則傳所載桓公、隱公皆被弑，而經皆書「公薨」。隱弑者之寃，滅逆臣之迹。豈非作春秋而亂臣賊子喜歟？若曰爲國諱，小惡書，大惡不書；毋乃戒人爲小惡，而勸人爲大惡歟？當孔子修春秋時，豈逆知將來有公羊、穀梁之徒爲之疏解歟？抑豈與作三傳之人同時發凡起例而爲之歟？左氏：韓宣子適魯見易象與魯春秋，以爲周禮在魯。似春秋爲魯史無疑。然楚語：莊王傅太子，申叔時教之以春秋。晉語稱羊舌肸習于春秋。其時孔子未修，而春秋一書，楚、晉二國已傳誦之者，又何也？

問：「若稽古帝堯」，此追序之詞也。不千百年，何遽稱古？然則堯典者，夏書耶？商、周書耶？康成訓「古」爲天，「稽」爲同。堯、舜同天，可也；皐陶同天，亦可歟？孔安國疏「稽古」爲順考古道而行。夫置閏，古無有也；治水，古無有也。然則堯之所順考而行者，何古也？不能先覺而試鯀九載，民何辜歟？不明試以功，而試以二女，有此試人法歟？納于大麓，果卽捐階焚廩意歟？抑是大錄天下之政歟？歲二月東巡，至十月而五嶽已畢。天子之車，吉行三十里，其周流得及歟？朱子註詩，不取傳、箋，頗爲昔人所訾。然毛、鄭以召南「平王」爲平正之王，周頌「成康」爲成安祖考之義，改前王之謚法，以張其私說。楚茨諸篇，皆田功祭祀之事，而以爲刺幽王。采蘭、贈芍，不無男女之思，而以爲刺國政。「履帝武敏」

明似高辛之從，而必以爲感人道。「曾孫來止」是成王勸農，而必以爲與王后同行。朱子鄭清之功，安可少歟？然朱子所謂寡婦見鰥夫而欲嫁之，及淫婦爲人所棄云云，亦卒無考。而黍離一詩，或以作者爲箕子，爲衞伋，爲伯奇；關雎一詩，或以作者爲畢公，爲后妃，爲應門失守，其將誰信歟？

問：論語古註訓「學」字爲誦習。朱注：學之爲言效也。因說文學字中有爻字，易云爻者，效此者也。以效訓學，義蓋本此。然人情誦而習之，悅也；效人之所爲而習之，何所悅歟？子曰：「敏而好學。」曰：「則以學文。」曰：「博學于文。」曰：「思而不學。」曰：「學詩。」曰：「學易。」學似主誦習說。而子路曰：「何必讀書，然後爲學？」則直指讀書爲學，尤彰明矣。宋儒乃以多讀書爲玩物喪志，何歟？使解「學」字過高，則聖人「十有五而志學」之時，已足包括「不惑」、「知天命」，而又何必再加數十年之閱歷歟？然孔子稱顏淵「不遷怒，不貳過」爲學，似又與讀書有間。豈古之讀書，非今之讀書歟？且今之三尺童子，誰非誦周南、召南者，而卒之正牆面而立者，白首猶然，又何也？

問：正統之名，始于北宋；道統之名，始于南宋。夫所謂正統者，不過曰有天下云爾。

其爲聖賢也，共爲之；其統與非統，則又私加之也。夫人心不同，各如其面。或曰正，或曰不正；或曰統，或曰非統。果有定歟？無定歟？唐以前作史者，時而三國則三國之；時而南、北則南、北之。某聖人也，從而聖之；某賢人也，從而賢之。其說簡，其義公，論者亦無異詞。自正統、道統之說生，而人不能無惑。試問：以篡弑得國者爲不正，是開闢以來，惟唐、虞爲正統，而其他皆非也。以誅無道者爲正，則三代以下，又惟漢高爲正統，而其他皆非也。此說之必窮者也。然論正統者，猶有山河疆宇之可考；而道者乃空虛無形之物，曰某傳統，某受統，誰見其荷于肩而擔于背歟？堯、舜、禹、皋並時而生，是一時有四統也。統不太密歟？孔、孟後直接程、朱，是千年無一統也。統不太疎歟？甚有繪旁行斜上之譜，以序道統之宗支者；倘有隱居求志之人，遯世不見知而不悔者，何以處之？或曰：以有所著述者爲統也；倘有躬行君子，不肯託諸空言者，又何以處之？毋亦廢正統之說而後作史之義明，廢道統之說而後聖人之教大歟！

問：格物致知，考古書「格」字雖有十八解，而朱子以讀書窮理當之，自是不刊之論。惜其所補本傳，不無語病。曰：窮致事物之理，以造乎其極。天下物無窮，則格亦無窮。曰：

一旦豁然貫通，學者格無窮，則通亦無日。未免啓人之疑。按先儒有以「知止」一節，至「物有本末，事有終始」爲格致本傳者。此正合乎朱子之説，而其理較精。子曰：「文、武之政，布在方策。」此非治國平天下者所當格歟？易曰：「多識前言往行，以畜其德。」此非修身齊家者所當格歟？「多學而識」，是非夫子之格物歟？「一以貫之」，是非夫子之致知歟？然則大學所謂物，豈一蟲一鳥之物？所謂知，豈一寸一節之知歟？子靜、陽明求其解而不得，乃創爲「尊德性」、「致良知」之説，以爲萬物備于我，不必求于物。審是，則「邇之事父，遠之事君」，尊其德性，而不必學夫詩也。「子入太廟」，「子所雅言」，致其良知，而不必詩、書執禮，每事問也。以孔子之良知，當不在子靜、陽明下，而何以「終日不食，終夜不寢，以思無益」者，何耶？又何以必至齊而後能聞韶，必返衞而後能正樂，必問于郯子、老子而後能知官知禮耶？祖陽明者動云「良知」二字，本于孟子。不知孟子之語，業已可疑。夫孩提之童，無不知愛其親者，非愛其親也，愛其乳也。早離其親，而使他人乳之，則雖中上之資，亦未必不以他人爲母而終身不知其親矣。今將致其索乳之良知而擴充之，則徒近乎告子食色爲性之説，而與聖道愈遠！盍亦廣咨博訪，必如孔子問郰曼父之母而後知父墓之所存歟？及其長也，緫兄之臂者，亦頗不少，是亦足爲良知而擴充之歟？或孟子、陸、王皆中人以上之語，不可以語下，而論格致者，終當以朱子爲正歟？

論語解四篇

諸子百家冒孔子之言者多矣。雖論語，吾不能無疑焉。夫子之所最重者仁也。以顏子之資，僅許以三月，其他令尹子文、陳文子皆不許也。何至於管仲而曰「如其仁，如其仁」？管仲果仁矣，天下有仁人而器小不儉，且不知禮者乎？天下之知禮能儉，且器不小者，或未必仁也。騰口說而持之過堅，使前後不合，後世之慎言語少許可者且不然，而謂聖人然乎？

然則何以有此？曰，論語有齊論、魯論之分。齊人最尊管仲，所謂「子誠齊人也，知管仲、晏子而已矣」。以管仲爲仁者，齊之弟子記之也。故上篇「齊桓公正而不譎」，下篇「陳成子弒簡公」，非齊論而何？魯人素薄管仲，所謂「五尺之童，羞稱五霸」，以管仲爲無一可者，魯之弟子記之也。故上文哀公問社，下文子語魯太師以樂，非魯論而何？均有僞託，未足爲信。

然則聖人之言如何？曰：人也，奪伯氏駢邑三百，沒齒而無怨焉。善善從長，譽而不過。此聖人之論管仲也。

論語一書，須知命名之義。論，議論也；語，語人也。自學而起，以至卒章，皆與人議論之語，而非夫子之咄咄書空也。記者記其言，而不記其所以言，致註疏家往往窒礙。其答弟子問者，則詳於師說，而略於問辭，記言之體應爾也。

孟武伯、孟懿子及游、夏問孝，聖人答之不同。仲弓、顏回、樊遲、司馬牛問仁，聖人答之不同。子貢、子路、仲弓問政，聖人答之不同。宋儒以爲就人所不足者救之，非也。當時問者各有其人之議論，而夫子爲之折衷。記言者不詳載問詞，而統括大義，則曰問仁、問孝、問政云爾。人非木偶，豈有言無枝葉，突然舉一字以相問者？況仁、孝、政，一問可也，何必重複問耶？一人問可也，何必各人問耶？

顏淵問爲邦，夫子合三代言之。當時周德雖衰，天命未改，夫子從周之意，惓惓不忘。一旦生今反古，斟酌百王，豈以顏淵爲五百年之王者哉？當時顏子非問爲邦也，論時、論輅、論冕、論樂，如今之論史者然。記者不欲舉其辭，則統括之曰問爲邦云爾。夫子如其問而定之，時則夏，輅則殷，冕則周，樂則韶，亦如今之論史者然。其他爲邦之兵農刑政，不問則不答也。不然，豈有南面爲君，僅頒一曆，乘一車，戴一冠，奏一部樂，而竟謂治國平天下之道已盡於此乎？疑孔、顏論爲邦，必不簡略至此。

然則何以證其各人之問不相同歟？曰「子路問聞斯行諸」，子曰：「有父兄在。」「冉有問聞斯行諸」，子曰：「聞斯行之。」此則兩人之問相同也，而夫子答異。其時公西華惑且問矣。若孟懿子、孟武伯、游、夏、仲弓、樊遲、司馬牛數人，果問同而答異，則在旁側耳者，豈無公西華其人，起而一問其所以不同之故耶？倘諸人於相見時，各述其先生之説，又安能「不違如愚」，而不互相質難耶？蓋公西華之所以疑者，問同而答不同故也。公西華之所以不疑者，答異問亦異故也。

「犂牛之子」云云，或與仲弓論人才，或與仲弓論郊祀，俱不可知。而仲弓之言不載，從所略也。不明記言之體，而強解焉，于是史遷謂仲弓父賤，何晏謂仲弓父不善，朱子謂司馬牛多言而躁，樊遲粗鄙近利，皆以意爲之，不可爲典要。

「如或知爾，則何以哉？」問酬知也。曾點之對，絶不相蒙，而夫子何以與之？王充以舞雩爲祭名，童子爲歌童，未免附會。吾以爲非與曾點也，與三子也。明與而何以實不與？曰：沂水春風，即乘桴浮於海也；從我之由，即吾與之點也。「子路聞之喜」，即點之從而後也。「赤也爲之小，孰能爲之大」，「安見方六七十，如五六十而非邦也者」，層層駁斥，即由也好勇，無所取材之責也。

聖人無一日忘天下，而門下子路能兵，冉有能足民，公西華能禮樂，三子之才，雖不言，夫子已素知之。第問之，試其自信否？既自信矣，倘明王復作，天下宗予，與三子各行其志，則東周之復，期月而已可也。無如轍環天下，終於吾道之不行，不如沂水春風，一歌一浴，較浮海居夷，其樂殊勝。蓋三子之言畢，而夫子之心傷矣。適曾點曠達之言，洽然入耳，遂不覺嘆而與之，非果與聖心契合也。如果與聖心契合，在夫子當莞爾而笑，不當喟然而歎。在曾點當聲入心通，不違如愚，不當愈問而愈遠，且受嗔斥也。蓋歎者有悲憤慷慨之意，無相視莫逆之心。

夫子之好學也至矣。曰：「飽食終日，無所用心，難矣哉。」曰：「賜也賢乎，夫我則不暇。」樊遲從遊於舞雩，問「崇德修慝辨惑」，曰：「善哉問。」遊不忘學爲善，而顧乃不學而遊乎？夫子之欲仕也至矣。爲委吏，爲乘田，公山、佛肸召，皆欲往。其喜人仕也，又至矣。仲弓爲季氏宰，季路、冉有爲季氏宰。漆雕開不仕，則使之仕，曰：「吾斯之未能信。」子悦。悦者，悦其待能信而仕，非悦其不仕也。三月無君則皇皇然，而顧能與點遊乎？宋儒非曠達者，震于夫子之與點，而不得其故，則遂夸因物付物，堯、舜氣象，「上下與天地同流」，過矣。然則巢、由、沮、溺，後世嵇、阮一流，皆聖人耶？

子見南子，子路不悦。漢、宋儒註疏以子路爲南子淫亂，夫子不當見，故不悦。亦有訓南子爲南蒯者，是以公山弗狃、佛肸兩章例之，非本旨也。王充訓「否」字作否卦之否，天厭作厭勝解，亦屬支離。夫內言不出於閫，南子之淫，陰事也。中才之人，不道人曖昧，而況聖賢乎？而況國后乎？夫子何人，而子路以劉楨平視之意測之，太鄙。朱子註：大夫入國有見其小君之禮。此語雖不見經傳，然聘禮載，同姓之國，夫人使下大夫勞使臣以二竹簋。魯、衞兄弟也，君夫人與外臣通問，禮也。原不計夫人之賢否也。孔子不引禮以折子路，而乃急而援天以自明，更鄙。

予以爲子路，仕孔文子者也。孔文子，出公黨也。子路，賢人也，且勇者也。賢而勇；但知食人之祿，忠人之事，而不暇總全局以審其大。聖人固不然。衞君待子爲政之問，意欲夫子之助出公也。不料夫子之忽答以正名也，玩「必也」二字之神，夫子亦早知子路之意，而故鄭重其詞曰：必如是，則我爲政；不如是，則我不爲政也。予不仕於無父之國也云爾。於是拂子路意而以爲大迂，其墨墨然不悅也久矣。冉有者，子路黨也，不得已再托子貢探之。子貢又不得已，假伯夷、叔齊以探之。其不得已何也？兩賢皆知夫子未必爲衞君，而誠慮道破轉無味故也。乃夫子復有「求仁得仁」之語，而不爲之意，昭然若揭。則子路聞之，又必墨墨然不悅也久矣。一旦子見南子，子路以爲：出公，南子所立也；子既不爲出公，又何必見南子。言與行違，其所以不悅者一也。南子，專政者也。又能敬蘧伯玉，而知賢者也。倘敬夫子，而夫子告以正名之迂說，又告以求仁得仁之故事，未必不動其母子之天性，召蒯聵黜出公；而孔文子且有旦夕之禍，其所以不悅者一也。公山、佛肸章所稱子欲往者，將往未往之詞。子見南子，明是已見之詞。已見則夫子必有與南子問答之語，記者雖不載，而子路當時必知之。其所以不悅者二也。

然則夫子何以矢之？曰：此夫子之怒詞也。怒野哉之由，屢說不明，故不得不以中人以下之語敎之也。言予之正名，乃天經地義也，使予見南子而不告以正名爲急，則將獲罪於天，而天且厭之矣。天之所助者，信也；人之所助者，順也。名不正，則不信不順，而天將厭之。曰：「由也不得其死然。」曰：「柴也其來，由也死矣。」皆天厭之之明證也。

子疾病，子路使門人爲臣，意非不善，而夫子亦呼天而斥之，何也？按儀禮喪服章，家臣爲大夫斬衰三年。以大夫而上同天子，僭也，此後進之禮樂也。夫子平日惡之久矣，然而不言者，居是國，不非其大夫故耳。一旦疾甚，而幾自陷於大不韙，則病間而安得不呼天以怒耶？子路賢人也，且勇者也，但知忠君耳，但知尊師耳，不暇總全局以審其大。嗚呼，此聖人賢人之辨也。

正名者，何晏註：正百物之名。鄭康成以名爲字義，余獨取朱子不父其父而禰其祖之說，語氣較近。